Andreas Kasprzak

Flight 19 – Verschollen im Teufelsdreieck

Ein Mystery-Roman

Ullstein

Ullstein Taschenbuchverlag 2000
Der Ullstein Taschenbuchverlag ist ein
Unternehmen der Econ Ullstein List Verlag
GmbH & Co. KG, München
Originalausgabe

Lektorat:
Cornelia Adomeit
Umschlagkonzeption:
Lohmüller, Werbeagentur
Umschlaggestaltung:
Bauer + Möhring
Titelabbildung: National Archives
Gesetzt aus der:
Sabon
Satz:
Pinkuin Satz und Datentechnik
Druck und Bindearbeiten:
Ebner Ulm
Printed in Germany
ISBN 3-548-24693-1

In memoriam
D. A. A.
Du wirst mir fehlen, alter Junge.

»Das Bermuda- oder Teufelsdreieck ist ein Gebiet in der Nähe der südöstlichen Atlantikküste der Vereinigten Staaten und wegen der hohen Zahl ungeklärter Verluste von Schiffen, kleinen Booten und Flugzeugen bekannt. (...) In der Vergangenheit haben ausgedehnte, aber ergebnislose Suchaktionen von Militär und Küstenwache zu dem verbreiteten Glauben geführt, daß es ein Geheimnis oder übernatürliche Kräfte in diesem Areal gebe. (...)

Die Küstenwache kann solche irrationalen Erklärungen der Unfälle auf dem Meer jedoch nicht ernst nehmen. Wir machen viele Male im Jahr die Erfahrung, daß die Kräfte der Natur und die Unberechenbarkeit des Menschen sogar die phantastischsten Science-fiction-Geschichten übertreffen.«

Standardbrief der US-Küstenwache, 7. Distrikt,
bei Anfragen zum Bermudadreieck (Akte 5720)

Vorbemerkung des Autors

Wie in den vorangegangenen beiden David-Anderson-Romanen *Area 51* und *Das Philadelphia-Projekt* basieren auch die in diesem Buch geschilderten Ereignisse, soweit sie mit dem Verschwinden der fünf TBM Avenger-Torpedobomber am 5. Dezember 1945 und den seltsamen Vorgängen im Teufels- oder Bermudadreieck zusammenhängen, bis zu einem gewissen Grad auf den eidesstattlichen Erklärungen und Berichten von Augenzeugen sowie auf Unterlagen der amerikanischen Regierung, der Army und der US-Küstenwache, die teilweise vierzig und mehr Jahre unter Verschluß gehalten wurden und erst kürzlich ans Licht der Öffentlichkeit gelangt sind. Zu verdanken ist dies in erster Linie einer Handvoll engagierter Forscher und Ufologen wie Stanton T. Friedman und William L. Moore, die unter Anwendung des im Jahre 1974 von Präsident Gerald Ford als Reaktion auf den Watergate-Skandal erlassenen »Gesetzes zur Informationsfreiheit« – »Freedom of Information Act«, FOIA – neue, offizielle Quellen erschließen konnten. Das FOIA gestattet es jedem Amerikaner, Unterlagen der Regierung, des Militärs und der Geheimdienste einzusehen, vorausgesetzt, die entsprechenden Akten beinhalten keinerlei Informationen, die die nationale Sicherheit, die Privatsphäre einzelner Bürger oder Wirtschaftsgeheimnisse der Vereinigten Staaten gefährden. Mit Hilfe dieses Gesetzes konnten jüngst auch bislang unbekannte Dokumente der CIA über den sogenannten Roswell-Zwischenfall allgemein zugänglich gemacht werden, die ein gänzlich neues

Licht auf den Vorfall und die Rolle der amerikanischen Regierung dabei werfen.

Das Verschwinden von Flight 19, das viele Fachleute noch immer für das größte Rätsel in der Geschichte der modernen Luftfahrt halten, wird hier so authentisch geschildert, wie es die diversen, teils deutlich voneinander abweichenden Quellen zulassen. Auch die aufgeführten Einzelheiten über das Bermudadreieck oder die in diesem Gebiet im Laufe der Jahrhunderte so zahlreich verschwundenen Schiffe und Flugzeuge entsprechen den Fakten. Sollten Sie sich näher mit dieser Materie befassen wollen, möchte ich Ihnen die Bücher *UFOs im Bermuda-Dreieck* von Jean Prachan wie auch *Spurlos* und *Das Bermuda-Dreieck* von Charles Berlitz ans Herz legen. Sie waren mir bei meinen Recherchen eine große Hilfe. Grundsätzlich jedoch gilt: Vieles in diesem Roman mag den Tatsachen entsprechen, etliches entstammt gleichwohl der Phantasie. Die Grenze zwischen Fakt und Fiktion zu ziehen bleibt somit letztlich dem Leser selbst überlassen.

A. K.

Erster Teil

Boston

»Zwischen zwei Welten wandernd, eine tot, die andere ohnmächtig, geboren zu werden.«

Matthew Arnold
The Grande Chartreuse

1.

Montag, 12. Oktober 1948

1.

Kalt, grau und trostlos prasselte der Oktoberregen aus bleischweren Wolken. Wie die Fingernägel eines Toten trommelten dicke Tropfen gegen die Scheiben der Lagerhallen, Bürogebäude, Bars und billigen Absteigen, die diesen Teil des Hafens dominierten. Sie wuschen helle Schlieren in die schmutzige schwarze Schicht aus Abgasen, Staub und Ascheteilchen, die von den Schloten der Industriebetriebe auf der anderen Seite des Flusses unaufhörlich in den Himmel gehustet wurden. Beinahe senkrecht fiel der Regen auf das im trüben uringelben Licht der Lampen feucht schimmernde Kopfsteinpflaster. Hin und wieder holperten mit Seeleuten, Matrosen und Werftarbeitern beladene Autos und Taxis vorbei. Die Männer hatte es von den Docks und dem Marinehafen weiter im Norden nach Jefferson's Jug verschlagen in der Hoffnung, hier Musik, billigen Schnaps und erschwinglichen Sex zu finden. Ihre Chancen standen gut. Denn der unerwartet frühe Herbsteinbruch vor zwei Wochen, der außer dem scheinbar niemals nachlassenden Regen auch kräftigen Wind von der See und nächtliche Minusgrade mit sich gebracht hatte, ließ die meisten Vergnügungssüchtigen in ansprechendere Gegenden der Stadt ausweichen, nach Franklin Park oder Bunker Hill, so daß die Geschäfte der Damen des horizontalen Gewerbes in letzter Zeit deutlich zu wünschen übrigließen. Tatsächlich war ihnen momentan jeder willkommen, der auch nur halbwegs so aussah, als hätte er genug Bares in der Tasche, um sich eine halbe Stunde ihre Gesellschaft und ein billiges Zimmer in einem der nahen Hotels leisten zu können. In Zeiten der Not galt es schon immer, pragmatisch zu sein.

Die Prostituierten flanierten auf der Barseite des Damms, gegenüber des Hafenbeckens, entlang der hell erleuchteten Fassaden der Spelunken, und hielten unauffällig nach Freiern und Bullen Ausschau, wenn auch nach beiden aus unterschiedlichen Gründen. Der kalte Wind, der Nadeln gleich durch die Kleidung zu dringen versuchte, hatte sie veranlaßt, den größten Teil ihrer sonst so freizügig zur Schau gestellten Reize unter dicken Mänteln und Umhängen zu verbergen. Doch das spielte keine Rolle. Ein Blick in ihre verhärmten Gesichter, wo eine dicke Schicht von Make-up und Puder nicht bloß Falten und Krähenfüße, sondern in gleichem Maße Lustlosigkeit, Resignation und Ekel verbergen sollte, genügte vollauf, um zu wissen, womit sie ihren Lebensunterhalt verdienten.

Ein Matrose in der dunkelblauen Uniform der US-Navy, das pausbäckige Antlitz mit der breiten Nase und den zu schmalen Lippen übersät von Erinnerungen an Pubertätsakne, öffnete die Tür einer schäbigen kleinen Kneipe mit dem verheißungsvollen Namen *Frank's Boozer Bowl.* Einen Moment blieb er wie erstarrt auf der Schwelle stehen, als ein Schwall eisiger Luft ihn traf. Als wüßte er nicht recht, wo er sich befand oder wohin er sich wenden sollte, sah er sich um und torkelte die Straße hinunter in Richtung *Capitol*, wo dieser Tage im Rahmen eines Horrorfilm-Festivals *Cat People* von 1944 wiederaufgeführt wurde. Sein schwankender Gang und die linkischen Bewegungen verrieten, daß er die letzten paar Stunden damit verbracht hatte, einen nicht unbeträchtlichen Teil seines Monatssolds in Flüssigweizen zu investieren. Als er an einer der Bordsteinschwalben vorbeikam, hakte sie sich bei ihm ein, schaute ihn von der Seite an und schenkte ihm ein anzügliches Lächeln – oder das, was sie dafür hielt.

»Na, Cowboy?« säuselte sie. Sie schaffte es beinahe, sexy zu klingen. »Wie sieht's aus? Lust, einem netten Mädchen vom Lande einen Drink zu spendieren?«

Der Matrose blieb abrupt stehen und musterte sie. Seine großen, wäßrigen Augen hatten an den Rändern einen deutlichen Stich ins Gelbe; offenbar war dies nicht die erste Zechtour seines jungen Lebens. Er blinzelte einige Male, als falle es ihm schwer, sich auf etwas Bestimmtes zu konzentrieren. Sie lächelte ihn weiter an, ganz Profi, eine mittelgroße Blondine mit glattem, schulterlangem Haar, vollen Lippen, einer spitzen Nase und so stark gezupften Brauen, daß es fast wirkte, als hätte sie gar keine.

»Na, was ist?« erkundigte sie sich. »Interessiert?«

Der Matrose starrte sie weiter an. Ein dünner Speichelfaden kroch aus seinem Mundwinkel wie ein durchsichtiger Wurm; sie zwang sich, keine Miene zu verziehen. Etwa zwei Sekunden lang stand der Soldat reglos, wenn auch leicht schwankend da. Dann wurden seine Augen plötzlich groß. Ein heiseres Krächzen entrang sich seiner Kehle, als hätte er einen lebenden Frosch verschluckt, der nun in seinem Hals zappelte. Er stöhnte auf, torkelte zur Seite, stützte sich mit den Händen an der Wand ab und übergab sich lautstark auf seine eigenen Schuhe, wobei er treffsicher noch einen Teil seiner Hosenbeine besudelte.

Die Prostituierte wich angewidert zurück. Jetzt gab sie sich keine große Mühe mehr, ihren Ekel zu verbergen. *So nötig brauchte sie das Geld dann doch nicht ...*

»Wenn man nichts verträgt, sollte man nicht saufen wie 'n Loch«, murmelte sie, indes der Matrose würgend einen weiteren Schwall Flüssigkeit auf den Gehweg spie. Sie blieb noch einen Augenblick stehen, bevor sie sich schließlich umwandte und so elegant, wie es ihre Pumps mit den hohen Absätzen zuließen, zu ihrem Stammplatz beim Eingang von *Frank's Boozer Bowl* zurückstöckelte. Dort warben Plakate – Ironie des Schicksals – für Schuhwichse, der nichts etwas anhaben konnte. Sie lehnte sich mit dem Rücken gegen die Wand, wühlte in ihrer Handtasche nach einer Packung *Lukkies*, klopfte eine Kippe heraus und steckte sich den Glimmstengel zwischen die knallroten Lippen. Das war gar nicht so einfach, weil die klamme Kälte ihre Finger unbeweglich machte. Gerne wäre sie in die Kneipe gegangen, um sich ein wenig aufzuwärmen und einen Becher Tee mit Schuß oder einen Kaffee zu trinken. Doch selbst wenn Frank, der Wirt, ihre Anwesenheit vor seiner Bar tolerierte, war er wesentlich weniger nachsichtig, wenn sie hereinkam. Denn solange *sie* draußen war, blieben es die Bullen auch. Erwischten die Cops sie hingegen in seiner Kneipe, bekam er nicht bloß eine gepfefferte Ordnungsstrafe aufgebrummt, sondern mußte darüber hinaus auch noch um seine Konzession fürchten. Sie hatte bereits genug Feinde. Also blieb sie, wo sie war, schlug den Kragen ihres Mantels hoch, um dem Regen zumindest ein wenig Paroli zu bieten, und kramte ein schmales Heft Streichhölzer hervor. Auf dem Deckblatt war das Signet von *Chez Paul*, einem französischen Nobelrestaurant drüben in Chelsea, das vor einigen Wochen neu eröffnet hatte. Sie hatte gehört, daß dort bloß die vornehmsten Gentlemen der Bostoner Gesellschaft verkehrten, und überlegt, ob sie ihren Standplatz dorthin verlegen sollte. Doch Big Billy Johnson, ihr Lude, der seinen Spitznamen nicht umsonst trug, hatte ihr deutlich zu verstehen gegeben, daß sie dafür nicht das »Potential« besaß, wie er es ausdrückte. Sie seufzte, als sie daran dachte. Sie wußte selbst am besten, daß sie mit siebenunddreißig nicht mehr die Jüngste war, zumal in einem so auf »Frischfleisch« fixierten Geschäft; und bald würden auch keine noch so intensiven Sitzungen vor dem Schminkspiegel mehr ausreichen, das zu kaschieren. Sicher, im Halbdunkel der Leuchtreklamen mochte sie noch ganz attraktiv und ansehnlich wirken, aber jeder, der sich die Mühe machte, genauer hinzuschauen, würde unweigerlich feststellen, daß die Fassade bröckelte, und zwar von Jahr zu Jahr mehr ...

Sie schob diese unerfreulichen Gedanken beiseite, riß ein Hölzchen vom Heft ab und zog den Schwefelkopf über die Reibefläche. Anschließend schirmte sie die tanzende kleine Flamme mit der Hand ab und hielt sie an die Spitze ihrer Zigarette. Doch eine plötzliche Bö, die die Laternen in der Straße zum Schwingen brachte, erstickte das Feuer. Sie verkniff sich einen nicht unbedingt damenhaften Fluch, schnippte das unbrauchbare Streichholz in die Gosse und wollte gerade ein zweites abreißen, als die Tür der Kneipe erneut geöffnet wurde und zwei Männer hinaustraten, die aussahen, als wären sie liquide genug, sich ein wenig weibliche Gesellschaft leisten zu können. Außerdem schienen sie nicht betrunken zu sein; oder zumindest nicht so sehr wie der Matrose, der ein Stückchen weiter an der Wand hinabgesunken war wie eine Marionette ohne Fäden und halb bewußtlos auf dem Bordstein kauerte, in einer stinkenden Lache aus Bier, Schnaps, Gurkensandwiches mit Zwiebeln und Gallenflüssigkeit.

Geschickt wie ein Magier im Varieté ließ sie Zigarette und Streichholzheft in ihrer Handtasche verschwinden und stieß sich von der Mauer ab. Aus Erfahrung wußte sie, daß die meisten Männer eine Abneigung gegen rauchende

Frauen haben. Mit schwingenden Hüften ging sie auf die Burschen zu und schenkte ihnen ein breites Lächeln, während sie sie gleichzeitig mit professionellem Blick einer raschen Musterung unterzog.

Beide Männer trugen anthrazitfarbene Uniformen, die an den Schultern und am Revers dunkle Nässespuren vom Regen zeigten; offenbar hatten sie sich nicht besonders lange in der Kneipe aufgehalten. Das bunte Licht der Barbeleuchtung fing sich in den Ehrenabzeichen und schimmernden Bronzeknöpfen der Jacken. Hellgraue Hosen mit Bügelfalten, scharf wie eine Messerklinge, fielen über auf Hochglanz polierte schwarze Schuhe. Den Hut mit der schwarzen Krempe zierte das Emblem von Uncle Sam. Doch sie waren keine einfachen Matrosen wie die Männer, die sich sonst in diese Gegend verirrten, sondern Offiziere, wie sie an den Rangabzeichen auf den Schulterklappen erkannte. Wahrscheinlich Infanterie, vielleicht auch Army Air Force; so genau kannte sie sich damit nicht aus.

Beide Soldaten waren Ende Zwanzig oder Anfang Dreißig. Großgewachsen, durchtrainiert, durchaus attraktiv. Wahrscheinlich hatten sich die Cheerleaders an der High-School darum geprügelt, später mal ihre Kinder austragen zu dürfen; kurz, sie waren genau die Art von Typ, die sie jetzt brauchte, um genug Bares zusammenzubekommen, damit sie für heute Schluß machen und nach Hause gehen konnte. Denn nichts wünschte sie sich sehnlicher als zu duschen, die Beine hochzulegen, eine Kleinigkeit zu essen und sich vor dem Zubettgehen noch in irgendeinen Kitschroman zu vertiefen, in dem alle Männer edel, adlig und über die Maßen reich waren und die Frauen von als Träume von Gefangenschaft und Errettung getarnten Vergewaltigungsphantasien heimgesucht wurden.

Die Soldaten blieben stehen, als sie vor sie trat. Ihre Blicke ruhten auf ihr. Hinter ihnen schwang die Tür der Kneipe zu und dämpfte das Stimmengewirr der Gäste und das Wimmern von Duke Ellingtons »Take the ›A‹-Train« aus der Musikbox zu einem undefinierbaren Dröhnen. Der Geruch von Rauch, Alkoholdünsten und Rasierwasser stieg ihr in die Nase; anscheinend war *Frank's Boozer Bowl* nicht der erste Schuppen, in den die beiden an diesem Abend eingekehrt waren.

»Und, wie sieht's aus, Männer?« erkundigte sie sich mit einem Augenaufschlag, der keinerlei Zweifel an ihren Absichten ließ. Um ihre Reize trotz des Mantels ein wenig besser zur Geltung zu bringen, drückte sie die Brust raus. »Kann ich euch behilflich sein, euren Feierabend ein bißchen ... angenehmer zu gestalten?«

Der größere Soldat schüttelte den Kopf. »Tut mir leid, Ma'am, aber wir haben schon was anderes vor.«

Sie seufzte und versuchte sich ihren Frust nicht anmerken zu lassen. »Tja, schade. Vielleicht beim nächsten Mal.«

»Ja«, lächelte er unverbindlich, »vielleicht.« Er tippte zum Abschied an die Krempe seiner Mütze, nickte seinem um knapp einen halben Kopf kleineren Kameraden zu und wollte an ihr vorbeigehen. Dann jedoch hielt er inne, als wäre ihm plötzlich etwas eingefallen. Er drehte sich zu ihr um. »Ehm, hören Sie, Ma'am, vielleicht können Sie uns *doch* helfen ...«

Ihr Lächeln blühte sofort wieder auf, wie eine Wüstenblume, die nach einer Periode der Dürre endlich wieder Wasser bekommt; möglicherweise war dieses Geschäft doch noch nicht verloren. »Bitte, nennen Sie mich doch Sandy. Das tun alle.« Eigentlich hieß sie Emma, doch als sie in diesem Gewerbe anfing, hatte Big Billy ihr erklärt, daß Männer keine Emma flachlegen wollten, sondern lieber eine Bambi, Gina oder Sandy; Emmas hatten sie schließlich selbst zu Hause.

Der Soldat schmunzelte, aber es lag kein Humor darin. »Nun, *Sandy* ... Mein Freund und ich sind schon seit einer ganzen Weile auf der Suche nach einem Mann.«

Sie winkte ab. »Tut mir leid, Cowboys, aber ich fürchte, da seid ihr bei mir an der falschen Adr...«

Er unterbrach sie. »Nicht, was Sie jetzt denken«, erklärte er hastig und hob abwehrend die Hände. »Wir sind bloß, sagen wir, *geschäftlich* an diesem bestimmten Gentleman interessiert, und wir haben gehört, daß er sich in dieser Gegend rumtreiben soll.« Er griff in die Tasche seiner Uniform und holte eine Fotografie hervor. »Haben Sie diesen Mann schon mal gesehen?«

Sie betrachtete das Bild. Es war das Porträt eines Mannes Mitte Zwanzig. Dunkelblondes, militärisch kurzgeschorenes Haar mit deutlichen Ansätzen von Geheimratsecken. Schmales, fast hageres Gesicht, leicht vorspringendes Kinn, dunkle Augen, eine scharf geschnittene Adlernase und Lippen, die einen Tick zu wulstig waren, um wirklich attraktiv zu wirken. Da der Mann Hemd, Krawatte und Uniformjacke trug, nahm sie an, daß es sich um ein Foto aus einer Militärakte handelte.

»Mittlerweile ist er einige Jahre älter«, erklärte ihr der Soldat, während sie das Bild studierte. »Mitte, Ende Dreißig. Vermutlich hat er wesentlich weniger Haare und wahrscheinlich auch einen Bart. Unter Umständen trägt er eine Brille.« Der Tonfall seiner Stimme verriet, daß er diese Erläuterungen zu der Fotografie bereits etliche Male gegeben hatte. Anscheinend suchten sie wirklich schon eine ganze Weile nach dem Kerl.

Sandy sah den Soldaten an und setzte ihr Pokerface auf. »Was, wenn ich den Typen tatsächlich gesehen habe?«

Schlagartig veränderte sich die Miene des Mannes. Zeigte sie vorher eine Mischung aus Frust und Resignation, glühte plötzlich ein beinahe fiebriger Glanz in seinen Augen. Sie kannte diesen Ausdruck gut: Es war der eines Jägers, der seine Beute ganz in der Nähe wähnt. Der Uniformierte wechselte einen Blick mit seinem schweigsamen Kameraden, der mit einemmal Mühe zu haben schien, seine Hände ruhig zu halten. Wer der Bursche auf dem Bild auch immer sein mochte, sie konnten es offenbar kaum erwarten, ihn in die Finger zu bekommen.

Als der Größere sie wieder anschaute, schien er sich mit Gewalt zusammennehmen zu müssen, um sie nicht an den Schultern zu packen und durchzuschütteln. »Wann und wo haben Sie ihn gesehen?« Der Unterton in seiner Stimme war nicht weniger lauernd als der Ausdruck in seinen Augen. »Hier in der Nähe? In dieser Kneipe?« Er deutete zum Eingang von *Frank's Boozer Bowl*.

Statt zu antworten, hielt sie lächelnd die Hand auf, Handfläche nach oben. Hinter ihr rollte ein dunkelblauer Ford die Straße entlang, hustete aus einem defekten Auspuff stinkende Abgaswolken aus und ließ das Regenwasser aufspritzen, das sich in den Löchern des bröckeligen Kopfsteinpflasters gesammelt hatte.

Der Soldat sah auf ihre ausgestreckte Hand. Einen Moment lang unternahm er nichts. Dann griff er in die Tasche, holte ein beachtliches Bündel Dollarnoten hervor, das von einer Geldklammer gehalten wurde, und zog einen Fünfer heraus. Fast spöttisch grinste sie das Bild von Thomas Jefferson an.

Sie griff nach dem Schein wie ein Ertrinkender nach einem Stück Treibholz, doch der Soldat zog den Fünfer rasch von ihr weg; er schien ihr nicht zu trauen.

»Wann haben Sie ihn gesehen?« wiederholte er seine Frage. »Wo können wir ihn finden?«

Nur mühsam widerstand sie dem Drang, von neuem

nach dem Schein zu greifen. Ihre Zunge glitt unruhig über die Lippen, den Blick konnte sie kaum von dem Geld abwenden. »Ich hab den Kerl in letzter Zeit häufiger in dieser Gegend gesehen. Keine Ahnung, was der so treibt. Hat immer 'n Hund dabei, so 'nen Mischling. Ich hab zwar noch nie mit ihm gesprochen, aber gesehen, wie er ein paarmal ins *Arbor* gegangen ist.«

»*Arbor?*«

»*Rick's Arbor*«, konkretisierte sie ungeduldig. »Das ist 'ne Kneipe ein paar hundert Meter weiter die Straße runter, Ecke Siebzehnte und Sunnyvale Avenue. Ist ein ziemlich schmieriger Laden mit noch schmierigeren Gästen, aber der Bursche sah aus, als würde er dorthin passen wie die Faust aufs Auge, wenn Sie verstehen …«

Fragend gingen die Augenbrauen des Mannes in die Höhe. Er kam einen Schritt näher. »Wieso das?« Noch immer hielt er den Schein knapp außerhalb ihrer Reichweite.

Rasch wechselte ihr Blick zwischen dem Fünfer und seinem Gesicht hin und her. Sie zuckte die Schultern. »Na ja, im *Arbor* treibt sich der übelste Abschaum des Viertels herum. Säufer, Obdachlose, Junkies …« Sie schnaubte abfällig. »Denen, die dahin gehen, ist es völlig egal, ob sie Whiskey oder Frostschutzmittel in sich reinschütten, solange es nur Alkohol ist und nicht viel kostet.«

»Verstehe.« Er fixierte sie mit seinen stahlblauen Augen; ein leichter Schauder überkam sie. »Wissen Sie sonst noch was über ihn? Irgend etwas, das uns möglicherweise weiterhelfen könnte, ihn zu finden?«

Sandy schüttelte den Kopf.

»Sicher?« hakte er nach.

»Tut mir leid«, beharrte sie.

Wieder wechselten die beiden Soldaten einen Blick.

Der Schweigsame nickte beinahe unmerklich. Seine linke

Hand öffnete und schloß sich ununterbrochen, als würde er auf einem unsichtbaren Gummiball herumdrücken. Sein Gesicht war unbewegt und seltsam hart.

Seufzend hielt sein Kamerad ihr den Schein hin. Schnell griff sie danach, ohne einen Gedanken daran zu verschwenden, daß ihre Gier einen schlechten Eindruck machen könnte, und ließ den Fünfer ebenso unauffällig in der Tasche verschwinden wie vorhin die Zigaretten. Jetzt, da sie das Geld sicher hatte, bekam sie Oberwasser, schaltete ihr Lächeln wieder ein wie andere Leute die Zimmerbeleuchtung und trat so dicht an den Soldaten heran, daß ihre Beine in den dunklen Strümpfen die Aufschläge seiner Hosen fast berührten. Eine Woge billigen Parfüms ging von ihr aus, schwer und viel zu süß, um angenehm zu duften.

»Wie wär's denn jetzt mit 'nem Drink, hm?« Ihre Hand glitt schmeichelnd sein Revers auf und ab. »Ich meine, jetzt, da ihr wißt, wo dieser Kerl sich rumtreibt, könntet ihr euch doch den Rest des Abends freinehmen, oder nicht? Ich verspreche euch, ihr werdet es nicht bereuen.« Sie zwinkerte dem schweigsamen Soldaten kokett zu, doch der Mann reagierte überhaupt nicht.

Der andere schob sie sanft, aber bestimmt von sich. »Tut mir leid, aber wie ich bereits sagte ... Wir haben schon was anderes vor.« Er ließ den Rest seines Geldes wieder in der Tasche verschwinden; bedauernd sah sie den Scheinen nach. »Trotzdem, besten Dank für Ihre Hilfe, Ma'am. Sie haben Ihrem Land einen großen Dienst erwiesen.« Damit tippte er von neuem an seine Mütze, drängte sich vorbei und marschierte mit ausgreifenden Schritten den Bordstein hinunter in Richtung *Rick's Arbor*.

Sein schweigsamer Kamerad verabschiedete sich ebenfalls und schickte sich an, ihm zu folgen. Er ging so dicht an

Sandy vorbei, daß sie sich berührten. Instinktiv drückte sie sich gegen ihn in dem halbherzigen Versuch, ihn vielleicht doch noch umzustimmen, und spürte einen harten Druck unter seiner Uniformjacke, an der linken Seite. Erschrokken trat sie einen Schritt zurück, erhaschte aber noch einen flüchtigen Blick auf die leichte Ausbuchtung im Stoff unter der Achselhöhle, bevor der Mann an ihr vorbei war und dem anderen Soldaten hinterhereilte. Das Klappern ihrer genagelten Halbschuhe vermischte sich mit dem Stöhnen des betrunkenen jungen Matrosen, dem Lärm der Bars und dem Tuten eines Nebelhorns, das wehklagend über das graue, von Wind und Regen aufgewühlte Wasser des Hafenbeckens wehte.

Sie blickte den beiden Soldaten nach, während ihre Hand beinahe automatisch in die Tasche zu dem Geldschein glitt. Der Fünfer fühlte sich samtig und fest an, ein stummer Beweis, daß sie sich für heute nacht lange genug die Beine in den Bauch gestanden hatte. Sie wartete, bis die Männer zwanzig Meter weit weg waren, dann rief sie: »He, Cowboys!«

Der größere Soldat blieb stehen, kam nochmals ein Stück zurück. »Was ist?«

»Warum sucht ihr diesen Kerl? Ich meine, weshalb seid ihr so scharf darauf, ihn zu finden? Der ist doch nichts als ein abgerissener Säufer. Mit dem ist nichts los. Wenn ihr mich fragt, für 'ne Flasche Schnaps würde der seine Mutter an den Leibhaftigen verscherbeln, von seiner eigenen Seele mal ganz zu schweigen.« Sie strich sich das feuchte Haar aus der Stirn. »Was hat er getan? Sich unerlaubt von seiner Einheit entfernt, dem Koch in die Suppe gepinkelt oder so was in der Art?«

»Ja«, meinte der Soldat ausweichend. »So was in der Art.«

Ohne ein weiteres Wort drehte er sich um und folgte

seinem Kameraden die Straße hinab. Schnell hatte er ihn wieder eingeholt, und so gleichmäßig, wie man es bloß auf dem Exerzierplatz lernt, marschierten sie jetzt nebeneinanderher. Die Leuchtreklamen der Bars und die dunklen Gassen, die sie passierten, tauchten sie in ein Wechselspiel aus Licht und Schatten. Keiner von ihnen drehte sich noch einmal nach Sandy um, und aus irgendeinem Grund, den sie nicht näher in Worte fassen konnte, war sie froh darüber. Sie schaute ihnen nach, bis sie hinter einem geparkten Lieferwagen verschwanden. Dann faßte sie den Riemen ihrer Tasche fester, wandte sich ab und stöckelte in die entgegengesetzte Richtung davon, nach Hause.

2.

Als Captain Robert C. Taylor den abgegriffenen Knauf drehte und die Eisentür von *Rick's Arbor* öffnete, schlug ihnen der für Etablissements dieser Art charakteristische Geruch entgegen, eine Mischung aus Küchendünsten, verschüttetem Pils, kaltem Zigarettenrauch und Raumspray mit Veilchenduft, das allerdings nicht imstande war, den bitteren Gestank von Erbrochenem vollständig zu übertünchen. Er schien aus jeder Pore der grob verputzten Wände zu dringen. Dennoch verzog Taylor keine Miene; er war in den vergangenen Tagen so häufig mit diesem unangenehmen Geruch konfrontiert worden, daß er ihn kaum noch registrierte und beinahe automatisch durch den Mund zu atmen begann, sobald sie nur in die Nähe eines solchen Etablissements kamen. Er zog die Tür ganz auf, ließ Lieutenant Daniel Powers eintreten und setzte dann selbst den Fuß über die Schwelle. Mit dem gequälten Quietschen schlecht geölter Angeln fiel die Tür hinter ihnen ins Schloß und schnitt schlagartig die Frischluftzufuhr ab.

Powers verharrte einen Moment, um sich zu orientieren. Nachdem er mit wenigen Blicken alles erfaßt hatte, was er wissen mußte, setzte er sich wieder in Bewegung und steuerte sogleich auf die Theke zu. Taylor ging zwei Schritte hinter dem Lieutenant und unterzog das Lokal ebenfalls einer raschen Musterung. Wenn er etwas haßte, dann waren es böse Überraschungen. Doch es schien nicht, als müßten sie hier mit dergleichen rechnen. Dafür waren die Gäste viel zu sehr mit sich und ihren Drinks beschäftigt, wenn auch nicht unbedingt zwangsläufig in dieser Reihenfolge.

Die lange Eichentheke mit der zerkratzen Platte nahm fast die gesamte Westfront des Lokals ein. Dahinter stand der Wirt, ein übergewichtiger Bursche mit fettigem Haar und üppig wuchernden Bartstoppeln; er hatte sich eine karierte Schürze um den über den Gürtel quellenden Wanst gebunden und trocknete mit einem Lappen gelangweilt Gläser ab. Vom Tresen aus hatte er einen guten Überblick über den nahezu quadratischen Schankraum, wo ein Durcheinander an Tischen und Stühlen zwischen den Türen zu den Toiletten, dem Billardtisch und der Musikbox in der Ecke eingezwängt war. Auf dem Boden lag Sägemehl, um Wasser, Schmutz und anderen Dreck zu binden, damit man ihn später einfach beiseite kehren und neues Mehl ausstreuen konnte.

Obwohl nur an knapp der Hälfte der Tische Gäste saßen und auch die Hocker längs der Theke größtenteils verwaist waren, herrschte ein Heidenlärm. Die meisten der Versammelten wirkten derb angetrunken. Sie debattierten laut, grölten, lachten, pöbelten und brüllten aus voller Kehle den Song mit, der aus den Lautsprechern der Musikbox dröhnte. Das Rauschen der bereits tausendmal gespielten

Schellack-Platte übertönte beinahe den Gesang von Bobby Wingood. In seiner unverwechselbar schmalzigen Art erzählte er von den Mädchen aus Santa Fe, die nur glücklich waren, wenn sie mit feschen jungen Soldaten tanzen konnten.

Taylor langte kurz nach Powers bei der Theke an und ließ sich neben dem Lieutenant auf einen freien Barhocker fallen. Zwei Plätze weiter links kauerte ein Kerl mit roter Steppweste und fadenscheiniger Wollmütze vor einer leeren Flasche Scotch. Das Glas stand umgedreht daneben; offenbar hatte es seinen Zweck erfüllt. Das Haupt des Mannes ruhte auf dem Tresen, Wange nach unten. Verhaltene Schnarchlaute drangen zwischen seinen halb geöffneten Lippen hervor.

Wie konnte man sich dermaßen gehenlassen? Taylor schüttelte den Kopf, doch ließ er sich seinen Widerwillen nicht anmerken. Wenn es stimmte, was die Prostituierte ihnen erzählt hatte, und der Bursche, den sie suchten, tatsächlich in diesen Kreisen verkehrte, wäre es über die Maßen unklug gewesen, hochnäsig oder gar geringschätzig zu wirken. Dann würden sie aus keinem dieser Typen auch bloß ein Wort herausbekommen. Diese Saufbrüder konnten manchmal loyaler und solidarischer sein als die meisten Politiker.

Taylor beachtete die Wollmütze nicht weiter und richtete seine Aufmerksamkeit statt dessen auf den Wirt, der noch immer dabei war, Gläser zu putzen. Hinter ihm an der Wand hing ein großer, gerahmter Spiegel, auf dem im Laufe der Jahre etliche fettige Finger ihre Spuren hinterlassen hatten, ohne daß sich jemals jemand die Mühe gemacht hatte, sie wegzuwischen. Neben einem Regal voller Flaschen führte ein mit einem Vorhang aus bunten Glasperlen nur unzureichend verdeckter Durchgang in die Küche, aus der das metallische Klappern und Scheppern von Töpfen und das heisere Zischen von Bratenfett in einer Pfanne drangen. Taylor versuchte, den Wirt mit einem kurzen Nicken dazu zu bewegen, zu ihnen zu kommen, doch anscheinend hatte er kein Interesse daran, sie zu bedienen; jedenfalls schaffte er es, sie erfolgreich zu ignorieren. Erst als Taylor seufzend in die Tasche griff und den Geldclip hervorholte, flackerten seine Augen plötzlich auf wie Sturmleuchten. Sofort geriet Bewegung in seine massige Gestalt. Trotz seiner gewaltigen Wampe, die bei jedem Schritt hin- und herschaukelte wie ein Schiff bei starkem Seegang, brauchte er keine Sekunde, um die Distanz zwischen ihnen zu überwinden und mit demselben Lederlappen, mit dem er eben noch die Gläser poliert hatte, die Theke zu wischen, um alte, angetrocknete Bierringe und übergeschwappten Scotch zu beseitigen. Das Lächeln, mit dem er die Soldaten bedachte, war beinahe so schmierig wie seine durch die lichte Haarpracht schimmernde Glatze. Er unternahm nicht einmal den Versuch, sein Interesse an den Scheinen in Taylors Hand zu verbergen.

»Fröhlichen guten Abend, Jungs!« Seine Stimme klang hohl und gequetscht, fast so, als hätten die Worte Schwierigkeiten, sich ihren Weg durch seinen mäandernden Leib zu bahnen. »Ich bin Rick. Mir gehört dieses *Etablissement*.« Er gab sich Mühe, die Betonung korrekt hinzubekommen, doch erfolglos. »Kann ich irgendwas für Sie tun?«

Taylor verzichtete auf ein Lächeln. Bei diesem Kerl würden sie mit Freundlichkeit nicht weiterkommen; der reagierte nur auf Bares. »Schon möglich.« Er stützte sich mit dem Ellbogen auf die Theke, zog einen Schein aus dem Bündel und legte ihn vor sich auf den Tresen wie eine Spielkarte, mit dem Gesicht eines toten Präsidenten nach oben. »Wir sind auf der Suche nach –«

»Frauen?« unterbrach ihn der Wirt unhöflich, während er den Zehner zugleich so schnell verschwinden ließ, daß man es mit bloßem Auge kaum verfolgen konnte. Sein Lächeln wurde zu einem breiten Grinsen, als er sich halb über die Theke beugte. Sein Atem stank nach Zwiebeln und Kümmel. »Gras? Koks? Was auch immer ihr braucht, Jungs, bei mir seid ihr goldrichtig, das verspreche ich euch!« Er hörte sich an wie ein Vertreter, der einer entnervten Hausfrau einen neuen Staubsauger aufschwatzen wollte. »Alles, was ihr tun müßt, ist, mir zu sagen, was ihr wollt, und – *et voilà*!« Er schnippte linkisch mit den dicken Wurstfingern. »Schon erledigt!« Begeistert von sich selbst, lachte er auf und entblößte dabei einen Mund voll schlechter gelber Zähne. Er wandte sich direkt an Taylor, vermutlich, weil er das Geld hatte. »Glauben Sie mir, Junge, es gibt nichts, was der gute alte Ricky nicht für Sie besorgen kann. *Absolut gar nichts!*«

»Na, wenn das so ist...« Taylor steckte das Geldbündel wieder ein, was Ricky mit einem unzufriedenen Grunzen kommentierte, und förderte das Foto zutage, das er vorhin der Prostituierten gezeigt hatte. Er hielt es dem Wirt unmittelbar vor die Nase und erklärte: »Wir suchen diesen Mann. Man sagte uns, daß er in letzter Zeit des öfteren hier bei Ihnen eingekehrt ist.«

Rick warf einen flüchtigen Blick auf das Foto und nickte. »Hhm. Das ist David – oder zumindest nennt er sich so. Allzu viel Ähnlichkeit hat er zwar nicht mehr mit sich selbst, aber das ist er. Doch, doch.«

Taylor sah ihn scharf an. »Sind Sie sicher?«

Der Wirt nickte. »Absolut. Er hat heute zwar 'n Vollbart. Die Haare sind auch wesentlich lichter geworden, und ein paar Kilo weniger dürfte er ebenfalls auf den Rippen haben. Aber er ist es. Doch, auf jeden Fall.«

»Was können Sie uns über ihn sagen?«

Rick ließ ein mitfühlendes Seufzen hören, das beinahe echt klang. »Armer Teufel, der. Völlig fertig mit der Welt. Wenn Sie den sehen, wissen Sie, daß es *doch* einen Grund gibt, mit dem Saufen aufzuhören, egal, was für Probleme Sie auch immer am Arsch haben mögen.« Er stieß ein glucksendes Gackern aus, das man mit viel Phantasie als Kichern interpretieren konnte. »Wenn ich mich recht entsinne, ist er so vor drei, vier Wochen hier aufgekreuzt. Er kam rein, kippte ein paar Kurze runter und fragte mich, ob ich wüßte, wo man hier ohne viel Trara Arbeit bekommen könne. Ohne Papiere, Sie verstehen?«

Taylor nickte. »Und?«

Der Wirt sah ihn verwirrt an. »Was: Und?«

»Na, was haben Sie ihm gesagt?« Der ungeduldige Unterton in der Stimme des Captains war nicht zu überhören. Unwillkürlich hatte er sich, den sauren Zwiebelatem des Wirts ignorierend, ein Stückchen weiter nach vorn gebeugt.

Ricks rundes Pfannkuchengesicht hellte sich in plötzlichem Begreifen auf. »Oh, klar!« Er schlug sich theatralisch gegen die Stirn. »Ja, ich hab ihm gesagt, er soll mal runter zu den Docks gehen und mit Skippy Johnson reden. Skippy, das ist der Vorarbeiter bei *Koerber & Sons*, wissen Sie?« Ohne eine Antwort abzuwarten, fuhr er fort: »Tja, jedenfalls hat er das gemacht, und sie haben ihn angeheuert. Lastschiffe löschen und beladen, Kohlen schippen, so was eben.« Er schnalzte mit der Zunge. »Ich nehm' nich' an, daß sie ihm dafür großartig was zahlen, aber er kommt trotzdem regelmäßig alle paar Tage her, säuft wie 'n Loch, bis seine Kröten alle sind, und macht sich anschließend wieder vom Acker. Eigentlich ist er gar kein schlechter Kerl, zumindest, was mich angeht. Er pöbelt nich' rum, fängt mit den anderen Leuten keinen Streit an und hat auch noch nie auf den Boden gekotzt. Der ideale Gast, könnte man fast sagen.« Wieder dieses gluckernde, mekkernde Kichern.

»Wann war er zum letzten Mal hier?« fragte Taylor.

Der Wirt wiegte unschlüssig den Kopf. »Gestern, denk' ich. Vielleicht auch vorgestern. Wissen Sie, Sir, ich geh' nich' so häufig raus vor die Tür, deshalb bin ich mir da nich' so ganz sicher.« Er zuckte entschuldigend die Achseln und wandte kurz den Kopf, als drüben beim Billardtisch Glas splitterte, doch sein Interesse hielt sich merklich in Grenzen.

»Wo können wir diesen David finden?« Die Stimme von Powers klang tief und befehlsgewohnt, aber nicht wirklich unangenehm. Gleichwohl zuckte der fette Wirt so heftig zusammen, als wäre er von einer unsichtbaren Hand mitten in seine feiste Visage geschlagen worden.

Überrascht schaute er von Taylor zu seinem Begleiter; offenbar hatte er nicht mehr damit gerechnet, daß der Lieutenant das Wort ergreifen würde, nachdem er die ganze Zeit über so beharrlich geschwiegen hatte. Eine Sekunde starrte er Powers verblüfft an. Dann erinnerte er sich an dessen Frage und beeilte sich zu antworten, als fürchtete er, sein Zögern könne ihn verärgern. »Na ja, ich nehm' mal an, Sie können ihn morgen bei *Koerber & Sons* erwischen. So ab elf oder zwölf Uhr mittags, würd' ich sagen.«

»Und jetzt?« erkundigte sich Taylor.

Rick begriff nicht. »Hm?«

»Wo ist er jetzt?« konkretisierte Taylor gereizt.

Der Wirt kratzte sich nachdenklich den dicken Bauch. Zum erstenmal fiel dem Captain auf, daß nicht bloß die Schürze, sondern auch das ehemals weiße Hemd darüber von einem bunten Muster verschiedenfarbiger Flecken verunziert wurde. »Schwere Frage«, sagte er dann. »Ich weiß nicht, wo der Kerl wohnt, falls Sie das meinen. Obwohl ich bezweifle, daß er *überhaupt* irgendwo wohnt. Versuchen Sie's am besten mal im Park.«

Taylor runzelte die Stirn. »In welchem Park?«

»Im Waterfront-Park«, klärte ihn der Wirt auf. »Das ist drüben in der Nähe von Quincy Markets, Sie wissen schon. Ecke Atlantic und Commercial. Da treiben sich diese abgerissenen Burschen normalerweise immer rum. Ist so was wie der Slum von Boston. Da müßten Sie den Kerl eigentlich finden.«

»Sollte der Typ hier auftauchen«, sagte Powers, langte in die Tasche und zog einen Kugelschreiber hervor, »dann können Sie uns unter dieser Nummer erreichen.« Er ließ die Mine vorschnellen, griff nach einem der vergilbten Bierdeckel, die verstreut auf der Theke lagen, und schrieb eine Nummer auf die Rückseite. »Aber auch wenn Ihnen sonst noch irgendwas einfällt, was uns helfen könnte, zögern Sie nicht, uns anzurufen, ganz egal zu welcher Uhrzeit. Es soll Ihr Schaden nicht sein.« Um seine Worte zu bekräftigen, griff er erneut in die Tasche und holte ein Bündel Scheine hervor, nicht weniger ansehnlich als das seines Kameraden. Er zog einen Fünfer heraus, faltete ihn auseinander und hielt ihn dem Wirt vor die Nase. »Können wir mit Ihnen rechnen?«

Rick ließ den Schein mit dem Geschick eines Taschendiebs verschwinden. Danach griff er nach dem Bierdeckel, warf einen Blick auf die Telefonnummer, deren Anschluß irgendwo in der Stadt sein mußte, da der Lieutenant keine Vorwahl notiert hatte, und grinste. »Kein Problem«, erklärte er leger. »Wie jedem anderen aufrechten Staatsbürger ist es auch mir stets eine besondere Freude, den Hütern unserer freiheitlichen Ideale und unseres allseits geliebten

Vaterlandes zu Diensten sein zu können.« Er salutierte zakkig, wie die Soldaten bei der großen Militärparade am St. Patrick's Day, und schloß voller Inbrunst: »Sie können auf mich zählen, Gentlemen!«

3.

Der Waterfront-Park lag unmittelbar gegenüber dem Binnenhafen von Boston, eingekeilt zwischen der Atlantic Avenue, die sich vom Südwesten heranschlängelte, und der Commercial Street im Norden. Jedoch traf der Begriff »Park« nicht ganz zu, denn die vor dem erleuchteten Hintergrund des Hafenviertels in den Himmel ragenden Bäume und das wild wuchernde Dickicht wirkten eher wie ein Wäldchen. Dieser Eindruck wurde durch die Mischung aus Laub- und Nadelgewächsen, die weder von Gärtnern noch von Zäunen im Zaum gehalten zu werden schienen, noch verstärkt. Ausläufer von Baumwurzeln und Sträuchern hatten sich ihren Weg durch den bröckeligen Asphalt des Gehwegs gebahnt; wie das karge gelbe Gras, das oft neben Highways zu finden ist, wuchsen im Rinnstein Triebe von Birken und Brombeersträuchern.

Während das Taxi die Commercial Street hinaufrollte, schaute Taylor aus dem Seitenfenster. Das Amüsierviertel mit seinen bunten Lichtern, dem Lärm der Bars und den Seeleuten, die von einer Kaschemme in die nächste taumelten, lag längst hinter ihnen. Dieser Teil der Stadt gehörte zwar theoretisch immer noch zum Hafen, war praktisch aber eher zum Bostoner South End zu rechnen. Hier wichen die Lagerhallen und Bürogebäude Wohnblöcken und Einfamilienhäusern mit winzigen Vorgärten. Gleich blieben einzig die von Ruß und Abgasen geschwärzten Fassaden und der lautlos wie Gespenster vom Ozean emporsteigende Nebel. Alles zusammen ergab das Flair einer Stadt, die in den letzten Jahren schneller gewachsen war, als ihr guttat.

Taylor richtete seine Aufmerksamkeit auf den Park. Hin und wieder waren durch das Dickicht aus Zweigen, Büschen und Laub vereinzelte Lichtfetzen auszumachen, doch das Leuchten war zu unregelmäßig, um von Laternen zu stammen. Deshalb nahm er an, daß es sich um Feuer handelte, Lagerfeuer, entfacht von den hier lebenden, gescheiterten Existenzen. Der Captain seufzte, drehte nervös die Mütze im Schoß und hielt nach einem Eingang in den Park Ausschau. Währenddessen brütete Lieutenant Powers neben ihm schweigend vor sich hin. Sein hageres, kantiges Gesicht mit der scharf geschnittenen Raubvogelnase, den vorstehenden Wangenknochen und den stechenden blauen Augen wirkte im Halbdunkel leer und seltsam lethargisch. Aber Taylor wußte genau, dieser Eindruck trog. Powers war einer der fähigsten und tapfersten Soldaten, die er jemals kennengelernt hatte, ein echter Kämpfer. Wenn es hart auf hart kam, konnte man sich voll und ganz auf ihn verlassen. Auf dem Stützpunkt ging das Gerücht, der Lieutenant habe noch nie vorbeigeschossen, wenn er gezwungen wurde, die Waffe zu ziehen. Irgendwie beruhigte das den Captain, selbst wenn es ihnen im Ernstfall wahrscheinlich nicht viel nützen würde.

Das Taxi rollte an einem Hinweisschild vorbei. Die Reifen pflügten durch eine Pfütze. Wasser spritzte hoch, benetzte die gelbe Karosserie des Wagens. Noch immer war kein Durchgang in der natürlichen Mauer auszumachen. Erst als der Fahrer eine Minute später an einem Lieferwagen mit dem schwungvollen Schriftzug von *Coca-Cola* vorbeizog und in die Atlantic Avenue abbog, änderte sich das.

Direkt neben einer Straßenlampe führte ein schmiedeeisernes Doppeltor in die Eingeweide der Anlage. Es war geschlossen, aber in der vom flackernden Schein der Lagerfeuer spärlich erhellten Dunkelheit dahinter zeichneten sich mehrere Gestalten ab. Viel konnte Taylor nicht von ihnen ausmachen, doch das wenige, was er sah, genügte, um seine Hand unwillkürlich in die Uniformjacke gleiten zu lassen, dorthin, wo die Pistole im Schulterhalfter steckte. Ehe sie heute aufgebrochen waren, hatte er die Waffe sorgsam gereinigt, das Magazin eingeführt und den Schlitten durchgezogen. Eine Kugel befand sich schon im Lauf. Im Ernstfall mußte er die Halbautomatik bloß noch entsichern.

Das Eisentor kam näher. Taylor beugte sich vor und klopfte dem Fahrer von hinten auf die Schultern, zum Zeichen, daß er halten sollte. Der Mann hinter dem Steuer, ein Schwarzer mit Schiebermütze, hatte kaum zwei Worte fallenlassen, seitdem sie vor *Rick's Arbor* eingestiegen waren. Jetzt nickte er schweigend, wechselte vom Gas auf die Bremse und scherte nach links aus. Der Chevrolet wurde langsamer und rollte schließlich direkt vor dem Parkeingang an den Bordstein. Ratternd zog der Schwarze die Handbremse, während die Scheibenwischer monoton weiter über die Windschutzscheibe kratzten.

Ohne den Motor abzustellen, drehte sich der Taxifahrer halb nach hinten um, einen Arm auf der Kopfstütze des Beifahrersitzes. Seine großen, kräftigen Zähne schimmerten im Zwielicht.

»Zwei Meilen«, erklärte er knapp. »Macht einsfünfzig.« Er schien kein großer Freund von Small talk zu sein.

Taylor zog zwei Einer aus der Tasche, drückte sie ihm in die Hand und tastete nach dem Türgriff, um auszusteigen. Seit sie *Rick's Arbor* verlassen hatten, hatte der Regen nachgelassen und war zu einem feinen Nieseln abgeklungen, das wie Nebel in der Luft hing. Die Wolken waren ein wenig aufgerissen und gaben den Blick frei auf ein Meer von Sternen. Ein Dreiviertelmond von der Färbung bleicher Knochen blinzelte hinter vorbeiziehenden Wolkenfetzen hervor.

Taylor setzte seine Mütze auf, indes Powers aus dem Wagen kletterte, rückte sie zurecht und wollte den Verschlag gerade schließen, als ihn der Ruf des Fahrers innehalten ließ.

»He, Mister!«

Er beugte sich in die offene Hintertür. »Hm?«

Die Augen des Fahrers glichen im Halbdunkel weißen Murmeln. »Sie wollen doch nicht etwa in den Park, oder?«

Taylor antwortete mit einer Gegenfrage: »Warum nicht?«

Der Schwarze wiegte den Kopf; die Schiebermütze wippte auf und ab. »Na ja, weil das keine besonders gute Idee wäre. Der Park mag vielleicht nicht besonders groß sein, aber selbst die Bullen trauen sich da nach Einbruch der Dunkelheit nicht mehr hin.« Mit einem unheilvollen Unterton in der Stimme fügte er hinzu: »Dort wimmelt's nur so von Ratten, und zwar zwei- *und* vierbeinigen, wenn Sie verstehen, was ich meine?«

Der Captain nickte. »Ich glaube schon.« Er sah sich kurz nach Powers um. Der stand mitten auf dem Gehweg und trat ungeduldig von einem Fuß auf den anderen. Schließlich wandte Taylor sich von neuem dem Taxifahrer zu. »Hören Sie, Kumpel, nichts für ungut, aber manchmal gibt es Dinge, die sich nicht aufschieben oder umgehen lassen, und diese Angelegenheit gehört dazu. Trotzdem, besten Dank für den Tip, okay?«

Der Schwarze schnalzte mißbilligend mit der Zunge.

»Ihre Entscheidung«, meinte er knapp, löste die Handbremse und ließ den Dieselmotor aufröhren; Abgaswolken quollen aus dem Auspuff.

Captain Taylor warf die Hintertür zu und trat auf den Bordstein zurück. Das Taxi fuhr an, rollte durch eine Pfütze und fädelte sich in den kargen Verkehr ein. Nicht lange darauf verschwanden die Rücklichter um die Ecke, verschlungen von der unruhigen Herbstnacht.

Mit einem Seufzen, halb resigniert, halb hoffnungsvoll, kehrte Taylor der Straße den Rücken und ging zu Powers. Der Lieutenant hatte zwei Knöpfe seiner Uniformjacke geöffnet, um leichter an seine Pistole zu gelangen, falls es erforderlich sein sollte, und deutete mit einem knappen Nikken in Richtung Parkeingang.

»Glauben Sie, daß wir ihn hier finden?«

»Möglicherweise. Der Wirt hat zwar gesagt, daß er erst gestern oder vorgestern bei ihm war, aber vielleicht hat er von uns Wind bekommen und sich aus dem Staub gemacht. Wie auch immer, dies ist die heißeste Spur, auf die wir bislang gestoßen sind, und ich denke, wir sollten das Beste daraus machen.«

Powers murmelte zustimmend.

Die Männer gingen zum Tor. Es wurde gekrönt von scharfen Eisenspitzen, die bloß auf eine günstige Gelegenheit zu warten schienen, jemandem die Hosenbeine zu zerreißen. Doch als Taylor probeweise den rostigen Knauf drehte, stellte sich heraus, daß das Tor nicht abgeschlossen war; es ließ sich ohne Probleme öffnen. Skeptisch sondierte Taylor das Terrain, als vermutete er eine Falle. Das war beinahe zu einfach, nach all den Problemen, die sich ihnen bislang in den Weg gestellt hatten.

Behutsam schob er die linke Torhälfte auf. Schlagartig schien das Dickicht des Parks hinaus auf die Straße zu dringen, ebenso die Finsternis, wie lebendige Wesen, die freigelassen werden wollten.

Taylor trat durch das Tor; Powers folgte ihm. Der kiesbestreute Weg vor ihnen wurde teilweise von den Kronen der Bäume überdacht und wand sich einem Fluß gleich in die trübe Dunkelheit davon. Hier und da drang unsteter Feuerschein durch das Unterholz, und auch wenn das klägliche Licht die Nacht nicht vertreiben konnte, hatte es für die Soldaten als Signalfeuer doch einen gewissen Nutzen. Alles, was sie tun mußten, war, auf dem Pfad zu bleiben und dem Feuerschein zu folgen.

Als Taylor sich umdrehte, erkannte er, daß Powers nicht auf ihn gewartet hatte und schon zehn Meter entfernt war, eine dunkle Gestalt mit breiten Schultern und ausgreifendem Gang, die so unerschütterlich wirkte wie ein Fels in der Brandung. Taylor beeilte sich, ihn einzuholen. Keiner der beiden sagte etwas. Kies knirschte unter den Absätzen ihrer Schuhe. Weiße Atemwolken wehten aus ihren Mündern. Am Himmel, über den Baumkronen, zeichnete sich der helle Schemen der Feuer ab wie die erste zarte Andeutung des neuen Tages. Doch der Morgen war noch fern.

Als Taylor sich nach einer kleinen Weile umdrehte, war das Tor nur noch ein heller Fleck inmitten der Düsternis, wie das Portal zu einer anderen Welt. Unwillkürlich nahm seine Unruhe zu; er ließ sich die Nervosität aber nicht anmerken und ging weiter im Gleichschritt neben dem Lieutenant her. Aus dem Augenwinkel bemerkte er Schatten links von ihnen; zwei oder drei Gestalten bewegten sich parallel zum Weg durch die Büsche. Ein Seitenblick zu Powers verriet ihm, daß der Lieutenant sie ebenfalls bemerkt hatte, doch Powers schüttelte nur unmerklich den Kopf; wahrscheinlich hatten sie von diesen Burschen nichts zu befürchten.

Vor ihnen beschrieb der Pfad eine Kurve. Sie gingen weiter; das verschwommene Quadrat des Ausgangs blieb vollends hinter ihnen zurück. Dafür tauchte nicht weit vor ihnen das erste der Feuer auf. Flammen schlugen aus einem alten Ölfaß, das direkt auf einer Kreuzung aufgestellt worden war. Dicker, schwarzer Qualm stieg empor. Ein halbes Dutzend Männer in schmutziger, zerlumpter Kleidung standen um das Faß herum, rieben die Hände über dem Feuer und ließen eine Flasche im Kreis herumgehen. Als die beiden Soldaten in den Lichtkreis traten, verstummten ihre Gespräche schlagartig. Trübe, vom Rauch und von zuviel Alkohol gerötete Augen sahen sie an, jeder Blick eine stumme Frage.

Was wollten diese verdammten Arschlöcher hier?

Die Welle der Ablehnung, die ihnen entgegenschlug, war fast körperlich spürbar. Diese Gesellen in den dreckigen Mänteln betrachteten sie als Außenseiter und damit als Feinde. Sie waren ohne Einladung in ihr Reich eingedrungen, und das sah man in diesen Kreisen nicht gern. Diese Leute wollten unter sich sein, unter Leidensgenossen, wo sie sich nicht dafür zu schämen brauchten, was aus ihnen und ihrem Leben geworden war.

Dennoch wurden ihre Schritte nicht langsamer, als sie sich dem Lagerfeuer näherten. Die Penner starrten sie ungeniert an. Ihre Gesichter waren leer, teilweise aufgequollen von Alkohol, Krankheit oder dem Wasser, das sich in ihren Körpern gesammelt hatte. Die Flasche kam zum Stillstand. Die Obdachlosen standen einfach nur da und glotzten.

Fünf Schritte von ihnen entfernt blieb der Captain stehen. Das Schweigen war so intensiv, so greifbar, als könnte man es mit dem Messer schneiden. Taylor kam der Gedanke, daß es bloß eines Funkens bedurfte, um den Treibsatz aus Haß, Angst, Aggression und Verzweiflung zur Explosion zu bringen, der in diesen Menschen schlummerte; und wenn das passierte, würde – *mußte* – es zwangsläufig zu einer Katastrophe kommen.

Powers ignorierte die skeptischen Blicke der Obdachlosen, stellte sich zu ihnen an die Tonne und hielt seine Hände vor die Flammen. »Scheißkalt«, kommentierte er. »Sauwetter. Kommt man sich ja vor wie in der Arktis.«

Die Penner sahen ihn an, sagten nichts.

Taylor hielt sich im Hintergrund.

Lieutenant Powers blies in seine Hände, als wären seine Finger kurz davor abzufrieren, und schaute in die Runde. Wenn ihm die verhärmten, unrasierten Gesichter mit den roten Nasen, den aufgeplatzten Lippen und eingefallenen Wangen angst machten, merkte man es ihm nicht an.

»Ihr Jungs seht aus, als würdet ihr euch hier in der Gegend ganz gut auskennen, oder irre ich mich da?«

Einer der Penner, ein untersetzter Weißer, dessen Antlitz von einem wild wuchernden, krautigen Vollbart fast zur Gänze bedeckt wurde, zuckte gleichgültig die Schultern. »Vielleicht, vielleicht auch nicht.«

Die anderen Männer schwiegen.

Der Lieutenant ließ sich von der kaltschnäuzigen Art nicht einschüchtern. Er nahm die Mütze ab, fuhr sich mit den Fingern durchs Haar und erklärte: »Ich suche jemanden, der sich hier rumtreiben soll. Einen Mann namens David. Hat immer so einen niedlichen Mischlingshund bei sich. Ihr wißt nicht zufällig, wo wir ihn finden können, oder?«

Wieder dieses teilnahmslose Achselzucken, aber ein Blick in die Augen des Obdachlosen genügte, um zu erkennen, daß er ganz genau wußte, von wem die Rede war. »Vielleicht, vielleicht auch nicht«, wiederholte er grinsend.

Seine Kumpels lachten hämisch auf.

Powers' Lippen verzogen sich zu einem Lächeln. »Und wärst du unter Umständen so gütig, mir zu sagen, wo er ist?« Bevor der Mann von neuem sein Sprüchlein aufsagen konnte, fügte Powers liebenswürdig lächelnd hinzu: »Sag's noch mal, und ich brech' dir die Nase.«

Die Augen seines Gegenübers wurden groß wie Golfbälle. Im ersten Moment sah es aus, als wollte er etwas erwidern, doch dann klappte sein Mundwerk krachend zu; offenbar war das, was er hatte sagen wollen, nicht wichtig genug, um dafür eine gebrochene Nase zu riskieren. Unruhig schielte er zu seinen Kumpels, aber keiner machte Anstalten, ihn zu verteidigen; sie waren alle viel zu sehr damit beschäftigt, ihre Schuhspitzen zu betrachten und so zu tun, als seien sie nicht da.

Als ihm klar wurde, daß von dieser Seite keine Hilfe zu erwarten war, schenkte er Powers ein breites, fast zahnloses Grinsen. »Soso, Sie suchen also David, hm?«

Der Lieutenant nickte. »Wo ist er?«

Der Obdachlose wackelte mit dem Kopf. »Tja, manchmal ist er unten beim See, mit seinem Köter. Komischer Kauz. Bleibt die meiste Zeit für sich. Aber meistens ist er drüben beim alten Wartesaal. Da hab ich ihn jedenfalls vor ein paar Stunden noch gesehen. Hat dagehockt und mit diesem blöden Medaillon gespielt.« Er lachte spöttisch.

»Beim Wartesaal?« mischte sich Taylor ein.

Der Penner nickte. Als würde er die nächste Frage bereits kennen, deutete er in den westlichen Teil des Parks, von wo weiterer Feuerschein durch das Dickicht drang. »Wenn Sie dem Pfad da folgen, kommen Sie direkt darauf zu. Sie können's nicht verfehlen.«

Powers suchte im Gesicht des Mannes nach einer Regung, die ihm verriet, ob er sie anlog, um sie loszuwerden.

Schließlich jedoch nickte er zufrieden, tippte mit dem Zeigefinger kurz gegen die Krempe seiner Mütze und ging in die Richtung davon, in die der Obdachlose gedeutet hatte. Für ihn war die Unterhaltung beendet.

Der Penner sah ihm ungläubig nach. Dann wandte er sich zu Captain Taylor um, der Mühe hatte, seinen Spott zu verbergen, und fragte irritiert: »Ist dieser Kerl immer so?«

Taylor winkte ab. »Gott bewahre, nein! Er hat bloß seine guten und seine schlechten Tage, wie jeder andere Mensch auch.« Nach einer Pause ergänzte er: »Sie sollten froh sein, daß Sie einen von den guten erwischt haben.«

Dann wandte er sich um und eilte hinter Powers her. Als er ihn endlich eingeholt hatte, meinte er: »Falls Sie irgendwann mal nicht mehr für Uncle Sam arbeiten wollen, habe ich die ideale Beschäftigung für Sie.«

Powers sah ihn fragend an.

»Werden Sie Schuldeneintreiber«, riet ihm Taylor. »Wenn Sie mit Ihrer Nußknackervisage vor der Tür stehen und mit dieser Sag-das-noch-mal-und-ich-brech-dir-die-Nase-Nummer kommen, dann geben die Ihnen alles, was Sie wollen.«

Die Andeutung eines Lächeln kräuselte Powers' Mundwinkel, doch sie hatten den Lichtkreis des Tonnenfeuers bereits hinter sich gelassen, und so verlor sich dieser seltene Anflug von Heiterkeit unbemerkt in die Schatten der Nacht.

Als der Weg hinter einer Gruppe Akazien verschwand, sah der Captain sich nochmals um. Der vorlaute Penner und seine Kumpels standen bei dem Faß und diskutierten heftig. Der Bärtige redete voller Wut auf die anderen ein. Taylor konnte nicht verstehen, was er sagte, doch der Zorn in seiner Stimme war deutlich zu hören. Vermutlich machte er seine Saufbrüder zur Schnecke, weil sie ihn so kläglich im Stich gelassen hatten.

Kopfschüttelnd ging Taylor weiter.

Sie bogen um die Ecke. Der Kiesweg schlängelte sich durch das Dickicht, die Büsche und Sträucher links und rechts hingen halb auf dem Weg. Ab und zu lagen leere Flaschen, Zeitungen und anderer Müll auf dem Pfad, und einmal stießen sie auf einen Penner, der am Wegesrand unter den überhängenden Ästen einer Birke lag, eingehüllt in einen fleckigen Mantel, und seinen Rausch ausschlief. Sein abgehacktes Schnarchen drang durch den Park wie eine defekte Motorsäge.

Taylor behielt den Lichtschein vor sich über den Bäumen im Auge und ging stur darauf zu. Nach zwei oder drei Minuten wurde der Schimmer heller. Schließlich öffnete sich der Weg zu einer Lichtung, die von einem Strang rostiger, im Mondlicht schwach gleißender Schienen zerschnitten wurde. Aus mehreren Metallfässern loderten Flammen. Der Wind blies in die Feuer und schuf wahre Funkenregen, wie brennende Glühwürmchen schwirrten sie durch die Luft.

Im Mittelpunkt der Lichtung stand das Wartehäuschen, ein klobiger Bau aus bröckeligem blaßrotem Backstein. Zwar war es an einer Seite offen, bot aber immer noch mehr Schutz vor Wind und Wetter als die freie Natur. Um den Bau herum waren etliche kleinere Gebilde plaziert, die beinahe wie die Spielhäuser von Kindern aussahen. Zuerst hielt der Captain sie für Hütten aus Wellblech und Holzlatten, doch als sie näher herangingen, stellte er verblüfft fest, daß es sich um große Pappkartons handelte, schwammig und aufgeweicht vom ständigen Regen der letzten Wochen. In einigen der Kartons schliefen Leute, während andere es sich mit Decken und Schlafsäcken in dem alten Bahngebäude, soweit es ging, »bequem« gemacht hatten. Der Boden zwischen den Behausungen hatte sich längst in Schlamm verwandelt. Als Taylor und Powers den Pfad verließen, sanken sie einige Zentimeter in den feuchten Untergrund. Bei jedem Schritt quoll Wasser unter den Sohlen ihrer Schuhe hervor. Weißgraue Nebelfetzen wurden über die Lichtung getrieben. Irgendwo in dem Pappghetto schrie ein Baby.

Taylor fröstelte, als würde ein Eisfinger seine Wirbelsäule hinabstreichen. Schwer, sich vorzustellen, daß diese erbärmlichen Behausungen das Heim von Menschen waren, die im selben Land und in derselben Zeit lebten wie er selbst; das Heim von Männern und Frauen, ja, ganzen Familien, die, aus welchen Gründen auch immer, ihren gesamten Besitz verloren hatten und hier ihr bedauernswertes Dasein fristeten, vergessen vom Rest der Welt und zu Höhlenmenschen degradiert.

Während er neben dem Lieutenant durch die Ansammlung von Papphäusern herging, glitten seine Augen unstet hin und her, verharrten bei einer alten Frau mit einem dünnen Kopftuch und ihren sämtlichen Habseligkeiten in zwei Einkaufstaschen neben sich; dann bei einem jüngeren Mann, dessen linke Gesichtshälfte voll von Geschwülsten und Pusteln war. Selbst als medizinischer Laie konnte der Captain erkennen, daß der Mann schnellstens von einem Arzt behandelt werden mußte, doch dies war eine andere Welt als die, aus der er kam. Wenn man hier das Pech hatte, krank zu werden, blieben einem im Grunde nur zwei Möglichkeiten: Entweder man riß sich zusammen und versuchte, es irgendwie zu überstehen, bis man wieder gesund war; andernfalls legte man sich in die Ecke und wartete darauf, daß der Sensenmann ein Einsehen hatte und einen von seinem Elend erlöste. Medizinische Versorgung kostete Geld, und Geld hatte hier niemand.

Die Menschen, an denen sie vorbeikamen, bedachten sie mit argwöhnischen Blicken. Etliche Gespräche verstummten, als sie sich ihren Weg durch das Ghetto aus Pappkartons bahnten, doch niemand sprach sie an. Schweigend verfolgten die Obdachlosen, wie die Fremden die Lichtung überquerten und zu dem alten Bahnhäuschen gingen. Im Innern des Baus brannte ein weiteres Tonnenfeuer; darum herum lagen mehrere in Decken gehüllte Frauen, von denen zwei dick in Lumpen eingepackte Babys im Arm wiegten. Trübe, wenn auch wachsame Augen folgten jedem ihrer Schritte. Taylor hielt Ausschau nach dem Mann von dem Foto, doch er konnte ihn nirgends entdecken.

Powers betrat den ehemaligen Wartesaal zuerst und nickte einem großen Mann mit wild wuchernder Mähne zu, der direkt am Feuer stand; hinter ihm drängten sich ängstlich zwei Frauen in einer Ecke zusammen.

Der große Mann hingegen sah die Soldaten furchtlos über die Flammen hinweg an. Er war älter als die meisten hier, und etwas in seinem Gesicht verriet, daß er irgendwie *anders* war. Vielleicht lag es an seinen Augen. Sie wirkten nicht so tot wie die der anderen, als hätte er sich seinen Lebensmut und die Hoffnung bewahrt, eines Tages wieder ein ganz normales Leben zu führen. So hart ihn das Schicksal auch immer getroffen haben mochte, es hatte ihn noch nicht gebrochen.

Powers blieb vor dem Mann stehen und nickte zum Gruß. Ein Mädchen von vielleicht zehn Jahren, die magere Gestalt in eine alte Armeejacke gehüllt, deren Saum beinahe über den Boden schleifte, versteckte sich hinter ihm. Ihre langen, dunkelblonden Haare starrten vor Schmutz.

»Keine Angst«, sagte Powers freundlich. »Wir sind nicht hier, um euch Ärger zu machen.«

»Und warum *seid* ihr hier?« Die Stimme des Alten klang voll und fest; die Augen hinter der Nickelbrille mit den dikken runden Gläsern wirkten intelligent und aufmerksam. Wenn er sich ebenfalls fürchtete, dann verstand er es perfekt, seine Emotionen zu verbergen.

»Wir suchen jemanden«, erklärte Taylor. Er zog das Bild aus der Tasche und hielt es dem Alten hin. »Einen Mann mit einem Hund. David. Man sagte uns, daß wir ihn hier finden können.«

Der Mann würdigte das Foto keines Blickes. »Was wollen Sie von ihm?«

»Mit ihm reden«, sagte Powers.

»Worüber?« fragte der Alte.

Der Captain runzelte unwillig die Stirn und wollte gerade fragen, was, zur Hölle, ihn das anging, als mit einemmal ein heiseres Bellen erklang.

Taylors Kopf ruckte herum.

Auf der anderen Seite der Lichtung, hinter den Pappkartons, kam ein bärtiger Mann aus dem Unterholz. Er trug einen fast bodenlangen, ehemals beigen Trenchcoat, eine wegen des Regens tief ins Gesicht gezogene Wollmütze und Hosen, die mindestens drei Nummern zu groß waren. Neben ihm sprang ein schwarzweißer Mischlingshund fröhlich hin und her. Der flackernde Schein eines Tonnenfeuers enthüllte genug Details seines Gesichts, so daß Taylor nur einen Moment brauchte, um den Mann, den sie suchten, den ehemaligen Reporter des *Albuquerque Mirror* und der *Roswell Daily News*, zu erkennen. In der nächsten Sekunde hob er die Hand und rief, so laut er konnte, den Namen des Bärtigen.

»Mr. Anderson! Mr. David Anderson!«

4.

Anderson erstarrte mitten in der Bewegung. Mit einem Schlag wich alles Blut aus seinem Gesicht. Er kniff die von zuviel Alkohol und Zugluft geröteten Augen zu schmalen Schlitzen zusammen und erkannte, daß zwei Männer bei Joshua standen, beide in grauen Uniformen. Woher wußten sie seinen Namen – seinen *richtigen* Namen? In seiner Benommenheit brauchte er einen Augenblick länger, um zu begreifen, was das bedeutete. Dann wirbelte er auf dem Absatz herum, stieß einen Pfiff aus zum Zeichen, daß Sparkey ihm folgen sollte, und rannte zurück in das Dickicht. Der Hund gehorchte und lief neben ihm her. Er wedelte fröhlich mit dem Schwanz und hechelte; offenbar nahm er an, es handle sich um ein neues Spiel.

Das Unterholz war dicht und dunkel, doch Anderson wußte, daß sich die Soldaten davon nicht abhalten lassen würden. Garantiert waren sie ihm bereits auf den Fersen, um endlich zu Ende zu bringen, was sie bis jetzt immer versäumt hatten. Dieser Gedanke brachte ihn dazu, noch schneller zu laufen, alles aus seinem ausgelaugten Körper herauszuholen, was der Alkohol und das harte Leben auf der Straße ihm gelassen hatten. Zweige griffen nach ihm wie menschliche Hände, als wollten sie ihn aufhalten. Dikkere Äste schlugen gegen seine Brust und seine Arme. Ängstlich riskierte er einen Blick über die Schulter.

Von den Soldaten war nichts zu sehen.

Noch nicht …

Keuchend hastete er weiter. Seine Lederstiefel sanken in dem Untergrund aus Gras, Erde und altem Laub ein, doch dank des natürlichen Dachs der Bäume war der Boden nicht ganz so schwammig und aufgeweicht wie bei der Lichtung. Irgendwo in seinem Kopf hörte er zwei Stimmen wispern; die eine riet ihm, sich zu verstecken, statt wie ein gejagtes Tier durch das Unterholz zu pflügen, doch sie war leise und leicht zu verdrängen. Die andere Stimme war beharrlich und lauter und stellte ihm eine Million Fragen, die Anderson nicht beantworten konnte.

Wie hatten es diese Bastarde geschafft, ihn zu finden?

Gab es überhaupt eine Möglichkeit, ihnen zu entkommen?

Er rechnete sich seine Chancen aus und kam zu dem Schluß, daß es ihm gelingen konnte, sie abzuhängen, vorausgesetzt, die beiden Soldaten waren allein. Er kannte sich hier ziemlich gut aus und wußte, wie er auf Schleichwegen runter zum Hafen gelangen konnte. Wenn er erst mal da war, konnte er sich in einem der Lagerhäuser verkriechen und sich dort in Ruhe überlegen, wie es weitergehen sollte. Aber eins stand fest: Er mußte aus der Stadt verschwinden, und zwar rasch. Denn selbst wenn die zwei Soldaten im Augenblick vielleicht noch allein waren, wenn sie keinen Erfolg hatten, würden sie eher früher als später mit Verstärkung zurückkehren.

Natürlich gab es noch eine andere Möglichkeit: einfach stehenzubleiben und sich in sein Schicksal zu fügen. Doch das kam nicht in Frage. Selbst wenn er manchmal den unbändigen Drang verspürte, Schluß zu machen, alles hinzuwerfen und diese jammervolle Welt endlich hinter sich zu lassen, wollte er so sterben, wie er es für angemessen hielt, und nicht durch einen Kopfschuß aus einer Militärpistole.

Heute war kein Tag zum Verrecken.

Vielleicht für jemand anderen, aber nicht für ihn.

Der dornige Zweig eines Brombeerbusches, der seine Blätter längst verloren hatte, verhakte sich in den wehenden Schößen seines Mantels. Er spürte den Ruck, verlangsamte seinen Lauf aber nicht, sondern packte mit einer

Hand den Stoff und zog heftig daran. Dann war er wieder frei. Heftig ruderte er mit den Armen, um das Gleichgewicht zu bewahren, strauchelte kurz und rannte weiter. Der Hund folgte ihm, doch er wedelte nicht mehr mit dem Schwanz. Vielleicht spürte er die Verzweiflung, die Anderson den Hals zuschnürte wie eine Henkersschlinge.

Vor ihm aus dem Zwielicht tauchte eine Baumwurzel aus dem Boden auf. Er bemerkte sie erst im letzten Augenblick und schaffte es gerade noch, darüber hinwegzuspringen. Weiße Atemwölkchen pumpten in unregelmäßigen Abständen aus seinem Mund. Von neuem schaute er über die Schulter zurück, und diesmal entdeckte er sie. Da waren Bewegungen hinter ihm im Unterholz; eine dunkle Gestalt lief hinter ihm her, vielleicht fünfzig Meter entfernt, vielleicht weniger.

Anderson fluchte. Er hatte von seinem Verfolger nichts mitbekommen, weil er selbst so laut gewesen war, daß er nichts anderes gehört hatte.

Er versuchte noch schneller zu laufen, aber sein Körper hatte kaum noch Kraftreserven übrig. Lange würde er nicht mehr durchhalten.

Irgendwo weiter vorne konnte er das Schimmern eines Feuers ausmachen; ganz in der Nähe hörte er gedämpfte Stimmen, Gesang, Gelächter.

Anderson schlug zwei Haken und rannte auf den Feuerschein zu. Sein Herz raste wie wahnsinnig, das Blut toste durch die Adern, pumpte so laut in seinen Ohren, daß es alles andere zu übertönen drohte. Er bekam Seitenstechen; bei jedem Schritt schien sich ein stumpfer Dolch in seine Seite zu bohren, doch er lief einfach weiter. Der fingerdikke Ast einer Esche schlug nach ihm, traf ihn ins Gesicht. Seine Oberlippe platzte, Blut rann ihm in den Mundwinkel, salzig, klebrig. Er stöhnte auf vor Schmerz, hielt aber nicht inne. Seine Beine schienen sich von ganz allein zu bewegen.

»*Anderson!*« rief jemand hinter ihm. »*Bleiben Sie stehen!*«

Er preschte weiter durch das Dickicht, auf das Feuer zu. Panisch blickte er sich um und erkannte, daß ihm nicht mehr ein, sondern zwei Verfolger an den Hacken hingen. Noch waren sie knapp vierzig Meter entfernt, aber es würde bloß eine Frage der Zeit sein, bis sie ihn einholten.

Verzweiflung stieg in ihm hoch. Seine Lungen brannten von der ungewohnten Anstrengung.

Wieder der Ruf: »*Verflucht, Anderson, stehenbleiben!*«

Er dachte nicht daran. Rannte weiter, weiter. Unwillkürlich fragte er sich, wann ihn die erste Kugel in den Rücken treffen würde, und überlegte benommen, ob er zuerst den Knall hören oder den Schmerz fühlen würde.

Direkt vor ihm wurde das Dickicht lichter. Durch die Lücken zwischen den Baumstämmen und Sträuchern konnte er eine Gruppe von Obdachlosen erkennen, die um ein Feuer saßen. Er wollte nach Hilfe rufen, doch alles, was sich seiner Kehle entrang, war ein heiseres, gequältes Zischen, als würde man ein Loch in einen Autoreifen stechen. Keuchend lief er weiter, während hinter ihm immer wieder jemand seinen Namen rief und ihn aufforderte, endlich stehenzubleiben. Die Geräusche seiner Verfolger wurden beständig lauter.

Anderson lief im Zickzack um mehrere Bäume herum, sprang über einen mit Moos bewachsenen Stamm, den ein Sturm geknickt hatte. Der Rand des Dickichts war nur noch wenige Schritte entfernt. Feuerschein zuckte unruhig über den Boden.

Schließlich taumelte er auf den Weg hinaus, dicht gefolgt von Sparkey. Anderson hielt einen Augenblick inne, um sich zu orientieren. Zuerst wollte er zu den Pennern laufen, die dreißig oder vierzig Meter entfernt waren, aber dann wurde ihm bewußt, daß sie ihm nicht helfen konnten. Sie konnten ihn nicht beschützen. Nicht vor diesen Männern. Also ignorierte er das mörderische Stechen in seiner Seite, so gut es ging, und eilte weiter, über den Kiesweg und auf den Abhang zu, der hinab zum Teich führte. Vielleicht konnte er sich dort zumindest so lange verbergen, bis er wieder halbwegs zu Atem gekommen war.

Er lief über den weichen, schlammigen Boden. Nieselregen hing wie feine Gaze in der Luft, trübte seine Sicht. Er mußte sich beeilen; mit jedem Schritt schwand seine Energie dahin. Doch er biß die Zähne zusammen und hetzte weiter. Nach einigen Metern wichen Bäume und Büsche zurück, gaben den Blick frei auf einen steil abfallenden Abhang, zu dessen Füßen sich der Parksee erstreckte, eine graue Schieferplatte, deren Oberfläche von Wind und Regen gekräuselt wurde. Anderson hatte in den letzten Tagen viel Zeit hier verbracht, am Ufer gesessen und den Enten zugesehen. Jetzt war das nur noch Erinnerung. Mit hochrotem Gesicht eilte er den Hügel hinab. Sparkey überholte ihn und rannte bellend auf den See zu.

Wieder wurde sein Name gebrüllt.

»Anderson! Verdammt, Anderson, bleiben Sie endlich stehen! Wir wollen Ihnen nichts tun!«

Er riskierte einen Blick zurück. Seine Verfolger hatten den Kiesweg ebenfalls hinter sich gelassen. Jetzt waren sie noch dreißig Meter hinter ihm. Ob einer von ihnen eine Waffe in der Hand hatte, konnte er nicht sehen. Schnaubend wandte er sich wieder um, lief weiter – und rutschte unvermittelt auf dem feuchten Gras aus.

Mit einemmal hatte er keinen Boden mehr unter den Füßen. Er stürzte, schlug schwer hin. Für einen Augenblick wich sämtliche Luft aus seinen Lungen. Auf dem Bauch liegend, schlidderte er durch den Matsch. Als er versuchte, irgendwie zum Stillstand zu kommen, machte er eine falsche Bewegung, so daß sich seine Rutsch- in eine Rollpartie verwandelte; plötzlich gab es weder oben noch unten, weder links noch rechts, Norden noch Süden. Alles um ihn herum drehte sich, nichts war mehr fest, schon gar nicht sein Magen, in dem ein halber Liter billiger Brandy bloß darauf wartete, die Freiheit wiederzuerlangen.

Er schlug mit dem Rücken auf einen scharfkantigen Stein und schrie auf. Matsch und feuchte Erde spritzten ihm ins Gesicht. Instinktiv kniff er Augen und Mund zusammen, er versuchte nicht mehr, den Sturz aufzuhalten, sondern rollte einfach weiter, bis er nach einer Ewigkeit schließlich den Fuß des Abhangs erreichte.

Keuchend blieb Anderson liegen, rührte sich nicht. Er hielt die Lider noch immer geschlossen. Jeder Knochen in seinem Leib schien eine Melodie der Qual zu singen. Er spürte, wie Brandy, Galle und Reste seiner letzten Mahlzeit – Speck und Bohnen aus der Dose, über dem offenen Feuer nur notdürftig erwärmt – seine Speiseröhre hinaufkrochen, und schluckte krampfhaft, um das Mischmasch bei sich zu behalten.

Unmittelbar vor ihm platschte es. Kaltes, brackiges Wasser spritzte ihm ins Gesicht. Mühsam hob er den Kopf vom Boden, die Wangen beschmiert mit Erde. Er mußte mehrmals blinzeln, bevor sich sein Blick allmählich klärte.

Sparkey hatte sich fröhlich bellend in den See gestürzt und paddelte mit allen vieren durch die Fluten. Leichter Nebel lag über dem Wasser, das vom Licht des Mondes mit einem silbrigen Film überzogen wurde. Im Hintergrund ragte düster eine Gruppe Kiefern in den Nachthimmel.

Eine kleine Weile lag Anderson einfach da und ließ das

Bild des nächtlichen Sees auf sich wirken. So ruhig, so friedlich. Dann wurde ihm schlagartig klar, daß seine Verfolger ihm noch immer auf den Fersen sein mußten. Stöhnend kam er hoch, drehte sich um – und blickte direkt in den Lauf einer Pistole.

Anderson erstarrte mitten in der Bewegung, sein Herzschlag schien für Momente auszusetzen. Unfähig, etwas zu tun, starrte er den Mann mit der Waffe nur an, der den Abzeichen zufolge im Rang eines Lieutenants stand. Obgleich er dieselbe Strecke zurückgelegt hatte wie Anderson, war sein Atem vollkommen ruhig, als hätte er sich eben aus einem Liegestuhl erhoben. Der Kerl war in einer Konstitution, um die ihn so mancher Profisportler beneiden würde.

Hinter ihm tauchte der zweite Militär auf, ein wenig außer Puste zwar, aber noch immer wesentlich frischer, als Anderson sich fühlte. Er hatte die Mütze in der Hand, damit sie ihm beim Laufen nicht vom Kopf geweht wurde. Seine Haare waren zerzaust, und im Gegensatz zum Lieutenant wirkte er sehr jung und grün hinter den Ohren, so daß Anderson verblüfft war, als er erkannte, daß er einen Captain vor sich hatte.

Nicht unbedingt die Liga, die er erwartet hatte ...

»Verdammt, Anderson«, keuchte der Captain, als er neben dem Lieutenant zum Stehen kam. Die Ausbuchtung an der Seite seiner Uniformjacke war nicht zu übersehen, doch noch steckte die Pistole im Schulterhalfter. »Warum müssen Sie es uns so schwer machen?«

Anderson funkelte die Soldaten an. »Ich hab's nun mal nicht besonders gern, ermordet zu werden«, knurrte er. Der Haß, der in den Worten lag, war bitter und brannte wie Säure. Hinter sich hörte er Sparkey fröhlich Jagd auf eine Ente machen, die quakend das Weite suchte. »Und wie soll's jetzt weitergehen?« Er versuchte, seiner Stimme einen festeren Klang zu geben. »Erschießen Sie mich gleich hier, oder bringen Sie mich erst irgendwohin, wo wir ungestörter sind?«

»Niemand wird Sie erschießen, Mr. Anderson.« Die Stimme des jungen Captains war sachlich und beherrscht, als würde er über das Wetter sprechen.

Anderson lachte auf. »Nein, natürlich nicht! Was für ein grotesker Gedanke! Okay, sagen Sie nichts, lassen Sie mich raten, ja?« Er hielt theatralisch eine Hand an die Stirn, wie ein Magier in einer billigen Varietéshow. »Sie sind hier, um mir eine neue Marke Autopolitur zu empfehlen. – Oder, nein, warten Sie, ich weiß … Sie wollen mir eine Versicherung gegen Hagelschäden verkaufen! Genau, das muß es sein!« Dann brüllte er plötzlich lauthals los: »Verflucht, für wie dämlich halten Sie mich eigentlich?« Ihm war es jetzt egal, ob eine Waffe auf ihn gerichtet war. Mit einem Satz sprang er auf die Füße. »*Natürlich* wollen Sie mich töten! Das ist der einzige Grund, warum Sie hier sind. Sie haben mich gesucht, und da bin ich! Also, warum machen Sie diesem leidigen Spiel nicht endlich ein Ende?«

Die Soldaten wichen verblüfft einen Schritt zurück.

»Ich bin es leid wegzulaufen!« bellte Anderson. »Ich will mich nicht mehr verstecken müssen! Also los, bringen wir es hinter uns!« Er breitete die Hände aus und bot der Pistole seine ungeschützte Brust dar. »Na, los! Machen Sie schon, Sie Arschloch! Ziehen Sie den Abzug durch, und … *Peng!* – Aus! Ende! Abgang!« Seine Stimme überschlug sich fast.

Die Männer musterten ihn fassungslos.

»Komm schon, Arschloch!« Er schlug sich auf die Brust, um dem Lieutenant zu zeigen, wohin er zielen sollte. »Nur eine Kugel, mitten ins Herz! Ganz einfach! Das kann jeder! Und vergessen Sie ja nicht, auch meinen Hund zu erschießen, schließlich ist er ein Zeuge, und Zeugen konntet ihr Bastarde ja noch nie gebrauchen, stimmt's?«

Mit brennendem Blick starrte er die Soldaten an.

Für eine Weile war nichts anderes zu hören als das leise Säuseln des Windes in den Baumwipfeln und das Plätschern des Wassers. Schließlich seufzte der Lieutenant und ließ die Pistole sinken.

Anderson blinzelte verblüfft, doch bevor er reagieren konnte, sagte der Captain ruhig, beinahe sanft: »Sie brauchen keine Angst zu haben, Mr. Anderson. Wir sind nicht hier, um Ihnen oder Ihrem Hund irgend etwas zuleide zu tun. Alles, was wir wollen, ist mit Ihnen reden.«

Anderson lachte höhnisch. »Haben Sie mich deshalb mit der Waffe bedroht? Weil Sie mit mir *reden* wollen? Oh, hören Sie doch auf, Mann! Verarschen kann ich mich alleine!«

»Sie sind vor uns geflohen«, erklärte der Lieutenant. »Ich habe die Pistole bloß gezogen, um Sie dazu zu bringen, endlich stehenzubleiben. Ich hätte nicht auf Sie geschossen. Außerdem war der Colt die ganze Zeit gesichert.« Zur Bestätigung hielt er ihm die Pistole hin.

Anderson starrte erst den eingerasteten Sicherungshebel an, dann den hünenhaften Soldaten. Jetzt verstand er überhaupt nichts mehr. Seine Gedanken schwirrten wild durcheinander. Benommen schaute er von einem zum anderen, suchte nach den richtigen Worten. »Was... Wie...« Er stockte, versuchte es erneut. »Wer... Wer sind Sie?« brachte er schließlich mühsam hervor.

»Mein Name ist Robert C. Taylor«, stellte sich der Captain vor. »Das ist Lieutenant Daniel Powers.« Sein Kamerad nickte knapp. »Wir haben lange nach Ihnen gesucht, Mr. Anderson. Es war wirklich nicht leicht, Sie zu finden.«

»Wie beruhigend ...«

Taylor winkte ab. »Machen Sie sich keine Gedanken. Niemand von unserer Dienststelle weiß, daß Sie hier sind – oder wir. Wir haben sozusagen ein rein *privates* Interesse an Ihnen.«

»Inwiefern?« Anderson verstand die Welt nicht mehr.

»Ich denke, darüber sollten wir in Ruhe reden, wenn wir im Hotel sind.«

»Im Hotel?« Er glaubte, sich verhört zu haben.

Taylor nickte. »Dort können Sie duschen und sich rasieren. Anschließend werden wir Ihnen etwas zu Essen besorgen – Ihnen und Ihrem Hund.« Er sah zum See, wo Sparkey auf der Jagd nach der panisch flatternden Ente durch die Fluten pflügte. Ein Lächeln, in dem Anderson vergeblich Spott suchte, zeigte sich in den Mundwinkeln des Soldaten, als er sich wieder umwandte und sagte: »Um ehrlich zu sein, sehen Sie aus, als könnten Sie gut mal wieder was Richtiges in den Magen bekommen.«

»Solange es kein Messer ist«, murmelte Anderson.

Taylor tat so, als hätte er das nicht gehört. »Also, was halten Sie davon? Unser Hotel ist nicht weit von hier. Das *Boston Bachelors* in der Jackson Street. Vielleicht kennen Sie es sogar? Wenn wir auf der Straße ein Taxi nehmen, sind wir in zwanzig Minuten dort. Na, kommen Sie, Anderson.« Er machte mit der Hand eine einladende Geste, die den Hügel, den Park, die gesamte Stadt einschloß. »Lassen Sie uns gehen.«

»Moment, Moment.« Anderson hob abwehrend die Hand. »Ganz langsam, okay? Um eins klarzustellen: Ich gehe nirgendwohin, solange ihr mir nicht sagt, was, zum Henker, ihr eigentlich von mir wollt.«

Captain Taylor dachte einen Augenblick nach, ehe er, seine Worte sorgsam abwägend, antwortete: »Es mag vielleicht seltsam für Sie klingen, Mr. Anderson, aber wir sind hier, weil wir Sie um Ihre Hilfe bitten möchten.«

»Meine Hilfe?« echote er ungläubig.

Powers nickte ernst.

Anderson schnaubte. »Sie haben recht. – Das klingt wirklich *verdammt* seltsam ...«

5.

Das Wasser strömte aus der Brause über ihm. Anderson stellte sich ganz unter den Strahl und fragte sich unwillkürlich, wie lange es schon her war, seit er das letzte Mal geduscht hatte. Acht Wochen? Zehn? Es lag so weit zurück, daß er sich nicht einmal mehr daran erinnern konnte, aber wenn er ehrlich war, interessierte es ihn auch nicht besonders. Seit Zaras Tod war »Zeit« für ihn nur noch ein Wort ohne Inhalt, ohne Bedeutung, wie ihm seitdem überhaupt kaum noch irgend etwas wichtig war. In den letzten Monaten war er mehr oder weniger ziellos umhergestreift und hatte tagsüber gearbeitet, um das notwendige Geld zu verdienen, damit er sich nachts in den Schlaf saufen konnte. Denn nur wenn er so voll war, daß er sich nicht mal mehr an seinen Namen erinnerte, bestand die Chance, nicht von ihr zu träumen. Er wollte sie vergessen, aber tatsächlich sehnte er sich jede einzelne Sekunde danach, wieder mit ihr vereint zu sein. Doch das Wissen um die Schuld, um den Schmerz und die Qual, die er – ganz allein er – über sie gebracht hatte, war mehr, als er ertragen konnte, vor allem in nüchternem Zustand. Wenn er trank, gelang es ihm besser, die Dämonen im Zaum zu halten, die am Rand seines Wahrnehmungsbereichs bloß darauf lauerten, die Kontrolle zu übernehmen, und ihn mit ihren hohen Stimmen lockten und riefen und ihn aufforderten, endlich das zu tun, was er schon längst hätte machen sollen. Doch bislang hatte er einfach nicht den Mut aufgebracht, diesem elenden Jammertal, das er sein Leben schimpfte, den Rücken zu kehren, und das deprimierte ihn noch mehr. Manchmal, wenn er nachts wach lag, irgendwo im Schutz einer Brücke oder auf einer zugigen Bank in einer U-Bahn-Station, wo es wenigstens geheizt war, ging ihm durch den Kopf, daß er zu gar nichts taugte. Er schaffte es nicht einmal, sich umzubringen. Er war ein Verlierer, genau wie seine erste Frau Vivian es ihm immer vorgehalten hatte, ehe sie die Kinder nahm, das Haus plünderte und zu ihrer Mutter zurückgekehrt war. Alles, was er konnte, war trinken. Das war die einzige Disziplin, in der er es zu wahrer Meisterschaft gebracht hatte. Aber darauf konnte man wohl nicht besonders stolz sein, schließlich gehörte dazu nicht allzuviel.

Er drängte die düsteren Gedanken beiseite, bevor sich seine Laune noch mehr verschlechtern konnte, und hob das Gesicht in den Strahl. Das Wasser prasselte auf seine von Wind und Wetter rauh gewordene Haut, lief den Hals hinab, rann über seinen gesamten Körper; es fühlte sich fast an wie sanft streichelnde Hände. Anderson fuhr sich mit den Fingern durchs Haar und griff nach der Flasche mit dem Shampoo; es roch nach Sommerblumen, wie Zara, wenn sie aus dem Bad kam und das halblange braune Haar ihr feucht und glatt über die Schultern fiel ...

Anderson seufzte. Er mußte sich zwingen, nicht soviel an sie zu denken. Vor allem nicht in dieser Situation. Jetzt galt es erst einmal, sich darauf zu konzentrieren, was die Soldaten von ihm wollten, denn in dieser Hinsicht tappte er nach wie vor im dunkeln. Auf der Fahrt vom Park ins Hotel hatte er die ganze Zeit darüber nachgegrübelt. Dieser

Taylor hatte gesagt, daß sie seine Hilfe brauchten. Nur wobei? Und warum kamen sie ausgerechnet zu ihm?

Er hatte auf der Fahrt mehrfach versucht, mehr aus Taylor und seinem Kameraden herauszubekommen, doch ohne Erfolg. Taylor hatte ihn auf »später« vertröstet, und Powers schwieg ganz. Also hatte er es endlich aufgegeben, Sparkeys wuscheligen Kopf gestreichelt und zugesehen, wie draußen die Häuserfassaden vorbeiglitten. Die ganze Zeit über rechnete er damit, daß der Wagen überhaupt nicht zum Hotel fahren würde, sondern zu einem leerstehenden Lagerhaus oder einer einsamen Seitenstraße am Stadtrand, wo sie ihn erledigen konnten, ohne großes Aufsehen zu erregen. Doch als das Taxi schließlich nach einer guten Viertelstunde hielt und er nach Taylor aus dem Wagen stieg, ragte vor ihnen der elegante, dreistöckige Prachtbau des *Boston Bachelors* auf.

Das Gebäude war im viktorianischen Stil gehalten, wie die meisten Häuser in Green Gardens, einem der besseren Viertel im Nordwesten von Boston. Säulen, Stuck und überall kitschige Verzierungen. Sogar ein paar Putten gab es, die dicke Backen machten und mildtätig auf die Welt herablächelten. Links und rechts wurde das Hotel von Häusern flankiert, alle umgeben vom Flair eines gepflegten Mittelstandes. Eine breite Marmortreppe führte zum gläsernen Portal hinauf, vor dem ein Schwarzer in knallroter Livree nur darauf zu warten schien, ihnen die Tür aufhalten zu dürfen. Der Blick, mit dem er Anderson in seinen über und über mit Schmutz besudelten, zerschlissenen Kleidern bedachte, schwankte zwischen Neugier, Interesse und Skepsis. Doch er behielt seine Meinung für sich, ebenso wie der Portier am Empfang, bei dem Taylor für Anderson unter dem Namen David Ashley ein Zimmer mietete und auch gleich bezahlte. Außerdem erkundigte der Captain sich, ob die Küche trotz der fortgeschrittenen Stunde noch geöffnet sei; der Portier bejahte dies. Danach fuhren sie mit dem Aufzug in den zweiten Stock.

Andersons Zimmer lag direkt neben dem des Lieutenants. Die Soldaten ließen ihn und Sparkey ein und rieten ihm, sich als erstes zu duschen und zu rasieren; alles, was dazu nötig war, holte Taylor von nebenan. In einem Kulturbeutel, an dem noch das Preisschild hing, waren eine Zahnbürste und Zahncreme, ein Kamm, eine Bartschere, Rasiermesser, Rasierschaum, Shampoo und mehrere Stükke Kernseife. Taylor und Powers schienen für alle Eventualitäten gerüstet zu sein.

Prustend spülte Anderson das Shampoo aus. Schaumiges Wasser, angereichert mit dem Dreck von mehreren Wochen, sammelte sich am Boden der Duschwanne und verschwand gurgelnd im Abfluß. Er wischte sich den restlichen Schaum mit den Handballen aus den Augen, nahm ein Stück Seife von der Ablage und begann sich einzuseifen. Noch mehr Schmutzwasser umstrudelte seine Füße. Er wusch sich gründlich, wie um all den Dreck der vergangenen Monate abzuschrubben, der sich innen wie außen angesammelt hatte, und brauchte dazu fast ein Drittel des Seifenstücks. Dann stellte er sich erneut unter den Strahl und genoß die Wärme, bis sich an seinen Fingerspitzen nach einer Weile Schwielen zu bilden begannen und er das Wasser ausdrehte. Schließlich griff er nach dem Handtuch, das über der Duschwand hing.

Als er eine Minute später die Schiebetüren öffnete und aus der Dusche auf den Vorleger trat, fühlte er sich fast wie ein neuer Mensch. Dann aber erblickte er im Spiegel über dem Waschbecken sein Gesicht und zog eine Grimasse. Sein Haar und der Bart waren viel zu lang, dunkle Ringe lagen unter den Augen. Er sah aus wie der Penner, zu dem er in den letzten Monaten geworden war.

Seufzend stopfte er den Stöpsel in den Abfluß, ließ heißes Wasser ins Becken laufen und seifte sorgsam sein Gesicht ein, ehe er das Rasiermesser nahm. Er klappte die Klinge aus und betrachtete sie einen Augenblick. Mörderisch scharf blitzte sie im Licht der Deckenleuchte kurz auf, und ihm kam der irrwitzige Gedanke, daß das Rasiermesser vielleicht mit einem besonderen Gift präpariert war, das durch die winzigen Wunden, die beim Rasieren entstanden, in seinen Körper dringen und einen Herzinfarkt oder irgend etwas Ähnliches auslösen könnte. Ein Ziehen im Arm, ein kurzer Schmerz in der Brust, und am nächsten Morgen würde das Zimmermädchen David Ashley tot im Bad finden. Kein Mord, kein Unfall, bloß ein schwaches Herz, und niemand würde irgendwelche Fragen stellen. Konnte es einen besseren Weg geben, ihn unauffällig loszuwerden?

Andersons Blick glitt zwischen seinem unrasierten Gesicht im Spiegel und der blitzenden Klinge hin und her. Schließlich zuckte er die Schultern, beugte sich über das Waschbecken und begann sich mit raschen Bewegungen zu rasieren. Nach und nach fielen dichte Büschel drahtiges Barthaar ins Becken. Er mußte zweimal neues Wasser einlassen und sich ebenso oft neu einschäumen, bis er das Gestrüpp so weit von Wangen, Schläfen und Kinn entfernt hatte, daß er zumindest halbwegs wieder wie ein zivilisierter Mensch aussah. Den Schnauzer ließ er stehen, nicht nur, weil er sich daran gewöhnt hatte, sondern weil der Bart sein Gesicht ein wenig verfremdete; es war schwieriger, ihn zu erkennen, wenn man nur ein altes Foto von ihm gesehen hatte. Nachdem er den Schnauzbart mit der Schere ordentlich gestutzt hatte, ließ er kaltes Wasser laufen und klatschte es sich ins Gesicht. Anschließend stützte er sich mit beiden Händen auf dem Becken ab, hob den Kopf und sah sich erneut im Spiegel an.

Der Mann dort erinnerte ihn jetzt an bessere Zeiten, wozu auch das St.-Christophorus-Medaillon beitrug, das an einer feinen silbernen Kette um seinen Hals baumelte. Zara hatte es ihm zu ihrem ersten – und einzigen – gemeinsamen Weihnachtsfest geschenkt, damit es ihn beschützte und er etwas hatte, das ihn immer an sie erinnern würde.

Beinahe automatisch wanderten seine Gedanken zurück in die Vergangenheit. Er dachte an Zara, wie sie an jenem Abend vor sechs Monaten – es schien Äonen her zu sein – zusammen in der Küche ihres Hauses in Homestead waren und sie ihm offenbarte, daß sie ein Kind von ihm erwartete. Er hatte sie deutlich vor Augen, wie sie vor ihm stand und seine Hände in ihren hielt, eine zierliche, mittelgroße Frau mit kastanienbraunem Haar und einem feingeschnittenen, femininen Gesicht mit großen grünen Augen und einer kleinen Stupsnase. Kleine Fältchen zeigten sich in den Mundwinkeln, wenn sie lächelte. Die Erinnerung war so lebendig, daß es ihn erschreckte; er wußte sogar noch genau, wie sie duftete, wie ihr Haar roch, ihre Haut, nach frischen Feldblumen und reifen Erdbeeren ...

Anderson schloß die Augen, seine Kehle war wie zugeschnürt. Er spürte, wie ihm Tränen in die Augen schossen, und er schluckte krampfhaft. Der letzte Rest Alkohol in ihm verflüchtigte sich wie in der Sonne verdunstendes Wasser.

Gleichwohl dauerte es eine Weile, bis er in die Gegenwart zurückfand. Langsam öffnete er die Augen und sah sich selbst im Spiegel, einen Mann Mitte Dreißig, der zehn Jahre älter wirkte und sich mindestens hundert Jahre älter fühlte. Außerdem war sein Haar zu lang und unordentlich. Er spülte letzte Barthaare aus dem Waschbecken und griff wieder nach der Schere. Es war gar nicht so leicht, sich selbst die Haare zu schneiden. Er verschnitt sich mindestens eine Million Mal, doch irgendwie schaffte er es schließlich, sich einen militärisch knappen Kurzhaarschnitt zu verpassen. Als er endlich fertig war, unterzog er sich erneut einer Musterung. Zwar war das, was er im Spiegel sah, noch immer weit davon entfernt, perfekt zu sein, aber zumindest würden sich die Leute auf der Straße nicht mehr nach ihm umdrehen, wenn er vorbeiging.

Er legte die Schere beiseite, griff nach dem After-shave, ließ sich etwas davon in die Handfläche laufen und klatschte sich das Rasierwasser ins Gesicht. Es brannte wie Feuer. Er wartete, bis das Brennen ein wenig nachließ, bevor er sich ein Handtuch um die Hüften schlang, sich noch einmal ordnend mit den Fingern durchs Haar fuhr und den vom Wasserdampf feuchten Knauf der Badezimmertür drehte.

Draußen verschloß Captain Taylor gerade die Zimmertür und verstaute einen Geldclip in seiner Tasche, während Lieutenant Powers einen Rollwagen, beladen mit Dutzenden abgedeckter Schüsseln, Besteck, Tellern und Kannen, hinüber zum Tisch am Fenster schob. Der verführerische Duft von Essen und Kaffee zog durch den Raum. Sparkey lief gierig neben dem Wagen her; wie Anderson hatte er in den letzten Monaten einiges an Gewicht verloren.

Als Taylor seinen verwirrten Blick bemerkte, sagte er: »Ich habe mir erlaubt, ein paar Kleinigkeiten für uns zu bestellen. Ich hoffe, es ist etwas dabei, das Ihnen zusagt.«

Anderson lief allein vom Geruch des Essens das Wasser im Munde zusammen. Er lächelte, zum ersten Mal, seit er den Soldaten begegnet war. »Da bin ich mir ziemlich sicher.« Er zögerte, setzte an, hielt erneut inne. Im dritten Anlauf brachte er ein verlegenes »Danke« zustande.

Taylor winkte ab. »Keine Ursache.«

Anderson ging zum Tisch, wo Powers dabei war, Teller und Besteck zurechtzulegen wie ein Kellner in einem Restaurant. Sparkey hockte neben ihm und blickte hoffnungsvoll zu ihm auf. Sein schwarzweißes Fell war struppig und matt, aber ansonsten schien er sich wohl zu fühlen.

»Bevor Sie essen, sollten Sie sich etwas Bequemeres anziehen«, meinte Taylor mit Blick auf Andersons Lendenschurz. Er deutete auf einen handlichen Reisekoffer aus blauem Leinenstoff, der auf dem Doppelbett stand. »Ich hoffe, die Sachen passen.«

Ein wenig verlegen zog Anderson den Reißverschluß auf. Im Koffer befanden sich Unterhosen, Strümpfe, Unterhemden, zwei Bluejeans, Hemden, ein Pullover, eine Jacke und ein Paar Halbschuhe. Mit raschen Bewegungen kleidete er sich an. Das karierte Baumwollhemd war am Hals ein bißchen weit und die Hosenbeine ein Stückchen zu lang, aber ansonsten paßten die Sachen wie angegossen.

»Perfekt«, kommentierte er staunend, als er die Schuhe zugeschnürt hatte und vom Bett aufstand. »Fast als wären die Sachen extra für mich gekauft worden.«

Taylor lächelte. »Sie *sind* extra für Sie gekauft worden. Nach allem, was wir über Ihr Leben in den letzten Monaten in Erfahrung bringen konnten, sind wir davon ausgegangen, daß Sie sicher eine neue Garderobe brauchen würden«, erklärte der Captain geduldig. »Ihre Größe haben wir aus Ihrer Militärakte. Achteinhalb, nicht wahr?«

»Sie kennen meine Militärakte?« fragte Anderson überrascht.

Taylor nickte, setzte sich an den Tisch und griff nach der Kanne, die auf einem kleinen Stövchen auf dem Wagen stand, um sich Kaffee einzuschenken. Dann nahm er den Becher zwischen beide Hände, lehnte sich zurück und blies auf die schwarze Brühe. Er wartete, bis der Lieutenant und Anderson ebenfalls Platz genommen hatten, ehe er behutsam einen Schluck trank und den Blick wieder auf Anderson richtete.

»David Albert Anderson«, zitierte er sachlich, »geboren am 7. September 1911 in Las Cruces, New Mexico, als einziger Sohn von Eileen und Elvis Anderson. Absolvierte die Gemeindeschule mehr schlecht als recht. 1928 Eintritt in die US-Army. Grundausbildung in Fort Drake, Arizona. Danach drei Jahre bei der Fernmeldeeinheit der Army. 1932 Austritt aus der Armee und Umzug nach Albuquerque, wo Sie als Archivar beim *Albuquerque Mirror* anfingen, um sich mit der Zeit zum Lokalreporter hochzuarbeiten. 1939 lernten Sie Ihre erste Frau Vivian, geb. Hoeneker, kennen und heirateten sie 1941 nach Ihrem Umzug nach Roswell, wo Sie bei den *Roswell Daily News* gearbeitet haben. Sie haben zwei Kinder, einen Sohn und eine Tochter; an die Namen kann ich mich leider nicht mehr erinnern.«

»Josh und Lindsay«, erwiderte Anderson mechanisch. Er war verblüfft über sich selbst. Es war seit Ewigkeiten das erste Mal, daß er an sie dachte. Richtig, er hatte Kinder. Er kannte ihre Namen, und er hatte – zumindest wenn man Vivian Glauben schenken wollte – seinen bescheidenen Anteil zu ihrem Werden beigesteuert; aber als er versuchte, sich ihre Gesichter in Erinnerung zu rufen, waren da nur vage Schemen.

Wie alt war Josh jetzt? Fünf? Sechs? Und Lindsay? Ging sie schon in die Schule? Anderson wußte es nicht. Seit Vivian ihn verlassen hatte, hatte er sie nicht mehr gesehen, und wenn er ehrlich sein sollte, hatte er auch kein Bedürfnis danach. Sie waren Teil eines Lebens, das bereits so lange zurücklag, daß es ihm vorkam, als hätte es ein vollkommen Fremder gelebt. Er hatte damit nichts mehr zu schaffen.

Taylor stellte den Becher ab und riß ihn aus seinen Gedanken.

Anderson sah auf. »Hm?«

»Ich sagte, nachdem Sie nach Roswell gezogen sind, haben Sie mehrere Jahre bei den *Roswell Daily News* als Lokalredakteur gearbeitet. Im Frühjahr 1947 hat Ihre Frau Sie dann mit den Kindern verlassen und die Scheidung eingereicht. Kurz darauf haben Sie zu allem Überfluß auch noch Ihren Job verloren.«

»Der Chefredakteur konnte mich nicht leiden«, brummte Anderson trotzig. »Keine Ahnung, warum, immerhin hat er selbst gesoffen wie 'n Loch. Eigentlich hätten wir die besten Kumpels auf der Welt sein müssen.«

Powers grunzte amüsiert.

Taylor lächelte. »Na ja, jedenfalls geriet Ihr Leben von da ab auf, nun, sagen wir mal, recht *seltsame* Bahnen, und alles, was wir über die Zeit nach dem Juni 1947 wissen, ist überaus bruchstückhaft. Sie waren in Nevada, wo Sie eine Kellnerin namens Zara Williams kennengelernt haben. Mit ihr sind Sie nach Homestead, Florida, gezogen und haben auch dort wiederum für kurze Zeit bei der Lokalzeitung gearbeitet, bis Sie im April dieses Jahres schließlich in Philadelphia aufgetaucht sind und für einigen Wirbel gesorgt haben. Ende der Geschichte.«

Anderson applaudierte theatralisch. »Meine Gratulation. Ich hätte es selbst nicht besser erzählen können. Da Sie ja sowieso alles über mich wissen, beantworten Sie mir noch eine Frage?«

»Wenn ich kann.«

»Wie haben Sie mich gefunden? Ich meine, hier in Boston?«

»Ihr Auto«, erklärte der Captain.

»Der Ford?« Anderson schüttelte den Kopf. »Kann nicht sein. Ich hab die Kiste schon eine ganze Weile nicht mehr. Mußte sie verkaufen. Hat mir in der Seele weh getan, die alte Mühle wegzugeben, aber ...«

Taylor nickte. »Wissen wir. An einen Gebrauchtwagenhändler namens Frankie Festa in Old Mystic, Connecticut. Er hat Ihnen zweihundert Dollar für den Wagen gegeben und Ihnen außerdem eine Stelle im örtlichen Sägewerk vermittelt, aus der man Sie allerdings nach einer Woche schon wieder gefeuert hat, weil Sie jeden Tag betrunken zur Arbeit gekommen sind.«

»Amen«, murmelte Anderson.

Captain Taylor griff nach den Weintrauben, die auf einem Teller mit anderem Obst lagen, und pflückte mit spitzen Fingern eine Traube ab. »Jedenfalls, danach haben Sie Old Mystic den Rücken gekehrt und sind die Küste hinaufgetrampt, in Richtung Norden.« Er steckte sich die Frucht in den Mund.

Der Reporter war verblüfft. Er hätte nicht gedacht, daß es so einfach sein würde, seine Spur zu finden, zumal er sich größte Mühe gegeben hatte, nicht aufzufallen. »Weiter«, sagte er tonlos.

»Sie sind die Küste hoch bis nach Rhode Island, wo Sie knapp zwei Wochen in einer kleinen Pension gewohnt haben. Dann hatten Sie offenbar kein Bargeld mehr, und weil Sie das letzte bißchen, was Sie noch besaßen, nicht für die fällige Miete drangeben wollten, haben Sie sich einfach aus dem Staub gemacht und die Wirtin, eine nette alte Dame mit Namen Mrs. Dora Kiley, mit unbezahlten Rechnungen in Höhe von insgesamt achtundsiebzig Dollar sitzenlassen, die daraufhin Strafanzeige gegen Sie erstattet hat. Sie waren zwar schlau genug, sich unter einem falschen Namen ins Meldebuch einzutragen, aber der Polizeizeichner hat nach den Angaben von Mrs. Kiley ein solides Porträt von Ihnen angefertigt, durch das wir wieder auf Ihre Spur gekommen sind.« Taylor blickte Anderson unverwandt an. »Noch mehr?«

Der Reporter nickte wie betäubt.

Taylor griff nach seiner Tasse und trank einen Schluck, ehe er fortfuhr: »Na ja, da Sie sich bislang an die Küste gehalten hatten, nahmen wir an, daß Sie das auch weiterhin tun würden, und engagierten Detektive, damit sie sich in Massachusetts und New Hampshire auf die Suche nach Ihnen machten.«

»Warum diese beiden Staaten?« wollte Anderson wissen.

»Weil Sie keinen Wagen mehr hatten und wir vermuteten, daß Sie den größten Teil der Strecke zu Fuß oder per Daumenexpreß zurücklegen müßten, also nicht besonders schnell vorankommen würden. Und wir hatten recht. Nach einer Woche meldete sich einer der Detektive und verkündete, daß er Ihre Spur hier in Boston wiedergefunden habe.«

Anderson beugte sich vor. »Wie?«

»Ganz klassisch.« Taylor lächelte. Er gefiel sich sichtlich in der Rolle des Allwissenden. »Er ist mit Ihrem Bild durch die Gegend gelaufen und hat es jedem unter die Nase gehalten. Da wir annahmen, daß Sie nicht gerade mit Reichtümern gesegnet wären, hat er sich vornehmlich in den eher kargen Gegenden der Stadt umgesehen. Dabei ist er schließlich mehr oder weniger zufällig an einen Matrosen geraten, der sich an Sie erinnern konnte. Er habe erst kürzlich mit Ihnen gesoffen, erzählte er, und daß Sie sagten, Sie hätten vor, eine Weile in dieser Gegend zu bleiben. Na, und da haben Lieutenant Powers und ich uns kurzerhand ins Flugzeug gesetzt und sind hergekommen, um Sie persönlich zu suchen – was ja auch funktioniert hat.«

Andersons Miene verdüsterte sich. »Wenn Sie mich finden konnten«, sagte er langsam, »dann können die bösen Jungs von eurem Verein das ebenfalls.«

Taylor winkte ab. »Machen Sie sich darüber keine Gedanken. Der Militärgeheimdienst ist zwar nach wie vor auf der Suche nach Ihnen, doch das sind alles Schlafmützen; die hocken den ganzen Tag in ihren Büros, starren der Sekretärin auf den Hintern und warten darauf, daß ihnen die Erfolge in den Schoß fallen. Wir haben Sie nur gefunden, weil wir die Augen offengehalten und eine ganze Menge privates Geld investiert haben. Glauben Sie mir, Mr. Anderson, die haben nicht die geringste Ahnung, wo Sie sind. Obwohl die Sie natürlich liebend gern in die Finger bekommen würden, nach diesen Zwischenfällen in Nevada und Philadelphia.«

Anderson verschränkte die Arme vor der Brust. »Sie wissen davon? Ich nahm an, daß die Army solche Informationen selbst innerhalb ihrer eigenen Reihen unter Verschluß hält.«

»Das tut sie auch«, bestätigte der Captain. »Und um ehrlich zu sein, wissen wir nichts Konkretes darüber, was da eigentlich vorgefallen ist.«

Anderson schnaubte verächtlich. »Glauben Sie mir, wenn Sie es wüßten, würden Sie wollen, Sie wüßten es nicht; zumindest wenn Sie je wieder nachts ruhig schlafen wollen.«

Taylor ging nicht darauf ein. »Unserer Kenntnis nach handelte es sich um Forschungsprojekte der Army Air Force und der Navy, um Projekte, die so geheim sind, daß jeder, der ohne offizielle Erlaubnis zu tief in diese Materie eindringt, automatisch auf die Abschußliste von Uncle Sam gerät – so wie Sie.« Er wich Andersons bohrendem Blick nicht aus. »Und genau deshalb haben wir Sie gesucht, Mr. Anderson – weil Sie das seltene Talent besitzen, sich allen Widrigkeiten zum Trotz die Informationen zu beschaffen, die Sie brauchen.«

»Ich hatte nur Glück«, sagte Anderson. »Nichts weiter.«

Taylor lächelte. »Glauben Sie mir, Mr. Anderson, mit Glück hatte das nichts zu tun, sondern damit, daß Sie imstande sind, sich an bestimmte Situationen problemlos anzupassen. Außerdem verfügen Sie sowohl über Intelligenz als auch über Intuition und eine gehörige Portion gesunden Menschenverstand.«

Anderson zog eine Grimasse. »Ja, sicher«, brummte er; diese Lobhudelei ging ihm allmählich auf die Nerven. »Und was hat mir das alles eingebracht, außer einem Sack voll Schwierigkeiten?«

Taylor ging nicht darauf ein. Statt dessen sagte er: »Wir wollen mit Ihnen verhandeln, Mr. Anderson.«

Er zog die linke Braue hoch. »Worüber sollte ich mit Ihnen verhandeln? Was können Sie mir schon anbieten, an dem mir etwas liegt, von meiner Freiheit vielleicht mal abgesehen?«

»Geld«, sagte Powers knapp.

Anderson winkte ab. »Tut mir leid, aber ich –«

»*Viel* Geld«, konkretisierte der Lieutenant.

Irgend etwas an der Stimme des Mannes ließ ihn aufhorchen. Er lehnte sich vor. »Wieviel?«

»Zwanzigtausend Dollar.«

»Zwanzigtausend?« echote Anderson ungläubig.

Taylor nickte. »Steuerfrei.«

»Oh, Mann ...« Er kratzte sich am Kopf. »Das ist *wirklich* 'ne Menge Zaster. Was soll ich dafür machen? Den Präsidenten ermorden? Einen Krieg mit einem militanten südamerikanischen Staat anzetteln oder was?«

Taylor schüttelte den Kopf. »Nichts dergleichen. Was

wir im Sinn haben, ist von wesentlich persönlicherer Natur. Aber warum bedienen Sie sich nicht erst mal?« Er deutete auf die abgedeckten Schüsseln und Schalen. »Beim Essen redet es sich angenehmer, finden Sie nicht?«

Anderson signalisierte Zustimmung und erhob sich. Er und Sparkey hatten so lange von der Hand in den Mund gelebt, daß ihn allein die Aussicht auf ein solides Mahl in Hochstimmung versetzte. Der Duft, der von den Schlüsseln aufstieg, ließ seinen Magen knurren. Neugierig sah er sich die dargebotenen Speisen an und pfiff leise durch die Zähne. Was der Zimmerservice aufgefahren hatte, reichte für einen kompletten Hofstaat. Unwillkürlich leckte er sich die Lippen. Erst jetzt merkte er, wie hungrig er war.

»Oh, Junge«, murmelte er. »Junge, Junge, Junge ...«

Er nahm einen Teller und begann sich von allem etwas aufzuladen. Schließlich hatte er einen gewaltigen Berg aus Bratkartoffeln, Schwein und Gemüse darauf angehäuft, doch ehe er sich wieder setzen konnte, gab Sparkey ein Winseln von sich und hob bettelnd die Pfote.

Anderson sah ihn an. »Du hast wohl auch Kohldampf, oder?«

Sparkey wuffte zustimmend.

»Na gut. Sollst ja nicht leben wie 'n Hund ...«

Er nahm einen zweiten Teller vom Wagen, lud ein Dutzend Fleischstücke und Bratkartoffeln darauf, garnierte das Ganze mit einer guten Portion brauner Sauce und stellte den Teller auf den Teppich.

»Bon appétit, alter Freund.«

Sparkey machte sich gierig über sein Mahl her. Seine Augen leuchteten wie Edelsteine. Anderson sah zu, wie der Hund mit einem Happen ein ganzes Stück Kalb und eine halbe Kartoffel verschlang, und lächelte. Er ließ Sparkey fressen und setzte sich wieder zu den beiden Soldaten. Appetitlich lockte sein Essen, und er nahm sich einen Moment Zeit, das Aroma tief einzuatmen, wie das Parfüm einer schönen Frau. Dann griff er nach der Gabel und machte sich mit wahrem Heißhunger über die Mahlzeit her. Taylor und Powers saßen da, nippten an ihrem Kaffee und sahen ihm mit gelinder Belustigung zu.

Zwei Minuten aß Anderson schweigend, bis er sich schließlich ein Stück Schwein in den Mund schob, kaute, schluckte, den Kopf hob und fragte: »Gibt's hier auch was zu trinken?«

»Aber natürlich.« Taylor erhob sich und schlug die weiße Decke zurück, die das untere Fach des Servierwagens verbarg.

Anderson lugte an ihm vorbei und bekam große Augen, als er die Hälse von einem halben Dutzend Flaschen ausmachte. Der Captain hielt ihm eine davon hin, Etikett nach vorne.

»Ich hoffe, Sie mögen Jack Daniels.«

Anderson grinste. »Wir sind sozusagen alte Kumpels ...«

Der Captain reichte Anderson die Flasche. Der entkorkte sie, füllte sein Glas und trank mit tiefen, gierigen Schlukken, wie ein Verdurstender. Der Scotch floß brennend seine Kehle hinab. Er keuchte zufrieden, schenkte sich einen weiteren Drink ein und leere das Glas zum zweitenmal. Erst danach schien ihm bewußt zu werden, daß er sich nicht allein am Tisch befand, und hielt den beiden Militärs die Flasche hin.

»Auch was?«

Taylor winkte lächelnd ab. Powers schüttelte nur den Kopf.

Anderson zuckte die Achseln. »Ihr Pech.« Damit schenkte er sich zum drittenmal nach, stellte die Flasche neben seinen Teller und nahm die Gabel wieder auf; die Soldaten warteten höflich. Erst als Anderson sich nachgenommen und die zweite Portion zur Hälfte verputzt hatte, räusperte sich Taylor.

Der Reporter sah ihn an.

»Gestatten Sie mir eine Frage, Mr. Anderson.«

Er zog die Brauen hoch. »Und zwar?«

»Warum trinken Sie?«

Anderson gluckste amüsiert. »Gegenfrage: Warum trinken Sie *nicht*?« Er griff nach dem Glas, nahm einen Schluck. »Weil Sie einen Job haben? Weil Sie eine Frau haben, die Sie liebt, und Kinder, die Sie schon an der Haustür erwarten, wenn Sie abends nach Hause kommen? Könnten das vielleicht einige der Gründe sein?« Seine Worte klangen bitter.

Taylor starrte ihn an. »Sie wissen, daß jeder einzelne Schluck Whiskey Sie dem Tod ein Stückchen näher bringt, oder?«

Ein sarkastisches Lächeln kräuselte Andersons Mundwinkel. »Was, wenn das genau der Grund ist, weshalb ich trinke?«

Taylor schwieg betreten.

Anderson zog eine zerknüllte Packung Zigaretten hervor und steckte sich einen Glimmstengel zwischen die Lippen. Dann lehnte er sich rauchend zurück, musterte die Soldaten über den Tisch hinweg und sagte ruhig: »Jetzt, wo wir die Formalitäten hinter uns haben, möchte ich endlich wissen, was es mit dieser ganzen Angelegenheit auf sich hat.« Er blies Rauch durch die Nasenlöcher aus. »Sie lassen mich von Detektiven suchen, schleppen mich in dieses Hotel, geben mir neue Kleider, verköstigen mich und bieten mir so mir nichts, dir nichts zwanzig Riesen an. – Was wollen Sie von mir?« Sein Blick wanderte zwischen den Männern hin und her. »Warum sind Sie hier?«

Überraschenderweise war es Powers, der antwortete. »Mr. Anderson, was würden Sie dazu sagen, wenn wir Ihnen die Möglichkeit böten, Uncle Sam eine herbe Niederlage zu bescheren und das amerikanische Militär in aller Öffentlichkeit bloßzustellen?«

Anderson blickte ihn zweifelnd an. »Wie das?«

Taylor übernahm wieder das Reden; seine Antwort fiel ungewohnt konkret aus: »Indem Sie sich in die Army Air Force einschleichen und dem Verschwinden einer Bomberstaffel nachspüren.«

Anderson blinzelte. »Ehm, Verzeihen Sie, Kumpel«, begann er verwirrt, »aber haben Sie eben gesagt, ich soll mich in die Army Air Force einschleichen?«

Taylor nickte. »Korrekt.«

Anderson starrte den Captain fassungslos an und suchte in dessen Gesicht nach irgendeinem Zeichen, das ihm bewies, daß sein Gegenüber scherzte, doch da war nichts. »Das meinen Sie doch nicht im Ernst, oder?« fragte er vorsichtig.

Taylor blickte ihn unverwandt an.

»Oh, Junge«, murmelte Anderson. Plötzlich fühlte er sich schrecklich müde. Benommen ließ er sich gegen die Stuhllehne sinken, griff nach seinem Glas und stürzte den Rest Scotch in zwei Zügen hinunter. Dann knallte er das leere Glas auf den Tisch und wandte sich ruckartig zu Taylor um. »Okay, nehmen wir mal an, Sie meinen das tatsächlich ernst ...«

»Das tun wir«, betonte Taylor nochmals.

Anderson hob abwehrend eine Hand. »Wie gesagt, nehmen wir das nur mal an, einfach so, spaßeshalber ... Wie um alles in der Welt kommen Sie darauf, daß ich mich auf so eine Sache einlassen würde? Wie habt ihr euch das vorgestellt? Daß ich einfach in euren Verein reinmarschiere, hier und da ein kleines Schwätzchen halte, irgendwelche Geheimunterlagen aus dem Safe stehle und danach mein Superheldenkostüm auspacke, um wie ein Vögelein von dannen zu fliegen?« Er breitete die Arme aus und bewegte sie ein paarmal auf und ab. »So in etwa?«

»Ja«, bestätigte Powers knapp. »So in etwa.«

Anderson war wütend und kaum in der Lage, einen klaren Gedanken zu fassen, ja, er konnte sich nicht einmal entscheiden, welchen der beiden Soldaten er nun anschreien sollte. »Verdammt, seid ihr völlig irre? Das ist Selbstmord! Ich bin doch nicht verrückt und gehe freiwillig irgendwohin, wo mir jeder Schwachkopf ohne Vorwarnung 'ne Kugel verpassen kann! Da kann ich mich ja gleich am nächsten Baum aufknüpfen!« Seine Worte überschlugen sich fast.

Taylor ließ sich nicht aus der Ruhe bringen. »Das bleibt Ihnen zwar unbenommen, aber in diesem Fall würden Sie nicht in den Genuß von zwanzigtausend Dollar kommen. Steuerfrei, Sie erinnern sich?« Er sprach mit Anderson beinahe wie mit einem geistig zurückgebliebenen Kind.

Der Reporter funkelte ihn an. »Zufällig bin ich noch nicht völlig senil«, knurrte er grimmig und bemühte sich, seine Ruhe wiederzugewinnen. Eine Weile rauchte er schweigend. Niemand unterbrach ihn in seinen Gedanken; Powers und Taylor saßen einfach nur da und warteten darauf, wie es weiterging.

Nach einer Weile klopfte Anderson die Asche von seiner Zigarette und sah die beiden skeptisch an. »Also noch mal, um jedes Mißverständnis auszuschließen«, sagte er bedächtig. »Sie wollen mir zwanzigtausend Bucks dafür geben, daß ich mich bei Uncle Sam einschleiche und irgendwelchen verschwundenen Flugzeugen nachschnüffle?«

Einmal mehr war es Taylor, der antwortete: »Zehntausend bei Zusage, den Rest, wenn Sie der Meinung sind, Ihre Aufgabe erledigt zu haben.«

»Und wenn ich den Job ablehne? Ruft ihr dann die Jungs von der Militärpolizei, oder erledigt ihr das selbst?« Die Antwort darauf interessierte Anderson tatsächlich.

Captain Taylor schenkte sich Kaffee nach. »Sollten Sie sich entschließen, uns nicht zu helfen, hätte das für Sie nur eine einzige Konsequenz.« Er stellte die Kanne zurück.

»Ach ja?« Andersons Augen wurden schmal. »Und welche?«

Taylor trank in aller Ruhe einen Schluck Kaffee, schaute Anderson über den Rand des Bechers hinweg an und sagte betont gleichgültig: »Sie würden wieder zu dem Leben zurückkehren, das Sie in den letzten Monaten geführt haben. Wieder von der Hand in den Mund leben. Wieder unter Brücken schlafen und sich über jedes angebissene Pausenbrot freuen, das Schulkinder in die Mülltonne werfen.«

Der Reporter saß da wie versteinert. Mit dieser Antwort hatte er beim besten Willen nicht gerechnet. In seinem Innern brodelte es wie ein Vulkan kurz vorm Ausbruch. Schließlich seufzte er. »Okay, in Ordnung. Nehmen wir mal an, ich würde mich wirklich auf diesen Deal einlassen ...«

»Was dann?« fragte Powers.

Anderson griff nach der Gabel und spießte ein Stück weißes Schweinefleisch auf. »Dann müßte ich wissen, was diese ganze Sache eigentlich soll. Was hat es mit diesen verschwundenen Bombern auf sich?« Er schob sich das Fleisch in den Mund.

Statt zu antworten, wechselten die Soldaten einen Blick, und Taylor nickte, woraufhin Powers wortlos aufstand, den Raum verließ und eine halbe Minute später mit einer Mappe im Arm zurückkehrte, die er Anderson reichte, bevor er sich wieder setzte. Die ganze Zeit über kam keine Silbe über seine Lippen.

Neugierig betrachtete der Reporter die Mappe. Es war ein hellgrauer, etwa zwei Zentimeter dicker Aktendeckel, auf dem jemand mit Schwarz FLIGHT 19 vermerkt hatte. Direkt darunter befanden sich zwei offiziell aussehende Stempel. Einer stammte von der Army Air Force, Pompano Beach Army Airfield, Fort Lauderdale, 403. Bombergeschwader. Der andere besagte kurz und knapp: TOP SECRET/EYES ONLY. Streng geheim. Nur zur Einsichtnahme; kopieren verboten.

»Flight 19?« Anderson sah auf.

»Flight 19 war die Bezeichnung für einen Übungsflug, der am 5. Dezember 1945 von Fort Lauderdale aus startete. Es handelte sich dabei um eine Staffel von fünf Avengers«, sagte Taylor.

Anderson legte die Mappe vor sich auf den Tisch. »Was sind Avengers?«

»TBM 3 Avenger-Torpedobomber«, führte der Captain aus. »Die leistungsstärksten einmotorigen Propellermaschinen, die wir im Augenblick besitzen. Die Avengers sind verdammt schnell, können wahlweise Bomben, Wasserbomben oder Torpedos tragen und durch ihre geringe Spannweite sowohl von Landflugplätzen als auch von Flugzeugträgern aus operieren. Einige entscheidende Siege im Pazifik sind diesen Babys zu verdanken. So waren es zum Beispiel Avengers, die die *Yamato* versenkt haben, bevor die Schlitzaugen uns damit gefährlich werden konnten.«

»Verstehe.« Anderson zog sich die Whiskeyflasche heran und füllte zum vierten- oder fünftenmal sein Glas. »Und von den Dingern sind vor drei Jahren fünf verlorengegangen?«

»Mit insgesamt vierzehn Mann an Bord«, bestätigte Taylor. »Fünf Offiziere und neun Besatzungsmitglieder.« Ein seltsamer Unterton schlich sich bei diesen Worten in seine Stimme, den der Reporter nicht recht zu deuten wußte.

Er schob sein Glas hin und her. »Und weiß man Genaueres, was damals mit den Bombern passiert ist?«

»Ich kann Ihnen bloß sagen, was wir selbst wissen, und das ist, fürchte ich, nicht besonders viel, da die Army die meisten Informationen über den Zwischenfall aus nicht näher genannten Gründen strikt unter Verschluß hält.« Taylor stellte den Becher ab und faltete die Hände vor sich auf der Tischplatte. »Wie auch immer«, fuhr er dann mit seinem Bericht fort. »Flight 19 war ein rein routinemäßiger Übungsflug, diente sozusagen der Überprüfung von Mensch und Material. Nichts Besonderes. Der Flugplan sah einen fast dreieckigen Kurs vor. Sie sollten von Fort Lauderdale aus hundertsechzig Meilen nach Osten fliegen, bis zu den Chicken Shoals südlich von Bimini, um dort einen Angriff auf das Wrack eines Liberty-Frachters zu starten, der vor einigen Jahren auf Grund gelaufen ist. Die Planung sah vor, das Schiff etwa zwanzig Minuten zu bombardieren, um dann ungefähr vierzig Meilen nach Norden zur Insel Great Sail Key am anderen Ende der Bahamas weiterzufliegen und anschließend Kurs nach Südwesten zu nehmen, wo man sie gegen sechzehn Uhr auf dem Stützpunkt Pompano Beach zurückerwartete. Keine große Sache.« Er unterbrach seinen Redefluß, um – sehr zu Andersons Erstaunen – nach dem Jack Daniels und einem Glas zu greifen und sich etwas einzugießen. »Das Wetter an jenem Tag war perfekt. Es war warm, die Sonne schien, nur einzelne Wölkchen zeigten sich am Himmel. Leichter Nordostwind. Ideales Flugwetter, wie einige Piloten, die früher am Tag draußen waren, meldeten.«

Anderson schob seinen Teller mit den abgekühlten Essensresten von sich und schlug die Akte auf; auf einem Stapel maschinegeschriebenen Papiers lagen einige Fotografien. »Weiter«, sagte er knapp.

»Die Avengers starteten um Punkt vierzehn Uhr«, erklärte Taylor. Er starrte in sein Glas, als würde ihm der goldgelbe Scotch soufflieren, was er sagen mußte. »Die Flugzeit sollte insgesamt zwei Stunden betragen. Etwa um Viertel nach drei, als das Bombardement des Frachters beendet war und die Staffel planmäßig nach Great Sail Key weiterflog, fing der Tower dann mit einemmal einige alarmierende Funksprüche von Flight 19 auf. Der Staffelführer berichtete, daß sie vom Kurs abgekommen seien und nicht mehr wüßten, wo sie wären; sämtliche Instrumente seien ausgefallen. Der Tower versuchte ihnen zu sagen, sie sollten sich an der Küste orientieren, doch es zeigte sich, daß sie Flight 19 zwar hören konnten, aber nicht umgekehrt. Offenbar gelang es ihnen eine Weile, den Kontakt zu den Maschinen aufrechtzuhalten. Dann, gegen halb sechs, als die Staffel längst wieder zurück in Pompano Beach hätte sein sollen, brach die Verbindung ab, und danach kam nichts mehr. Der Funker konnte nicht wieder mit Flight 19 in Verbindung treten.« Mit bemerkenswerter Geschwindigkeit kippte der Captain jetzt seinen Drink.

Anderson griff ebenfalls nach seinem Glas. »Was geschah dann?«

»Da sie annehmen mußten, daß sich Flight 19 in ernstlichen Schwierigkeiten befand, schickte man vom Marinestützpunkt Banana River ein Suchflugzeug los, eine zweimotorige Martin-Mariner. Das war gegen sechs.«

»Und? Hat der Mariner irgendwas gefunden?«

»Das wissen wir nicht«, sagte Taylor knapp.

»Warum wissen Sie das nicht?« hakte Anderson nach.

»Das Suchflugzeug ist ebenfalls verschwunden.«

Der Reporter blinzelte ungläubig. »Wie bitte?«

Taylor nickte. »Mit weiteren dreizehn Mann Besatzung.«

Anderson pfiff leise durch die Zähne. Allmählich fing diese Sache an, unheimlich zu werden. Gleichzeitig jedoch erfaßte ihn eine seltsame Neugierde, der Drang, mehr über die Hintergründe dieser sonderbaren Angelegenheit in Erfahrung zu bringen, und das bereitete ihm Unbehagen. Vielleicht gehörte Neugierde für einen Reporter zu den zwingend erforderlichen Charaktereigenschaften, doch er hatte bereits erfahren, was es ihm einbrachte, die Nase in Sachen zu stecken, die ihn nichts angingen. Andererseits konnte er nicht verhindern, daß sich seine Gedanken sofort mit dem Problem der verschwundenen fünf Flugzeuge – sechs, rechnete man den Martin-Mariner mit – zu befassen begannen, wie eine Maschine, die nach langen Jahren wieder angeschaltet wird.

»In Ordnung.« Er legte den Kopf in den Nacken und blies Rauch in die Luft. »Das Suchflugzeug verschwand also genau wie Flight 19 einige Stunden zuvor. Wie ging es dann weiter?«

»Erneut wurden Suchmannschaften losgeschickt, zwei weitere Martin-Mariner, einige Avengers und auch ein halbes Dutzend Schiffe der Küstenwache und der Navy, die gerade in diesem Gebiet unterwegs waren. Aber sie hatten kein Glück. Sie konnten weder die fünf Bomber noch das Suchflugzeug entdecken, und als es zu dunkel wurde, brach man die Suche ab, um sie am nächsten Morgen wieder aufzunehmen – wieder ohne Erfolg. Sie fanden nicht die geringste Spur der Flugzeuge. Keine Trümmer, keine Leichen, keine Überlebenden. Rein gar nichts.«

Anderson ließ sich das Gehörte eine Weile durch den

Kopf gehen, während er nachdenklich an seinem Drink nippte. Sparkey hatte sich pappsatt aufs Bett zurückgezogen und lag zu einer pelzigen Kugel zusammengerollt am Fußende.

»Könnte Flight 19 womöglich abgestürzt sein?« fragte er schließlich. »Es ist zwar unwahrscheinlich, wenn nicht gar unmöglich, daß fünf Maschinen gleichzeitig abschwirren, aber gab es unter Umständen einen technischen Defekt? Oder hatten sie möglicherweise zu wenig Treibstoff?«

»Das ist die Frage, um die sich alles dreht.« Der Captain verblüffte Anderson erneut, als er nach dessen Zigaretten griff. »Eigentlich hätte den Maschinen nichts zustoßen dürfen. Jede Avenger hatte Treibstoff für mehr als fünftausend Meilen an Bord, die Flugzeuge wurden unmittelbar vor dem Abflug von den Technikern durchgecheckt, und die Crews waren so erfahren, wie man es sich nur wünschen kann. Allein Lieutenant Taylor hatte mehr als zweitausendfünfhundert Flugstunden hinter sich, die meisten davon auf den Avengers, und die anderen Piloten nicht viel weniger.«

Anderson runzelte die Stirn. »Taylor?«

»Mein Vater«, sagte der Captain betreten. »David Taylor. Er hatte damals das Kommando über Flight 19.«

Sofort war der Reporter hellwach. »Ist das das ›persönliche Interesse‹, von dem Sie vorhin sprachen?«

Der Captain nickte. »Ich will wissen, was mit meinem Vater passiert ist. Und mit seinen Männern.«

Anderson nahm die Fotos aus der Mappe und schaute sich das erste Bild an; es zeigte eine Gruppe von sechs oder sieben Männern in Fliegerjacken, die sich vor dem Propeller eines Flugzeugs aufgebaut hatten. Im Hintergrund konnte man einige Hangars und Palmen erkennen. Er betrachtete das Bild einen Moment lang und hielt es dann dem Captain hin. »Welcher davon ist Ihr Vater?«

Taylor deutete auf den Mann ganz rechts. Er war groß, beinahe hager, Anfang oder Mitte Vierzig, mit gepflegtem Vollbart und fleischigen Lippen, die zu einem schüchternen Lächeln verzogen waren. In den Händen hielt er eine Pilotenmütze.

»Und das«, sagte Taylor und tippte auf einen Soldaten in der Mitte, der seine Kameraden um eine ganze Haupteslänge überragte und sich um ein Lächeln bemühte, das nicht recht zu seinen herben Zügen passen wollte. »Das ist Captain Edward Powers – der Bruder des Lieutenants hier.«

Anderson warf Powers einen fragenden Blick zu.

Powers nickte knapp, sagte aber nichts.

Anderson legte das Bild zurück in die Mappe. »In Ordnung. Jetzt verstehe ich Ihr Engagement in dieser Angelegenheit. Was mir allerdings noch immer Kopfzerbrechen bereitet: Warum glauben Sie, daß die Army Air Force Ihnen irgendwas über das Verschwinden von Flight 19 verheimlicht? Immerhin gehören Sie ja schließlich selbst zu dem Verein.«

»Dafür gibt es mehrere Gründe.« Taylor ließ sich von dem Reporter Feuer geben und lehnte sich rauchend nach hinten. »Zunächst mal gab man sich keine Mühe, die Maschinen überhaupt zu finden.«

Anderson erhob Einspruch. »Aber Sie sagten doch selbst, daß mehrere Schiffe und Flugzeuge losgeschickt wurden, um Flight 19 und den verschollenen Martin-Mariner zu suchen.«

»Schon«, stimmte Taylor zu. »Aber die Suche wurde bereits nach zwei Tagen ergebnislos abgebrochen. Bei jedem verdammten Fischerboot suchen sie *zwei Wochen*, und hier ging es immerhin um fünf Kampfbomber der Army Air Force, jeder davon etliche Millionen Dollar wert, von den beinahe dreißig Menschenleben einmal ganz zu schweigen. Würde man da nicht erwarten, daß sie alles ihnen Mögliche tun, um herauszufinden, was den Maschinen und ihren Besatzungen widerfahren ist? Ich meine, es hätten ja auch Atombomben an Bord sein können!« Mit jedem einzelnen Wort war seine Stimme ein wenig lauter, seine Miene grimmiger geworden. Dennoch fand der Reporter, daß er bewundernswert ruhig blieb, genau wie der Lieutenant, wenn man bedachte, in was für einem Zwiespalt sie stekken mußten, hin- und hergerissen zwischen der Verpflichtung der Army gegenüber und den Interessen ihrer Familien.

Anderson blies einen Rauchkringel in die Luft und verfolgte fasziniert, wie er sich langsam in nichts auflöste. »Was haben Sie sonst noch?«

»Das Geld.« Diesmal war es Powers, der antwortete.

Anderson sah ihn fragend an. »Welches Geld?«

»Jeder betroffenen Familie – das heißt jeder Familie, die einen Angehörigen verlor – hat das Militär eine Abfindung in Höhe von zehntausend Dollar gezahlt, damit sie über das Verschwinden ihrer Väter, Ehemänner, Söhne und Brüder kein Aufhebens machten. Man sagte ihnen, die Maschinen seien aufgrund von technischen Problemen abgestürzt und man wolle keinerlei Aufsehen, um Spekulationen seitens der Presse zu vermeiden und die Öffentlichkeit nicht zu beunruhigen.«

Anderson zog eine Grimasse. »Das ist wieder mal typisch. Uncle Sam erkauft sich das Schweigen der Angehörigen, damit niemand mitbekommt, was bei der Army so alles im argen liegt. Einfach zum Kotzen.«

Der Captain nickte. »Einige der betroffenen Familien sahen das genauso und gaben sich nicht damit zufrieden, einfach bloß das Geld entgegenzunehmen und den Mund zu halten. Sie stellten Anträge auf Akteneinsicht, wollten Näheres über die Umstände des Verschwindens von Flight 19 erfahren, stießen jedoch auf eine Mauer des Schweigens. Trotzdem versuchten sie es immer wieder. Irgendwann wurde es der Army dann zu bunt, und sie drohten den aufmüpfigen Familien kurzerhand damit, verwandte Soldaten unehrenhaft aus dem Militärdienst zu entlassen, wenn sie nicht endlich Ruhe geben würden.«

Der Reporter drückte die Kippe im Aschenbecher aus. »Dann stehen noch weitere Angehörige der betroffenen Familien in den Diensten von Uncle Sam?«

Taylor bejahte. »Sie wissen doch. Bei Militärs ist es wie bei Polizisten oder Anwälten. Erst ist dein Großvater Soldat, danach dein Vater, dann dein großer Bruder, und schließlich, bevor du richtig begreifst, was los ist, steckst du selbst auch in einer Uniform. Was blieb uns also anderes übrig, als den Mund zu halten? Wir taten so, als würden wir uns in Zukunft ruhig verhalten, nahmen das Geld und fingen an, im Verborgenen nachzuforschen. Tatsächlich förderten wir auf diese Weise einige neue Informationen zutage, doch im Endeffekt blieben unsere Bemühungen erfolglos, weil wir einfach nicht tief genug graben konnten, aus Angst, die Army würde uns dann auf die Schliche kommen.« Er klopfte Asche ab. »Darum kamen wir nach einer Weile auf die Idee, einen Außenstehenden auf diese Sache anzusetzen.« Er deutete auf Anderson. »Und zwar Sie.«

Der Reporter verneigte sich, als würde er auf einer Bühne stehen und Ovationen des Publikums empfangen. Dann fiel ihm plötzlich etwas ein. »Augenblick mal. Wenn ich mich recht entsinne, sind alles in allem siebenundzwanzig Männer verschwunden, dreizehn im Martin-Mariner, vierzehn mit Flight 19. Aber es waren *fünf* Flugzeuge in dieser

Staffel, und jede der Maschinen müßte eigentlich drei Mann Besatzung an Bord gehabt haben: einen Piloten, einen Funker und einen Mechaniker vermutlich. Aber wenn es nur vierzehn waren ...«

»... dann fehlte einer.« Der Captain nickte. »Sehr richtig, Mr. Anderson.« Er beugte sich vor, wühlte in der Akte und zog ein Foto aus den Unterlagen, das er seinem Gegenüber hinhielt. Es war das Porträt eines Mannes Mitte oder Ende Dreißig, mit einem hageren, fast asketischen Gesicht, das von einer Fülle schwarzer Locken umrahmt wurde. Dunkle, kleine Augen und eine scharf geschnittene Nase verliehen ihm etwas Rattenhaftes.

»Sein Name ist Kosnar«, erklärte Taylor. »Corporal Allan Kosnar aus Kenosha, Wisconsin. An jenem Tag kam er zwar auf den Stützpunkt, ließ sich aber von Lieutenant R. H. Wirshing, dem diensthabenden Flugoffizier, von dem Übungsflug befreien. Offiziell hieß es, Kosnar habe für den Monat schon genügend Flugstunden absolviert. Allerdings haben wir in Erfahrung bringen können, daß er im Dezember bis dahin an *keinem einzigen* Flug teilgenommen hatte. Außerdem hatte er bereits einige Wochen zuvor den Antrag gestellt, vom aktiven Flugdienst befreit zu werden. Natürlich haben wir versucht, mit ihm in Kontakt zu treten, um herauszufinden, warum er damals nicht an dem Flug teilnehmen wollte. Aber sie haben ihn keine zwei Wochen nach dem Zwischenfall vorzeitig und mit allen Ehren aus dem Dienst entlassen, und seitdem weigert er sich, mit uns zu sprechen. Auch auf unsere Briefe reagiert er nicht. Irgendwann haben wir es dann aufgegeben.«

»Wo kann ich diesen Burschen finden?« fragte Anderson und fügte hastig hinzu: »Sollte ich mich entschließen, mich auf dieses Himmelfahrtskommando einzulassen, selbstverständlich.«

Taylor deutete auf die Akte. »Da drinnen finden Sie alles, was wir an Informationen zusammentragen konnten, auch Kosnars Adresse. Vielleicht haben Sie bei ihm ja mehr Glück als wir.«

»Warten wir's ab.« Von neuem betrachtete Anderson das Bild mit dem Piloten, dann schlug er die Mappe zu. Regen trommelte gegen das Fenster. »Was mich wirklich interessieren würde ... Wie, meinen Sie, könnte ich mich unerkannt in die Army einschleichen?« Er sah Taylor an. »Wie ich Sie kenne, haben Sie sich doch bereits Gedanken darüber gemacht, oder?«

Taylor konnte sich ein kleines Lächeln nicht verkneifen. Er griff in die Uniformtasche und holte ein zusammengefaltetes Stück Papier hervor, das er über den Tisch schob. Während der Reporter den Text überflog, erklärte er sachlich: »Sie werden dem Stützpunkt Pompano Beach in Ihrer Funktion als Commander der Luftwaffeninspektion einen Besuch abstatten. Sie bekommen Ausweispapiere, eine Uniform und alles sonst noch Nötige, um Sie in einen von Uncle Sams Bluthunden zu verwandeln. Diese Typen von der Inspektion stehen im Kurs der Soldaten höher als der Präsident, weil jeder fürchtet, die Aufsicht hätte es ausgerechnet auf ihn abgesehen. Deshalb kriechen ihnen die Männer so weit hinten rein, wie es nur geht. Sie werden keine Schwierigkeiten haben, sich Zutritt zu gewissen Anlagen zu verschaffen, und alle nötigen Auskünfte bekommen, zumindest nicht, solange sie im Rahmen Ihrer Befugnisse liegen.«

Anderson sah ihn fragend an. »Was bedeutet das?«

»Das bedeutet, daß Ihre Tarnung nur eine Sicherheitsprüfung bis Level vier übersteht. Alles, was darüber liegt, wird Ihnen den Hals brechen.«

Anderson gab einen unwilligen Laut von sich und gähnte

herzhaft; es war ein langer Tag gewesen. Er warf einen Blick auf seine Uhr. »Schon halb eins durch«, stellte er fest. »Erstaunlich, wie schnell die Zeit vergeht, wenn man sich gut amüsiert, nicht wahr?« Und ohne eine Antwort abzuwarten, fuhr er fort: »Eigentlich sollte ich schon seit zwei Stunden meinen Schönheitsschlaf genießen. Können wir das Gespräch morgen fortsetzen?«

»Wir sind beinahe am Ende«, sagte Powers. »Sie wissen jetzt, was wir wissen; es steht alles in der Akte. Sie brauchen nur noch zuzustimmen, daß Sie den Auftrag übernehmen. Danach können Sie zu Bett gehen.«

»Oh, nein.« Anderson schüttelte den Kopf. »Ich werde *erst* ins Bett gehen und Ihnen *dann* sagen, ob ich mit von der Partie sein werde oder nicht.« Er schob seinen Stuhl zurück. »Schon meine Mutter sagte, man solle wichtige Entscheidungen nicht übers Knie brechen, sondern immer eine Nacht darüber schlafen, weil im Licht des neuen Morgens viele Dinge anders aussehen.«

Taylor und Powers erhoben sich ebenfalls.

»War wohl eine ziemlich weise Frau, Ihre Mutter?«

Anderson zuckte die Schultern. »Mal mehr, mal weniger. Zumeist eher weniger.« Er begleitete die Soldaten zur Tür, und die Männer traten hinaus auf den Gang, der verlassen im spärlichen Licht der Notbeleuchtung lag. Der Lieutenant gab sich keine Mühe, seine Enttäuschung zu verbergen, nickte dem Reporter nur flüchtig zu und verschwand in seinem Zimmer. Der Abschied des Captains fiel etwas herzlicher aus, dann verschluckte die Düsternis des Flurs auch ihn; einen Moment später wurde ein Stück weiter den Gang hinab eine Zimmertür geöffnet und wieder geschlossen.

Anderson blieb noch kurz in der offenen Tür stehen, tippte sich schließlich mit dem Finger gegen die Stirn, als salutiere er einem unsichtbaren General, und ging zurück in sein Zimmer.

6.

Anderson schloß die Tür und schob den Riegel vor. Seine Gedanken schwirrten durcheinander wie flüchtige Geister, ohne daß er imstande gewesen wäre, sie zu packen und festzuhalten.

Wo war er hier bloß hineingeraten?

Er konnte sich auf diese Sache keinen rechten Reim machen. Was hatte das alles zu bedeuten? Verschwundene Jagdbomber, ein verschollenes Suchflugzeug, ein Corporal, der um jeden Preis vom aktiven Flugdienst befreit werden wollte, und Uncle Sam, der den angehörigen Familien eine erkleckliche Summe dafür zahlte, damit sie über diese Angelegenheit den Mund hielten. Er konnte sich nicht helfen, aber irgendwie klang das verteufelt danach, als ob hier etwas vertuscht werden sollte.

Die Millionen-Dollar-Frage war bloß: Was?

Doch es war müßig, sich jetzt darüber Gedanken zu machen. Es war spät, er war müde, und er bekam Kopfschmerzen. Alles, was er jetzt noch wollte, war ins Bett gehen, die Füße hochlegen und noch ein paar Drinks nehmen, um die Dämonen aus seinen Träumen zu vertreiben.

Er schaltete das Deckenlicht aus, so daß nur noch die kleine Nachttischlampe den Raum in matte Helligkeit tauchte, und ging zum Tisch. Die Flasche Jack Daniels war fast leer, weshalb er sich gar nicht erst die Mühe machte, sein Glas zu füllen, sondern die letzten Schlucke direkt aus der Flasche trank. Danach holte er die nächste Flasche unter dem Wagen hervor. Captain Taylor war ein vorausschauender Mann; da standen noch zwei oder drei weitere.

»Jackie, alter Kumpel«, murmelte er, während er den Korken aus dem Hals zog und achtlos auf den Läufer schnippte. »Schön, daß du da bist. Wenigstens auf dich kann ich mich verlassen.«

Er nahm einen tiefen Schluck und fühlte sich sofort ein wenig besser, gönnte sich gleich noch einen weiteren, gurgelte, schluckte keuchend und ließ sich neben Sparkey auf die Decke sinken.

Als er den Wuschelkopf des Hundes zu streicheln begann, regte sich Sparkey im Schlaf und zuckte mit den Beinen, als würde er von fröhlichen Kaninchenjagden über weite Wiesen und Felder träumen. Anderson lächelte und tätschelte ihm sanft die Flanke. Schließlich rutschte er ein Stück zur Seite, stellte Jackie auf den Nachttisch, direkt auf das Wort des Herrn, das in keinem Hotel zu fehlen schien, selbst wenn es die allerletzte Absteige war, und beugte sich vor, um seine Schuhe aufzuschnüren. Gähnend warf er sein Hemd über die Lehne des nächstbesten Stuhls und machte sich daran, aus den Bluejeans zu steigen. Das war gar nicht so einfach, da der Scotch zwar Balsam für seine geschundene Seele war, auf seinen Körper aber eher den gegenteiligen Effekt hatte. Dann rutschte er unter die Bettdecke und verschränkte die Arme hinter dem Kopf.

Irgendwie kam ihm dies alles seltsam unwirklich vor. Es war ein sonderbares Gefühl, nach Wochen und Monaten auf der Straße nicht auf dem harten Boden, sondern endlich wieder in einem warmen, weichen Bett zu schlafen, ohne den ständigen Zug, der dafür sorgte, daß man morgens mit dickeren Augen aufwachte, als man sich abends niedergelegt hatte.

Erneut spürte er, wie Müdigkeit ihn überrollte. Er gähnte hemmungslos und griff nach der Flasche, behielt sie in der Hand. Das Zeug war wirklich gut. So lag er da, starrte auf das Bild an der gegenüberliegenden Wand, ohne es wirklich zu sehen, und versuchte sich darüber klarzuwerden, wie er sich verhalten sollte.

Wie sollte er sich entscheiden?

Den Auftrag annehmen oder die Finger davon lassen?

Anderson nahm noch einen Schluck, wägte das Für und Wider ab.

Auf der einen Seite lachten zwanzigtausend Scheinchen und die Chance, Uncle Sam öffentlich bloßzustellen; auf der anderen ragte ein schlichtes Holzkreuz aus gefrorener Erde. Im Grunde gab es da nicht viel zu überlegen, doch wenn man die zwei zu Gebote stehenden Möglichkeiten aufs Wesentlichste reduzierte, sah die Sache nicht mehr ganz so eindeutig aus. Eigentlich ging es doch darum: Wollte er ein neues, finanziell relativ sorgloses Leben führen, und war er bereit, dafür den Hintern zu riskieren? Oder begnügte er sich mit dem, was er hatte, und schippte weiter Kohlen, um abends genug Geld für seinen Fusel zu haben?

Wie sollte seine Zukunft aussehen?

Andersons Glieder wurden allmählich schwerer. Müdigkeit und Erschöpfung ließen seine Lider flattern. Er beschloß, die Entscheidung auf den Morgen zu verschieben. Ausgeruht und ausgeschlafen ließ es sich wesentlich leichter über Sein oder Nichtsein entscheiden.

Sparkey regte sich und sprang vom Bett. Er streckte sich ausgiebig, kam zum Kopfende und sah Anderson aufmerksam an. Seine goldenen Tigeraugen waren voller Gefühl, voller Wärme, wie von einem Menschen. Aber Tiere waren besser als Menschen; im Gegensatz zu Menschen logen sie nicht, und sie betrogen einen auch nicht. Sie zeigten ihre Gefühle offen. Sie hatten keine Hintergedanken. Und sie brachten keine Frauen um, die im zweiten Monat schwanger waren.

»Na, alles klar, Kumpel?« fragte Anderson.

Sparkey legte den Kopf schief.

»Fühlst dich einsam, hm?«

Der Hund wuffte zustimmend.

Er seufzte. »Ich mich auch …« Er stellte die Flasche auf den Nachttisch und schlug die Decke zurück. »Na, komm.« Er klopfte ermutigend auf das Laken neben sich. »Wir haben schon so viel zusammen durchgemacht, da können wir uns auch die Bettdecke teilen.«

Das ließ Sparkey sich nicht zweimal sagen. Mit einem Satz war er bei Anderson im Bett und rollte sich direkt vor dem Bauch des Reporters zusammen. Anderson lächelte, als er die Decke über sich und den Hund breitete. Er schmiegte sich an Sparkey und spürte den regelmäßigen Atem, den Herzschlag neben seinem eigenen. Nach kurzem Zögern legte er den Arm um den Hund, ehe er mit der verstümmelten Hand nach dem Lichtschalter tastete. Sofort kamen die Schatten aus den Ecken gestürmt, und die Dunkelheit schlug über Anderson zusammen wie eine gewaltige schwarze Woge.

Nur von draußen fiel ein trüber Schimmer Helligkeit herein, ein heller Balken auf dem Teppich drüben beim Tisch, begleitet vom steten Flüstern des Verkehrs, der auf dem Expressway in Richtung Meer durch die Stadt floß, ein unermüdlicher Strom von Metall. Anderson starrte auf den Lichtstreifen und versuchte, an überhaupt nichts zu denken. Nach einer Weile spürte er, wie seine Lider schwerer wurden. Sein Denken löste sich auf wie Bodennebel in einer unerwarteten Brise. Schließlich fielen ihm die Augen zu, und ohne daß er es recht merkte, schlummerte er ein. Morpheus hieß ihn in seinen Armen willkommen und führte ihn hinüber in sein Reich.

In dieser Nacht träumte Anderson nicht.

Er war dankbar dafür.

2.

Dienstag, 13. Oktober 1948

1.

»In Ordnung«, sagte Anderson, als er am nächsten Morgen mit Captain Taylor und Lieutenant Powers im Speisesaal des Hotels saß, Sparkey zu seinen Füßen. »Ich mach's.«

Taylor sah von seinem Ei auf. »Hm?«

»Ich mache es«, wiederholte er. »Den Job.«

Taylor tupfte sich mit der Serviette die Mundwinkel ab. Er hatte seine Uniform gegen ein graues Hemd und graue Cordhosen eingetauscht. »Sicher?«

Der Reporter nickte.

»*Ganz* sicher?« hakte Taylor nach.

»Ja, zum Henker!« brauste er auf. »Wenn ich sage, daß ich sicher bin, dann bin ich sicher, und ich *bin* sicher, okay?«

Taylor blieb ruhig. »Ich will nur, daß Sie ganz genau wissen, was Sie tun. Das ist alles.«

Anderson seufzte. »Was habe ich schon zu verlieren?«

»Wie wäre es mit Ihrem Leben?« Powers war ebenfalls in Zivil, doch im Gegensatz zu Taylor hätte er auch ein Baströckchen tragen können und immer noch wie ein Soldat ausgesehen.

»Mein Leben?« wiederholte Anderson, während er Butter auf seine zweite Brötchenhälfte schmierte. Er schüttelte den Kopf. »Mein Leben ist doch längst gelaufen, zumindest wenn ich so weitermache wie in den letzten Monaten. Es ist tatsächlich so, wie Sie sagen.« Er deutete mit dem beschmierten Brotmesser auf Taylor. »Wenn ich nicht bald etwas unternehme, werde ich eher früher als später unter irgendeiner Brücke an meiner eigenen Galle ersticken, und bei näherer Betrachtung ist das nicht gerade eine vielversprechende Zukunftsperspektive. No, Sir.«

»Ich bin erfreut, das zu hören.« Der Captain bemühte sich um ein Lächeln. »Wirklich. Ich war mir ehrlich gestanden nicht sicher, ob Sie den Auftrag übernehmen würden. Sie schienen mir einige Zweifel zu haben.«

Anderson löffelte Erdbeermarmelade auf sein Brötchen. »Ich habe keine andere Wahl. Ich brauche das Geld. Da können mich alle Zweifel der Welt mal gern haben.« Er legte das Messer auf den Tellerrand und biß herzhaft in sein Brötchen.

Taylor lachte. Mit einem amüsierten Kopfschütteln griff er nach seiner Tasse.

Außer ihnen waren nur wenige andere Gäste im Saal. Drei Tische weiter kauerte ein Mann im blauen Dreiteiler über einem Teller mit Rührei und Schinkenspeck; das Wort VERTRETER stand ihm förmlich auf die Stirn geschrieben. Zwei Plätze dahinter saß ein junges Pärchen und schmachtete sich über ein unberührtes Frühstück hinweg so hingebungsvoll an, daß Anderson sich ein Grinsen nicht verkneifen konnte, als Romeo seiner Julia schließlich galant aufhalf und die Turteltauben gurrend im Flurgang verschwanden.

Anderson schaute aus dem Fenster. Auf der Straße floß der Verkehr ruhig und gemächlich dahin, während Passanten, zum Teil mit Einkaufstüten beladen, über den Bürgersteig flanierten. Ein Schwarm Spatzen stob aus einer großen Eiche auf, als aus Richtung Norden ein Flugzeug über die Stadt donnerte und zur Landung auf den Logan International Airport ansetzte.

Taylor stellte die Tasse ab und sah Anderson an. »Ich bin froh, daß Sie sich entschlossen haben mitzumachen.«

Anderson winkte ab. »Schwamm drüber. Wann soll's losgehen?«

»Sie nehmen die nächste Maschine nach Miami«, sagte Taylor. »Der Flug geht heute mittag um halb zwei. Wir selbst werden erst morgen fliegen, damit niemand auf die Idee kommt, wir würden uns kennen, geschweige denn unter einer Decke stecken. Vorher allerdings ...«

Anderson hob die Brauen. »Ja?«

»Vorher müssen wir noch einige Dinge regeln.«

»Sie meinen das Geld?«

Taylor nickte. »Unter anderem.«

»Was sonst noch?« fragte Anderson.

Statt zu antworten, trank der Captain einen letzten Schluck Kaffee und stemmte sich in die Höhe. »Lassen Sie uns das auf Ihrem Zimmer besprechen.«

»Wie Sie meinen.« Anderson warf die Serviette neben seinen Teller und schob den Stuhl zurück. »Sparkey?«

Anderson hatte seinen Namen noch nicht ganz ausgesprochen, als der Hund bereits den Kopf unter dem Tisch hervorsteckte und ihn erwartungsvoll ansah; woraufhin der Reporter ein Brötchen aus dem Korb nahm und es ihm zuwarf. Sparkey schnappte sich die Beute und verschlang sie mit wenigen Bissen, während er neben den Männern her aus dem Speiseraum marschierte.

Der Vertreter im blauen Anzug aß weiter sein Rührei.

2.

Lieutenant Powers legte den Koffer, den er aus seinem Zimmer geholt hatte, auf Andersons Bett, öffnete die Verschlüsse und klappte den Deckel zurück. Im hellen Licht der Oktobersonne, die durch das Fenster den Weg in den Raum fand, blitzten mehrere metallene Objekte auf wie zwinkernde Augen.

Anderson saß am Tisch, vor sich das erste Glas Whiskey des Tages, und verfolgte neugierig, wie Powers eine Uniformjacke aus dem Koffer holte, die Brust mit einer Reihe Medaillen und Ehrenauszeichnungen verziert.

»Ungefähr Ihre Größe«, erklärte er sachlich, bevor er die Jacke behutsam auf der Bettdecke ausbreitete und die nächsten Kleidungsstücke zutage förderte: zwei Paar graue Uniformhosen, ein halbes Dutzend schwarze Strümpfe, mehrere weiße Hemden mit gestärkten Kragen und zwei schwarze Krawatten. Zuletzt holte Powers eine goldbestickte Mütze mit schwarzer Krempe und zwei Paar blankpolierte Armeeschuhe hervor, bevor er zum Tisch kam und sich auf denselben Platz wie gestern abend setzte. Der Duft von herbem After-shave ging von ihm aus.

»Ihre neue Garderobe«, kommentierte der Captain mit Blick auf die Auslagen auf dem Bett, und mit einem leichten Grinsen fügte er hinzu: *»Commander Anderson, Sir.«*

Anderson tippte sich wie zum Salut mit dem Finger an die Stirn und nippte an seinem Whiskey.

Taylor griff in die Brusttasche seines Hemdes und zog einen Briefumschlag heraus, etwa so dick wie ein Daumen. Er schob den Umschlag wortlos über den Tisch.

Der Reporter runzelte die Stirn. »Was ist das?«

»Ihr Vorschuß«, kam die Antwort. »Zehntausend Dollar, wie vereinbart. Plus zweitausend Dollar für Flugticket, Quartier, Spesen etc. Wenn Sie mehr brauchen, sagen Sie es.«

Ein wenig unsicher musterte Anderson den Umschlag. Nach kurzem Zögern griff er danach, öffnete die Lasche und zog ein üppiges Bündel grüner Scheine – eine *gewaltige Menge grüner Scheine* – heraus. Ungläubig starrte er das Geld an. Es war das erste Mal, daß er so viel Bares auf einmal in den Händen hielt. Zwölftausend Dollar. Lieber Himmel! Was konnte man damit alles machen? Damit stand ihm die Welt offen – und, noch viel wichtiger, das Tor zu einem neuen, besseren Leben.

»Ich habe mir erlaubt, die Spesen in kleineren Scheinen beizulegen«, fuhr Taylor fort, während der Reporter die Finger durch die Noten gleiten ließ; nicht um sie zu zählen, sondern um das seidige Gefühl zwischen den Fingern zu genießen. »Es wäre nicht sehr ratsam, jeden einzelnen Cheeseburger mit einem Hunderter zu bezahlen. Uncle Sams Jungs gehören nicht eben zu den reichsten Männern auf Gottes weiter Erde, selbst wenn sie im Rang eines Commanders stehen.«

Anderson schob die Scheine zurück in den Umschlag. »Da ist etwas, das ich Sie die ganze Zeit über schon fragen wollte ... Woher haben Sie das Geld eigentlich? Ich meine, zwanzigtausend Dollar. Dafür muß meine Großmutter lange stricken.«

Taylor kratzte sich am Kinn. »Es handelt sich um einen Teil des Geldes, das die Army Air Force den Familien der vierzehn verschwundenen Soldaten gezahlt hat. Wie gesagt, viele waren damit zufrieden, weil sie meinten, es sei besser als nichts. Aber einige andere, wie meine Familie oder die von Lieutenant Powers, ließen sich nicht so leicht abspeisen. Jede dieser Familien hat fünftausend Dollar von dem Schweigegeld dafür zur Verfügung gestellt, damit Sie rausfinden, was die Army über Flight 19 verheimlicht.« Er lächelte leise. »Ironie des Schicksals, nicht wahr?«

Anderson ging nicht darauf ein. »Was ist, wenn ich keinen Erfolg habe? Wenn meine Bemühungen erfolglos sind?«

Taylor zuckte die Schultern. »Wir wissen, daß Sie alles Ihnen Mögliche tun werden, um Ergebnisse zu beschaffen. Mehr können wir nicht erwarten.«

»Vielleicht.« Anderson schob den Umschlag in die Tasche. »Aber ist die Erwartung allein so viel Geld wert, wenn sie schließlich nicht erfüllt wird?«

Taylor beugte sich vor, musterte den Reporter. Irgend etwas in seinem Blick hatte sich verändert; seine Miene war grimmig, als er sagte: »Sie stellen die Frage verkehrt, Mr. Anderson. Es geht nicht darum, wieviel Geld Ihr Erfolg oder Mißerfolg wert ist.«

»Sondern?«

»Die richtige Frage lautet: Wieviel ist ein *Menschenleben* wert? Denn darum geht es doch letztendlich, nicht wahr? Natürlich können wir nicht davon ausgehen, daß Sie Erfolg haben werden, aber was auch immer Ihre Nachforschungen erbringen, Sie riskieren für uns Ihr Leben, und *das* honorieren wir. Nicht mehr, aber auch nicht weniger.«

Anderson blinzelte verblüfft. »Ein Wunder.«

Taylors Brauen glitten verwirrt in die Höhe. »Was?«

Anderson griff erneut zur Flasche. »Na ja, einen Soldaten zu treffen, der sich seine Menschlichkeit bewahrt hat. Ich weiß nicht, wie Sie das nennen, aber ich nenne so was ein Wunder.«

Taylor winkte ab. »Nicht jeder Uniformierte will Ihnen automatisch Böses. Selbstverständlich gibt es Männer – und das sind durchaus nicht wenige –, die es gewohnt sind, Befehle zu befolgen, ohne deren Sinn und Zweck je zu hinterfragen. Sie haben gelernt zu gehorchen, und das ist alles, was sie tun. Aber es gibt andere. Männer, denen es in erster Linie darum geht, Leben zu schützen, und zwar *jedes* Leben, ganz gleich, ob es weiß, schwarz, rot oder gelb ist.«

»Bravo!« Anderson klatschte in die Hände. »Eine wunderbare Rede, *mon général!* Warum kandidieren Sie nicht für das Amt des Präsidenten oder werden zumindest Verteidigungsminister? Dann könnte man jedenfalls hoffen, daß es in Zukunft weniger Elend und Gewalt auf der Welt gibt.«

Taylor seufzte; es klang bitter. »Manchmal läßt sich Gewalt leider nicht vermeiden.« Als wären dies seine Stichworte, zog Powers eine Pistole aus dem Schulterhalfter unter seiner Jacke und legte sie, wie den Einsatz bei einer Pokerpartie, in die Mitte des Tisches.

Es war ein Colt Gouvernment vom Kaliber 45, die Standardwaffe der Army. Das Sonnenlicht brach sich in dem Metall.

Schlagartig verdüsterte sich Andersons Miene, sein Blick glitt von der Pistole zu den beiden Soldaten. »Was soll das?« Seine Stimme klang plötzlich unsicher, als wäre er mit einemmal nicht mehr davon überzeugt, daß Taylor und Powers wirklich koscher waren.

Taylor schob ihm die Waffe zu. »Nehmen Sie sie.«

Der Reporter zögerte. »Warum?« fragte er vorsichtig.

Captain Taylor schien seine Gedanken zu erraten. Er lehnte sich zurück und deutete auf die Pistole. »Jetzt nehmen Sie das Ding schon. Sie brauchen keine Angst zu haben. Das ist kein Trick. Niemand hat vor, Sie zu erschießen, sobald Sie die Waffe in der Hand haben, und dann so zu tun, als sei's Notwehr gewesen. Das war es doch, was Sie gedacht haben, oder nicht?«

»So in etwa«, murmelte Anderson, beschämt, daß er so leicht zu durchschauen war. Dennoch starrte er die Pistole noch eine weitere Sekunde unschlüssig an. Dann seufzte er und griff danach, wog die Waffe abschätzend in der Hand. Währenddessen führte der Captain aus: »Die Seriennummer wurde rausgefeilt. Sollte man Sie erwischen, wird man die Herkunft der Pistole nicht zurückverfolgen können. Ein Magazin mit zehn Kugeln befindet sich in der Waffe, einige Ersatzmagazine sind in Ihren Socken eingerollt.« Die Frage, ob Anderson mit dem Colt umgehen konnte, schien er für überflüssig zu halten. Immerhin war der Reporter früher selbst Soldat gewesen.

Anderson legte die Waffe wieder aus der Hand. »Es gibt da ein Problem, das wir bis jetzt nicht bedacht haben«, sagte er langsam.

Taylor verschränkte die Arme vor der Brust. »Und welches?«

»Der Hund.« Anderson deutetet auf Sparkey, der es sich auf dem Läufer vor dem Bett bequem gemacht hatte. »Was wird aus ihm, solange ich beschäftigt bin?«

Zu seiner Überraschung war es Powers, der antwortete. »Ich werde ihn für die Zeit zu mir nehmen.« Er hatte sich halb umgedreht und schaute zu, wie der Hund sich wohlig in der warmen Sonne räkelte. »Wir haben ein Haus mit einem großen Garten, in der Nähe von Ocala; meine Frau und die Kinder sind ganz wild auf Hunde. Sie werden sich gut um ihn kümmern.«

Er wußte nicht, was er sagen sollte. Schließlich schaffte er es, sich zu bedanken, wenn auch reichlich wortkarg. »Das ist nett von Ihnen. Sparkey mag Kinder. Stimmt's, alter Junge?«

Als der Hund seinen Namen hörte, hob er kurz den Kopf und warf einen trüben Blick in die Runde. Einen Moment später sank das Haupt wieder träge zwischen die Vorderpfoten, und Sparkey setzte sein Schläfchen fort.

Anderson betrachtete das Tier und wünschte sich, er könnte Sparkey mitnehmen, doch das war unmöglich. Er hatte keine Ahnung, was ihn in Florida erwartete. Es war besser, flexibel zu sein. Und schließlich war es ja auch nicht für lange. All das änderte jedoch alles nichts daran, daß ihn der Gedanke, den Hund nicht bei sich zu haben, beunruhigte.

Seufzend hob er sein Glas und leerte es mit zwei Zügen. »Ich schätze, dann hätten wir jetzt alles geklärt, was es zu klären gibt. Wann, sagten Sie, geht mein Flugzeug?«

»Um halb zwei.« Taylor sah auf die Uhr. »In drei Stunden.«

»Wunderbar. Also noch genügend Zeit, um zu packen, sich ein bißchen auszuruhen und den einen oder anderen Drink zu sich zu nehmen ...« Damit goß er sich einen weiteren Dreifachen ein. Die Flasche war noch halb voll, aber das ließ sich bis zu seiner Abfahrt mit ein wenig gutem Willen und persönlichem Einsatz sicherlich ändern.

3.

Der Logan International Airport lag gegenüber dem berühmten Bostoner Museumshafen, nicht weit hinter der Ausfahrt des Callahan-Tunnels, der South Boston mit Winthrop und Chelsea verband. Der Zubringer schlängelte sich vom Expressway direkt vor das gedrungene Betongebäude des Terminals. Gegen Morgen hatte es aufgehört zu regnen; die Kälte der vergangenen Wochen wurde von der Sonne ein wenig gemildert, aber man spürte noch immer, daß es mit großen Schritten auf den Winter zuging. Es war der erste halbwegs annehmbare Tag seit langem.

Als das Taxi hielt, kletterte Anderson ins Freie. Die Fahrt vom Hotel hierher hatte keine zwanzig Minuten gedauert, so daß bis zum Abflug seiner Maschine noch ausreichend Zeit blieb, ein Ticket zu besorgen.

Hinter ihm stieg Powers aus dem Wagen; Captain Taylor auf dem Beifahrersitz entlohnte inzwischen den Fahrer. Schließlich kletterte auch der Captain aus dem Taxi, kam mit dem Fahrer um den Wagen herum und wartete, bis der kleine dicke Bursche den Kofferraum geöffnet hatte. Er nahm Andersons Koffer heraus, dankte dem Fahrer nochmals für seine Dienste, als wäre das Trinkgeld nicht genug gewesen, und trat zu den anderen auf den Gehsteig. Hinter ihnen konnte man durch die breite Glasfront einen Blick in die Schalterhalle werfen, doch der Trubel hielt sich in Grenzen. Anscheinend war Boston zu dieser Jahreszeit nicht unbedingt das Lieblingsreiseziel der Urlauber.

Taylor stellte den Koffer auf den Boden.

Anderson fischte seine Zigaretten aus der Tasche. Er nahm die letzte Kippe, knüllte die leere Packung zusammen und warf sie in den Abfalleimer. »Oh, Junge, was für ein *groooßartiger* Wurf!« heulte er los wie ein Sportreporter im Radio. »Das gibt zwei Punkte! Damit bringt Anderson sein Team wieder in Führung. Yeah, Baby!«

Powers musterte ihn skeptisch.

Anderson bemerkte den fragenden Blick und gab sich Mühe, seinen nervösen Übereifer im Zaum zu halten. Er schenkte dem Lieutenant ein entschuldigendes Lächeln, steckte die Zigarette an und zog daran, als würde es die letzte in seinem Leben sein.

Taylor räusperte sich. Er zog einen zusammengefalteten Zettel aus der Tasche und hielt ihn Anderson schweigend hin.

»Was ist das?« fragte Anderson, nahm den Zettel, faltete ihn aber nicht auseinander.

»Adressen«, erklärte Taylor. »Von Powers und mir. Ich will, daß Sie sich regelmäßig bei uns melden, zum einen, damit wir ständig über den Fortgang Ihrer Ermittlungen auf dem laufenden sind ...«

»Und zum zweiten?«

»Damit wir Sie noch am Leben wissen.«

»Ihre Fürsorge wärmt mein Herz.«

»Was werden Sie als erstes tun?« fragte Powers nun. Sparkey saß neben ihm auf dem Bordstein. Sein Fell war frisch gewaschen, glänzte in der Sonne. Dafür stand das Bad von Andersons Hotelzimmer jetzt unter Hochwasser.

»Vermutlich werde ich mir zunächst mal diesen Kosnar zur Brust nehmen und danach versuchen, irgendwie an internes Material der Army Air Force zu gelangen. Im Grunde müßte es Aufzeichnungen des Funkverkehrs geben, vielleicht auch Unterlagen über die Radarbewegungen.« Er blies Rauch aus. »Wir werden sehen.«

Powers gab sich damit zufrieden.

Anderson blickte auf die Uhr – zehn nach eins – und seufzte. »Tja, sieht fast so aus, als sollte ich mich langsam auf die Socken machen. Nicht daß meine Maschine ohne mich ins sonnige Florida entschwindet.«

Einen Moment lang standen die drei Männer unschlüssig vor dem Terminalgebäude. Der Captain schien noch etwas sagen zu wollen, und auch der Reporter suchte nach den richtigen Worten, aber sie fanden sie beide nicht und reichten sich statt dessen einfach die Hand.

Taylors Händedruck war angenehm fest. »Passen Sie auf sich auf, Mr. Anderson.«

»David«, sagte er. »Nennen Sie mich David.«

Taylor lächelte. »In Ordnung ... *David.*«

Anderson wandte sich an Powers. »Lieutenant ...«

»Dan«, korrigierte Powers. »Sie sind David, ich bin Dan.«

Anderson grinste, schüttelte auch seine Hand. »Alles

klar, Dan.« Schließlich ging der Reporter in die Knie, um sich von Sparkey zu verabschieden. Der Hund musterte ihn aufmerksam, als er ihm mit den Fingern durch das dichte Nackenfell fuhr. »Paß auf dich auf, Kumpel«, sagte er leise und spürte, wie sich seine Kehle zuschnürte, als hätte jemand ihm eine unsichtbare Schlinge um den Hals gelegt. »Wir sehen uns bald wieder, okay?«

Sparkey legte den Kopf schief und leckte seinem Herrchen mit seiner feuchten Reibeisenzunge einmal quer übers Gesicht.

Anderson lachte. Dann gab er Sparkey einen Kuß auf den Kopf und stand auf. Er konnte kaum schlucken. Er haßte es, den Hund in Powers' Obhut zurücklassen zu müssen. Es war seltsam. Wenn ihm vor anderthalb Jahren jemand gesagt hätte, daß er einmal so an einem Tier hängen würde, hätte er ihm empfohlen, sich dringend beim nächsten Seelenklempner auf die Couch zu legen. Er hatte sich eigentlich immer für einen harten Burschen gehalten, und diese Gefühlsduselei paßte so gar nicht zu seinem Bild von sich selbst.

Seine Augen brannten verräterisch, als er den Reisekoffer aufhob und unsicher von einem Fuß auf den anderen trat. Dann gab er sich innerlich einen Ruck und meinte zögerlich: »Tja, also, bis dann, hm?«

»Machen Sie's gut«, sagte Taylor.

Powers streichelte den Kopf von Sparkey und nickte Anderson zu.

Der wog den Koffer einen Moment lang unschlüssig in der Hand. Plötzlich fielen ihm etliche Gründe ein, warum er den Job doch nicht annehmen konnte. Bevor er sich jedoch weiter in Selbstzweifel hineinsteigern konnte, wandte er sich nach einem letzten Blick auf Sparkey um und ging die paar Schritte zum Eingang des Terminals. Er griff nach dem Knauf und trat in die Schalterhalle. Lautlos glitt die Tür hinter ihm zu.

Anderson zwang sich, sich nicht nochmals umzuschauen. Mit steifen Schritten durchquerte er die nahezu menschenleere Halle und ging zum nächsten Schalter, um sein Flugticket nach Miami, Florida, zu lösen. Doch erst als er eine halbe Stunde später in einer relativ komfortablen JU-38 am Fenster saß, auf die immer kleiner werdende Stadt unter sich hinabsah und an dem Wodka nippte, den die Stewardeß mit dem Dauerlächeln ihm serviert hatte, wurde ihm wirklich klar, was es hieß, Abschied zu nehmen. Jeder Abschied konnte für immer sein – wie bei Zara damals.

Anderson seufzte, trank noch einen Schluck.

Er wünschte sich, daß es diesmal nicht so sein würde.

Aber konnte man das je genau wissen?

Zweiter Teil

Florida

»Something is happening here,
but you don't know what it is,
do you, Mr. Jones?«

Bob Dylan

Ballad Of A Thin Man

3.

Dienstag, 13. Oktober 1948, später

1.

Es ging auf halb fünf Uhr abends zu, als die Maschine nach drei Stunden Flugzeit schließlich auf dem Miami International Airport aufsetzte. Anderson zählte zu den letzten Passagieren, die den Flieger verließen. In der einen Hand den Reisekoffer, in der anderen die dunkel getönte Sonnenbrille, die er sich in weiser Voraussicht noch vor dem Abflug beim Flughafenkiosk in Boston gekauft hatte, stieg er durch die Luke ins Freie und blieb am oberen Ende der Gangway stehen.

Die Hitze traf ihn wie ein Faustschlag. Einem rotglühenden Feuerball gleich stand die Sonne am wolkenlosen blauen Himmel; die Luft über den Rollbahnen flimmerte. Schlagartig wirkten der Regen, der Nebel und die Kälte von Massachusetts so fern und unwirklich wie eine andere Welt.

Hinter ihm räusperte sich einer der anderen Passagiere, ein magerer Typ mit Hornbrille, so dürr, daß er in seinem grauen Dreiteiler ein bißchen wie ein lebender Bleistift wirkte, um ihn dezent zu bitten, doch weiterzugehen, da noch mehr Leute aussteigen wollten. Anderson nickte ihm zu, setzte sich die Gangway hinab in Bewegung und sog die warme Luft tief in seine Lungen. Er hatte schon fast vergessen, wie Florida roch, diese Mischung aus Salzwasser, rottenden Algen, Hitze und dem dumpfen Modergeruch der nahen Everglades. Es schien unmöglich. Erst ein halbes Jahr lag es zurück, seit er Homestead den Rücken gekehrt hatte. Ihm kam es vor, als wäre es in einem früheren Leben gewesen.

Als er merkte, in welche Richtung sich seine Gedanken schon wieder zu entwickeln drohten, beschleunigte er seine Schritte, setzte die Sonnenbrille auf und versuchte, sich auf anderes zu konzentrieren.

Er öffnete die drei obersten Knöpfe seines Hemdes und wischte sich den Schweiß von der Stirn. An die Hitze würde er sich erst wieder gewöhnen müssen, weshalb er dankbar war, als er im Innern des Terminals vom kühlen Hauch großer Ventilatoren empfangen wurde. Während er sich hinter den anderen Fluggästen in der Paßkontrolle einreihte, nutzte er die Zeit, um seine Zigaretten hervorzuholen und sich eine anzustecken, ehe der gelangweilte Zollbeamte seine Papiere abstempelte. Anschließend bahnte er sich rauchend seinen Weg durch ein Heer von Touristen in Shorts und knallbunten Hemden, mit quengelnden Kindern im Schlepp, und hielt nach dem Schalter der nächstbesten Autovermietung Ausschau. Schnell hatte er gefunden, was er suchte, stellte den Reisekoffer auf den Boden und klopfte auf den Tresen, um die Aufmerksamkeit des Fräuleins dahinter auf sich zu lenken, die kaugummikauend ein Magazin durchblätterte. Sie sah auf, legte das Heft zur Seite und schenkte ihm ein freundliches Lächeln. Ihre großen grünen Augen erinnerten ihn auf schmerzliche Weise an Zara.

»Kann ich Ihnen helfen, Sir?«

Er nickte, ohne die Sonnenbrille abzunehmen. »Das können Sie wirklich, Miß ...« Er beugte sich halb über den Tresen, um den Namen auf dem Bronzeschild an der Brusttasche ihrer roten Uniform lesen zu können. »Miß Jackson. Ich komme gerade aus Boston und will hier in Miami einige Geschäftspartner treffen. Ich möchte flexibel sein, weil man ja schließlich nie weiß, was einen so alles in der Fremde erwartet, und hätte deshalb gerne einen Wagen. Irgendwas Nettes, Repräsentatives. Nicht zu protzig, aber ansehnlich. Sie verstehen?«

Ihre Augen leuchteten auf. »Selbstverständlich, Mr. ...«

»Atkins«, stellte er sich vor. »David Atkins.«

»Nun, Mr. Aktins ... Zufällig haben wir da gerade einen Ford Mustang anzubieten. Ein wirklich schnittiger Wagen, mit Lederverdeck, über zweihundert PS, zwei Türen.«

»Wieviel?« fragte er knapp.

»Zweiundzwanzig Dollar.«

Das war ein stolzer Preis: »Pro Woche?«

Miß Jackson lachte, als hätte er einen guten Witz gemacht. In ihren Augenwinkeln bildeten sich winzige Fältchen, und auch das erinnerte ihn auf fatale Weise an seine tote Frau, als würde die räumliche Nähe zu Homestead die Erinnerungen an sie irgendwie intensivieren. »Am *Tag*.«

Anderson rechnete kurz nach, dann holte er ein Bündel mit Geldscheinen aus der Hosentasche, zählte hundert Dollar ab und legte sie auf die Theke. »Das sollte erst mal reichen. Möglich, daß ich den Wagen noch länger brauche. Kommt ganz darauf an, wie lange meine Geschäfte hier dauern.«

Ihr Lächeln gewann an Tiefe, erfaßte jetzt auch die Augen. »Natürlich, Sir. Ganz wie Sie wünschen. Und falls Sie nebenbei das Nachtleben von Miami Beach genießen möchten, haben Sie mit dem Ford auch genau den richtigen Untersatz. Sie wissen schon, um hübschen jungen Frauen zu imponieren.« Der Augenaufschlag, mit dem sie ihn bedachte, war deutlich.

Anderson tat, als fühle er sich geschmeichelt, daß sie an seinem Geld Interesse zeigte, und war froh, als Miß Jackson aus ihren Unterlagen den Mietvertrag hervorholte. Mit raschen Strichen füllte sie das Formular aus, hob schließlich den Kopf. »Wo wohnen Sie normalerweise, Mr. Atkins?«

»Hidden Place«, log er. »Connecticut.« Er nannte ihr einen fiktiven Straßennamen und hoffte, daß es überzeugend klang, da sie sonst womöglich auf die Idee kam, seinen Ausweis sehen zu wollen.

Miß Jackson schrieb ohne Zögern weiter und schob ihm einen Moment später das Formular über die Theke zu. »Alles, was jetzt noch fehlt, ist eine kleine Unterschrift.« Sie hielt ihm den Stift hin.

Anderson nahm den Schreiber, unterschrieb mit David Atkins und bekam von ihr die Wagenschlüssel überreicht. Während er sie in der Tasche verstaute, erklärte Miß Jackson ihm, wo auf dem Parkplatz vor dem Terminalgebäude er den Wagen fand. Als sie mit ihrer Wegbeschreibung am Ende war, schien es, als wollte sie noch etwas hinzufügen. Doch dann entschied sie sich offenbar dagegen, reichte ihm statt dessen seinen Durchschlag, wünschte eine gute Fahrt und versicherte ihm, daß er mit National Car Rent eine gute Wahl getroffen habe. Anderson schenkte ihr zum Abschied ein schwaches Lächeln, nahm seinen Koffer wieder auf und ging zum Ausgang.

Als er aus dem Terminal hinaus ins Freie trat, blies ihm der Sonnenscheinstaat seinen heißen Atem entgegen. Die Sonne glühte über der Skyline von Miami, die sich als unregelmäßiges Auf und Ab von Wolkenkratzern und Bürohäusern in nicht allzu weiter Ferne in den Himmel schob. Dahinter lag der Ozean, eine endlose blaue Fläche, ab und zu unterbrochen von den Segeln großer Yachten und kleinerer Fischerboote.

Anderson suchte in sich nach einem Gefühl des Heimkehrens, doch da war nichts. Emotional verband ihn nichts mehr mit der Stadt oder dem Umland. Er war froh darüber.

Der Flughafenparkplatz war nicht sehr groß und auch nicht allzu vollgeparkt, weshalb es ihm keine Probleme bereitete, den Ford aufzuspüren. Der Wagen stand im Schatten einiger Pinien, schnittig, flach, die Karosserie glänzend wie frisches Blut. Das Verdeck war oben.

Anderson stieß einen leisen Pfiff aus. Solche Autos kannte er sonst nur aus der Zeitung. Der Schlitten kostete vermutlich mehr, als er zu seiner besten Zeit als Reporter in einem Jahr nach Hause gebracht hatte. Er schloß auf, beugte sich in den nach Leder duftenden Innenraum des Ford Mustang und stellte den Reisekoffer auf den Beifahrersitz, ehe er sich hinter das Steuer sinken ließ und die Tür zuschlug.

Für eine Sekunde gab er sich ganz dem Genuß hin, in diesem wunderbaren Wagen zu sitzen. Dann schob er den Schlüssel ins Zündschloß und startete den Motor; der Mustang sprang mit dem satten Schnurren einer zufriedenen Raubkatze an. Anderson kuppelte, legte den Rückwärtsgang ein und setzte zügig zurück. Der Ford reagierte willig auf jede noch so kleine Drehung des Lenkrads. Schwungvoll brachte er ihn auf die Spur, fuhr durch das Spalier der geparkten Autos zur Auffahrt der Okeechobee Road, die wie mit dem Lineal gezogen von Belle Glade quer durch die Sümpfe nach Miami Springs hineinführte. Der Verkehr hielt sich in Grenzen. Anderson setzte den Blinker und reihte sich in den gleichmäßigen Strom der vorüberfahrenden Wagen ein. Nicht lange darauf tauchte rechts am Straßenrand ein Schild auf, gelbe Schrift auf blauem Grund.

WILLKOMMEN IN MIAMI, WO DIE SONNE NIEMALS UNTERGEHT!

Er grunzte spöttisch, schaltete einen Gang höher und machte sich auf den Weg in die Stadt. Einen Wagen hatte er jetzt. Was er als nächstes brauchte, war eine Unterkunft.

2.

Das Hotel hieß *Fisherman's Lounge* und lag in Lighthouse Point am Stadtrand von Fort Lauderdale, bloß durch die Küstenstraße, die von Miami Beach bis hoch nach Jacksonville führte, vom Ozean getrennt, der sich jenseits des schmalen Strandes bis ans Ende der Welt zu erstrecken schien.

Anderson lenkte den Mustang vom Freeway auf den Parkplatz und rollte in die Lücke zwischen einem Chevrolet und einem Pick-up mit Nummernschild aus Texas. An dessen hinterer Stoßstange prangte ein Aufkleber, der einen Mann mit einer Pistole im Anschlag zeigte. Darunter stand in schreienden Lettern: MEINE WAFFE BEKOMMT NUR, WER SIE MIR AUS DEN TOTEN FINGERN WINDET!

Anderson schüttelte den Kopf.

Auf so was konnten auch nur Texaner kommen ...

Er zog die Handbremse an, schaltete den Motor aus und griff nach dem Koffer. Nachdem er überprüft hatte, ob die Pistole noch immer unter seinen Unterhosen verstaut war, stieg er aus und ließ den Blick über die in der Abendsonne leuchtende Fassade des Hotels schweifen.

Das *Fisherman's Lounge* lag inmitten eines hübsch angelegten Gartens, ein dreigeschossiger Nachbau alter Gründerzeitvillen mit strahlendweißen Mauern und Schindeldach. Rote, weiße und lachsfarbene Bougainvillea rankten sich in üppiger Pracht an Gittern empor. An allen Fenstern waren weiße Holzjalousien angebracht. Warum sich die Besitzer entschlossen hatten, das Etablissement ausgerechnet *Fisherman's Lounge* zu nennen, mochte der Himmel wissen. Vielleicht hatte das Gebäude früher einmal als Geschäft für Fischereibedarf oder etwas in der Art hergehalten.

Der Eingang lag im Schatten einer roten Markise, die den Plattenweg darunter mit blutigem Licht übergoß. Aus tönernen Blumentöpfen reckten Rosen und Narzissen ihre Köpfe. Anderson ging die Stufen hinauf und öffnete die Tür.

Der angenehme Duft von frischen Schnittblumen empfing ihn, als er in die Lobby trat. Das Innere des Gebäudes harmonierte mit dem schlicht-eleganten Äußeren. Die Wände und der Fliesenboden waren ganz in Weiß gehalten. In regelmäßigen Abständen hingen gerahmte Gemälde an den Wänden, darunter standen auf halbhohen Tischen große Vasen mit exotischen Mustern, chinesisch oder mexikanisch. Im Hintergrund führte eine breite Treppe hoch in die anderen Stockwerke. Zwei große Doppeltüren gingen von der Halle ab. Dahinter erklang das gedämpfte Klappern von Geschirr und das Murmeln von Stimmen. Anscheinend aßen Gäste im Restaurant zu Abend.

Anderson ging zur Theke. Niemand war zu sehen. Als er gerade die Hand nach der Klingel auf der Rezeption ausstreckte, erklang vom Vorhang dahinter das verhaltene Klirren winziger Glaskugeln, und eine Frau mit langem, rabenschwarzem Haar erschien, die Augen und Züge so rassig, wie man es von einer Puertoricanerin nur erwarten konnte.

»Guten Abend, Sir.« Das melodische Timbre der Stimme konnte ihre Herkunft nicht verhehlen.

»Hallo.« Anderson stützte sich auf den Tresen. »Haben Sie für einen müden Reisenden vielleicht ein Zimmer frei?«

Sie lächelte. »Für Sie und Ihre Gattin?«

Für einen Moment stand er da wie erstarrt. Die Worte trafen ihn gleich Ohrfeigen, und nur mit Gewalt widerstand er dem Drang, sich umzuschauen, als fürchtete er, Zaras Geist stünde dort. Schließlich gewann er die Kontrolle über sich zurück und sagte knapp: »Ich reise allein.«

»Also ein Einzelzimmer.« Sie beugte sich über das Empfangsbuch, um schon nach einer Sekunde lächelnd zu erklären: »Sie haben Glück, Sir. Wir haben noch ein Zimmer frei, mit WC, Bad und Telefon, das sogar nach vorn zum Meer rausgeht.«

Anderson erkundigte sich nach dem Preis. Sie nannte eine Summe, die ihm relativ hoch erschien, doch er akzeptierte sie ohne Widerworte, schrieb sich als »David Ashbrook« ein, wobei er diesmal eine Adresse in New York City angab, und schob ihr die Anmeldung zu.

Sie überflog seine Angaben, nickte zufrieden, drehte sich dann um, um einen Schlüssel samt Anhänger vom Bord zu nehmen, und reichte ihn Anderson. »Nr. 23, im zweiten Stock. Das Zimmer ganz hinten rechts am Ende des Flurs.«

Anderson wog den Schlüssel in der Hand. »Ich werd's schon finden, danke.« Er nahm seine Tasche wieder auf und ging zur Treppe. Als er die Halle bereits zur Hälfte durchquert hatte, rief ihn die Empfangsdame nochmals zurück

»Oh, Mr. Ashbrook?«

Er drehte sich halb um. »Ja?«

Sie hielt seinen Anmeldebogen hoch. »Sie haben gar nicht eingetragen, für wie lange Sie bei uns zu bleiben gedenken.«

Anderson kratzte sich am Kinn. »Nun, mindestens für zwei oder drei Tage, vielleicht länger, aber das kann ich jetzt noch nicht sagen. Ich hoffe, das macht Ihnen keine Umstände?« Er gab sich weltmännisch und zuvorkommend. Das war vermutlich der beste Weg, hier keine Aufmerksamkeit zu erregen.

Sie winkte ab. »Aber keineswegs, Sir. Bleiben Sie, solange Sie möchten. Hauptsache, Sie sagen Bescheid, wenn Sie abreisen wollen, damit ich Ihre Rechnung fertigmachen kann.« Wieder dieses professionelle Lächeln.

Er versicherte ihr, daß er das tun würde, und setzte sich wieder in Bewegung. Zügig stieg er die Treppen hoch, an in dezenten Farben gehaltenen Bildern mit Landschaftsansichten der Region vorbei, umrundete den Absatz und nahm die zweite Stiege in Angriff. Als er kurz darauf im zweiten Stockwerk anlangte, erwartete ihn ein breiter Korridor mit weißen Wänden und hoher Decke. Sein Zimmer lag ganz rechts am Ende des Gangs, direkt gegenüber der Feuertreppe. Er schob den Schlüssel ins Schloß, drückte die Tür auf und trat ein.

Das Zimmer lag im Halbdunkel; die Gardinen waren zugezogen. Die Umrisse der Möbel – Schreibtisch, zwei Stühle, Schrank, Bett, Kommode – zeichneten sich als dunkle Scherenschnitte ab. Eine leichte Brise drang durch das auf Kipp stehende Fenster herein und bauschte die Vorhänge. Der Duft von sauberen Bettlaken erfüllte den Raum.

Anderson schloß die Tür, stellte den Koffer aufs Bett und trat ans Fenster. Mit einem Ruck zog er die Vorhänge auf und mußte in dem grellen Licht unwillkürlich blinzeln. Er verschränkte die Arme und sah hinaus aufs Meer, das direkt vor dem Hotel zu beginnen schien. Die untergehende Sonne brach sich schimmernd im ebenen Spiegel des Atlantik. Möwen zogen am Himmel ihre Kreise.

Nach einer Minute riß er sich von dem Anblick los und blickte sich ein wenig hilflos im Zimmer um. Unschlüssig sah er auf seine Armbanduhr.

Viertel nach sieben.

Es war noch viel zu früh, um schon ins Bett zu gehen. Wenn er sich jetzt hinlegte, würde er bis Mitternacht schlafen und den Rest der Nacht damit verbringen, Schäfchen zu zählen oder düsteren Gedanken nachzuhängen. Einen Moment überlegte er, ob er nach unten gehen und im Restaurant eine Kleinigkeit zu sich nehmen sollte. Dann aber entschied er sich, den ursprünglich für morgen geplanten Besuch bei Corporal Kosnar kurzfristig vorzuverlegen. Aus den Unterlagen, die er während des Flugs eingehend studiert hatte, wußte er, daß Allan Kosnar in Melbourne wohnte, einem kleinen Kaff etwa vierzig Meilen nördlich von Fort Lauderdale. Mit dem Ford würde er in einer guten Stunde dort sein.

Er ging zum Bett, öffnete den Koffer und wühlte die Pistole und die Magazine unter seinen Kleidern hervor. Suchend sah er sich im Zimmer um, bis er die Waffe und die Munition schließlich auf dem Kleiderschrank deponierte – ein besseres Versteck fand sich auf die Schnelle nicht. Nachdem er die Uniform in den Schrank gehängt hatte, damit sie nicht zerknitterte, legte er einen kurzen Zwischenstop im Bad ein, um seine drückende Blase zu leeren und sich vor dem Spiegel mit einer ordnenden Geste durchs Haar zu fahren. Dann verließ er das Zimmer, überprüfte zweimal, ob die Tür auch wirklich verschlossen war, und stieg schließlich zufrieden die Treppe hinunter.

Die Rezeption war nicht besetzt, so daß er, ohne etwas erklären zu müssen, darauf verzichten konnte, die Schlüssel zu hinterlegen. Als er hinaus ins Freie trat, war die Nacht bereits im Stechschritt auf dem Vormarsch. Anderson sprang die Stufen hinunter und ging über den Parkplatz zum Wagen. Nach kurzem Zögern klappte er das Verdeck zurück; es war noch immer warm genug, um offen zu fahren. Eine Minute später brauste er über die Küstenstraße in Richtung Norden.

Nach wie vor herrschte nicht viel Verkehr, und so konnte er beim Fahren immer wieder verträumte Blicke hinaus aufs Meer werfen. Er stützte den Ellbogen auf die Fahrertür und stellte sich vor, wie es wäre, jetzt mit einem Boot dort draußen zu sein; dachte an die wunderbare Stille, die auf dem Meer herrschen mußte, nur das leise Schlagen der Wellen gegen den Rumpf des Schiffes, das kreischende Lied der Möwen und hin und wieder ein fröhliches Platschen, wenn ein Delphin in der Nähe aus dem Wasser schoß, um sogleich wieder mit einem eleganten Bogen in die Fluten einzutauchen.

Nichts wünschte er sich sehnlicher, als auf diesem Boot zu sein – gemeinsam mit Zara, die von hinten die Arme um ihn legte, während er am Steuerrad stand. Er konnte ihren warmen Atem in seinem Nacken spüren, fühlen, wie ihr langes braunes Haar seine Haut kitzelte. Dann überwältigte ihn die Erinnerung, unvermittelt hatte er wieder jenes Bild vor Augen: Zara auf dem Bett ihres Hauses in Homestead, leicht auf der Seite, das eine Bein angezogen, das andere gestreckt. Das Nachthemd war ein Stück hochgerutscht, die Augen hatte sie geschlossen, als schlafe sie, doch das leere Röllchen Schlaftabletten auf dem Nachttisch widersprach dem friedvollen Bild. Er sah sich selbst, wie er sich über sie beugte, fassungslos, und Tränen schossen ihm in die Augen. Er blinzelte, atmete mehrmals tief durch, aber nur langsam verblaßte das schreckliche Bild vor seinem inneren Auge.

Anderson stöhnte und fuhr sich in einer verzweifelten

Geste mit der Hand über das Gesicht. Plötzlich fühlte er sich entsetzlich elend, begriff, wie dicht er davor stand, einfach durchzudrehen. Ein Pulverfaß auf zwei Beinen. Bloß ein Funke, und er würde explodieren.

Ruckartig schaltete er höher, als könne er die Erinnerung dadurch vertreiben. Der Mustang schoß vor wie ein angreifender Tiger. Mit fünfzig Meilen in der Stunde brauste er durch die anbrechende Nacht, linkerhand der Ozean, rechts die scheinbar ununterbrochene Häuserfront der Restaurants, Geschäfte und Bars erst von Lighthouse Point, dann, übergangslos, von Boca Raton und West Palm Beach. Erst als die Stadtgrenze von Riviera Beach hinter ihm lag, wurden die Gebäude schlagartig weniger. Wo eben noch hell erleuchtete Kneipen gewesen waren, lag nun dichtes, üppiges Grün, hier und da unterbrochen von Ausläufern der Everglades, die wie feuchte Arme fast bis an die Straße heranreichten. Einmal blitzten die Augen eines Alligators im Strahl der Scheinwerfer auf, doch im nächsten Moment war die Echse bereits wieder im mannshohen Schilf neben dem Highway verschwunden.

Als Anderson um kurz vor neun Fort Pierce erreichte, hielt er dort vor einem Spirituosengeschäft und kaufte zwei Flaschen Jack Daniels. Eine verstaute er im Handschuhfach, die andere jedoch behielt er in Reichweite. Er wußte wirklich nicht, was er ohne Alkohol hätte anfangen sollen. Der Whiskey half ihm, die schlimmen Gedanken zu verdrängen, besser, als es je irgendein Mensch – mit Ausnahme von Zara – gekonnt hätte.

»Gott segne dich, Jack«, murmelte Anderson grimmig, setzte die Flasche an die Lippen und trank, während der Ford Mustang auf der Küstenstraße seinem Ziel entgegenbrauste.

3.

Das Haus von Lance Corporal Allan Kosnar lag am Ende einer unbefestigten Sackgasse eine Meile außerhalb von Melbourne, in einem Waldgebiet am Rande der Brevard-Sümpfe, einem beinahe autonomen Ausläufer der Everglades. Anderson hätte die Straße nie gefunden, hätte er nicht im Ort getankt und den Tankwart, einen vierschrötigen alten Burschen mit viel zu weiten blauen Latzhosen und einem durchweichten Grashalm im Mundwinkel, nach dem Weg gefragt. Doch trotz dessen genauer Streckenbeschreibung hatte er seine liebe Mühe, im dichten Wirrwarr aus Bäumen, Büschen und wucherndem Unkraut, das zu beiden Seiten des Highways eine undurchdringliche grüne Mauer bildete, die Einfahrt zur New Cardigan Road zu finden. Die Bezeichnung »Straße« allerdings war reichlich übertrieben, denn was da so notdürftig in die Wildnis getrieben worden war, verdiente es kaum, als breiterer Pfad bezeichnet zu werden. Der Mustang humpelte durch Schlaglöcher, groß wie Bombenkrater, und mehr als einmal wurde der Weg so schmal, daß Zweige über die Karosserie des Wagens kratzten.

Angespannt saß Anderson hinter dem Steuer und trommelte auf dem äußeren Lenkradring ungeduldig die Melodie eines Stückes von Jazz Valentine, »Drowning the Puppy in a Bathtub«, das ihm aus irgendeinem Grund nicht aus dem Kopf ging. Die Lichtlanzen der Scheinwerfer schnitten durch die Dunkelheit. Längst war die Nacht mit Macht über das Land hereingebrochen, und es war schwül hier, da die Hitze sich unter dem dichten Blätterdach wie unter einer Käseglocke sammelte.

Stur folgte er dem Schotterweg, genau wie es ihm der kauzige alte Tankwart aufgetragen hatte. Doch als er nach fünf Minuten noch immer keine Zeichen menschlicher Zivilisation entdeckt hatte, befielen ihn allmählich Zweifel, ob er tatsächlich richtig war, zumal die Straße nicht den Eindruck erweckte, als wäre hier in jüngster Zeit ein Wagen entlanggefahren.

Mit einemmal aber blinzelte ihm durch das Dickicht hindurch das gelbe Auge eines Fensters zu, und hinter der nächsten Kurve schließlich lösten sich vor ihm aus dem Wald die Umrisse eines Bungalows, der sich im Schlagschatten einer Reihe hoch aufragender Pinien ans schlammige Ufer des Sumpfes duckte. Ein ehemals weißer, verfallener Lattenzaun umgab den verwilderten Garten. In der Einfahrt stand ein uralter, rostiger Lincoln.

Anderson hielt neben den Überresten des Zauns und sah sich zunächst das Haus genau an.

Wie es schien, hielt Corporal Kosnar nicht viel von Haus- und Gartenarbeit oder überhaupt dem notwendigen Übel, seinen Besitz in einigermaßen akzeptablem Zustand zu halten. Das Holz der Mauern war vermodert, bedeckt mit grünbraunen Flechten und Pilzen. Eines der Fenster im hinteren Teil des Bungalows war zerbrochen und von innen einfach mit Pappe zugeklebt worden; auf dem Dach blitzte eine gewaltige Drahtantenne. Das Unkraut im Vorgarten stand so hoch, daß es Anderson beinahe bis zur Hüfte reichte, als er über das windschief in den Angeln hängende Tor kletterte und zur Haustür ging. Löwenzahn und Nesseln schoben sich durch die Spalten zwischen den einzelnen Waschbetonplatten des Weges.

Auf der Fußmatte vor der Tür lag ein kleiner Haufen Briefe, hauptsächlich Werbesendungen, die sich vermutlich schon eine ganze Weile hier angesammelt hatten, mindestens eine Woche. Anderson hob die Post auf. Sämtliche Umschläge waren an Allan Kosnar adressiert, also war er hier richtig. Zufrieden hob er die Hand und klopfte; denn eine Klingel gab es nicht. Das Holz fühlte sich seltsam weich und feucht an, als wäre das ganze Haus am Verrotten.

Nichts regte sich.

Er wartete zwanzig Sekunden, dann klopfte er erneut.

Kein Laut drang zu ihm heraus.

Anderson trat ärgerlich zurück und sah zum einzigen erleuchteten Fenster hinüber. Nach kurzem Zögern wagte er sich in das Unkraut, tastete sich langsam vor und blieb beim Fenster stehen. Die gelben Vorhänge waren zugezogen, doch zwischen den beiden Hälften war ein schmaler Spalt. Er drückte sein Gesicht dicht an das Glas. Viel gab es allerdings nicht zu sehen, nur ein Ohrensessel, eine Stehlampe und eine halb geöffnete Tür. Von Kosnar selbst keine Spur.

Dafür hörte Anderson etwas. Im ersten Moment vermochte er nicht zu sagen, was für ein Geräusch es war; doch als er konzentriert lauschte, kam er zu dem Schluß, daß es sich um Stimmen handeln mußte.

Männerstimmen.

Mindestens zwei, vielleicht auch drei.

Seine Miene verdüsterte sich.

Offenbar war Kosnar nicht allein.

Er harrte noch einen Augenblick am Fenster aus, doch in dem Spalt zwischen den Vorhängen zeigte sich niemand, weshalb er nach einer Minute wieder zur Haustür zurückkehrte.

Wer waren Kosnars Besucher? Bekannte, Verwandte? Jedenfalls schienen sie nicht mit dem Wagen gekommen zu sein.

Trotz eines unguten Gefühls klopfte der Reporter von neuem, warf dieses Mal jedoch seine vornehme Zurückhaltung über Bord und hämmerte wuchtig gegen das Holz, immer und immer wieder, eine geschlagene Minute lang, bis im Haus endlich schlurfende Schritte laut wurden und sich kurz darauf ein Schlüssel im Schloß drehte. Dann öffnete sich die Haustür, doch nur so weit, wie es die vorgelegte Kette zuließ, und mißtrauische Augen starrten ihn aus dem Halbdunkel an. Das Gesicht, zu dem sie gehörten, war in der Düsternis kaum zu erkennen. Trotzdem war Anderson sicher, daß es der Mann von dem Foto aus seinen Unterlagen war.

»Mr. Kosnar?« fragte er, als der andere keine Anstalten machte, das Wort zu ergreifen. »Mr. Allan Kosnar?«

»Was wollen Sie?« Die Worte kamen dem Mann nur undeutlich über die Lippen. Dafür schlug dem Reporter der scharf-bittere Geruch von Bourbon entgegen.

Anderson beschloß, sich schon mal an seine neue Rolle als Commander der Army Air Force zu gewöhnen, und hielt Kosnar die Papiere von Captain Taylor hin, um sich auszuweisen. »Corporal, mein Name ist Anderson. Commander David Anderson. Man hat mich damit beauftragt, das Verschwinden einer Staffel TBM-Avenger im Dezember 1945 zu untersuchen. Sie sollten damals eigentlich ebenfalls am diesem Flug teilnehmen. Erinnern Sie sich?«

Kosnar antwortete nicht, starrte ihn nur an.

Anderson hielt seinem stierenden Blick stand. Während er die Papiere wieder verstaute, sagte er: »Sie haben sich an jenem Tag von dem Flug befreien lassen. Glück für uns und Glück für Sie, denn jetzt kann ich Ihnen zu dieser ganzen unerfreulichen Angelegenheit noch einige Fragen stellen, was sonst wohl kaum möglich gewesen wäre, oder?« Er schaltete sein Lächeln an wie andere Leute eine Deckenlampe.

Endlich regte Kosnar sich. »Ich dachte, die Untersuchung sei längst abgeschlossen.« Die Augen wußten nicht recht, wohin sie schauen sollten.

Anderson schnalzte mit der Zunge. »Ja, nun, Corporal, Sie wissen doch, wie das in unserem Laden zugeht. Der eine sagt, die Angelegenheit kann man zu den Akten legen, und dann kommt ein anderer, mit einem höheren Dienstgrad, und erklärt, in der Sache bestehe nach wie vor Klärungsbedarf.« Als sein Gegenüber nicht reagierte, änderte er seine Taktik. »Ich will ehrlich zu Ihnen sein«, sagte er in vertraulicherem Ton. »Die Angehörigen einiger damals verschwundener Piloten wollen einfach keine Ruhe geben. Die löchern uns ständig mit Anrufen und schicken uns immer wieder Anfragen auf Akteneinsicht. Das geht General Johnson langsam mächtig auf die Nüsse. Er will, daß die Sache geklärt wird, und zwar endgültig. Dazu ist es aber notwendig, alle Zweifel, die die Angehörigen womöglich am abschließenden Untersuchungsbericht haben könnten, gleich von vornherein auszuschließen.«

»Und was wollen Sie von mir?«

»Ich bin hier, um mit Ihnen nochmals Ihre Aussage von damals durchzugehen, damit es nicht zu ... *Mißverständnissen* kommt. Sie verstehen?« Zuvorkommend fügte Anderson hinzu: »Es dauert wirklich nicht lange. Fünf Minuten. Höchstens.«

Einen Augenblick lang schien es, als wäre Kosnar noch immer nicht überzeugt. Doch als der Reporter gerade dazu ansetzen wollte, es auf die aggressive Tour zu versuchen, schloß der Corporal plötzlich wortlos die Tür, um sie sogleich wieder zu öffnen, nachdem er die Kette abgenommen hatte. Eine Wolke Gestanks, eine Mischung aus verschüttetem Bier, Urin und Essensresten, schlug Anderson entgegen. Das durch die Bäume einfallende Mondlicht meißelte die Züge des Soldaten mit unbarmherzigen Hieben aus dem Dunkeln. Kosnar war bloß noch ein Schatten des Mannes, den Anderson von dem Foto her kannte, das wurde selbst im spärlichen Licht deutlich. Er wirkte, als hätte er sich schon seit mindestens drei Monaten nicht mehr rasiert, seit ebenso langer Zeit keine Duschkabine mehr von innen gesehen. Das dunkle Haar hing in langen, fettigen Strähnen bis hinab auf die Schultern, in dem wild wuchernden Vollbart klebten Speisereste. Insgesamt aber war das Gesicht hager, fast ausgezehrt, die Haut bleich wie der Bauch eines toten Fischs, während die Augen rot geädert von geplatzten Blutgefäßen waren. Offenbar verstand sich nicht nur Anderson gut mit seinen drei Kumpels Jack Daniels, Johnny Walker und Jim Beam.

Der Reporter ließ sich seinen Widerwillen nicht anmerken. Lächelnd schob er sich an Kosnar vorbei ins Haus. »Danke. Es geht wirklich ganz schnell.«

Kosnar schnaubte mißbilligend und schob hinter ihm die Tür ins Schloß. Sofort wurde es im Flur dunkel wie in einer Höhle. Nur durch den Rahmen der Tür, die er vom Fenster aus gesehen hatte, fiel ein scharf abgegrenzter Lichtbalken auf den müden Teppich. Aus dem Wohnzimmer erklangen Stimmen. Kosnars Gäste schienen sich nach wie vor angeregt zu unterhalten. Was das wohl für Typen waren? Anderson war sich nicht sicher, aber ein Blick auf den verwahrlosten Corporal legte nahe, daß es sich nicht unbedingt um beste Gesellschaft handelte.

Wortlos drängte sich Kosnar an ihm vorbei in die Wohnstube. Anderson faßte das als Aufforderung auf, ihm zu folgen. Seine Anspannung wuchs. Plötzlich war er nicht mehr sicher, ob es sonderlich klug gewesen war, hereinzukommen.

Innerlich widerstrebend trat er über die Schwelle, schaute sich um – und bekam große Augen, als er erkannte, was es mit den Männerstimmen auf sich hatte.

In der Ecke des Zimmers, direkt gegenüber dem Ohrensessel, stand ein monströser Fernseher. Das Gerät nahm fast die gesamte Wand zwischen dem Fenster und der Tür ein. Über den Bildschirm flimmerten Bilder in bewegtem Schwarzweiß. Drei Männer standen an einem nebligen Pier und unterhielten sich darüber, ob sie einen Burschen namens Sammy Malone nun umlegen sollten oder nicht. Das Dröhnen eines Signalhorns hallte aus den Lautsprechern.

Fasziniert betrachtete Anderson den Fernseher. Natürlich hatte er schon solche Apparate gesehen, in einigen Geschäften, aber niemand, den er kannte oder gekannt hatte, war wohlhabend genug gewesen, sich einen zulegen zu können. Und nun stieß er ausgerechnet hier in dieser halb verfallenen Hütte mitten im Nirgendwo auf ein solches Gerät. Wie um alles in der Welt konnte sich dieser Penner den verdammten Fernseher leisten?

Kosnar hatte sich seufzend in den Sessel fallen lassen und griff nach einem halbvollen Glas, das neben einer fast leeren und einer ganz leeren Flasche Scotch auf dem Tisch stand. Er trank, rülpste ungeniert und hielt Anderson das Glas hin. Im Licht der Stehlampe waren seine Augen so rot wie die eines Kaninchens. »Auch einen?« Er deutete auf die Flasche.

Anderson lächelte. »Sicher. Gerne. Danke.« Möglicherweise war es am besten, wenn er Kosnar das Gefühl gab, auf einer Wellenlänge mit ihm zu liegen; und so schwer es ihm fiel, das zuzugeben, traf es in gewisser Weise ja sogar zu: beide waren hoffnungslose Alkoholiker.

Er zwängte sich am Tisch vorbei zum Sofa, stieg über einen Stapel alter Zeitschriften und ließ sich in die ehemals roten Polster sinken, ehe er das Wohnzimmer einer raschen Musterung unterzog.

Der Raum war das gestaltgewordene Äquivalent des Corporals: dreckig, schmierig, heruntergekommen. Die Blumentapeten an den Wänden waren verblichen und wellten sich vor Nässe. Eine dicke Schicht Staub bedeckte die meisten Oberflächen, und in den Ecken, voll von mumifizierten Fliegen und Moskitos, hingen dichte Spinnweben. Der Geruch nach verdorbenem Essen, alten Fürzen und verschüttetem Bier war so penetrant, daß Anderson es bald aufgab, durch die Nase zu atmen, und statt dessen flach durch den Mund Luft holte. Er wartete, ob Kosnar ihn bedienen würde, doch als der Corporal keine Anstalten dazu machte, griff er selbst nach einem der Gläser, die auf dem Tisch standen, zog den Korken aus der Flasche und schenkte sich ein. Die Ansammlung fettiger Fingerabdrükke auf dem Glas ebenso ignorierend wie den Gedanken, wer wohl bereits alles daraus getrunken haben mochte, prostete er Kosnar zu.

»Auf Ihr Wohl, Corporal.«

Kosnar grunzte gleichgültig. Sie tranken.

Als sie einen Moment später die Gläser wieder abstellten, schien sich die Atmosphäre im Raum verändert zu haben. Kosnar wirkte entspannter, nicht mehr so mißtrauisch, obwohl er einen überaus nervösen Eindruck machte. Unruhe lag in seinem Blick; er blinzelte ständig, als falle es ihm schwer, sich auf eine bestimmte Sache zu konzentrieren. Dennoch wußte Anderson, daß er auf dem richtigen Weg war. Der Alkohol würde ihm helfen, den Corporal zum Sprechen zu bringen.

Er lehnte sich zurück und grinste. »Oh, Mann. Es geht doch nichts über einen guten Schluck am Abend, nicht wahr?«

Kosnar gluckste. »Wenn's nach mir geht, gibt es den ganzen Tag über nichts Schöneres als einen guten Schluck.« Als wäre dies das Stichwort, stemmte er sich hoch, ging zum Schrank und hielt Anderson zwei Flaschen hin. »Scotch oder Bourbon?«

»Bourbon. Auf einem Bein steht man schlecht.«

Kosnar lachte lallend. Während er den Bourbon entkorkte, schweifte Andersons Blick fasziniert zum Fernseher. Inzwischen waren die drei Gangster übereingekommen, ihren Kompagnon im Hafenbecken zu versenken. Jetzt fuhren sie in einem Kastenwagen vor, in dessen Laderaum besagter Kollegen saß und Schuhe aus Flüssigbeton verpaßt bekam.

Kosnar bemerkte sein Interesse. »Tolle Erfindung, dieses Fernsehen, nicht wahr?« Er schenkte Andersons Glas fast bis zum Rand voll. Dann tat er dasselbe mit seinem eigenen.

»War bestimmt nicht billig«, meinte der Reporter.

»Worauf Sie einen lassen können, Mr. ...«

»Addison«, sagte Anderson. »Commander David Addison.«

Kosnar runzelte die Stirn. »Komisch. Ich dachte, Sie hätten gesagt, Ihr Name sei Anderson.«

Der Reporter blinzelte. »Tja, das kann uns allen mal passieren, nicht wahr?« Er griff nach seinem Glas und trank hastig einen Schluck. Er mußte wirklich besser darauf achten, was er sagte. Wenn ihm das auf dem Stützpunkt Pompano Beach passierte, dann stand er morgen abend um diese Zeit vermutlich bereits vor dem Erschießungskommando.

Kosnar hielt sein Glas mit beiden Händen fest. »Also, was ist jetzt mit meiner Aussage?«

Anderson beugte sich vor. »Im Grunde wollte ich mir

nur noch einmal bestätigen lassen, was Sie damals nach dem Vorfall zu Protokoll gegeben haben. Vor allem interessiert mich, warum Sie derart erpicht darauf waren, vom aktiven Flugdienst befreit zu werden.«

Der Corporal seufzte. »Na ja, wissen Sie, ich war noch nie ein großer Freund vom Fliegen. Eigentlich bin ich Mechaniker. Zuerst habe ich bloß am Boden an den Maschinen rumgeschraubt, und das war in Ordnung. Aber dann wurden im Krieg die Bordmechaniker knapp, und so kam ich dran. Ab 1943 war ich dabei; ich haßte es vom ersten Tag an. Ich fliege wirklich nicht gern, verstehen Sie, und als dann noch die Sache mit den verfluchten Japsen losging ... Man konnte nie sicher sein, ob man auch wieder heil nach Hause kam.«

Anderson zog Notizblock und Kugelschreiber aus der Hosentasche. »Ursprünglich stammen Sie aus Kenosha, nicht wahr?«

Kosnar nickte. »Kenosha, Wisconsin.« Er fuhr sich mit der Hand kratzend durchs Haar; Schuppen rieselten heraus. »Da bin ich geboren und aufgewachsen. Meine Eltern leben nach wie vor dort, auch mein Bruder. Deshalb war ich so froh, daß ich zunächst in Green Bay stationiert wurde. Da konnte ich jeden Abend nach Hause fahren. Aber dann mußten sie mich nach Fort Lauderdale versetzen, vierzehn Monate, bevor ich sowieso meinen Abschied nehmen wollte.« Er seufzte.

Anderson murmelte etwas, das mitfühlend klang, und machte sich eine Notiz. »Sie mußten also aus Kenosha fort und saßen auf einmal in Miami bei der Army Air Force, obwohl Sie Fliegen hassen und sowieso nicht mehr lange Dienst ableisten mußten. So weit, so gut. Aber warum haben Sie sich nicht gleich darum bemüht, vom aktiven Flugdienst ausgenommen zu werden, nachdem Sie in Fort Lauderdale angekommen waren, sondern damit beinahe ein Jahr gewartet?«

Kosnar zuckte die Schultern. »Na ja, erst hab ich versucht, mich mit der Situation zu arrangieren. Aber dann hatte ich plötzlich bloß noch ein paar Monate, und da dachte ich mir, ich könnte den Rest der Zeit auch am Boden verbringen, in Sicherheit. Anscheinend war man mit mir einer Meinung, denn ich wurde tatsächlich befreit.« Er schnalzte mit der Zunge. »Tja, sieht fast so aus, als hätte mir das den Arsch gerettet, hm?«

Irgend etwas an der Art, wie er das sagte, ließ Anderson aufhorchen. Er beugte sich vor und fragte betont bedächtig: »Und warum sind Sie unmittelbar nach dem Verschwinden von Flight 19 mit allen Ehren aus der Army entlassen worden, obwohl Sie noch drei Monate hatten? Das ist doch ziemlich ungewöhnlich. Ich meine, daß Uncle Sam jemanden vor seiner Zeit gehen läßt.«

Kosnars Unruhe nahm schlagartig zu. Mit einemmal wußte er nicht mehr, was er sagen sollte. Eilig füllte er sein Glas und kippte den Inhalt in zwei Zügen hinunter. Schließlich hob er den Kopf und starrte Anderson aus trüben Augen an. »Was hat denn das mit Ihrer Untersuchung zu tun?« Er gab sich Mühe, seiner Stimme einen trotzigen Klang zu verleihen, doch seine Nervosität war nur allzu offensichtlich.

Jetzt war Anderson sicher, den richtigen Hebel gefunden zu haben. »Oh, eine ganze Menge.« Er ließ den Whiskey langsam in seinem Glas kreisen. »Jemand könnte beispielsweise auf die Idee kommen zu behaupten, Sie hätten gewußt, daß Flight 19 an jenem Tag nicht zurückkehren würde, und ließen sich deshalb beurlauben.« Er sah Kosnar unverwandt an, der wich seinem Blick aus. »Wie ich schon sagte, ich fliege nicht besonders gern, und ...«

»Oh, hören Sie mit diesem Mist auf, Mann!« bellte Anderson wütend und registrierte zufrieden, wie Kosnar zusammenzuckte. »Das können Sie Ihrer Mama erzählen, aber nicht mir, verdammt! Kein Mensch wird glauben, daß Ihre Abneigung vor dem Fliegen der Grund war, weshalb Sie ausgerechnet an dem Tag darum baten, nicht mehr fliegen zu müssen, an dem die Avenger auf der Sie eingeteilt waren, gemeinsam mit vier anderen Maschinen desselben Typs spurlos verschwand. Etwas anderes hat Sie zu diesem Schritt bewogen, irgendwas, das Sie mir verschweigen, vielleicht weil es Ihnen peinlich oder unangenehm ist oder weil Sie Ärger bekommen könnten, wenn Sie es ausspukken. Aber ich sage Ihnen, Corporal – Sie werden noch *eine Menge mehr Ärger* bekommen, wenn Sie nicht endlich das Maul aufmachen und mir sagen, was, zur Hölle, damals mit Ihnen los war!« Er packte Kosnars Unterarm; noch immer schaute ihn der andere nicht an. Gefährlich leise fuhr Anderson fort: »Wissen Sie, Sie sollten wirklich auf mich hören. Ich selbst bin ja ein netter Kerl, aber was meinen Sie, was einer meiner Kollegen Sie fragen wird, wenn er Sie besucht und diesen tollen Fernseher hier findet? Er wird fragen: Lieber Corporal Kosnar, wie konnten Sie sich diesen wunderbaren Apparat leisten, von Ihrem mageren Soldatensold? Haben Sie vielleicht in der Lotterie gewonnen? Hat Ihre Mama den Arsch zugekniffen und Sie beerbt? Oder hat Ihnen die Army Air Force schlicht und einfach ein hübsches Sümmchen dafür bezahlt, daß Sie über gewisse Dinge den Mund halten?« Er drückte fester zu. »Na, kommen Sie schon! Lassen Sie sich nicht jedes Wort einzeln aus der Nase ziehen!«

Hektische rote Flecken erblühten inmitten des Stoppelfelds von Kosnars Wangen. Seine Lider flatterten nervös. Als er sich einen neuen Drink eingießen wollte, zitterten seine Hände so heftig, daß er die Hälfte auf den Teppich verschüttete; er schien es nicht mal zu bemerken. Mit dem nunmehr halb gefüllten Glas hockte er da, starrte auf seine Füße. Seine Unterlippe bebte unruhig, und Anderson setzte schon zu einer neuen Tirade an, als der Corporal etwas flüsterte, das er nicht verstand.

»Was?« hakte Anderson nach. »Reden Sie lauter, Mann!«

»Das Teufelsdreieck«, wiederholte Kosnar gequält.

Tiefe Furchen gruben sich in Andersons Stirn. »Was ist das *Teufelsdreieck?*« Er hatte noch nie davon gehört, doch irgend etwas, vielleicht sein langsam wieder aus dem Koma erwachender Instinkt, sagte ihm, daß es wichtig war.

Statt zu antworten, kippte Kosnar gierig seinen Drink hinunter. Er verzog das Gesicht, keuchte und knallte das leere Glas auf den Tisch. Whiskeyreste spritzten über den Rand. Dann starrte er Anderson an und zischte lallend: »Das Teufelsdreieck verschlingt alles. Die Schiffe und die Flugzeuge und die Menschen. Es verschlingt sie, und es gibt sie nie wieder her.« Die Worte flossen nur so aus ihm heraus. Doch schnell näherte er sich dem Punkt, wo er die Hälfte dessen, was er sagen wollte, bloß noch in Gedanken formulierte. »Es frißt sie alle auf. Alle. Sie sagen etwas anderes, aber ich weiß es besser.«

»Wer sagt etwas anderes, Corporal?«

»Lieutenant Snyder und der Admiral«, antwortete Kosnar bitter. Der Alkohol setzte seine Hemmschwelle herab, parallel dazu kochten die Emotionen hoch. »Dieser gottverdammte Scheißkerl. Dachte, er kann mich so einfach mir nichts, dir nichts belügen und ich würde drauf reinfallen und die Fresse halten. Aber da hat er sich getäuscht! Und wie.« Er griff nach der Whiskeyflasche und nahm einen tiefen Zug. Das Glas stand unbeachtet auf dem Tisch. Anschließend zog er geräuschvoll den Inhalt seiner Nase hoch. Seine Gesichtszüge schienen ihm nicht mehr bedingungslos zu gehorchen. »Der Sauhund«, murmelte er dann. »Sagte, es sei völlig ungefährlich, ins Teufelsdreieck zu fliegen. Dabei wußte er genau, daß das gelogen war.«

Der Reporter rutschte unruhig hin und her. »Was meinen Sie damit, daß das Teufelsdreieck Menschen verschlingt? Was genau ist das Teufelsdreieck überhaupt?«

Zu seiner Überraschung fiel die Antwort des Corporals halbwegs verständlich aus. »Das Teufelsdreieck, so nennen sie ein Seegebiet, das hier vor den Keys beginnt und bis rüber zu den Grand Bahamas reicht.«

»Und was hat es damit Besonderes auf sich?«

»Na ja, die Fischer haben dem Gebiet diesen Namen gegeben, weil da ständig irgendwelche Boote verschwinden.« Er nahm noch einen Schluck aus der Flasche; danach ließ das Zittern seiner Hände etwas nach. »Ich erfuhr vom Teufelsdreieck, nicht lange nachdem ich nach Fort Lauderdale gekommen war. In einer Bar am Hafen sprachen sie davon. Danach habe ich immer wieder gehört, wie Leute darüber redeten. Natürlich taten immer alle so, als wäre das nichts als Aberglaube, aber insgeheim hatten sie genauso viel Schiß wie ich. Jeder im Stützpunkt kannte diese Geschichten. Auch die Männer von Flight 19. Aber sie scherten sich nicht darum, vielleicht weil sie es für Gewäsch hielten, vielleicht, um sich nicht bloßzustellen.« Er suchte Andersons Blick. »Wußten Sie, daß Captain Powers an dem Tag auch nicht fliegen wollte?«

Anderson schüttelte den Kopf.

»Doch, doch.« Kosnar nickte bestätigend. »Er war direkt vor mir beim zuständigen Flugoffizier. Er wollte von dem Flug befreit werden, aber man sagte ihm, daß er für den Monat noch nicht genügend Stunden vorzuweisen habe, und damit war die Sache erledigt.« Er seufzte. »Sie hätten ihn sehen sollen, als er in die Maschine stieg. Seine Augen. Er sah mich an, als ich da am Rande des Rollfelds stand, und er wirkte, als wüßte er, daß er nicht wieder zurückkommt. Vielleicht ahnte er, was passieren würde, irgendwie.«

Andersons Stift kratzte über den Block. »Und was genau *ist* passiert?«

Der Corporal zuckte mit den Schultern. Seine Bewegungen wurden im selben Maß fahriger, wie er die Kontrolle über seine Zunge verlor. Seine Worte waren bloß noch ein einziges Auf und Ab zerfließender Silben. »Mit Flight 19 ist dasselbe passiert wie mit den unzähligen Schiffen, die in den Jahren davor in dem Gebiet verschwanden, bloß daß es zum erstenmal eben Flugzeuge erwischte, und dann auch noch eine ganze Staffel auf einmal. Fünf auf einen Streich, sozusagen.« Er kicherte, doch das Lachen ging in ein krächzendes Husten über, das nur langsam wieder abebben wollte. Blutiger Speichel sprühte aus Kosnars Mund. Anderson registrierte es mit Besorgnis. Er war zwar kein Arzt, aber er hätte wetten können, daß der Corporal sich nicht mehr lange an seinem Fernsehapparat erfreuen würde.

Als Kosnar seinen Hustenanfall überwunden hatte, fragte er ihn: »Was für Schiffe meinen Sie? Fischerboote?«

Der Corporal ließ sich mit der Antwort Zeit. Seine Augen waren halb geschlossen. »Alles mögliche«, lallte er betrunken. »Zu viele, um sie alle zu nennen. Da waren Fischerkähne, Segelschiffe, Sportyachten, auch ein paar Schoner mit Besatzungen von bis zu hundert Mann an Bord, von denen nie wieder einer gesehen wurde, weder lebend noch tot. Das reicht bis zum Anfang des vergangenen Jahrhunderts zurück.«

Anderson pfiff leise durch die Zähne und klopfte mit der

Spitze des Stifts auf seinen Block. »Unglaublich. Und man hat diese Schiffe nie wiedergefunden?«

»Soweit ich weiß, sind von Zeit zu Zeit ein paar wieder aufgetaucht, völlig intakt, nur von den Besatzungen war keine Spur zu finden. Einmal befand sich sogar noch ein Hund an Bord. Aber eben keine Menschen.«

»Anzeichen eines Überfalls?«

Kosnar lachte, hob den Bourbon an die Lippen. »Sie meinen so was wie Piraten, die draußen auf dem Meer lauern und Touristen überfallen?« Er schüttelte den Kopf. Immer wieder sanken die Lider für Sekundenbruchteile über die Augen. »Vergessen Sie's. So einfach ist das nicht. Was im Teufelsdreieck passiert, das geht über unseren Horizont. Seltsame Sachen sind es. Sie müssen mal mit den Fischern in der Gegend reden. Die können Ihnen Dinge erzählen, daß Ihnen die Ohren wackeln. Und glauben Sie mir, wenn Sie das alles wissen, hätten Sie auch keine Lust mehr, sich in ein Flugzeug zu setzen und ins Teufelsdreieck zu fliegen. Wer weiß schon, wen es als nächsten erwischt?«

Anderson strich sich über das glattrasierte Kinn. »Und Sie haben wirklich keine Ahnung, was genau dort vorgeht?«

Kosnar grinste, entblößte dabei die schwarzen Ruinen seiner Zähne. »Wenn ich das wüßte, dann säße ich wohl kaum hier. Denn alle, die es wissen, sind nicht mehr zurückgekommen, um davon zu erzählen. Glauben Sie mir, das Teufelsdreieck trägt seinen Namen zu Recht. Dort geht der Teufel um.« Ein gewaltiges Gähnen zerriß seine Worte, ehe er unheilvoll fortfuhr: »Irgend etwas da draußen wartet wie eine Spinne darauf, daß ihm ein neues Opfer ins Netz geht.« Mit jedem Wort wurde sein Murmeln leiser, schwerer verständlich, bis seine Stimme endgültig in ein gutturales Schnarchen überging und ihm die Augen zufielen. Die Whiskeyflasche entglitt seinem Griff und fiel zu Boden. Bourbon gluckerte auf den Teppich.

Anderson zog eine Grimasse. »Oh, nein«, knurrte er. »Schlaf jetzt bloß nicht ein, du Idiot!« Er sprang auf, packte Kosnar und schüttelte ihn. »Corporal! *He, Corporal!* Wachen Sie auf!«

Kosnar rührte sich nicht. Mit zur Seite geneigtem Kopf saß er zusammengesunken im Sessel, den Mund leicht geöffnet, und schnarchte geräuschvoll.

Der Reporter schüttelte ihn stärker. »Verdammt, wachen Sie auf, Mann! Sie müssen mir noch eine Frage beantworten. Eine Frage, okay?«

Keine Reaktion.

Wütend verpaßte Anderson dem Corporal eine Ohrfeige. Doch Kosnar schmatzte nur vernehmlich und schlug mit geschlossenen Augen fahrig nach Anderson, als wolle er eine lästige Fliege verscheuchen.

»Na, kommen Sie schon!« gab er nicht auf. »Reißen Sie sich gefälligst zusammen! Nur eine beschissene Frage!« Er gab ihm erneut eine Ohrfeige, diesmal auf die andere Seite und so fest, daß ein roter Abdruck auf Kosnars Wange zurückblieb.

Kosnar stöhnte. Seine Lider flatterten wie die Flügel eines Kolibris. Dann blickte er Anderson aus rot und gelb geäderten Augen an. Speichelbläschen tanzten auf seinen Lippen.

Anderson beugte sich zu ihm herunter. Sie sahen sich jetzt direkt in die Augen. »Corporal«, bellte er schneidend, »ich muß noch eins von Ihnen wissen: Was ist mit dem Fernseher? Woher haben Sie das Geld? Wofür hat die Army Air Force Sie bezahlt?«

Kosnar starrte ihn an, doch es hatte nicht den Anschein, als würde er den Sinn von Andersons Worten begreifen.

Trotzdem machte er Anstalten zu sprechen. Mehrmals mußte er schlucken, bevor es ihm gelang, ein einzelnes Wort zu formulieren. Schließlich kam es leise und so undeutlich über seine Lippen, daß man seinen Sinn höchstens erahnen konnte.

»Mordstein«, murmelte Kosnar. Zumindest klang es so.

»Mordstein?« Anderson hatte das Wort noch nie gehört. »Was meinen Sie damit: Mordstein? Was bedeutet das, Corporal?«

Aber Kosnar war schon wieder eingeschlafen. Schnarchend lag er in dem Ohrensessel. Anderson versuchte, ihn noch einmal zu wecken, doch diesmal hatte es keinen Sinn. Weder weitere Ohrfeigen noch massive Androhung von Gewalt konnten den Corporal wecken. Der Alkohol hatte ihn fest im Griff und würde ihn so schnell auch nicht wieder aus seinen Fängen lassen.

Allan Kosnar war vollkommen hinüber.

Seufzend richtete Anderson sich auf. Einen Moment überlegte er, ob er Kosnar seine Telefonnummer im Hotel hinterlassen sollte, mit der Bitte, ihn zurückzurufen, wenn er wieder zu sich kam, doch das schien ihm zu riskant. Es war besser, morgen wiederzukommen, um das Gespräch fortzusetzen; für ihn stand fest, daß der Corporal noch eine Menge mehr wußte, als er gesagt hatte, und er wollte wissen, was es war.

Was hatte es zum Beispiel mit diesem Mordstein auf sich?

Oder hatte er vielleicht »Mondstaub« gesagt? Anderson hatte das Wort kaum verstehen können. Ein Grund mehr, noch einmal mit dem Corporal zu sprechen.

Mit einem letzten Blick auf den Betrunkenen verließ er das Wohnzimmer, während die Gangster im Fernsehen weitere düstere Pläne schmiedeten. Im Flur war es dunkel.

Er riegelte auf, zog die Tür hinter sich wieder ins Schloß, froh, dem Gestank des Bungalows zu entkommen, und ging zum Wagen.

Gerade ließ er sich hinter das Steuer fallen, als er plötzlich aus den Augenwinkeln eine huschende Bewegung auszumachen glaubte, Schatten im Schatten, drüben am Waldrand.

Sofort war Anderson hellwach. Angespannt starrte er in das Dunkel, suchte das Unterholz mit den Blicken nach irgend etwas Verdächtigem ab, doch da war nichts. Nur irgendwo in der Nähe stieß ein Käuzchen seinen traurigen Ruf auf.

Er wartete noch eine Minute ab. Als sich aber nichts mehr regte, startete er den Motor. Er kuppelte, legte den Rückwärtsgang ein, wendete und machte sich auf den Rückweg nach Lighthouse Point. Nicht lange, und die Finsternis hatte Kosnars schäbiges Heim hinter ihm verschlungen wie eine gierige Bestie.

4.

Es war bereits nach Mitternacht, als Anderson Lighthouse Point erreichte. Dennoch waren die meisten Fassaden noch immer hell erleuchtet. Auf der Promenade drängelten sich dichte Trauben von Männern und Frauen in bunter Freizeitkleidung, während am Strand in regelmäßigen Abständen Lagerfeuer brannten, wo sich Gruppen von jungen Leuten versammelt hatten, um bei Gitarrenmusik Marshmallows zu braten, Bier zu trinken und ihre ersten sexuellen Erfahrungen zu machen. Dahinter schimmerte das Meer wie ein Tuch aus schwarzer Seide, darin eingesponnen Milliarden winziger Diamanten.

Anderson ging vom Gas, als vor ihm ein Touristenpärchen, das zusammen gut und gerne das Gewicht eines Kleinlasters auf die Waage brachte, über die Straße watschelte. Rechts strömten vergnügungssüchtige Urlauber aus einer Bar. Eine junge Frau in einem engen weißen Kleid winkte ihm fröhlich zu, vielleicht weil sie auf reifere Herren ohne Haare stand, vermutlich aber eher wegen des Wagens.

Anderson prostete ihr mit der halbleeren Whiskeyflasche zu, trank einen Schluck und fuhr wieder an, sobald die fettleibigen Schildkröten endlich über die Fahrbahn gekrochen waren. Er war noch keine hundert Meter weit gekommen, als direkt hinter ihm aus einer Querstraße ein Streifenwagen auf den Highway bog.

Anderson verschluckte sich fast vor Schreck. Hastig ließ er die Flasche unter dem Armaturenbrett verschwinden, setzte sich hinter dem Steuer aufrecht hin und gab sich so unauffällig, wie es mit einem Liter Scotch im Blut möglich war. Sein Blick schweifte zwischen der Straße und dem Rückspiegel hin und her.

Der Streifenwagen fuhr hinter ihm her. Anderson verlangsamte die Geschwindigkeit noch mehr und suchte fieberhaft nach einer Ausrede für seine Whiskeyfahne, sollten die Cops ihn anhalten. Dann plötzlich wurde ihm bewußt, daß sein Alkoholkonsum in diesem Fall sein geringstes Problem wäre; das Bußgeld konnte er berappen, und eine Nacht in der Ausnüchterungszelle würde er ebenfalls irgendwie überstehen. Viel schlimmer war, daß sie seine Daten zu Protokoll nehmen würden, und bei seinem Glück war es bloß eine Frage der Zeit, bis die Bluthunde der Army Air Force darauf stießen.

Der Mustang rollte mit fünfundzwanzig Meilen in der Stunde über die Küstenstraße. Sein Hotel war noch ein gutes Stück von hier. Andersons Nervosität wuchs, als die

Bullen nicht in die nächste Straße einbogen, und drohte in Panik umzuschlagen, nachdem sie auch nach den folgenden zwei Stichstraßen noch immer hinter ihm waren.

»Na, kommt schon«, murmelte er. »Verschwindet endlich ...«

Doch der Wagen blieb an ihm dran, und obgleich nichts verriet, daß die Bullen ein Auge auf ihn geworfen hatten, ging ihm der Hintern ziemlich auf Grundeis. Da setzte er, ohne viel zu überlegen, was er tat, den Blinker und fuhr auf den Parkplatz einer Kneipe. Während er den Mustang in der Lücke zwischen zwei anderen Wagen zum Stehen brachte, rollte der Streifenwagen auf dem Highway vorbei, als wäre nichts gewesen.

Kein Blaulicht flammte auf, keine Sirene ertönte.

Die Erleichterung ließ Anderson über dem Lenkrad förmlich zusammensacken. Zugleich ärgerte er sich darüber, wie leicht er aus der Ruhe zu bringen war. Seine Nerven lagen bloß wie blanke Stromleitungen; es brauchte nur jemand draufzupinkeln, und schon hatte er einen Kurzschluß. Er mußte sich zusammenreißen. Sonst würde es früher oder später zu einer Katastrophe kommen.

Der Streifenwagen war längst in der Nacht verschwunden, als er endlich den Kopf hob und sein Blick auf das Schild über der Tür des Lokals fiel: THE SEAMAN'S CORNER. Um den Rahmen herum hingen Fischernetze und Glasbojen. Kurz entschlossen stieg er aus dem Mustang und ging hinüber zum Eingang. Dumpfe Stimmen und Gläserklirren drangen heraus. Anscheinend herrschte drinnen trotz der späten Stunde noch immer reger Betrieb.

Der Reporter schob die Tür auf. Sofort schlug ihm eine Woge unterschiedlichster Gerüche entgegen, von Zigarettenrauch und verschüttetem Pils über Sägemehl bis hin zu gebratenem Fisch. Neugierig sah er sich um.

Der Schankraum machte dem Namen der Spelunke alle Ehre. An den Holzwänden hingen Netze, Reusen und bunte Plastikfische. Hinter der Theke prangte ein altes Steuerrad, direkt daneben reihte sich im Regal Flasche an Flasche; auf dem Zapfhahn stand ein Buddelschiff, ein Dreimaster mit weißen Segeln. Die Gäste vervollständigten das Bild: Da war kaum einer, der keine Wollmütze, keinen Blaumann oder Overall trug.

Anderson zog einige mißtrauische Blicke auf sich, als er zur Theke ging, sich auf einen der freien Hocker setzte und den Wirt zu sich winkte, einen breitschultrigen Burschen mit Stiernacken, der Anker und Totenschädel auf den muskulösen Oberarm tätowiert hatte. Der Geruch von Bratenfett und altem Zigarettenrauch umgab ihn wie ein penetrantes Parfüm.

»Hm?« Gleichgültig.

»Tequila«, sagte Anderson knapp.

»Einfach? Doppelt?« Seine Stimme knarzte wie alte Taue.

Anderson legte einen Fünfer auf die Theke. »Die Flasche.«

Schlagartig veränderte sich der Gesichtsausdruck des Wirts, und er zauberte ein professionelles Lächeln auf seine fleischigen Züge. Während er die Flasche und ein Glas vor Anderson hinstellte, fragte er beiläufig: »Säufer oder Ärger mit 'n Frauen?«

»Wie bitte?«

»Na, wenn einer herkommt und gleich die ganze Flasche will, dann is' er entweder 'n Säufer, oder er hat Ärger mit 'n Frauen.«

»Und wenn beides zutrifft?«

Der Wirt seufzte mitfühlend. »Dann haben Sie 'n ziemliches Problem, Mann.« Er schob Anderson den Salzstreuer hin und machte sich daran, eine frische Zitrone aufzuschneiden.

Der Mann auf dem Hocker neben Anderson – ein hagerer Kerl um die Vierzig, kniehohe grüne Gummistiefel – kicherte, schob sich das letzte Stück Fisch in den Mund und legte das Besteck auf den Tellerrand.

Der Reporter zog seine Zigaretten hervor und hielt dem anderen die Packung hin. »Auch eine?«

Der Gummistiefelmann musterte ihn einen Moment abschätzend. Dann nahm er schweigend eine Kippe und ließ sich von Anderson Feuer geben.

Der Wirt schob ihm die Schale mit den Zitronenscheiben zu. »Fröhlichen Rausch, Kumpel«, wünschte er Anderson grinsend.

Der Reporter griff nach der Flasche. »Werd ich haben.« Er schenkte das Glas beinahe bis zum Rand voll und reichte es seinem Nebenmann. Diesmal zögerte der nicht. Nikkend nahm er den Tequila entgegen, wartete, bis Anderson sich ein neues Glas hatte geben lassen, und brachte einen Toast aus.

»Auf den Suff!«

»Auf den Suff«, stimmte Anderson zu.

Sie stießen an und tranken.

Sofort schenkte Anderson nach. Als die zweite Runde hinter ihnen lag, sagte er: »Fischer, ja?«

Der Gummistiefelmann nickte. »Ich heiße Jonas.«

»Wie der mit dem Wal?«

Jonas blinzelte. »Welcher Wal?«

Anderson winkte ab. »Nicht wichtig. Ich bin David.«

»Also, David ...« Der Fischer hielt ihm das leere Glas hin. »Was treibt dich so nach Lighthouse Point? Du siehst irgendwie nicht aus, als wärst du 'n Tourist, und aus der Gegend stammst du auch nicht, sonst würd' ich dich kennen.«

Anderson goß Jonas und sich selbst großzügig nach. »Ich bin geschäftlich hier«, erklärte er. »Arbeite für 'ne Versicherung oben in Boston, für die ich in einer bestimmten Angelegenheit ein paar … nun, Ermittlungen anstellen soll.«

Jonas' Augen wurden groß. »Bist du 'n Schnüffler?«

Anderson wiegte den Kopf. »Kann man so sagen.«

»Und was ermittelst du so? Ich meine, hier in der Gegend?«

»Versicherungsbetrug«, meinte Anderson, als würde das alles erklären.

Jonas wiederholte das Wort, wie um sich darüber klarzuwerden, was es bedeutete. Dann kippte er achselzuckend seinen Drink. Der Reporter tat es ihm gleich. Das Salz und die Zitronenscheiben standen unbeachtet auf dem Tresen.

Anderson tauschte das leere Glas gegen die Zigarette, die im Aschenbecher vor sich hin gequalmt hatte. »Du lebst in Lighthouse Point, oder?«

Jonas nickte. »Schon immer. Bin hier geboren, aufgewachsen, und wie's aussieht, werde ich hier wohl auch den Löffel abgeben, hier oder auf See, was mir am liebsten wäre. Gefressen von 'nem weißen Hai, verschlungen von 'nem Riesenkraken, das wär' zumindest 'n angemessener Abgang.«

»Du bist viel auf dem Wasser?«

Jonas bejahte. »Jeden Tag.«

Anderson klopfte Asche ab. »Dann hast du doch sicher schon mal vom Teufelsdreieck gehört, oder?« Er sagte es beiläufig, ohne besondere Betonung, als wäre es die natürlichste Sache der Welt, sich darüber zu unterhalten.

Für einen Augenblick schien ein dunkler Schatten über das Gesicht seines Gegenübers zu fallen. Dann verengten sich Jonas' Augen zu mißtrauischen Schlitzen. »Deswegen die Zigarette und der Tequila. Du willst mich über das verdammte Teufelsdreieck ausquetschen.« Aber er schien es Anderson nicht übelzunehmen.

Der Reporter grinste und goß Jonas' Glas wieder voll. »Ertappt. Kannst du mir irgendwas Genaueres darüber erzählen?«

»Was willst du denn wissen?« Er drückte seine Kippe aus.

Anderson holte seinen Notizblock hervor. »Na ja, alles, was von Bedeutung ist. Was hat es zum Beispiel damit auf sich, daß dort so viele Schiffe verschollen sind? Ich meine, selbst ein kleines Boot verschwindet nicht einfach, ohne Spuren zu hinterlassen, und große Schoner schon gar nicht.«

Jonas seufzte. »Tja, ist aber leider tatsächlich so passiert. Selbst von der *USS Cyclops* hat man nie auch nur 'ne Planke gefunden, und das war einer von diesen Zwanzigtausend-Tonnen-Pötten mit über dreihundert Mann an Bord. Oder die *Island Queen*. Da waren achtzig Leute drauf. Verschwunden, einfach so.« Er schnippte mit den Fingern.

»Ich habe gehört, einige der Schiffe sollen wieder aufgetaucht sein«, sagte Anderson. »Allerdings ohne Besatzung.«

Der Fischer kippte seinen Tequila und verzog schnaufend das Gesicht, bevor er die Frage beantwortete. »Schon richtig, aber das war vielleicht in einem Prozent der Fälle so, und da, da bin ich mir ziemlich sicher, hatte das Verschwinden andere Ursachen als bei den Fällen, die dem Teufelsdreieck seinen Namen eingebracht haben.«

»Inwiefern? Wie meinst du das?«

»Na ja, weißt du, als Fischer hat man in diesen Tagen seine liebe Not, sich über Wasser zu halten, finanziell. Deshalb nehm' ich regelmäßig an Such- und Rettungsaktionen teil, wenn wieder mal einer von diesen Hobbyseglern oder irgendein anderes Schiff abhanden gekommen ist. In den letzten Jahren waren's bloß zwei Dutzend, aber davor, vor allem Anfang der Zwanziger, als ich noch ein junger Kerl war, da bin ich fast regelmäßig einmal im Monat mit meinem Dad rausgefahren. Manchmal hatten wir Erfolg und haben die Boote gefunden. Aber bei denen, wo nur die Mannschaft fehlte, war die Ursache des Unglücks mit ziemlicher Sicherheit menschliches Versagen oder 'n Motorschaden oder Unerfahrenheit oder so was. Nichts, wofür sich die Welt interessieren würde. Doch die meisten der Kähne, die da verschwunden sind, hat man nie wiedergesehen, obwohl wir häufig tagelang gesucht haben. Keine Trümmer, keine Leichen, keine Ölflecken im Wasser, überhaupt gar nichts. Das war echt unheimlich, denn selbst wenn das Meer etwas verschlingt, ist das nicht für ewig; es kommt normalerweise immer wieder hoch. Hier nicht ...« Beiläufig griff er nach Andersons Zigaretten und schüttelte eine Kippe heraus. Als blauer Dunst seinen Kopf umwölkte, fuhr er fort: »Da war nichts zu finden. Bloß dieses komische weiße Wasser.«

»Weißes Wasser?« Anderson beugte sich vor, um besser zu hören.

Der Fischer nickte. »Weißes Wasser«, bestätigte er. »Weiß wie Milch. Hin und wieder haben wir es genau dort gesehen, wo sich die ungefähre letzte Position der Schiffe befand, die wir suchten. Das Zeug ist wirklich seltsam. Es ist kein Schaum oder so; das Wasser ist da einfach weiß, und zwar über mehrere Quadratmeilen, wie ein Meer aus weißer Farbe.«

»Ungewöhnlich«, murmelte Anderson.

Jonas winkte ab. »Das wäre eigentlich schon seltsam genug. Aber was sagst du dazu, daß im Teufelsdreieck manchmal der Kompaß und andere technische Geräte an Bord verrückt spielen?«

Anderson verschluckte sich fast an seinem Tequila. Hustend tupfte er sich die feuchten Mundwinkel mit dem Taschentuch ab. Er sah den Fischer erstaunt an. »Der Kompaß spinnt?«

»Hin und wieder«, nickte Jonas. »Plötzlich zeigt die Nadel nicht mehr die richtige Himmelsrichtung an. Wenn man da nicht aufpaßt, kann man ziemliche Probleme kriegen, vom Kurs abkommen und so.«

»Könnte ein Schiff deswegen untergehen?«

Jonas wiegte überlegend den Kopf. »Höchstens, wenn es auf ein Riff läuft, leckschlägt und sinkt, aber dann müßte man trotzdem Trümmer und Wrackteile finden.«

»Wer weiß von diesen Schwierigkeiten mit dem Kompaß?«

Jonas dachte kurz nach. »Na, eigentlich jeder hier aus der Gegend. Fischer, Segler, Angler ... Bloß die Touristen und Sommergäste, die haben keine Ahnung.«

»Was ist mit den Behörden?« fragte Anderson. »Wenn dieses Phänomen im Teufelsdreieck häufiger auftritt, sollten die doch davon Kenntnis haben, oder?«

»Natürlich wissen die Bescheid«, sagte Jonas; jetzt wurde er ein wenig lauter. »Diese elenden Bürokratenärsche! Wir haben denen eine Milliarde Mal gesagt, da stimmt was nicht in dem Gebiet, und was tun die? Schicken irgendwelche Wissenschaftler raus, die mächtig wichtig tun und tagelang messen und analysieren und all so was, und dann kommen sie anschließend her und sagen, das hat irgendwas mit den Linien vom Nord- und Südpol zu tun – isogonisch, oder wie die heißen – du weißt schon, diese Linien, nach denen sich Magnetkompasse ausrichten – und daß der Kompaß da sowohl auf den magnetischen als auch auf den tatsächlichen Nordpol reagiert und deshalb durchdreht.«

»Also eine natürliche Ursache?« Anderson ließ sich das Gehörte einen Moment durch den Kopf gehen, bevor er sich erkundigte, wie die Behörden reagiert hätten, nachdem sie den Grund für die merkwürdigen Vorfälle kannten.

Der Fischer schnaubte abfällig. »Na, wie sollen die schon reagiert haben? So wie immer! Sie haben gesagt, das sei völlig normal, daß der Kompaß in dem Gebiet manchmal spinnt, und wir sollen uns darüber nicht weiter den Kopf zerbrechen. Keine Gefahr eben.« Die glühende Spitze seiner Zigarette zeichnete wilde Kreise in die Luft. »Für die war die Angelegenheit damit erledigt. Keiner ist jedenfalls auf die Idee gekommen, 'ne offizielle Warnung oder so was rauszugeben.«

»Klar«, murmelte Anderson. »Sie wollen die Touristen nicht verschrecken. Wer möchte schon irgendwo Urlaub machen, wo man ständig Gefahr läuft, spurlos zu verschwinden?«

Jonas murmelte Zustimmung und kippte seinen Tequila, während Anderson sich über seinen Block beugte und sich mit raschen Strichen einige Notizen machte, auch wenn es mehr Fragen als Antworten waren, die er aufschrieb. Was hatte es mit diesem rätselhaften »weißen Wasser« auf sich? Stimmte die Sache mit der Kompaßirritation, weil in der Gegend magnetischer und tatsächlicher Nordpol scheinbar weiter voneinander abwichen als sonst irgendwo auf der Welt; oder war das lediglich eine Ausrede der Behörden, die besorgten Fischer in Sicherheit zu wiegen?

Schließlich schaute er von seinen Aufzeichnungen auf. »Noch eine Sache«, sagte er.

Jonas zog die Braunen hoch. »Hm?«

Anderson wählte seine nächsten Worte mit Bedacht. »Soweit ich weiß, sind im Teufelsdreieck nicht nur Boote verschwunden, sondern auch Flugzeuge.«

Der Fischer ließ den Tequila im Glas kreisen. »Du meinst diese Bomberstaffel? Flight 19?«

Anderson nickte. »Was weißt du darüber?«

»Was sie damals in den Zeitungen geschrieben haben. Daß die Maschinen wahrscheinlich aufgrund eines technischen Defekts in der Luft explodiert und dann im Meer versunken sind.«

»Alle auf einmal?« fragte Anderson spöttisch.

Jonas lachte. »Das hab ich mich damals auch gefragt.«

Der Wirt kam zu ihnen herüber, deutete auf die leere Flasche. »Noch eine?«

Anderson winkte ab. »Danke, für heute reicht's.« Er leerte sein Glas und ließ sich vom Hocker gleiten. »Trifft man dich öfter in diesem Laden?«

»Jeden Abend«, sagte Jonas und fügte grinsend hinzu: »Wenn du also mal wieder jemanden brauchst, mit dem du einen saufen kannst, weißt du, wo du mich findest.«

Anderson klopfte ihm zum Abschied auf die Schulter, winkte dem Wirt flüchtig zu und verließ die Kneipe.

Angenehme Kühle empfing ihn, als er hinaus ins Freie trat. Die Nachtluft war frisch und klar, geschwängert mit dem Duft des Meeres. Nach wie vor beherrschten Shorts und bunte Hemden die Strandpromenade, doch es waren deutlich weniger geworden.

Mit jugendlichem Übermut schwang Anderson sich in den Ford, ohne sich die Mühe zu machen, den Verschlag zu öffnen, holte den Zündschlüssel aus der Tasche und startete den Motor. Einen Moment später folgte er der Küstenstraße in Richtung Hotel, wobei er die ganze Zeit darauf achtete, nicht schneller als zwanzig Meilen zu fahren, sollten hinter ihm plötzlich wieder irgendwelche Cops auftauchen.

Um fünf nach eins stellte er den Wagen vor dem *Fisherman's Lounge* ab, ohne auch nur die Rücklichter eines Streifenwagens gesehen zu haben, und durchquerte die verwaiste Empfangshalle. Die Rezeption war unbesetzt, die Türen zum Speiseraum standen offen; dahinter war nur Schwärze. Immer drei Stufen auf einmal nehmend, lief Anderson die Treppe in den zweiten Stock hinauf, riegelte die Tür seines Zimmers hinter sich zu und ließ sich seufzend aufs Bett fallen, ohne das Licht anzumachen. Einen Augenblick lang blieb er einfach liegen, alle viere von sich gestreckt. Er fühlte sich vollkommen erschlagen; der Tag war ziemlich anstrengend gewesen, und der Tequila zeigte langsam Wirkung. Dennoch rappelte er sich noch einmal auf, zog sich aus, entkorkte gähnend die Flasche Scotch aus seinem Reisekoffer und kroch damit unter die Decke. Den Arm hinter dem Kopf verschränkt, lag er da, trank und sah dem Mond zu, wie er am Firmament langsam immer weiter wanderte. Doch erst als das erste Dämmerlicht des neuen Tages bereits sanft das Meer liebkoste, fielen Anderson schließlich die Augen zu.

4.

Mittwoch, 14. Oktober 1948

1.

Ein warmer Balken Helligkeit fiel auf das Kissen und riß Anderson nach wenigen Stunden unruhigen Schlummers aus Morpheus' Armen. Er schlug nach dem Lichtstrahl wie nach einer lästigen Fliege, rollte sich auf die andere Seite und zog die Decke über den Kopf. Doch obwohl er noch immer entsetzlich müde war, setzte er sich nach fünf Minuten auf, rieb sich die verklebten Augen und schaute auf die Uhr.

Es war kurz nach sieben.

Für seine Verhältnisse eigentlich keine besonders christliche Zeit zum Aufstehen, aber bei seinem Programm für heute morgen mochte es von Vorteil sein, wenn er bereits so früh auf der Matte stand.

Der Reporter blieb noch zwei Minuten im Bett sitzen und genoß die Wärme der Sonnenstrahlen, die durchs Fenster in den Raum fielen. Dann schlug er die Decke zurück und schlurfte nach nebenan ins Bad. Sein erster Gang führte zur Toilette, um gewaltige Mengen von Scotch, Bourbon und Tequila zu entsorgen, der zweite zurück ins Zimmer, um seinen Kulturbeutel aus dem Reisekoffer zu holen.

Anderson rasierte sich sorgfältig, während er Wasser in die klobige alte Badewanne laufen ließ. Als sie beinahe voll war, stieg er hinein, lehnte sich zurück und versuchte sich in dem warmen Wasser zu entspannen. Das aber erwies sich als schwierig, da er mit seinen Gedanken die ganze Zeit über bei dem war, was ihm Corporal Kosnar und der Fischer Jonas erzählt hatten.

Was ging im Teufelsdreieck vor? Hatte das Verschwinden der Schiffe und nicht zuletzt auch von Flight 19 tatsächlich damit zu tun, daß dort andere physikalische Gesetze als sonst herrschten? Er vermochte es nicht zu sagen, hoffte jedoch, heute ein wenig Licht ins Dunkel dieses mysteriösen Falls bringen zu können.

Nachdem er sich abgetrocknet hatte, rief er unten in der Rezeption an. Ein Bursche namens Nathan hatte die Puertoricanerin von gestern abend abgelöst. Anderson bestellte ein üppiges Frühstück, bestehend aus Brot, Aufschnitt, Käse, Bratkartoffeln mit Würstchen, Kaffee und Orangensaft. Nathan versprach, daß der Zimmerservice das Gewünschte in zehn Minuten bringen würde.

Der Reporter verbrachte die Wartezeit damit, Hosen, Hemd und Uniformjacke auf dem Bett auszubreiten, die Halbschuhe mit einem sauberen Tuch auf Hochglanz zu polieren und die erste Zigarette des Tages zu rauchen. Eine Viertelstunde später kam sein Frühstück, serviert von einem schlanken Blondschopf mit Sommersprossen. Anderson drückte ihm einen Quarter Trinkgeld in die Hand und machte sich mit wahrem Heißhunger über sein Mahl her.

Als er nach dem Frühstück aufstand, fiel sein Blick auf die Whiskeyflasche auf dem Nachttisch. Ein kleiner Rest Scotch war noch darin. Auf dem Weg zum Bett aber wurde ihm bewußt, daß es überaus untypisch für einen Saubermann von der Luftwaffeninspektion gewesen wäre, mit einer Whiskeyfahne auf dem Stützpunkt zu erscheinen. Also begnügte er sich mit einer zweiten Zigarette und betrachtete rauchend die Uniform, während er versuchte, sich einen Schlachtplan für seinen Besuch in Pompano Beach zurechtzulegen. Doch nach einer Weile gab er es auf. Er hatte nicht die geringste Ahnung, was ihn auf dem Stützpunkt erwarten würde, welche Probleme sich ergaben. Es war besser, alles auf sich zukommen zu lassen.

Dann hatte er aufgeraucht, und die Gnadenfrist war vorbei.

Ein wenig unwohl war ihm schon in seiner Haut, als er Hemd und Hose vom Bett nahm und anfing sich anzuziehen, doch als er schließlich die Jacke überstreifte und die Mütze aufsetzte, wußte er, wie er sich verhalten mußte, um glaubhaft zu wirken: cool, reserviert, von oben herab, sachlich. Als könne er jedem den Arsch aufreißen, der ihm dumm kam, ohne sich selbst dabei auch nur die Finger schmutzig zu machen.

Nachdem er ein wenig im Zimmer auf und ab gelaufen war, um sich an die Uniform zu gewöhnen, ging er zum Schrank, stellte sich auf die Zehenspitzen und holte den Colt herunter. Er ließ das Magazin aus dem Schaft gleiten, preßte es wieder hinein und zog ruckartig den Schlitten durch, um eine Kugel in den Lauf zu hebeln. Dann schob er die Pistole ins Hüftholster und verließ den Raum.

2.

Das Pompano Beach Army Airfield lag ein wenig außerhalb von Fort Lauderdale, unweit des South New River Canals, und war fast schon so etwas wie eine Stadt für sich. Als Anderson den Ford den Apalachee Parkway hinabscheuchte, an der Peripherie des mit hohen Stacheldrahtzäunen gesicherten Geländes entlang, konnte er sich ein erstes Bild von der Anlage verschaffen.

Der Stützpunkt dehnte sich mehrere Meilen nach Norden und Westen aus, ein gewaltiges Quadrat inmitten des üppigen Grüns der Everglades, die das Areal zu allen Seiten umgaben. Pompano Beach war in mehrere verschieden große Abschnitte unterteilt; während in dem einen vornehmlich mehrgeschossige graue Betonklötze aufragten, die vermutlich die Verwaltung beherbergten, reihte sich in einem anderen eine Baracke an die nächste – dort mußten die Soldaten mit ihren Familien wohnen, die bloß vorübergehend hier stationiert waren. Ein weiterer Teil der Anlage wurde von gewaltigen, halbrunden Hangars und Schuppen beherrscht; davor standen einige Flugzeuge. Dahinter ragte der Tower der Flugsicherung auf, ein hoher Turm mit oben umlaufenden Fenstern, der wie ein aufsteigender Atompilz über Pompano Beach zu schweben schien. Mehrere Landebahnen durchschnitten das Gebiet.

Andersons Unruhe wuchs, als er an einer Patrouille vorbeikam, die jenseits des Zauns marschierte, zwei Soldaten mit MPs über dem Arm und ein dritter mit einem deutschen Schäferhund an der Leine. Er behielt sie im Auge, bis sie aus dem Rückspiegel verschwanden. Einen Moment später tauchte vor ihm das Haupttor des Stützpunkts auf, und die Soldaten waren mit einem Schlag vergessen.

Er atmete noch einmal tief durch. Dann zog er den Ford in die Kurve, ging vom Gas und kam direkt vor der gestreiften Schranke zum Stehen. Dahinter führte die Straße schnurgerade zu den Verwaltungsgebäuden, beziehungsweise was er dafür hielt.

Der Wagen stand noch nicht ganz, als aus dem Wärterhäuschen bereits zwei Uniformierte auftauchten, beide noch sehr jung. Einer hatte eine Maschinenpistole bei sich. Die Morgensonne spiegelte sich im matten Metall ihrer Stahlhelme.

Der kleinere der beiden – kleine dunkle Augen, mit einer

leicht nach oben gebogenen Nase, was ihm gewisse Ähnlichkeit mit einem Ferkel bescherte – nickte ihm zu. »Guten Morgen, Sir.« Er war überaus höflich; natürlich, schließlich hatte er Andersons Rangabzeichen bemerkt. »Gehören Sie zum Inspektionsteam unter General Hummel, das heute morgen den Stützpunkt besichtigt?«

Einen Moment lang war in Andersons Innerem alles in Aufruhr, dann jedoch überkam ihn mit einemmal eine ungeheure Ruhe; plötzlich schienen all seine Ängste und Selbstzweifel sich in nichts aufzulösen. Er nickte dem jungen Soldaten zu, lächelte aber nicht. »Commander Anderson«, erklärte er knapp. »Ich werde erwartet.«

»Dürfte ich kurz Ihre Papiere sehen, Commander?«

Ohne zu zögern, griff er in die Innentasche seiner Uniformjacke und hielt ihm das Dokument hin. Der Sergeant faltete es auseinander, warf einen flüchtigen Blick darauf und gab es ihm sogleich wieder zurück.

»Alles in Ordnung, Sir.«

Anderson nickte, als hätte er nichts anderes erwartet.

Schließlich gab der Sergeant seinem Kameraden mit der Maschinenpistole ein Handzeichen, daß Anderson passieren durfte. Der Bewaffnete ließ die Schranke hoch, der Weg in die Löwenhöhle war frei.

»Einen schönen Tag noch, Sir.«

Anderson tippte mit dem Zeigefinger gegen die Krempe seiner Mütze und fuhr weiter. Die Schranke blieb hinter ihm zurück. Rechts am Straßenrand parkte ein Jeep. Auf dem Beifahrersitz stand ein Major in grünem Drillich und brüllte einer Gruppe von zwei Dutzend Rekruten, die in kompletter Marschmontur auf dem Rasen Liegestütze machten, wüste Beschimpfungen zu.

»Jetzt aber ran, ihr faulen Ärsche!« schrie er. »Ich will, daß ihr den Dreck küßt, als wär's der Arsch eurer Alten! Ganz runter mit den Nasen! Und den Hintern hoch! Kommt schon, ihr Weicheier, ihr kennt das doch! Rauf, runter, rauf, runter! Na, was ist? Gebt euch mal 'n bißchen Mühe, bevor ich auf die Idee komme, ihr gottverdammten Schwuchteln habt noch nie 'ne Muschi von innen gesehen!«

Kopfschüttelnd fuhr Anderson weiter.

Genau das hatte er am Militär immer gehaßt.

Unmittelbar vor dem Verwaltungsviertel des Stützpunktes war eine Kreuzung. Der Reporter orientierte sich am Tower wie ein Seefahrer am Nordstern und bog nach rechts ab. Ein Moskito, vollgesogen mit Blut, klatschte gegen die Windschutzscheibe, um auf dem Sicherheitsglas einen häßlichen rotschwarzen Fleck zu hinterlassen.

Linker Hand glitten die Rückseiten mehrerer Baracken vorbei. Hinter einem der Gebäude saßen zwei Mädchen im trockenen Gras und spielten mit ihren Puppen. Sie beachteten Anderson nicht; ihm war das nur recht. Je weniger Menschen auf dem Stützpunkt Notiz von ihm nahmen, desto besser.

Nach zweihundert Metern beschrieb die Straße eine Kurve, danach führte sie geradeaus weiter. Das Barackenviertel blieb zurück; dafür ragten rechts von ihm die Hangars auf, riesige grüne Blechbüchsen, in denen Dutzende der unterschiedlichsten Flugzeuge standen. Hinter den Hangars öffnete sich das Gelände zu einer weiten Fläche. Hier schnitten zwei Landebahnen wie staubige graue Flüsse durch das Grün der Landschaft.

Anderson prägte sich alles genau ein: die Lage der Hangars, die Bezeichnungen an den Schiebetüren, die Typen von Maschinen, die er von hier aus erkennen konnte. Möglicherweise würde es später wichtig sein zu wissen, wo sich was befand.

Der Tower wuchs vor ihm in die Höhe, bis er schließlich

zwanzig Meter hoch aufragte. In den Scheiben spiegelte sich die Sonne. Ein Schwarm Graureiher zog in strenger Keilformation über den Stützpunkt hinweg.

Anderson brachte den Wagen am Fuß des Towers zum Stehen, stieg aus und nahm die Sonnenbrille ab. Von den Hangars drang das Stottern eines anlaufenden Motors herüber. Er schob die Brille in die Tasche, rückte seine Mütze zurecht und ging zur Stahltür des Turms.

Drinnen war es kühl. Die Metallstufen klackten hohl unter seinen Schuhen, als er die Treppe nach oben stieg. Auf halbem Wege kam ihm ein Sergeant mit einem Klemmbrett unter dem Arm entgegen, salutierte flüchtig und eilte vorbei. Anderson hatte nicht einmal Gelegenheit, den Gruß zu erwidern. Seine hastigen Schritte hallten dumpf in dem Treppenschacht wider.

Kurz darauf stand Anderson oben vor der nächsten Stahltür, zog sie auf, betrat den Kontrollraum des Towers und ließ den Blick über die Apparaturen, Konsolen und Radarschirme gleiten. In der Ecke ratterte ein Fernschreiber. Abgesehen von zwei uniformierten Fluglotsen hielt sich niemand im Tower auf. Einer von ihnen saß mit Kopfhörern am Funkgerät, während sein Kamerad die Flugbewegungen auf dem Radar überwachte.

Der Reporter wartete, bis die Lotsen die Maschine, die sich gerade im Landeanflug befand, sicher runtergeholt hatten, ehe er sich dezent räusperte.

Der Sergeant am Radarschirm wandte sich zu ihm um. Als er Anderson sah, sprang er auf, stand stramm und salutierte.

»Offizier im Raum!« bellte der junge Soldat, als müßte er sich über Bataillone grölender Kameraden hinweg verständlich machen. Im Grunde fehlte bloß noch, daß er krachend die Hacken zusammenschlug.

Der andere Lotse erhob sich ebenfalls und salutierte.

Anderson erwiderte den Gruß. »Rührt euch, Männer!«
Die Soldaten gehorchten.
»Sie wissen, warum ich hier bin?« fragte Anderson kühl.
Der Funker nickte; hinter der Nickelbrille schimmerten die hellen blauen Augen eines Kindes, das noch keine Ahnung davon hatte, wie schlecht die Welt sein konnte. »Sie gehören zum Inspektionsteam von General Hummel, Sir«, erklärte er eifrig. »Man hat uns Ihr Kommen bereits angekündigt, auch wenn wir Sie noch nicht so früh erwartet haben.«
Bei diesen Worten fuhr Anderson ein eisiger Schreck durch die Glieder, doch seine Miene blieb so unbewegt wie Granit. Ohne dem Sergeant etwas zu erwidern, trat er an die Reihen der Radarschirme, auf denen sich blinkende Punkte hin und her bewegten, und blieb schließlich vor dem Magnetrecorder stehen. Das Gerät teilte den Tower in zwei Hälften; in den Regalen daneben reihten sich sorgsam beschriftete Bänder aneinander.
Anderson verschränkte die Arme hinter dem Rücken. »Bewahren Sie sämtliche Radaraufzeichnungen hier auf?«
Der Funker nickte. »Alle von den letzten fünf Jahren, Sir.«
Der Reporter beugte sich vor und ging die Beschriftungen an den Rückseiten der Bänder durch. Die Aufzeichnungen waren nach den Kalenderwochen der einzelnen Jahre geordnet; 1945 stand auf einem der oberen Bretter.
Januar ... Juli ... Oktober.
Dann, endlich, Dezember.
Neugierig nahm er die Bänder näher in Augenschein, zog die Plastikbox mit der Beschriftung 1/12/1945 heraus, klappte sie auf – und verkniff sich einen gottverdammten Fluch.
Die Box war leer.
»Ist irgendwas, Sir?« erkundigte sich der Sergeant, der

das Radar überwacht hatte. Seine Stimme klang ein bißchen heiser.

Anderson antwortete, ohne sich umzudrehen: »Das Magnetband mit den Aufzeichnungen der ersten Dezemberwoche 1945 fehlt. Sagten Sie nicht eben, hier seien *alle* Bänder der letzten fünf Jahre gesammelt?«

»Doch, Sir«, bestätigte der Sergeant.

Mit der leeren Box in der Hand wandte Anderson sich um. »Nun, und wo befindet sich dann dieses Band?« Er warf den beiden Lotsen einen eisigen Blick zu. »Können Sie mir das sagen?«

Die Soldaten schüttelten nur stumm den Kopf.

Anderson knallte die leere Box so wuchtig auf den nächsten Schreibtisch, daß der Funker erschrocken zusammenzuckte. »Was ist das hier für eine gottverfluchte Scheiße?« fuhr er sie harsch an. »Ein Blick ins Regal, ein Handgriff, und das ganze Kartenhaus fällt in sich zusammen!« Drohend baute er sich vor den Lotsen auf. »Das wird sich in meinem Bericht nicht gut ausmachen, fürchte ich«, fuhr er gefährlich leise fort. »Allerdings …«

Hoffnung leuchtete in den Augen des Funkers auf. »Ja?«

»Wer hatte damals hier Dienst?« wechselte der Reporter scheinbar das Thema. »Anfang Dezember 1945?«

Die beiden Soldaten wechselten einen Blick.

»Na, das war der alte Sully, Sir«, sagte dann einer.

Anderson furchte die Stirn. »Sully? Sully Wer? Mann, lassen Sie sich doch nicht jedes Wort einzeln aus der Nase ziehen!«

»Sully Walsh, Sir«, konkretisierte der Sergeant. »Er war zu der Zeit der Hauptlotse, bevor er Anfang 1946 in den Ruhestand ging.« Beinahe entschuldigend fügte er hinzu: »Er war ja auch schon ziemlich alt.«

Anderson ging nicht darauf ein. »Und haben Sie eine Ahnung, wo man diesen Mr. Walsh derzeit finden kann, Sergeant?«

Der Funker zuckte mit den Schultern. »Soviel ich weiß, lebt er in einem Seniorenheim, drüben in Palm Beach. Wenn ich mich recht entsinne, gab es damals auch noch einen anderen Flight Controller als heute, aber an seinen Namen kann ich mich beim besten Willen nicht erinnern. Du?« Er wandte sich an seinen Kameraden.

Der Angesprochene schüttelte den Kopf. »Tut mir leid.«

Anderson grunzte mißmutig, ging zum Fenster und sah hinaus. Von hier oben aus hatte man einen wunderbaren Blick auf das Häusermeer von Fort Lauderdale. Er ließ die Männer eine Weile zappeln, bevor er sich wieder umdrehte. Man sah ihnen an, daß sie im Moment gerne irgendwo anders gewesen wären.

»Frage«, sagte er knapp. »Existieren noch andere Unterlagen oder Aufzeichnungen des Towers? Protokolle des Funkverkehrs, Dokumente über ungewöhnliche Vorkommnisse, etwas in der Art?«

Der Funker trat nervös von einem Fuß auf den anderen. »Ich fürchte, dazu können wir Ihnen nichts sagen, Sir. Fragen Sie drüben im Archiv nach. Vielleicht weiß man da mehr. Ich meine, Sie kennen diesen Verein doch, Sir. Wir sind hier nur Schütze Arsch. Uns sagt keiner was, wenn er nicht muß. So ist es doch, Hank, oder?« Er stieß seinen Freund auffordernd mit dem Ellbogen an.

Hank nickte zögernd; sein Lächeln war gequält.

Anderson gab sich großmütig. »Na, wenn das so ist ... Und wo kann ich dieses Archiv finden?«

»Im Verwaltungsblock C2«, erklärte der Funker eifrig, als würde er eine Chance wittern, ihn schnell wieder loszuwerden. »Gleich gegenüber der MP-Baracke. Nicht zu verfehlen.«

Anderson nahm es zur Kenntnis. Er überlegte, ob es weitere Dinge gab, die er die Fluglotsen fragen wollte, doch ihm fiel nichts ein, und so verabschiedete er sich mit knappen Worten. Als er zur Tür ging, salutierten die Lotsen zakkig, und diesmal schlug der Funker wirklich krachend seine Hacken zusammen; aber erst im Treppenhaus gestattete der Reporter sich ein Grinsen.

Wieviel so eine Uniform doch ausmachte ...

Er verließ den Tower und stieg in den Mustang. Dort zog er seinen Schreibblock aus der Tasche und notierte sich kurz, was die Soldaten ihm über diesen Sully Walsh gesagt hatten. Wenn er tatsächlich in einem Altersheim in Palm Beach lebte, mußte es möglich sein, ihn ausfindig zu machen. Er würde sich darum kümmern, sobald er wieder im Hotel war.

Er startete den Ford und fuhr den Weg zurück, den er vor kaum einer halben Stunde gekommen war. Noch immer spielten die beiden Mädchen selbstvergessen hinter den Wohnbaracken.

An der Kreuzung bog Anderson nach rechts ab und rollte ins Verwaltungsviertel des Pompano Beach Army Airfield. Zu beiden Seiten der Straße schoben sich die Betonblöcke in den wolkenlosen Himmel. Zwischen den Gebäuden staute sich die Hitze, aber zumindest war es schattig. Als er an einem Laden vorbeikam, vor dem ein Junge am Bordstein saß und an einem Eis leckte, bog direkt vor Anderson aus einer Stichstraße ein Jeep auf die Fahrbahn, hinter dem Steuer ein stiernackiger Bursche mit kahlgeschorenem Kopf und MP-Armbinde. Da der Reporter annahm, daß der MP unterwegs zum Hauptquartier der Militärpolizei war, ließ er sich von ihm durch das komplizierte System der Bürogebäude lotsen, bis der Jeep nach drei Minuten schließlich vor einem weißen Bungalow zum Stehen kam.

Der Stiernacken sprang aus dem Wagen und verschwand im Laufschritt in dem Bau, vor dem ein Dutzend weiterer Rover parkten. Ein Sergeant in Drillich saß vor dem Gebäude auf der Treppe und rauchte eine Zigarette.

Anderson hielt vor dem Haus auf der anderen Straßenseite, ebenfalls ein Bungalow, ebenso steril weiß gestrichen. Die Fenster waren verdunkelt mit Jalousien, und auf der oberen Hälfte der Milchglastür stand in schwarzen Lettern das Wort ARCHIV. Obwohl ihn die Ansammlung von Militärpolizei gegenüber mit Unwohlsein erfüllte, würdigte er das Gebäude, in dem der MP verschwunden war, keines Blickes, als er aus dem Ford kletterte und die drei Stufen zum Eingang des Archivs hinaufging.

Anderson griff nach dem Türknauf. Der Geruch von Bohnerwachs, Staub und altem Papier schlug ihm entgegen, als er den Bau betrat. Er wartete einen Moment, bis sich seine Augen an das Zwielicht gewöhnt hatten, bevor er sich wieder in Bewegung setzte und den Korridor hinabging. Kein Mensch war zu sehen. Da an den Türen, die auf beiden Seiten abgingen, keine Schilder angebracht waren, klopfte er einfach wahllos irgendwo an. Beim erstenmal hatte er keinen Erfolg, auch beim zweiten Versuch nicht. Mürrisch marschierte er weiter und hob gerade zum drittenmal die Hand, als die Tür unvermittelt von innen geöffnet wurde und er mit einer jungen Frau in Uniform zusammenstieß, die einen Stapel Bücher auf dem Arm balancierte. Sie keuchte überrascht, fing sich wieder und schaffte es irgendwie, daß keiner der Bände zu Boden fiel.

»Sie haben mich erschreckt«, sagte sie vorwurfsvoll.

»Tut mir leid«, sagte er. »Das war nicht meine Absicht.«

»Und *was* war Ihre Absicht?«

Er lächelte. »Nun, eigentlich wollte ich gerade anklopfen. Ich bin auf der Suche nach jemandem, der mir sagen kann, wo ich in diesem Labyrinth hier –«, er deutete auf die unzähligen Türen »– gewisse Unterlagen finde. Wären Sie vielleicht dazu imstande, Miß ...«

»Lance Corporal Denise Adams«, stellte sie sich vor. »Ich würde ja salutieren, Commander, aber ...« Sie hob die Bücher.

Der Reporter schmunzelte. Ihre unbefangene Art gefiel ihm. »Wenn Sie mir tatsächlich weiterhelfen können, dürfen Sie tun und lassen, was Sie wollen, Corporal.«

Sie erwiderte sein Lächeln; in den Mundwinkeln und um die großen blauen Augen herum bildeten sich winzige Fältchen. »Bei Gelegenheit werde ich Sie beim Wort nehmen, Commander. – Was genau suchen Sie denn?«

»Unterlagen über Flight 19«, erklärte er unumwunden.

Sie runzelte die Stirn. »Die verschwundene Bomberstaffel?« Als er nickte, dachte sie einen Moment nach und sagte dann: »Doch, ich glaube, wir haben einige Dokumente über den Vorfall. Bitte, folgen Sie mir.« Sie ließ die Tür hinter sich zugleiten und ging mit dem Bücherstapel im Arm den schattigen Korridor hinunter.

Anderson folgte ihr.

Vor einer Tür ziemlich am Ende des Gangs hielt sie an, stellte den Bücherstapel ab und zog im Hochkommen einen großen Schlüsselbund aus der Tasche. Kurz darauf war die Tür offen, und der Reporter fand sich inmitten deckenhoher Aktenschränke wieder, die jede Wand des kleinen, fensterlosen Raumes beherrschten. Im Zentrum der Kammer stand ein Metalltisch mit zwei Plastikstühlen. Von der Decke baumelte eine nackte Glühbirne, die ihre Schatten verzerrt auf den Betonboden warf.

Denise Adams ging zu einem der Schränke. »Flight 19, ja?«

Anderson nickte.

Sie öffnete einen Schrank, zog eine Schublade auf und überflog mit flinken Fingern die beschrifteten Rücken der Akten. Anderson ließ sich auf die Tischkante sinken und wartete ungeduldig. Als die junge Frau die nächste Schublade aufzog, sank seine Hoffnung schlagartig, hier irgend etwas zu finden, das ihm weiterhelfen würde. Um so größer war seine Überraschung, als sie ihm schließlich eine Akte hinhielt.

»So, hier haben wir es – Flight 19.«

Er streckte die Hand nach der Mappe aus, doch sie zog sie zurück.

»Dieses Material ist Level-3-klassifiziert«, erklärte sie. »Ich muß Sie deshalb bitten, mir Ihre Papiere zu zeigen. Sie verstehen, die Vorschriften.« Sie lächelte.

»Natürlich.« Er holte die gefälschten Dokumente hervor und gab sie ihr. Corporal Adams besah sie weit genauer als der Sergeant am Tor; dann gab sie ihm die Papiere zusammen mit der Akte zurück.

Fast ehrfürchtig nahm Anderson die Mappe entgegen. Auf dem beigen Kartonumschlag stand: FLIGHT 19 – UNTERSUCHUNGSBERICHT. Er schenkte der jungen Frau ein Lächeln. »Sie sind ein Engel, Corporal. Das ist genau, was ich gesucht habe.«

Sie schmunzelte. »Ein Engel, hm?«

»Absolut«, bestätigte er.

Sie klimperte mit dem Schlüsselbund, schob die Lade wieder zu und schloß den Schrank ab. »Tja, der Engel muß sich jetzt leider für einen Moment entschuldigen, fürchte ich. Es macht Ihnen doch nichts aus, ein paar Minuten allein zu bleiben, oder? Ich muß die Bücher ins Lager bringen.«

Anderson grinste. »Nicht, wenn Sie versprechen, so schnell wie möglich wieder zurückzukommen.«

Sie versprach es, nahm die Bücher wieder auf und warf ihm, bevor sie um die Ecke verschwand, einen Blick zu, den er nicht recht zu deuten vermochte. Ihre Schritte entfernten sich auf dem Korridor. Zurück blieb der dezente Duft ihres Parfüms, wie Rosen an einem Frühlingstag.

Wie Zara, dachte er benommen. *Sie riecht genau wie Zara …*

Er zwang sich, sich auf das zu konzentrieren, weshalb er hier war, setzte sich auf einen der Stühle und schlug erwartungsvoll die Akte auf.

Doch sie enthielt keine Informationen, die er nicht bereits von Taylor und Powers erhalten hatte. Dies war nur das Material, das auch offiziell freigegeben war, Protokolle über die Befragung des Chefmechanikers, des Flugoffiziers und auch Corporal Allan Kosnars. Im Abschlußkapitel wurde die Vermutung geäußert, der »Absturz« von Flight 19 sei entweder durch menschliches Versagen oder einen technischen Defekt verursacht worden. Ansonsten war alles überaus vage, nebulös; nichts Konkretes. Interessant schien einzig, die letzte Positionsangabe der Bomberstaffel: 29° 35′ Nord, 81° 28′ West. Er holte den Notizblock vor und schrieb sich die Daten auf. Dann sah er hinaus auf den Korridor.

Lance Corporal Adams war seit vielleicht fünf Minuten fort, doch noch schien sie nicht auf dem Rückweg vom Lager zu sein; draußen auf dem Gang war alles ruhig. Sein Blick schweifte zu der Schublade, aus der sie die Akte genommen hatte. Einen Moment lang zögerte er. Dann stemmte er sich in die Höhe, ging zu dem Aktenschrank und fluchte leise, als er sich erinnerte, wie sie ihn wieder abgeschlossen hatte. Wütend zerrte er am Griff der Lade, doch es rührte sich nichts.

Hastig schaute er sich im Raum um, suchte nach etwas,

das er benutzen konnte, um das Schrankschloß zu knakken, fand aber nichts. Dann fiel ihm seine Sonnenbrille ein. Er zog sie aus der Tasche, brach den linken Metallbügel ab, bog ihn ein wenig zurecht und schob das Ende ins Schloß. Behutsam drehte er das Metallstück hin und her, hin und her, ganz behutsam, bis er endlich spürte, wie er an einem Widerstand hängenblieb. Angespannt drehte er den Bügel mit einem Ruck nach rechts.

Es klickte leise; der Schrank war offen.

»Na, wer sagt's denn«, murmelte der Reporter, steckte die ruinierte Brille ein und zog die Lade auf. Eilig ging er die darin befindlichen Unterlagen durch. Er suchte nach den Namen der verschollenen Besatzungsmitglieder von Flight 19, nach den Stichworten Mordstein und Teufelsdreieck, doch er hatte kein Glück; nichts davon fand er.

Dann, als er gerade resigniert aufgeben wollte, fiel sein Blick auf eine Akte, die den Namen BERMUDADREIECK trug. Neugierig zog er die Mappe aus der Schublade und schlug sie auf. Sagte Corporal Kosnar nicht, daß das Teufelsdreieck irgend etwas mit den Grand Bahamas zu tun hatte?

Im ersten Moment war er enttäuscht. Denn die Akte enthielt nichts weiter als eine mehrere Seite lange Liste mit Kurzangaben zu verschiedenen Schiffen und Booten, scheinbar zusammenhangslos aneinandergereiht, doch als er die Blätter durchging und ihm auf der vorletzten Seite der Name *USS Cyclops* ins Auge fiel, stockte er. Mit neu erwachtem Interesse nahm er sich die Liste nochmals vor. Als er sie endlich sinken ließ, konnte er kaum glauben, was er gelesen hatte.

Die Liste bestand aus einer akribischen Zusammenstellung sämtlicher Schiffe, Boote, Schoner und Segler, die im Teufels- oder, wie es hier hieß, Bermudadreieck seit dem

Jahre 1800 verschollen waren. Insgesamt gab es ungefähr zweihundert Einträge, der letzte vom vergangenen April, als ein Schlepper namens *Wild Goose* mit vier Personen an Bord in der Gegend von Bimini spurlos verschwunden war.

Doch nicht alle Einträge bezogen sich auf Schiffe. Aus den Unterlagen ging hervor, daß die fünf Bomber von Flight 19 keineswegs die ersten Flugzeuge gewesen waren, die im Teufelsdreieck verschwanden.

Schon im Juni 1931 war ein Eindecker namens *Curtiss Robin,* der einem Whiskeyschmuggler gehört hatte, in diesem Seegebiet verschollen. Keine zwei Jahre später wurde ein »Waco«-Doppeldecker mit drei Personen an Bord zwischen Havanna und den Ile des Pins vermißt. Danach dauerte es bis 1943, ehe das nächste Flugzeug abhanden kam, diesmal mit neunzehn Passagieren. Im Oktober 1944 folgten zwei nicht näher definierte Flugzeuge der Army Air Force, und die bildeten den Auftakt zu einer regelrechten Welle des Verschwindens von Flugmaschinen, die ihren Höhepunkt schließlich zwischen Januar und Dezember 1945 erreichte.

Andersons Augen glitten gebannt über die Zeilen.

Vor dem Verschwinden von Flight 19 am 5. Dezember waren den Unterlagen zufolge im Laufe des Jahres insgesamt neun weitere Flugzeuge im Teufelsdreieck verschollen, darunter eine B 25, eine Privateer und eine komplette Staffel der Army, genau wie Flight 19 aus fünf Maschinen bestehend. Dann kehrte für zwei Jahre Ruhe ein, bevor im Juli 1947 ein weiterer Bomber in dem Gebiet vermißt wurde.

Anderson war fassungslos. Wenn all diese Angaben stimmten – und daran hatte er keinerlei Zweifel –, bedeutete das, daß die Army Air Force jahrelang das Verschwinden von etlichen ihrer eigenen Maschinen vertuscht hatte, weshalb heute noch immer die Meinung vorherrschte, mit Flight 19 seien erstmals Flugzeuge im Teufelsdreieck verlorengegangen. Eines nur war seltsam: Zwischenfälle dieser Art konnte man vielleicht vor der Öffentlichkeit geheimhalten, aber auf keinen Fall vor den eigenen Leuten. Immerhin befanden sich an Bord dieser Maschinen Piloten, Funker und Mechaniker, die genau wie die Männer von Flight 19 Angehörige haben mußten, Freunde und Bekannte.

Warum hatten sie geschwiegen?

Bevor er eine Antwort auf diese Frage finden konnte, fiel im Korridor eine Tür ins Schloß und Schritte näherten sich dem Archiv.

Für einen kurzen Moment war Anderson wie erstarrt. Dann brach er in hektische Betriebsamkeit aus. Er steckte die Akte in die Lade zurück, schob sie zu und war eine Sekunde später beim Tisch. Als Lance Corporal Adams gleich darauf in der Tür auftauchte, sah er lächelnd von der FLIGHT-19-Akte auf, schlug sie zu und erhob sich.

»Und?« fragte sie. »Alles erledigt?«

Er reichte ihr die Mappe. »Alles erledigt. Vielen Dank.«

»Kann ich Ihnen sonst noch irgendwie behilflich sein, Sir?«

Er schüttelte den Kopf. »Im Augenblick nicht. Aber das kann sich schließlich schnell ändern, nicht wahr?«

Sie schmunzelte. »Wenn Sie es sagen, Commander.«

Um das Gespräch zum Abschluß zu bringen, warf der Reporter einen demonstrativen Blick auf seine Uhr. »Oh, schon fast elf. Ich fürchte, ich muß Sie jetzt verlassen.« Er schob sich an ihr vorbei, hinaus auf den Korridor; wieder stieg ihm der Duft ihres Parfüms in die Nase, und wieder beschwor er Erinnerungen an vergangene, bessere Zeiten herauf. Doch er ließ sich nichts anmerken, dankte ihr erneut für ihre Hilfe und verabschiedete sich. Aus irgendeinem Grund hatte er das Gefühl, ihre Blicke im Rücken zu spüren, als er den Flur hinabmarschierte, doch er widerstand dem Drang, sich umzudrehen.

Dann war er draußen im Freien, wo die Hitze gierig wie ein ausgehungerter Coyote über ihn herfiel. Er ging schnell zum Parkplatz, zog den Zündschüssel aus der Tasche und wollte eben in den Mustang steigen, als auf der anderen Straßenseite mit einemmal die Eingangstür des MP-Hauptquartiers geöffnet wurde und eine Gruppe uniformierter Männer, flankiert von mehreren Militärpolizisten, herauskam. Die Offiziere waren ins Gespräch vertieft, so daß niemand auf den Reporter achtete. Sie gingen zu den Jeeps und verteilten sich auf drei Fahrzeuge.

Einer nach dem anderen erwachten die Motoren brummend zum Leben. Schließlich setzte der erste Jeep auf die Straße zurück, und die Morgensonne ließ die unzähligen Orden und Ehrenabzeichen an der Brust des Offiziers auf dem Beifahrersitz aufblitzen.

Da stockte Anderson plötzlich der Atem; sein Herz krampfte sich schmerzhaft zusammen, als würde es von einer unsichtbaren Faust zerquetscht.

Er kannte den Soldaten.

Zuletzt hatte er ihn vor gut einem halben Jahr in einer Lagerhalle im Marinehafen von Philadelphia gesehen, kurz bevor er gezwungen gewesen war, sich mit dem Messer den Ringfinger und den kleinen Finger der linken Hand abzutrennen.

Es war Admiral Bowen – der Mann, der die Verantwortung für den Tod von Andersons Frau trug …

3.

Die Erkenntnis traf Anderson wie ein Stromschlag. Wut und Haß, heiß und blendend, loderten in ihm auf. Automatisch glitt seine Hand zum Hüftholster, löste den Verschluß, und seine Finger schlossen sich um den Griff der Waffe, während er Zaras Mörder nicht eine Sekunde aus den Augen verlor.

Admiral James Bowen lehnte sich zurück und ließ die Augen hinter den schwarzen Gläsern einer Sonnenbrille verschwinden. Er würdigte Anderson keines Blickes.

Der Fahrer des Jeeps hatte inzwischen den Vorwärtsgang eingelegt und fuhr an Anderson vorbei. Der stand reglos neben dem Ford, die Hand am Griff der Pistole, das Gesicht eine ausdruckslose Maske, wie ein Zombie.

Mit einemmal schien sich die Welt langsamer zu drehen, in einer Abfolge von Einzelbildern. Gemächlich rollte der Jeep die Straße hinab, während der zweite Wagen vom Parkplatz fuhr. Die Reifen wirbelten Staub und Sand auf, der sich wie ein dünner, gelber Mantel über den rissigen Asphalt legte. Bowen strich sich mit den Fingern durch sein kurzgeschorenes, fast weißes Haar. Anderson zog die Waffe so weit aus dem Halfter, daß der Zeigefinger den Abzug fand. Eine Kugel war im Lauf. Er brauchte den Colt nur zu entsichern, ihn hochzureißen und abzudrücken. Ganz einfach.

Als würde Bowen die Gefahr spüren, drehte er sich plötzlich um und schaute zurück, genau in Andersons Richtung. Für einen Moment sahen sie sich direkt in die Augen, Sekundenbruchteile dehnten sich zur Ewigkeit. Der Reporter rechnete damit, daß Bowen Alarm schlagen würde, und entsicherte instinktiv mit dem Daumen den Colt. Dann jedoch wandte der Admiral sich wieder um, als wäre nichts geschehen, der Jeep bog um die Ecke, und die Welt drehte sich in normalem Tempo weiter.

Die anderen Wagen fuhren an Anderson vorbei, ohne daß einer der Soldaten ihn beachtete. Sein Kopf war völlig leer. Reglos starrte er dorthin, wo eben noch Bowen gewesen war.

»Commander Anderson?«

Hinter ihm hatte jemand seinen Namen gesagt.

Er erschrak so heftig, daß er im Reflex fast den Abzug gedrückt hätte. Hastig zog er die Hand weg, wirbelte herum. Auf der Treppe stand Denise Adams. Offenbar sah er fürchterlich aus, denn ihr Lächeln wich schlagartig einem Ausruck von Besorgnis. Mit zwei Schritten war sie bei ihm und packte ihn am Arm, als fürchtete sie, er könne jeden Moment ohnmächtig zusammenbrechen.

»Himmel, Commander! Geht es Ihnen nicht gut? Sie sehen aus, als hätten Sie gerade einen Geist erblickt.«

Anderson starrte sie benommen an. Mit versteinerter Miene murmelte er: »Mir geht es gut. Danke für Ihre Hilfe.« Dann riß er sich aus ihrem Griff los, schwang sich in den Ford und fuhr mit durchdrehenden Reifen an. Staub und kleine Steine spritzten darunter hervor, als er rasant beschleunigte. Corporal Adams sah ihm verblüfft nach.

Doch Anderson scherte es im Augenblick herzlich wenig, welchen Eindruck sie von ihm haben mochte. Sein einziger Gedanke galt Bowen. Er mußte ihm auf den Fersen bleiben; wenn schon nicht, um ihn zu töten, so doch zumindest, um herauszufinden, was er hier auf dem Stützpunkt trieb. Denn wenn Bowen in Pompano Beach war, mußte irgend etwas im Busch sein. Etwas Großes. Und der Reporter wollte wissen, was.

Als Anderson um die Kurve bog, sah er den letzten der drei Jeeps hundert Meter weiter hinter einer Baracke verschwinden. Er schaltete einen Gang höher, schloß auf und folgte den Wagen im Abstand von fünfzig Metern. Vorhin hatten die Soldaten ihm keinerlei Beachtung geschenkt; dann würden sie es jetzt auch nicht tun – zumindest hoffte er das.

Die kleine Wagenkolonne verließ den Schatten der Bürobauten und bog an der Kreuzung links ab, Richtung Tower. Anderson tat es ihnen gleich. Kurz darauf rollten die Jeeps neben einer der Rollbahnen vor die Hangars, wo mehrere Soldaten dabei waren, große Holzkisten in zwei JU-52-Transportmaschinen zu verladen. Weitere Männer standen in der Nähe und schienen nur auf den Admiral gewartet zu haben. Denn als Bowen behende aus dem Jeep stieg, nahmen sie ihn in die Mitte und verschwanden alle zusammen in einem der Hangars.

Der Reporter lenkte den Ford an den Straßenrand und hielt.

Er sah hinüber zu den beiden JU-52. Was waren das für Kisten, die die Soldaten von den Armeelastwagen in die Flugzeuge wuchteten? Sie waren so groß, daß es immer zwei Leute brauchte, um sie zu verladen.

Anderson nahm sich einen Moment Zeit, das Risiko abzuwägen. Dann stellte er den Motor ab, stieg aus den Wagen und ging über das Rollfeld auf die Transportmaschinen zu. Hier, wo die Gebäude offenem Land wichen, war der Wind stärker, ein heißer Luftzug, der den Geruch der Sümpfe mit sich brachte. Die Hitze über dem Asphalt flimmerte. Zügig und immer darauf gefaßt, daß Admiral Bowen unvermittelt wieder aus dem Hangar herauskam, marschierte Anderson zu den Flugzeugen. Neben einer der Maschinen stand ein Sergeant mit einem Klemmbrett im Arm; offenbar war es seine Aufgabe, dafür zu sorgen, daß die Ladung vollständig war.

Anderson trat neben ihn. »Sergeant?«

Der Soldat schaute ihn fragend an. »Sir?«

»Lief das Verladen bislang reibungslos?« Er gab sich, als wüßte er genau, was hier vor sich ging.

Der Sergeant nickte. »Vollkommen, Sir. Alles in Ordnung.«

»Wunderbar.« Anderson verschränkte die Arme vor der Brust und sah zu, wie die Soldaten unter sichtlicher Anstrengung weitere Kisten aus den Lastwagen luden. Alle waren mit schwarzen Ziffern zur Identifikation gekennzeichnet.

Während der Sergeant sich wieder seiner Liste zuwandte, um gewissenhaft jede einzelne verladene Kiste abzuhaken, warf der Reporter über dessen Schulter einen verstohlenen Blick auf die Papiere. Oben in der Ecke war der Zielort der insgesamt aus siebenundsechzig Kisten bestehenden Fracht angegeben: FREEPORT NAVAL BASE, FREEPORT, BAHAMAS.

Als der Sergeant Andersons Neugierde bemerkte, schien er etwas befremdet, aber er ließ sich nicht aus der Ruhe bringen. »Doch, sieht alles gut aus«, bestätigte er nochmals, auf die Liste deutend. »Wir sind gut in der Zeit. Ausgezeichnet.«

Da plötzlich geschah es.

Zwei Soldaten, die gerade eine Kiste aus einem Lastwagen hievten, rutschte ihre Last unversehens aus den Händen. Mit lautem Poltern krachte die Kiste zu Boden. Holz splitterte, und ein Teil des Inhalts breitete sich auf der Rollbahn aus.

Anderson kniff die Augen zusammen und stieß ein überraschtes Keuchen aus, als einer der Soldaten eine silbrige, wabenförmige Platte aufhob, von denen nun Dutzende auf dem Asphalt lagen. Er hatte solche Platten schon gesehen, damals, in Nevada, und zwar auf der Unterseite des neuartigen Flugzeugtyps, den die Army Air Force in der Area 51 abgeschottet vom Rest der Welt entwickelt und im geheimen getestet hatte. Er vermochte nicht zu sagen, woraus genau diese Platten bestanden oder was ihre Funktion war, was man hier damit wollte, doch eines begriff er sofort: daß es bei dieser ganzen verdammten Angelegenheit um mehr ging als um verschwundene Schiffe und eine verschollene Bomberstaffel.

Um sehr viel mehr ...

Da tauchten unvermittelt Bowen und die anderen Offiziere aus dem Hangar auf. Der Lärm mußte sie alarmiert haben. Laut fluchend eilte der Admiral auf die zersplitterte Kiste zu, wo die Soldaten eifrig damit beschäftigt waren, die verstreuten Platten wieder einzusammeln. Der Sergeant mit dem Klemmbrett hastete ebenfalls zum Lastwagen, und so achtete niemand auf Anderson, als er mit ausgreifenden Schritten zu seinem Wagen zurückmarschierte. Bowen durfte ihn nicht erkennen.

Nicht hier; nicht heute.

Während der Tumult bei den Hangars weiterging, öffnete er die Tür des Ford und ließ sich hinter das Lenkrad gleiten. Die Soldaten hatten den Inhalt der kaputten Kiste bereits wieder auf der Ladefläche des Lastwagens verstaut; Bowen stand neben ihnen und brüllte die Männer zusammen. Vermutlich konnten sie den Rest ihrer Militärzeit damit verbringen, die Latrinen der Mannschaftsunterkünfte zu säubern.

Anderson wartete eine Weile, bis der Admiral und seine Begleiter zu einer der beiden Transportmaschinen gingen und im Bauch des Flugzeugs verschwanden. Gleichzeitig wurde hinten die Ladeluke geschlossen, während die beiden Propeller an den Tragflächen sich dröhnend zu drehen begannen.

Als die JU-52 langsam anrollte, ließ Anderson den Mustang an und fuhr los. Im Rückspiegel sah er noch, wie das Flugzeug auf die Rollbahn einscherte. Dann bog er um die Ecke eines Bungalows, und die Maschine verschwand aus seinem Blickfeld. Doch er wußte auch so, wo er Admiral James Bowen finden würde, wenn es an der Zeit war, die Sache zum Abschluß zu bringen.

Auf der Freeport Naval Base, Freeport, Bahamas.

Vorher allerdings mußte er noch einige Dinge erledigen.

4.

Der Reporter hatte keinerlei Probleme, den Stützpunkt wieder zu verlassen. Die Soldaten an der Pforte ließen ihn passieren, ohne ihn anzuhalten; sie sahen den Ford kommen und klappten die Schranke hoch. Er nickte ihnen zu, als er auf den Highway fuhr, und behielt die Einfahrt so lange im Auge, bis er eine halbe Meile weit entfernt war. Erst dann fühlte er sich sicher und atmete vor Erleichterung tief durch. Er nahm die Mütze ab und legte sie auf den Beifahrersitz, wischte sich den Schweiß von der Stirn, zog die Zigaretten aus der Tasche.

Als er ein Zündholz am Armaturenbrett anriß und die kleine, tanzende Flamme an die Spitze der Kippe hielt, zitterten seine Finger so heftig, daß er sich beinahe verbrannte. Erst jetzt, wo die Angst wich, merkte er, wie angespannt er die ganze Zeit gewesen war, die Nerven waren wie Drahtseile kurz vorm Zerreißen.

Er inhalierte tief und trat das Gaspedal ganz durch. Der Motor röhrte auf; der Mustang schoß nach vorne. Mit fünfzig Meilen donnerte Anderson nach Ford Lauderdale zurück. Es war Mittagszeit. Der Verkehr hielt sich in Grenzen. Auch auf den Bürgersteigen waren kaum Leute unterwegs; selbst die Touristen verschanzten sich in ihren Hotelzimmern und Pensionen, um erst am späten Nachmittag wieder herauszukommen, wenn die Sonne an Kraft verlor und der auffrischende Seewind angenehme Kühle mit sich brachte.

Eine Weile fuhr er ziellos durch Fort Lauderdale, rauchte und versuchte, sein weiteres Vorgehen zu planen. Als nächstes mußte er mit diesem alten Fluglotsen sprechen, Sully Walsh. Möglicherweise würde er von ihm mehr darüber erfahren, was an jenem Tag vorgefallen war – vorausgesetzt, es gelang ihm, ihn zu finden. Anschließend würde er Kosnar einen zweiten Besuch abstatten, um das Gespräch zu Ende zu bringen, das gestern durch Kosnars Vollrausch so abrupt beendet worden war.

Aber zuerst ...

Als rechts am Straßenrand das Reklameschild eines Schnellrestaurants auftauchte, setzte er den Blinker und fuhr auf den kiesbestreuten Parkplatz. Er stellte den Mustang neben einem altersschwachen Plymouth ab, zog den Schlüssel ab und schob die Tür des Lokals auf. Sofort fielen die Gerüche von Bratenfett, verschüttetem Alkohol und Bohnerwachs über ihn her. Er schloß die Tür und sah sich um.

Der Schankraum war beinahe verwaist, nur an der Bar und an einem der Tische saßen eine Handvoll Gäste; die meisten hielten sich an Flüssignahrung. Die Tapeten waren verblichen und gelblich, genau wie die Zähne des mexikanischen Wirts, der ihn mit breitem Grinsen begrüßte, als er sich auf einen der leeren Hocker an der Theke setzte und zum Einstand einen doppelten Scotch orderte. Sobald er den Drink hinuntergestürzt und noch mal dasselbe bestellt hatte, ließ das Zittern seiner Hände langsam nach. Innerlich und äußerlich ruhiger, holte er seine Zigaretten hervor und erkundigte sich, ob ein einsamer Wanderer in diesem Etablissement auch etwas zu essen bekommen könne.

Das Grinsen des Mexikaners wurde noch breiter, wenn das überhaupt möglich war. »Aber sicher! Unsere Küche ist *superb*, General! Meine Mama kocht nach alten Familienrezepten. Alles mexikanisch. Danach essen Sie nie wieder was anderes!« Seine Augen blitzten enthusiastisch, als würde er tatsächlich meinen, was er sagte.

Der Reporter klopfte Asche von der Spitze seiner Zigarette. »Mexikanisch, hm? Wie ist denn das Chili?«

Der Wirt lachte. Seine fettigen schwarzen Haare lagen am Kopf an wie eine Haube. »Was für eine Frage! Unser Chili ist das beste auf der Welt, General! Glauben Sie mir. Meine Mama kocht es nach einem Rezept, das sie von ihrer Mama bekommen hat, und ihre Mama davor von ihrer Mama, und so weiter und so weiter. Sie verstehen?«

»Ich denke schon«, sagte Anderson. »Also, dann Chili.«

Der Wirt strahlte. »Kommt sofort!«

»Und noch was zu trinken!«

»Jawohl, General!« Er salutierte zackig, füllte zum drittenmal Andersons Glas und verschwand fröhlich vor sich hin summend in dem Durchgang, der vom Schankraum in die angrenzende Küche führte. Anderson hörte, wie der Mexikaner nebenan mit einer anderen Person, vermutlich seiner Mama, in seiner Heimatsprache ein paar sehr schnelle, mexikanische Worte wechselte, bevor er einen Moment später wieder auftauchte. »Zwei Minuten, General«, verkündete er und hielt zur Bekräftigung Zeige- und Mittelfinger hoch. »Dann bekommen Sie Ihr Chili.«

Anderson grunzte, nahm das Glas auf und trank die Hälfte, während er überlegte, welche Möglichkeiten ihm offenstanden, Sully Walsh aufzuspüren. Da fiel sein Blick auf die Nische mit dem Münzfernsprecher. Er drückte die Zigarette im Aschenbecher aus und glitt vom Hocker. Das Telefonbuch war neben dem Apparat mit einem Stück Tau an einem Haken befestigt.

Anderson schlug es auf, suchte Palm Beach und blätterte durch die Seiten. Im Grunde rechnete er nicht damit, daß es so einfach sein würde, Walsh zu finden. Doch offenbar meinte das Schicksal es ausnahmsweise einmal gut mit ihm, denn es gab in Palm Beach tatsächlich einen Eintrag auf den Namen WALSH, SULLIVAN. Die Adresse lautete Kingston Street No. 121.

Ohne sich darum zu scheren, ob ihn jemand beobachtete, riß er kurzerhand die Seite mit Walshs Anschrift heraus, stopfte sie in die Tasche und kehrte zur Bar zurück. Einen Moment später tauchte der Wirt aus dem Durchgang auf und stellte ein Tablett vor ihn auf den Tresen, darauf ein Teller mit einer dampfenden roten Pampe, einige Scheiben Weißbrot und ein Löffel.

»Ihr Chili, General!« verkündete der Wirt.

Skeptisch nahm Anderson sein Essen in Augenschein. Das Zeug erinnerte tatsächlich entfernt an Chili, war jedoch mindestens so dickflüssig wie Teer beim Straßenbau und derart scharf, daß allein der aufsteigende Dampf auszureichen schien, ihm die Nasenschleimhäute zu verätzen. Dennoch griff er nach kurzem Zögern beherzt zum Löffel und begann zu essen, zunächst mit einer gewissen Zurückhaltung, dann mit Heißhunger.

Das Chili tötete zwar sämtliche Geschmacksnerven, doch es war großartig. Der Wirt hatte allen Grund, stolz darauf zu sein. Zuletzt kratzte Anderson die Reste sogar mit dem Brot vom Tellerboden ab und konnte sich gerade noch beherrschen, anschließend nicht jeden Finger einzeln abzulecken.

Schließlich schob er den Teller von sich und steckte sich eine neue Zigarette an. Nun fühlte er sich schon viel besser. In aller Ruhe leerte er zwei weitere Gläser Bourbon und legte zum Schluß einen Zehner auf die Theke, als es Zeit wurde zu gehen. Bald stand er draußen in der strahlenden Mittagssonne, die unbarmherzig auf Florida schien, und ließ sich satt und angenehm angetrunken hinter das Steuer des Mustang sinken. Seine Uhr zeigte halb drei. Wenn er sofort ins Hotel fuhr, um sich umzuziehen, konnte er gegen vier in Palm Beach sein. Ob bei einem Besuch bei Sully Walsh unterm Strich etwas Nützliches herauskommen würde, stand zwar in den Sternen, aber Anderson war bereit, es darauf ankommen zu lassen.

5.

Hinter der Adresse Kingston Street No. 121 verbarg sich eine Anlage namens *Sunnyvale Residence*. Dabei handelte es sich aber nicht, wie zunächst anzunehmen, um ein einfaches Altersheim, sondern um ein sogenanntes »Seniorenzentrum«, wo ältere Mitmenschen in ihren eigenen Wohnungen lebten und dort wie in jungen Jahren ihre Unabhängigkeit genossen, während ihnen bei Bedarf rund um die Uhr ärztliche wie auch pflegerische Hilfe zuteil wurde. Es gab die Möglichkeit, den Morgenputz vom Zimmerservice erledigen zu lassen. Zudem hatte man die Wahl, entweder selbst zu kochen oder sämtliche Mahlzeiten gegen ein geringes Entgelt im Speisesaal des Zentrums zu sich zu nehmen, alles in anheimelnder Atmosphäre. Die *Sunnyvale Residence* war ein Ort, an dem man noch in Würde alt werden konnte – das zumindest wollte die Informationstafel am Tor der Anlage dem Besucher weismachen. Doch wie so häufig sah die Realität anders aus, denn als Anderson den Blick an der Fassade des Apartmentgebäudes emporschweifen ließ, fielen ihm als erstes gewaltige Wasserflecken und abbröckelnder Verputz ins Auge. Auch die vor Müll überquellenden Abfallcontainer neben der Einfahrt konnten ihn nicht so recht überzeugen, daß die *Sunnyvale Residence* das Paradies für Rentner war; alles in allem schien es ihm eher ein Ort zu sein, wo den Alten die ohnehin recht kläglichen Früchte lebenslanger Arbeit schamlos aus der Tasche gezogen wurden.

Als sich das Hauptportal ratternd zur Seite schob und der Lieferwagen einer Wäscherei das Gelände verließ, nutzte Anderson die Gunst des Augenblicks und schlüpfte hindurch, bevor sich das Tor wieder schließen konnte. Der Parkplatz des Komplexes lag verlassen, abgesehen von einem rostigen alten Dodge und einem aufgebockten Motorrad ohne Räder. Betonplatten führten zwischen zwei schmalen Streifen mit verdorrtem Gras zum Eingang.

Anderson schob den linken Flügel der Glastür auf und trat in die Eingangshalle. Eigentlich erwartete er eine Rezeption oder dergleichen, aber da waren bloß der Aufgang zum Treppenhaus, Postkästen an der Wand und in der Ecke die verdursteten Überreste einer längst toten Topfpflanze.

Neugierig ging er die Namen auf den Postkästen durch. Fast rechnete er damit, nicht zu finden, was er suchte, entweder weil der alte Fluglotse in der Zwischenzeit verschieden war, oder weil er sich die Unterbringung hier nicht mehr leisten konnte, doch wieder war das Glück auf seiner Seite. WALSH, S. wohnte im dritten Stock, Apartment C.

Anderson ging zur Treppe und machte sich auf den Weg nach oben. Niemand begegnete ihm. Dafür, daß man hier rund um die Uhr medizinische Betreuung bekommen konnte, hielten sich bemerkenswert wenige Personen im Gebäude auf. Tatsächlich unterschied sich der Bau kaum von anderen Wohnblöcken. Aber zumindest, dachte Anderson ironisch, konnte man hier noch in Würde alt werden ...

Kurz darauf erreichte er den dritten Stock und ging den Flur entlang. Hinter einer der Türen dudelte ein Radio die Anfangstakte eines Songs von Jake Koerber, »Loving Suzy Babe«, ansonsten war es hier oben still.

Apartment C lag fast am Ende des Korridors. Da es keine Klingel gab, hob Anderson die Hand und klopfte.

Zunächst geschah nichts. Erst als er etwas lauter gegen das Holz hämmerte, wurden jenseits der verschrammten Tür, von der die grüne Farbe in großen Fladen abblätterte, schlurfende Schritte laut. Ein Schlüssel drehte sich im Schloß.

Einen Augenblick später wurde die Tür einen Spaltbreit geöffnet und ein Mann um die Siebzig mit speckigem graugelbem Haar, Stirnglatze und einem ungepflegten Bart steckte den Kopf heraus; er trug ein Unterhemd und Cordhosen mit Hosenträgern.

»Was ist?« brummte der Mann kurz angebunden.

Anderson lächelte. »Guten Tag, Sir, mein Name ist David –«

Er kam nicht dazu, den Satz zu Ende zu bringen, denn schon knurrte der andere: »Ich kaufe nichts!« und warf die Tür wieder zu. Durch das Holz hörte Anderson den Alten etwas von »räudigen Aasgeiern« murmeln. Dann entfernten sich seine Schritte wieder.

Anderson stand vor der geschlossenen Tür und blinzelte. Es dauerte einen Augenblick, bis er seine Überraschung überwunden hatte und nochmals klopfte.

Die Schritte verharrten, zögerten, kamen zurück. Von neuem wurde die Tür einen Spalt geöffnet, die Stirn des alten Mannes legte sich in tiefe Furchen. »Sie schon wieder«, knurrte er ungehalten. »Verschwinden Sie endlich! Ich sagte doch, daß ich nichts kaufe!« Wieder schob er die Tür zu.

»Einen Moment, Sir!« Der Reporter stellte kurzerhand seinen Fuß in den Spalt. »Nur eine Minute, okay? Hören Sie, mein Name ist David Addings. Ich muß dringend mit Ihnen sprechen, es ist sehr wichtig.«

»Schön und gut.« Der Alte funkelte ihn an. »Das gibt Ihnen aber noch lange nicht das Recht, die Tür zu blockieren. So was nennt man Hausfriedensbruch, wenn ich mich recht entsinne!«

Anderson ging nicht darauf ein. »Sind Sie Sully Walsh?«

Die Augen des alten Mannes verengten sich zu Schlitzen. »Wer will das wissen? Steuerfahndung, MP oder Polizei?«

»Weder noch«, sagte er. »Ich bin von keiner Behörde, und ich will Ihnen auch nichts verkaufen. Alles, was ich möchte, ist, Ihnen einige Fragen zu stellen. Mehr nicht.«

»Fragen?« echote Walsh mißtrauisch. »Fragen worüber?«

»Über das Verschwindens von Flight 19«, erklärte Anderson knapp.

Mit einem Schlag wurde Walshs Miene noch grimmiger. »Hören Sie, ich weiß nicht, wer, zur Hölle, Sie schickt oder was Sie von mir wollen, aber ich will nicht weiter von Ihnen belästigt werden! Haben wir uns verstanden? Sonst rufe ich die Bullen!«

Der Reporter ließ sich nicht einschüchtern. »Ich weiß, daß Sie damals der Fluglotse von Flight 19 waren«, sagte er, ohne auch nur eine Sekunde die Stimme zu heben. »Und ich weiß ebenfalls, daß die Erklärung der Army Air Force, die Maschinen seien aufgrund eines technischen Defekts abgestürzt, völliger Blödsinn ist. Außerdem ist mir ebenfalls bekannt, daß, abgesehen von Flight 19, noch eine ganze Reihe weiterer Flugzeuge der Army im Teufelsdreieck verschollen sind.«

»Was wollen Sie?« keuchte Walsh.

»Ich will die *Wahrheit* herausfinden«, erklärte Anderson. »Sie können mir dabei helfen und die Sache beschleunigen, indem Sie mit mir reden, oder Sie schweigen und sterben in der Gewißheit, für das Schicksal all derer verantwortlich zu sein, die in Zukunft im Teufelsdreieck verschwinden werden. Also, was ist?« Er sah Walsh scharf an. »Wollen Sie noch immer die Cops rufen, oder werden Sie sich mit mir unterhalten?«

Sully dachte einen Moment nach, und man konnte sehen, wie in seinem Innern die verschiedensten Gefühle im Kampf miteinander lagen. Zuletzt seufzte er und zog die Tür ein Stück weiter auf.

»Kommen Sie rein.«

Anderson nickte dankbar und ging an ihm vorbei.

In der Wohnung roch es nach Staub, Schweiß und Alter. Die Luft war abgestanden, als wäre seit Monaten kein Fenster mehr geöffnet worden. Auf dem Teppich lagen Kleidungsstücke, ebenso im Wohnzimmer, wohin Sully den Reporter führte, nachdem er die Tür geschlossen hatte; offenbar hielt er nicht viel von Hausarbeit.

»Bitte verzeihen Sie die Unordnung«, entschuldigte Sully sich unbeholfen. »Aber meine Frau ist letztes Jahr gestorben, und die Army zahlt nicht genug Pension, daß ich es mir leisten könnte, den Reinigungsservice kommen zu lassen; um ehrlich zu sein, reicht es gerade für die Miete dieses Wohnklos und um nicht zu verhungern.« Er ließ sich in einen Sessel fallen, der weder mit der Couch noch mit einem anderen der Möbelstücke im Raum harmonierte, und bedeutete Anderson, irgendwo Platz zu nehmen. »Wissen Sie, als ich noch beim Militär war, war ich der penibelste Mann der Welt. Immer ordentlich gekämmt, immer glattrasiert, die Hemden gestärkt und gebügelt, so makellos wie der Honigtopf einer Jungfrau ... Aber nach meinem Rauswurf wurden diese Dinge immer unwichtiger, und als meine Frau dann noch starb ... Was spielt es schon für eine Rolle, wie ich rumlaufe oder es hier aussieht, wenn nie jemand kommt, der es sehen könnte? Mich stört's nicht, und eigentlich interessiert es mich auch nicht, ob es anderen auf die Nüsse geht. Ich bin allein, verstehen Sie? Die anderen können mich mal da, wo ich am schönsten bin.« Er kicherte humorlos. »Also, was wollen Sie wissen, Mister?«

Anderson hatte sich in eine Ecke der Couch gesetzt und schlug die Beine übereinander. »Ich will wissen, was genau am 5. Dezember 1945 passiert ist, als Flight 19 spurlos verschwand.«

»Nun.« Sully Walsh griff in die Tasche und zog eine Packung *Camel* hervor. »Wir beide wissen, daß sie mich für das, was ich Ihnen jetzt erzähle, mächtig am Arsch kriegen könnten, wenn sie es erführen. Aber soll ich Ihnen was sagen? Es ist mir scheißegal.« Er schnippte sich eine Zigarette zwischen die Lippen. »Meine Frau ist tot, Kinder hatten wir nie welche, und außerdem werd ich's wohl nicht mehr allzu lange machen; zumindest sieht das der Quacksalber so.« Er riß ein Streichholz an seinem Daumennagel an, zog an der Zigarette und stieß genußvoll eine dichte Rauchwolke aus, ehe er knapp erklärte: »Lungenkrebs. Also, warum sollte ich einen verfluchten Fliegenschiß darauf geben, was die Army mit mir tut oder nicht? Die haben mich so oder so auf dem Gewissen.« Er hustete; winzige Blutstropfen sprühten aus seinem Mund.

Anderson wußte nicht recht, was er darauf erwidern sollte. Da Walsh vermutlich nicht zu den Typen gehörte, denen etwas daran lag, von anderen bedauert zu werden, zog er statt dessen Block und Stift hervor. »Okay, Mr. Walsh –«

»Sully«, unterbrach ihn der Alte.

Er nickte. »In Ordnung, Sully ... Ich bin David. – Also, was geschah mit Flight 19? Woran erinnern Sie sich?«

»Ich erinnere mich an alles so deutlich, als wär's gestern gewesen. An dem Tag hatte ich zusammen mit Frank Garrett, dem Commander-on-duty, Tagesdienst im Tower von Pompano Beach. Wir hatten relativ wenig zu tun, da bloß der Übungsflug Flight 19 oben war. Ich war für die Flugüberwachung per Radar und Funk zuständig. Die erste Hälfte der Übung verlief ohne Probleme, doch plötzlich tauchten eine Reihe unidentifizierbarer Flugobjekte auf dem Radar auf, erschienen einfach auf dem Schirm, als kämen sie direkt aus dem Nichts.«

Anderson runzelte die Stirn. »Unidentifizierbare Flugobjekte?«

Sully nickte. »Sie flogen in strenger Dreiecksformation mit einem unglaublichen Tempo auf unsere Jungs zu. Zuerst hatten sie nur fünf-, sechshundert Knoten drauf. Dann beschleunigten sie und flogen plötzlich schneller als irgendein Flugzeug, das ich kenne – und ich kenne *jeden* verdammten Flugapparat, der je entwickelt wurde, das ist mal sicher. Na, jedenfalls«, fuhr er fort, nachdem er einen Zug von der Zigarette genommen hatte, »diese Dinger, es waren sechs oder sieben, die rasten auf unsere Jungs zu, und da sie sich auf gleicher Höhe mit ihnen befanden, versuchten wir sie zu warnen. Sie sollten runtergehen, um den fremden Maschinen Platz zu machen. Doch aus irgendeinem Grund gab es einseitige Störungen; uns war es zwar möglich, sie zu empfangen, aber sie verstanden nicht, was wir sagten. Tja, und dann waren die Dinger bei ihnen, und es passierte ...« Sully Walsh hielt inne.

Anderson beugte sich gespannt vor. »*Was* passierte?« fragte er. »Die Maschinen stürzten ab?«

Walsh schüttelte den Kopf. »Nein«, sagte er. »Nicht sofort. Denn die Objekte kollidierten nicht mit unseren Avengers, wie wir zunächst befürchtet hatten, sondern sie *umkreisten* sie. Können Sie sich das vorstellen? Bei einer solchen Geschwindigkeit *umkreisten* sie die Bomber! Ehrlich, auf dem Radarschirm sah's aus wie ein verfluchtes Karussell. Captain Powers sagte über Funk, daß da irgendwelche Lichter wären, seltsame weiße Lichter, wie kleine Sonnen, und dann fing er auf einmal gellend an zu schreien und verschwand vom Radar. Nur einen Moment später waren auch die anderen vier Maschinen weg. Einfach fort.« Er verstummte. Die Erinnerung schien schmerzhaft für ihn zu sein.

»Was geschah mit den unbekannten Flugobjekten, nachdem die Bomber über dem Wasser abgestürzt waren?«

Walsh zog geräuschvoll die Nase hoch. »Sie verschwanden ebenfalls. Einfach so. Von einer Sekunde zur anderen waren sie nicht mehr auf dem Radar zu sehen, als hätten sie sich unsichtbar gemacht oder in Luft aufgelöst oder so.«

»Meine Güte«, murmelte Anderson benommen. Allmählich begann diese Angelegenheit Dimensionen weit jenseits dessen anzunehmen, was er bislang für möglich gehalten hatte. Eilig machte er sich einige Notizen, ehe er von seinem Block aufsah und sagte: »Ich weiß, daß die Radarkontakte normalerweise auf Magnetbändern gespeichert werden, aber als ich heute morgen im Tower war, war dieses eine Band verschwunden. Im Regal stand bloß die leere Box.«

Ein zynisches kleines Lächeln zeichnete Sullys Mundwinkel. »Das hätte ich Ihnen gleich sagen können.«

Anderson legte den Kopf schief. »Wie meinen Sie das?«

Sully Walsh zuckte mit den Schultern. »Na ja, was die Bänder vom Radar und die Aufzeichnungen des Funkverkehrs mit Flight 19 angeht ... Keine Stunde nach dem Zwischenfall sind zwei Typen im Tower aufgetaucht. Irgendwelche Arschgeigen von ganz oben, die so taten, als könne der Präsident ohne ihre Zustimmung nicht einmal auf die Toilette. Sie beschlagnahmten sämtliche Aufzeichnungen, die es über Flight 19 gab. Dann verdonnerten sie uns dazu, über alles, was wir gesehen oder gehört hatten, den Mund zu halten, da wir sonst mit ernsthaften Konsequenzen rechnen müßten, und verschwanden wieder.«

»Diese Männer«, sagte Anderson. »Können Sie sich an ihre Namen erinnern?«

Sully schüttelte den Kopf. »Beim besten Willen nicht. Aber ich entsinne mich, daß derjenige von den beiden, der das Sagen zu haben schien, ganz kurze weiße Haare hatte. Er war ungefähr Ende Vierzig. Ziemlich grimmiger Bursche; sah aus, als würde er Reißnägel essen und als wolle er uns am liebsten gleich an die Wand stellen.«

»Könnte der Mann vielleicht Bowen geheißen haben?« forschte Anderson. »Der mit den weißen Haaren?«

»Bowen?« Sully überlegte kurz. Erst schien es, als könnte er mit dem Namen nichts anfangen, doch dann hellte sich sein Gesicht unvermittelt auf. »Ja, genau, Bowen! So hieß er! James Bowen! Kennen Sie den etwa?«

»Könnte man sagen.« Vor Andersons innerem Auge tauchte das Bild von Bowen auf, wie er den Zeitzünder der Bombe einstellte und beiläufig erklärte, daß es dumm von ihm gewesen sei, vom Telefon in seinem Hotelzimmer aus mit seiner Frau zu sprechen. Er schob den Gedanken hastig beiseite. »Was geschah, nachdem Bowen mit den Bändern verschwunden war?«

Sully blies Rauch zur Decke. »Na, zunächst mal gar nichts. Der gesamte Stützpunkt tat so, als ob es nie einen Absturz gegeben hätte. Doch irgendwie hat die Presse Wind davon bekommen, weil einige der Angehörigen ihren Mund nicht halten konnten. Sonst wäre die Sache wohl so gründlich vertuscht worden wie eine Menge anderer Fälle. So aber gab es einige Tage lang einen ziemlichen Wirbel, bis sich der Sturm allmählich wieder legte. Tja, und dann haben sie mich rausgeworfen. Unehrenhaft aus der Army entlassen, weil irgendein Arschloch von einem Offizier in meinem Spind Drogen gefunden hat. Kokain. Zehn Gramm. Dabei habe ich außer Nikotin und Alkohol nie irgendwelche Drogen angerührt.«

Anderson schüttelte den Kopf. Das war genau Bowens Masche.

»Wie auch immer«, fuhr Sully fort, »nachdem sie die Drogen bei meinem Kram gefunden hatten, war die Sache gelaufen. Ich kam vor 'ne interne Aufklärungskommission, denn sie beschuldigten mich, den Absturz von Flight 19 unter Drogeneinfluß verschuldet zu haben. Doch sie konnten es mir nicht nachweisen, darum mußten sie mich laufenlassen. Sonst wäre ich womöglich noch im Bau gelandet ...«

»Was war mit dem Commander, der damals mit Ihnen Dienst hatte?« fragte Anderson. »Diesem Garrett? Konnte er Sie nicht entlasten?«

Sully schüttelte den Kopf. »Frank ist zwei Tage nach dem Absturz unter tragischen Umständen ums Leben gekommen. Hat zu Hause gebadet und dabei Radio gehört. Leider ist das Ding dabei in die Wanne gefallen, und *zsssssch* und Ende.« Er drückte seine Zigarette im Aschenbecher aus. »Wußten Sie, daß neunzig Prozent aller tödlichen Unfälle zu Hause passieren, in den eigenen vier Wänden?«

»Ja, das hab ich schon mal irgendwo gehört«, antwortete der Reporter düster. »Und Sie haben wirklich keine Ahnung, was das für Flugobjekte waren, die Flight 19 da auf die Pelle gerückt sind?«

Sully verneinte. »Absolut keine. Glauben Sie mir, so schnell, wie diese Dinger geflogen sind und wie die da oben manövriert haben ... Das war einfach unglaublich. Ich bin über dreißig Jahre Flutlotse gewesen, aber so was habe ich noch nie gesehen.«

»Ich schon«, murmelte Anderson in Gedanken.

»Hm?« Sully musterte ihn verwirrt.

Anderson winkte ab. »Nichts.«

Walsh schüttelte eine neue Zigarette aus der Packung. »Sie sind Reporter, nicht wahr?« stellte er fast beiläufig fest.

Anderson überlegte, ob er lügen sollte. Schließlich nickte er. »Ich arbeite an einem Artikel über Flight 19. Natürlich werde ich Ihren Namen da rauslassen, damit Sie keinen Ärger bekommen.«

»Wieso denn? Die Arschlöcher sollen ruhig wissen, wer ihnen da in den Hintern tritt! Dann kann ich zumindest in der Gewißheit abtreten, Uncle Sam noch kräftig eins ausgewischt zu haben, bevor aller Spaß ein Ende hat.« Der Alte lachte, doch das Lachen verwandelte sich rasch in ein krächzendes, kehliges Husten, das tief aus seinem Körper zu kommen schien.

Anderson spielte unruhig mit seinem Kugelschreiber. »Können Sie mir vielleicht sonst noch irgendwas zu Flight 19 sagen?«

Sully schüttelte bedauernd den Kopf. »Tut mir leid, das ist alles.«

»Nun, dann will ich Ihre Zeit auch nicht länger in Anspruch nehmen.« Der Reporter stand auf. »Ich bin Ihnen jedenfalls sehr dankbar, daß Sie mit mir gesprochen haben. Sie waren mir eine große Hilfe.«

Sully Walsh erhob sich ebenfalls. »Ich bringe Sie raus.«

Anderson folgte ihm zur Tür. Zum Abschied schüttelten sie sich die Hände.

»Es war nett, Sie kennenzulernen, Mr. Addings«, sagte Walsh dabei. »Wenn Sie irgendwann wieder in der Gegend sind und ich noch nicht unter der Erde liege, würde ich mich freuen, wenn Sie mal wieder vorbeischauen.«

Der Reporter lächelte. »Gern.« Er war schon halb den Flur hinunter, als der Fluglotse noch einmal nach ihm rief.

»Oh, und Mr. Addings?«

Anderson wandte sich halb um. »Ja?«

»Passen Sie auf sich auf. Uncle Sam kann sehr ungemütlich werden, wenn man ihm ans Bein pinkeln will. Glauben Sie mir, da verstehen die Brüder absolut keinen Spaß.«

Die Erfahrung hatte Anderson selbst schon gemacht. Er winkte Sully flüchtig zu. Dann erreichte er die Treppe, und Walsh schloß hinter ihm die Tür. Sie würden sich nicht wiedersehen, das war ihnen beiden klar, aber das spielte keine Rolle. Der alte Mann hatte ihm alles gesagt, was er wußte, und dank ihm ergaben zumindest ein paar der Puzzlesteine langsam einen gewissen Sinn. Wenn man bedachte, daß Admiral Bowen für das Militär an streng geheimen Rüstungsprojekten arbeitete und die Platten, die auf dem Stützpunkt Pompano Beach aus der zersplitterten Kiste gefallen waren, dieselben waren, die Anderson bei jenen fremdartigen Flugmaschinen in der Area 51 gesehen hatte, dann war das zumindest schon einmal eine Basis für seine Theorien. Darauf konnte er aufbauen. Allerdings erklärte das alles nicht, was im Teufelsdreieck selbst vorging. Immerhin verschwanden dort schon seit hundertfünfzig Jahren regelmäßig Schiffe, so daß Bowen und seine seltsamen

Experimente damit wohl kaum etwas zu tun haben konnten.

Vielleicht würde Corporal Kosnar ihm dazu noch etwas sagen. Er hatte gestern den Eindruck gehabt, daß der Corporal weit mehr wußte, als er erzählt hatte. Er mußte nur einen Weg finden, es aus ihm herauszukitzeln.

Mit diesem Vorsatz verließ der Reporter das Gelände der *Sunnyvale Residence,* wiederum ohne einen Pfleger oder Arzt zu Gesicht zu bekommen, und stieg in den Mustang. Ein Blick auf die Uhr sagte ihm, daß es inzwischen kurz vor fünf war. Wenn er dem Ford die Sporen gab, konnte er am Ziel sein, bevor die Sechs-Uhr-Nachrichten im Radio anfingen.

6.

Als der Reporter Kosnars Hütte erreichte, war es zehn Minuten nach sechs. Der Tag neigte sich allmählich dem Ende entgegen, und wie lauernde Raubtiere krochen die Schatten aus den Ecken.

Anderson stellte den Wagen vor dem verrottenden Zaun ab und stieg aus. Eigentlich wäre er schon früher hier gewesen, doch hinter Sunland Gardens war der Verkehr auf der Küstenstraße nach einem Unfall für kurze Zeit zum Erliegen gekommen. Erst nachdem die Polizei die Wracks der beiden Wagen, die frontal zusammengestoßen waren, auf den Seitenstreifen geschoben hatte, ging es schließlich weiter.

Nach dem dritten Klopfen öffnete Kosnar die Tür. Als er den Reporter erkannte, stöhnte er gequält auf. »Sie schon wieder.«

Anderson nickte. »Ich schon wieder.«

»Was wollen Sie noch?«

»Was ich gestern auch wollte«, sagte er. »Reden.«

Der Corporal zog eine Grimasse. »Muß das sein?«

Statt zu antworten, drückte Anderson die Tür weiter auf und trat unaufgefordert an Kosnar vorbei. Der vertraute Geruch von Schnaps und altem Urin stieg ihm in die Nase, doch diesmal mischte sich noch etwas anderes darunter, ein herber, zugleich aromatischer Duft, den der Reporter ebenfalls bereits kannte.

»He!« schnauzte der Corporal. »Sie können hier nich einfach so reinkommen, verdammt! Das is mein Haus!«

»Dann rufen Sie doch die Cops«, empfahl Anderson ihm kaltschnäuzig. »Aber dann sollten Sie 'ne gute Erklärung dafür parat haben, warum es in Ihrer Hütte nach Opium stinkt wie in einem orientalischen Männerpuff.«

Offenbar überzeugte dieses Argument den Corporal, da er mit einem Ächzen die Tür schloß. »Sie sind ein Schwein«, sagte er, als er Anderson ins Wohnzimmer folgte, wo die Luft schwer und süß von Opiumdämpfen war. Neben dem Aschenbecher qualmte eine Meerschaumpfeife. »Ein dreckiges, hinterhältiges Schwein.«

Anderson ließ sich lächelnd auf der Couch nieder. »Ich fasse das als Kompliment auf.«

»Is aber nich so gemeint.« Grunzend warf Kosnar sich in den Ohrensessel und griff unverzüglich nach der halbvollen Flasche Scotch, die auf dem Boden stand. Sein Adamsapfel hüpfte beim Schlucken wild auf und ab.

Anderson wartete, bis Kosnar die Flasche wieder abgesetzt hatte. Dann sagte er: »Ich weiß zwar nicht, inwieweit Sie sich an die Dinge erinnern, die Sie mir gestern abend erzählt haben, aber lassen Sie es uns noch einmal versuchen. Sie meinten, Captain Powers habe an jenem Tag, als er in seine Maschine stieg, ausgesehen, als wüßte er, daß er nicht zurückkommen würde. Zudem hatte er zuvor erfolglos versucht, von dem Flug befreit zu werden. Haben Sie irgendeine Ahnung, warum? Immerhin war er seit etlichen Jahren in Pompano Beach stationiert und wußte vermutlich schon lange über das Teufelsdreieck Bescheid. Warum wollte er ausgerechnet diesen Flug nicht machen?«

Kosnar zuckte die Achseln. »Keine Ahnung. Vielleicht hatte er einfach so ein Gefühl, die Sache könnte diesmal schiefgehen.«

»Das ist die eine Möglichkeit«, stimmte Anderson zu. »Es gibt allerdings noch eine zweite, nämlich die, daß er genau wußte, daß Flight 19 etwas zustoßen würde.« Er sah Kosnar scharf an. »Was sagen Sie dazu?«

»Im Augenblick gar nichts, ich muß mal pissen.« Der Corporal stemmte sich aus dem Sessel hoch. »Dieser verdammte billige Fusel fließt glatt durch einen durch. Könnte man gleich mit 'ner eigenen Pisserinne arbeiten ...« Er kratzte sich umständlich im Schritt und schlurfte aus dem Wohnzimmer. Anderson hörte, wie er sich auf dem Korridor entfernte, dann war das Öffnen und Schließen einer Tür zu vernehmen.

Seufzend betrachtete er das Durcheinander der Zeitungen auf dem Couchtisch. Schließlich griff er nach einer mehrere Monate alten Ausgabe von *US Sports* und blätterte lustlos darin herum. Als er das Magazin nach ein paar Minuten durchgesehen hatte, war vom Corporal noch immer nichts zu sehen.

Unwillkürlich wurde Anderson nervös.

Er griff ungeduldig nach einem anderen Magazin, aber seine Augen hingen die meiste Zeit am Zifferblatt seiner Armbanduhr, wo sich die Zeiger unendlich langsam vorwärts bewegten.

Eine weitere Minute verging.

Und noch eine.

Aus seiner Unruhe wurde Sorge.

Kein Mensch brauchte so lange, um zu pinkeln.

Mit einem unguten Gefühl in der Magengrube stand er auf und verließ das Wohnzimmer. Im Gang wandte er sich nach links. Es war dunkel, doch das Licht aus der Stube hinter ihm reichte aus, um die Türen zu beiden Seiten zu erkennen. Bis auf eine am Ende des Ganges standen alle offen und enthüllten ein Durcheinander aus herumliegenden Klamotten, leeren Flaschen und zerbröselten Käsecrackern, die ganze Abschnitte des Teppichs bedeckten. Doch keiner der Räume war die Toilette, und alle waren verlassen.

Es blieb nur die Tür am Ende des Korridors.

Als Anderson davor stehenblieb, bestätigte ihm der Geruch nach Urin und menschlichen Fäkalien, daß er hier richtig war. Automatisch begann er durch den Mund zu atmen. Ein dünner Streifen Helligkeit fiel unter der Tür hindurch.

Er klopfte. »Kosnar? Alles okay?«

Keine Antwort.

Wieder pochte er gegen die Tür, ein wenig heftiger als zuvor. »Kosnar? Ist da drinnen alles in Ordnung?«

Immer noch blieb alles still.

Langsam wurde Anderson *wirklich* nervös. »Corporal?« Er schlug mit der flachen Hand gegen die Tür. »Hören Sie mich? Ist alles in Ordnung mit Ihnen?« Vor seinem geistigen Auge sah er den Corporal zusammengekrümmt auf dem Linoleum liegen; bei seinem Alkoholkonsum konnte es leicht zu Leberversagen kommen.

Hinter der Tür rührte sich noch immer nichts.

Fluchend tastete Anderson nach dem zerkratzten Knauf, doch die Tür war verschlossen. Kosnar hatte hinter sich zugesperrt.

Was tun?

Kurz entschlossen ging er zwei Schritte zurück und trat mit aller Kraft mit dem Fuß dicht unter dem Knauf gegen die Tür.

Das Holz um das Schloß herum zersplitterte krachend, als die Tür wuchtig nach innen gegen die Wand schwang, wo der Knauf ein Loch in die vergilbte Blumentapete riß.

Der Uringestank schlug über ihm zusammen wie eine Woge, doch Anderson bemerkte es kaum. Ihn lähmte der Anblick von Allan Kosnar, der mit bis zu den Knöcheln heruntergelassenen Hosen auf der Toilette saß und mit leicht zur Seite geneigtem Kopf aus toten Augen hoch zur Decke starrte.

Es dauerte einen Moment, bis Anderson sich von seinem Schock erholte. Zögernd trat er in das kleine Bad und verfluchte sich im stillen, daß er nicht eher gekommen war, um nach Kosnar zu sehen; wäre er rechtzeitig zur Stelle gewesen, hätte er möglicherweise noch etwas für ihn tun können.

Als er jedoch Kosnars Kopf ein Stück zur Seite drehte, lösten sich diese Gedanken in nichts auf. Keuchend sog er die Luft ein.

Knapp oberhalb von Kosnars linkem Ohr befand sich ein Einschußloch, aus dem ein dünner roter Blutfaden rann. Es hatte kaum den Durchmesser einer Vierteldollarmünze, doch es konnte kein Zweifel daran bestehen, was den Corporal dahingerafft hatte.

Benommen starrte Anderson die Wunde an. Es dauerte eine ganze Weile, bis er wieder imstande war, einen klaren Gedanken zu fassen. Dann nahm er das Toilettenfenster näher in Augenschein und entdeckte ein etwa fingergroßes Loch im Glas. Davor auf dem Boden lagen nur wenige kleine Splitter.

Ein Schuß, ein Treffer, und Corporal Allan Kosnar war tot gewesen.

Als Anderson bewußt wurde, mit welch ausgesprochener Präzision diese Aktion abgewickelt worden war, schnürte Panik ihm die Kehle zu. Aber er versuchte sich zusammenzureißen. Er durfte jetzt nicht die Nerven verlieren, zumal die Möglichkeit bestand, daß der oder die Killer noch immer irgendwo dort draußen waren, im Wald, und vielleicht in diesem Moment auf ihn anlegten.

Er zwang sich, ruhig zu bleiben. So unauffällig wie möglich zog er die Pistole aus dem Hosenbund und trat vorsichtig einen Schritt näher ans Fenster. Verfolgte man den Schuß anhand des Lochs in der Scheibe und der Wunde an Kosnars Kopf, kam als Standort des Mörders bloß die Gruppe windschiefer Pinien in Frage, die zwanzig Meter hinter dem Bungalow in Wurfweite des Sumpfes aufragten. Mit klopfendem Herzen, die Waffe mit beiden Händen umklammert, suchte Anderson das Dunkel ab, doch da war nichts.

Keine Bewegung, kein Schatten. Nichts regte sich.

Ohne die Pistole wegzustecken, trat er vom Fenster zurück. Ein dünner Faden Schweiß rann seine Schläfe hinab. Noch einmal betrachtete er den toten Kosnar, dann kehrte er ins Wohnzimmer zurück, ohne ihm die Lider zu schließen. Unruhig lief er vor dem Fernseher auf und ab, seine Gedanken rasten in seinem Kopf wild durcheinander. Er war kurz davor durchzudrehen. Als ihm das klar wurde, konzentrierte er sich, atmete mehrmals tief durch und versuchte, die Situation ganz nüchtern zu betrachten, wie ein mathematisches Problem. Ohne Emotionen.

Was war geschehen?

Zumindest diese Frage ließ sich relativ einfach beantworten. Jemand – vielleicht eine einzelne Person, vielleicht mehrere – war mit der Absicht hierhergekommen, Kosnar aus dem Weg zu schaffen. Vermutlich hatte der Killer vorgehabt, ins Haus einzudringen und den Corporal von Angesicht zu Angesicht zu erledigen. Dann jedoch stellte er fest, daß Kosnar nicht allein war: Andersons Mustang stand vor dem Bungalow. Also hatte der Killer seine Taktik geändert und sich in der Nähe eine Stelle gesucht, von wo aus er einen guten Blick auf die Fenster an der Rückseite des Gebäudes hatte. Als Kosnar dann auf die Toilette ging, war das für den Unbekannten die Chance, auf die er gewartet hatte. Ein gezielter Schuß, eine Kugel in die Schläfe, und der Fall Kosnar konnte zu den Akten gelegt werden.

Die nächste Frage war schwieriger zu beantworten: Warum hatte man es für nötig befunden, Kosnar ausgerechnet jetzt aus dem Weg zu räumen, nachdem er drei Jahre unbehelligt geblieben war? Hing das vielleicht mit ihm, Anderson, zusammen? Hatte man Kosnar erledigt, ehe er zuviel ausplaudern konnte? So mußte es sein. Falls das aber zutraf, warum hatte der Killer dann nicht auch auf Anderson angelegt, als er im Badezimmer am Fenster stand? Oder wartete er bloß, bis der Reporter das Haus verließ?

Kalter Schweiß stand auf Andersons Stirn. Er wischte ihn mit dem Handrücken fort und griff nach der Whiskeyflasche auf dem Tisch. Nach zwei großen Schlucken fühlte er sich etwas besser. Benommen ließ er sich in Kosnars Sessel fallen, in der einen Hand den Colt, in der anderen den Scotch, und starrte den toten Fernseher an. Es gab noch weitere Fragen, die ihn beschäftigten, doch vor allem beunruhigte ihn, wie, zur Hölle, Uncle Sam herausgefunden haben konnte, daß Kosnar über gewisse Dinge gesprochen hatte, die er eigentlich für sich behalten sollte. Anderson dachte eine Weile darüber nach, kam aber immer nur zu dem einen Schluß: der Corporal mußte es ihnen selbst gesagt haben.

Dieser Gedanke setzte sich wie ein Blutegel in seinem Hirn fest. Er trank einen weiteren Schluck, stellte die Flasche neben dem Sessel auf den Boden und erhob sich.

Das Telefon stand auf der Kommode neben der Couch, ein klobiger schwarzer Apparat mit Spiralkabel. Daneben lagen ein Notizblock und ein Bleistift. Als Anderson den Block genauer betrachtete, bemerkte er auf dem oberen Blatt schwach die Linien einiger Zahlen; Kosnar mußte etwas notiert und den Zettel dann abgerissen haben, nur waren die Abdrücke so fein, daß man sie mit bloßem Auge nicht entziffern konnte.

Sich an seine Kindheit erinnernd, wo er häufig zusammen mit seinen Kumpels auf dem Friedhof die Inschriften der Grabsteine abgepaust hatte, nahm Anderson den Bleistift und begann, mit der Seite der Mine über das Papier zu streichen, bis sich im Grau des Graphits eine hellere Ziffernfolge abzeichnete. Dann zog er sein Taschentuch hervor, nahm damit den Hörer ab und wählte die Nummer auf dem Block.

Das Klingelzeichen drang an sein Ohr.

Bereits nach dem zweiten Läuten wurde abgehoben.

»Büro von Admiral Bowen, Sergeant Lizzard am Apparat.«

Bowen. Immer wieder Bowen ...

Ohne ein Wort zu sagen, legte Anderson wieder auf. Einen Moment stand er unschlüssig neben dem Apparat. Schließlich nahm er das Taschentuch, um sämtliche Stellen abzuputzen, die er im Haus berührt hatte. Das Glas von gestern, das immer noch dem Tisch stand, steckte er in die Tasche. Auf dem Flur sah er noch einmal zur Toilette am

Ende des Korridors, wo Kosnar, die Hosen bis zu den Knien runtergelassen, in den dunkler werdenden Schatten hockte und die Fliegen anzog. Dann verließ er den Bungalow, ließ die Tür hinter sich ins Schloß schnappen, putzte den Knauf noch von außen ab, stieg in den Mustang und schob den Schlüssel ins Zündschloß. Die ganze Zeit über rechnete er damit, im Dickicht plötzlich ein Mündungsfeuer aufleuchten zu sehen, und als in der Nähe tatsächlich für Sekundenbruchteile ein grelles Licht aufflammte, glaubte er, daß nun alles vorbei war. Doch die erwartete Kugel blieb aus. Dafür schoben sich am Himmel dicke Wolken heran, Regenwolken, die ein Sommergewitter ankündigten. Vermutlich hatte das Unwetter einen Blitz als Vorboten zur Erde geschickt.

Erleichtert startete Anderson den Motor, legte den Gang ein, wendete und fuhr durch den nächtlichen Wald davon. Er drehte sich nicht mehr um und sah auch nicht in den Rückspiegel. Er hatte hier nichts mehr zu suchen, nun, da Kosnar tot war. Die Antworten auf seine Fragen mußte er jetzt woanders suchen.

Und er wußte auch schon, wo.

7.

Eine Weile fuhr der Reporter ziellos durch die Gegend, bis er sicher war, daß ihm niemand folgte. Schließlich hielt er in der Nähe von Ankona bei einem öffentlichen Fernsprecher an der Strandpromenade und wählte die Nummer des Notrufs. Als sich am anderen Ende der Leitung eine Männerstimme meldete, sagte er knapp: »Ein Mord. Das Opfer heißt Allan Kosnar. New Cardigan Road, Melbourne.« Dann legte er auf, bevor der Beamte ihn nach seinem Namen fragen oder sich danach erkundigen konnte, woher er diese Information hatte.

Er ging zum Wagen zurück, setzte sich auf die Motorhaube und ließ den Blick über das abendliche Meer schweifen. Letzte Sonnenstrahlen spielten mit dem Wasser. Einige weiße Segel kreuzten auf den Wellen dahin. Es hatte sich noch mehr bewölkt. Die Palmen schüttelten sich in der auffrischenden Brise. Nicht mehr lange, und der Himmel würde seine Pforten öffnen.

Anderson blieb, wo er war, bis die ersten Tropfen ihm auf die Stirn klatschten. Dann schnippte er seine Zigarette fort, glitt von der Motorhaube und verschloß das Verdeck, bevor er sich wieder in den Verkehr auf dem Küstenhighway einfädelte. Er war noch keine Meile weit gekommen, als mit einemmal ein gewaltiger Blitz den Himmel zerteilte und die Landschaft für kurze Momente in statischem Weiß erstarren ließ. Gleich darauf klatschten dicke Tropfen gegen die Frontscheibe des Mustang, und innerhalb weniger Sekunden trübte ein Vorhang aus Wasser die Sicht.

Gedankenverloren schaltete der Reporter das Licht und die Scheibenwischer ein, zündete sich eine neue Zigarette an und folgte dem Highway durch Ortschaften, deren Bürgersteige sich innerhalb von einer Minute vollkommen geleert hatten.

Eine halbe Stunde später erreichte er Lighthouse Point und hielt bei einem Spirituosengeschäft, um zwei Flaschen Scotch zu kaufen. Anschließend fuhr er weiter zum Hotel, stellte den Wagen auf dem Parkplatz ab und lief zum Eingang. Es regnete in Strömen. Und er war naß bis auf die Knochen, als er endlich in der Halle ankam. In jeder Hand eine Flasche Whiskey, eilte er die Stufen hinauf in den zweiten Stock, schloß seine Zimmertür auf, stellte den Scotch auf den Tisch beim Fenster, das unter dem Ansturm von Wasser und Wind in den Zargen bebte, und zog seine durchweichten Kleider aus, bevor er sich seufzend aufs Bett fallen ließ. Er fühlte sich wie gerädert.

Draußen zuckten grelle Blitze über den aufgewühlten Himmel. Das Meer toste in lauten Wellen gegen das Ufer. Einmal stand Anderson auf, um sich eine der Flaschen zu holen, lag aber bald wieder da, starrte aus dem Fenster und versuchte sich darüber klarzuwerden, ob man ihm bereits auf der Spur war. Und das alles nur, weil dieser Schwachkopf Kosnar die Army – nein, nicht die Army, korrigierte er sich, *Bowen* – darüber informiert hatte, daß bei ihm ein Typ aufgetaucht war, der seltsame Fragen über Flight 19 stellte. Wußten sie schon, wer er war? Und falls ja, warum hatten sie ihn vorhin unbehelligt laufenlassen?

Anderson grübelte eine Weile darüber nach, ohne zu einem Ergebnis zu gelangen. Schließlich stemmte er sich seufzend in die Höhe und ging zu seinem Reisekoffer. Der Zettel mit den Telefonnummern von Taylor und Powers steckte in der Seitentasche. Er faltete ihn auseinander, wählte die Nummer des Captains und lehnte sich neben dem Apparat an die Wand.

Nach dem vierten Läuten hob Taylor ab.

Anderson nannte seinen Namen.

»David!« Taylor wirkte ehrlich erfreut, von ihm zu hören. »Ich habe bereits auf Ihren Anruf gewartet. Wie geht es Ihnen? Was machen Ihre Nachforschungen?«

»Gehen gut voran.« Mit knappen Worten schilderte Anderson, was er bislang in Erfahrung gebracht hatte; nur Kosnars Tod verschwieg er, und auch Bowen ließ er aus dem Spiel. Davon brauchte Taylor im Augenblick noch nichts zu wissen.

Als er mit seinem Bericht geendet hatte, sagte Taylor: »Es ist erstaunlich, wie viele Puzzlesteinchen Sie in der kurzen Zeit bereits zusammengetragen haben. Das haben wir in drei Jahren nicht geschafft. Aber ehrlich gesagt, erscheint mir alles noch sehr verwirrend. Haben Sie eine Ahnung, wie das alles zusammenpaßt?«

»Die habe ich tatsächlich«, sagte Anderson. »Aber sie besteht bislang aus Vermutungen, über die ich noch nicht reden möchte; nicht, solange ich keinerlei Beweise habe. Wenn ich soweit bin, sind Sie der erste, der es erfährt.«

»Klingt gut.« Captain Taylor gab sich damit zufrieden. »Und wie geht es Ihnen sonst so?« fragte er dann. Er zögerte, bevor er hinzufügte: »Psychisch, meine ich.«

Anderson schnalzte mit der Zunge. »Na ja, ich schätze, ich halte mich ganz gut.« Im stillen ergänzte er: *Zumindest wenn man bedenkt, daß vor gerade einem halben Jahr meine Frau keine dreißig Meilen von hier an einer Überdosis Schlaftabletten verreckt ist.* Doch das sagte er nicht, meinte statt dessen nur leichthin: »Ich saufe zwar noch immer wie ein Loch, aber wenigstens habe ich nicht das Bedürfnis, aufs nächstbeste Hochhaus zu steigen.«

»Gut«, sagte Taylor. »Das ist gut.«

»Finden Sie?« Anderson sank erschöpft an der Wand nach unten. Draußen donnerte es so heftig, daß die Fensterscheibe im Rahmen erzitterte. »Wie geht es Sparkey?«

»Wunderbar! Er hat den Flug gut überstanden. Jetzt ist er bei Lieutenant Powers. Noch vor einer Stunde war ich bei ihm. Seine Kinder lieben den Hund. Sie toben die ganze Zeit mit ihm herum. Sie brauchen sich also keine Gedanken zu machen, David. Er ist in guten Händen.«

»Das hoffe ich«, brummte Anderson.

Taylor wechselte das Thema. »Wie lange, glauben Sie, werden Sie brauchen, um zu einem Ergebnis zu kommen?«

Anderson zögerte mit der Antwort. »Schwer zu sagen.

Bislang gingen die Ermittlungen zügig voran, aber bis jetzt wurde mir auch praktisch alles auf dem Silbertablett serviert. Hier in Fort Lauderdale bin ich jedenfalls vorerst fertig.«

»Und was haben Sie vor?« fragte Taylor.

»Ich verreise«, sagte Anderson knapp. »Morgen früh.«

5.

Donnerstag, 15. Oktober 1948

1.

Anderson wechselte den Reisekoffer von der linken Hand in die rechte und suchte in der angenehm kühlen Abfertigungshalle des Miami International Airport nach Ausgang E2, der ihn zu seinem Flugzeug nach Freeport bringen würde. Als er ihn schließlich gefunden hatte, informierte gerade ein Angestellter der Fluglinie die Reisenden darüber, daß der Flug eine halbe Stunde später als geplant starten würde.

Anderson nutzte diese Zeit, sich bei einem der Kioske eine neue Sonnenbrille, den aktuellen *Miami Herald* und ein Päckchen *Luckies* zu kaufen. Um Viertel vor elf ging es endlich los. Während er neben einem übergewichtigen Mann in Managerzwirn am Fenster Platz nahm, entschuldigte sich der Flugkapitän noch einmal für die unangenehme Verzögerung und versprach, daß der Flug selbst dafür um so angenehmer werden würde, da das Wetter ideale Flugbedingungen bot.

Anderson sah aus dem Fenster und stellte fest, daß der Kapitän recht hatte. Der Himmel war wieder klar und wolkenlos, die Sonne ein glühender Feuerball. Das Gewitter der vergangenen Nacht war bloß noch eine Erinnerung. Trotzdem fühlte der Reporter sich nicht besonders wohl, als die Maschine schließlich mit einem Ruck anrollte und zur Startbahn fuhr. Seine Innereien befanden sich in hellem Aufruhr. Vielleicht hätte er gestern abend nach seinem Telefonat mit Captain Taylor gut daran getan, nicht beide Flaschen Scotch zu leeren.

Das Flugzeug scherte auf die Startbahn ein, beschleunigte und donnerte mit dröhnenden Motoren vorwärts. Vor dem Fenster flog die Fassade des Terminalgebäudes vorbei. Als die Maschine einen Moment später abhob und in steilem Winkel stieg, schlug Andersons Magen Purzelbäume. Seine Finger krallten sich in die Armlehnen.

Der Mann neben ihm warf ihm einen besorgten Blick zu. Sein Haar saß so perfekt, daß es nur ein Toupet sein konnte. »Alles in Ordnung mit Ihnen, Mister?«

Anderson lächelte gequält. »Nur ein wenig Flugangst.«

Der andere lächelte. »Die habe ich auch, aber ich weiß, wie ich sie in den Griff bekomme.«

»Ach ja?« Anderson sah ihn an. »Und wie?«

»Ich bete«, erklärte der Mann knapp. »Das hilft immer.«

Er starrte den Typen einen Augenblick lang an. Dann nickte er dankbar und blickte aus dem Fenster in der Hoffnung, das würde ihn von seinem Magengrummeln ablenken. Miami lag bereits tief unter ihnen, ein grauer Streifen Stahlbeton am Rande des Ozeans. Winzig wie Spielzeuge wirkten die Schiffe, die auf den Wellen kreuzten, und selbst ein riesiger Öltanker, der gerade in den Hafen einlief, war so klein, daß er exakt zwischen Andersons Daumen und Zeigefinger paßte.

Als der Kapitän verkündete, daß die Maschine ihre Flughöhe nun erreicht habe und die Passagiere sich abschnallen könnten, öffnete der Reporter den Verschluß seines Gurtes und wankte durch den Mittelgang zwischen den Sitzen der 1. Klasse nach vorne zu den Toiletten. Sein Magen war nicht mehr zu bändigen, und er schaffte es gerade noch, die

Tür hinter sich zu schließen und den Klodeckel hochzuklappen, bevor er sein Frühstück von sich gab. Er würgte, bis nur noch Galle kam, doch danach fühlte er sich etwas besser, spülte, spritzte sich Wasser ins Gesicht und musterte sich im Spiegel. Er war weiß wie eine frisch gekalkte Wand. Dunkle Ringe lagen unter den Augen. Mit anderen Worten: Er sah so beschissen aus, wie er sich fühlte.

Als Anderson die Toilette verließ, nahm die Stewardeß gerade Bestellungen entgegen. Er orderte drei Whiskey, da er die winzigen Fläschchen kannte, die sie hier servierten, und ging zu seinem Platz zurück.

Der Anzugträger warf ihm einen aufmunternden Blick zu. »Na, besser jetzt?« Er hatte den Aktenkoffer geöffnet und studierte irgendwelche Papiere.

Anderson nickte müde.

»Sehen Sie?« Der Mann lächelte. »Sie müssen bloß Vertrauen in Gott haben, dann geht alles leichter!« Zufrieden wandte er sich wieder seinen Unterlagen zu.

Anderson verkniff sich einen Kommentar, streckte die Beine aus und wartete, bis die Stewardeß ihm den Whiskey und einen Plastikbecher brachte. Er ignorierte ihren abfälligen Blick, gab ihr zwei Dollar und entkorkte das erste Fläschchen. Der Bourbon füllte den Becher kaum zwei Fingerbreit. Anderson trank gierig, verzog keuchend das Gesicht zu einer Grimasse und griff nach dem zweiten Fläschchen.

Danach ging es ihm noch besser als nach seinem Besuch auf der Toilette. Beinahe fühlte er sich schon wieder wie ein Mensch. Seufzend lehnte er sich zurück, nahm die Zeitung aus der Ablage, die er sich am Flughafen gekauft hatte, und schlug sie auf.

Viel Neues schien in der Welt derzeit nicht zu passieren. Präsident Harry Truman traf sich in London mit Premierminister Attlee; die *Boston Red Sox* hatten gegen die *New York Yankees* verloren; in Los Angeles war irgendeine Schauspielerin vom »H« des berühmten Hollywood-Zeichens in den Tod gesprungen.

Gelangweilt blätterte er weiter – und erstarrte.

Sein eigenes Gesicht schaute ihn aus der Zeitung an.

Er kniff verwirrt die Augen zusammen, öffnete sie wieder.

Aber das Bild mitten auf der Seite verschwand nicht, wie er gehofft hatte. Es blieb, wo es war, eine Schwarzweißaufnahme, die ihn ab der Hüfte zeigte, wie er sich verstohlen umsah.

Panik stieg in ihm auf. Sofort meldete sich sein Magen wieder zu Wort. Ängstlich schielte er zu seinem Nachbarn, aber der Anzugträger war noch immer mit seinen Papieren beschäftigt.

Andersons Herz raste. Er hielt die Zeitung so, daß der Mann die Fotografie nicht sehen konnte, und wandte sich dem Artikel zu. Die Überschrift schrie in dicken schwarzen Lettern: MORDVERDÄCHTIGER AUF FREIEM FUSS!

Anderson schluckte.

Was, zur Hölle, hatte das zu bedeuten?

Es dauerte einen Moment, bis er seinen ersten Schock überwunden hatte. Dann besah er sich das Foto genauer, und seine Augen wurden groß. Die Aufnahme zeigte ihn beim Verlassen des Hauses von Corporal Kosnar, vor dem auch der Ford deutlich zu erkennen war. Die Bildunterschrift lautete: BEI SEINER FLUCHT VOM TATORT WURDE DER MÖRDER VON ALLAN K. ZUFÄLLIG VON EINEM SPAZIERGÄNGER FOTOGRAFIERT. Der dazugehörige Text besagte, daß ein Spaziergänger, der im Wald eigentlich Rehe fotografieren wollte, am vergangenen Abend zufällig am Haus des Opfers vorbeigekommen sei, als drinnen ein Schuß fiel. Der Mann bezog hinter einem Busch Stellung, um nicht gesehen zu werden, und wartete, bis der Mörder das Haus verließ, um ihn dann mit der Kamera abzulichten. Anschließend übergab er den Film der Polizei, die sich sogleich zum Tatort begab und dort den ehemaligen Soldaten Allan K. tot im Wohnzimmer fand, mit einer Kugel im Kopf. Die Fahndung nach dem flüchtigen Mörder laufe auf Hochtouren. Zwar liege die Identität des Unbekannten noch im dunkeln, doch sei man zuversichtlich, daß man bald seinen Namen wisse, weil er am Tatort Fingerabdrücke zurückgelassen habe. Jeder, der sachdienliche Angaben über den Verbleib des Mannes und seines Wagens machen könne, werde aufgerufen, sich umgehend mit der nächsten Polizeidienststelle in Verbindung zu setzen. Alles in allem, so der zuständige Pressesprecher der Polizei in Melbourne, gehe man davon aus, den Mörder relativ schnell fassen zu können, um ihn seiner gerechten Strafe zu überführen.

Anderson las den Artikel zweimal, und dann noch einmal, ehe er die Zeitung schließlich wie betäubt sinken ließ. Sein Kopf schwirrte. Er konnte es einfach nicht fassen.

Man suchte ihn wegen des Mordes an Corporal Kosnar!

Er sah sich unbehaglich um. Plötzlich hatte er das Gefühl, alle würden ihn anstarren. Benommen schob er die Zeitung in die Ablage zurück und köpfte gedankenverloren das dritte Fläschchen Whiskey, ließ den Bourbon im Pappbecher kreisen. Wohin sollte das alles führen?

Er – ein Mörder! Und es schien keine Möglichkeit zu geben, seinen Hals aus der Schlinge zu ziehen. Alles sprach gegen ihn. Es gab Fotos, wie er Kosnars Bungalow verließ, seine Fingerabdrücke waren am Tatort gefunden worden. Er hatte lange genug als Reporter gearbeitet, um zu wissen, daß allein der *Anschein* von Schuld und eine geschickte

Meinungsmache bereits ausreichten, um einen Unschuldigen zum Massenmörder zu stempeln. In der Öffentlichkeit war er damit erledigt; alles, was er sagen würde, sähe man als Ausflucht oder Lüge an. Wenn er jetzt mit seltsamen Geschichten über verschwundene Schiffe und sonderbare Flugobjekte an die Presse ging, konnte er sich aussuchen, ob er den Rest seines Lebens lieber in einer Gummi- oder einer Gefängniszelle verbringen wollte – vorausgesetzt, er landete nicht gleich wegen Mordes auf dem elektrischen Stuhl.

Anderson seufzte innerlich.

Das alles war sehr geschickt eingefädelt. Zudem veränderte es seine Situation schlagartig. Er war jetzt ein Mann auf der Flucht und mußte auf der Hut sein. Sein einziger Vorteil bestand darin, daß er bereits auf dem Weg auf die Bahamas war, die nach wie vor unter der Obhut des britischen Commonwealth standen. Da wehte die Flagge der Alten Welt; wahrscheinlich würde er dort vorerst in Sicherheit sein. Die Probleme begannen dann, wenn er wieder in die Vereinigten Staaten zurückkehren wollte. Und noch eine andere Sache bereitete ihm Kopfzerbrechen: daß ihm seine Häscher bereits dicht auf den Fersen waren. Sie wußten genau, wer er war und was er tat.

Unwillkürlich sah Anderson sich um, suchte unter den Passagieren nach bekannten Gesichtern, nach Augenpaaren, die verstohlen zu ihm herüberschauten. Doch es war müßig, sich darüber Gedanken zu machen, ob einer von ihnen ihn vielleicht beschattete. Er würde die Dinge auf sich zukommen lassen müssen. Das hatte er immer getan, und er würde es auch dieses Mal so machen. Er mußte nur die Ruhe bewahren.

Er lehnte sich zurück, nippte an seinem Drink und sah auf den Ozean hinab, der sich tiefblau und endlos weit unter ihnen erstreckte. Langsam beruhigte er sich wieder, genaugenommen gab es keinen Grund, in Panik zu geraten.

Er war ein Mann, dem man alles genommen hatte.

Er hatte nichts mehr zu verlieren.

Was also sollte er fürchten?

Dritter Teil

Bahamas

»Unter dieser Wirklichkeit, in der wir leben und sind,
liegt eine zweite, ganz andere verborgen.«

Friedrich Nietzsche

6.

Donnerstag, 15. Oktober 1948, später

1.

Das Flugzeug landete um kurz nach drei auf dem Flughafen von Freeport, der größten Ortschaft auf Grand Bahama und neben Nassau die einzige Stadt der Bahamas, die dieser Bezeichnung halbwegs gerecht wurde.

Als Anderson das Terminalgebäude betrat, erwartete er, hier ein ähnliches Gedränge an Touristen und Geschäftsleuten vorzufinden wie beim Abflug in Miami, doch er irrte sich. Es hielten sich kaum Menschen in der schattigen Halle auf, und auch auf der Straße waren so gut wie keine Leute unterwegs; die wenigen waren Einheimische auf dem Weg in die Stadt. Freeport breitete sich wie ein Flikkenteppich aus hellen und dunklen Dächern zu Füßen des Plateaus aus, auf dem der Flughafen lag, der im Norden an die umbrafarbenen Hügel der Saragossa Mountains stieß und im Osten von der blauen Platte des Meeres begrenzt wurde. Inmitten von Freeport befand sich der Hafen, wie das Innere eines Hufeisens, während sich weiter die Küste hinauf verschwommen die Umrisse der Freeport Naval Base abzeichneten.

Der Reporter nahm seinen Reisekoffer und ging zu den beiden Taxis hinüber, die vor dem Terminal auf Kundschaft warteten. Der Fahrer des ersten Wagens saß auf der Motorhaube seines schrottreifen Gefährts und las in einem

Sportmagazin. Als er Anderson auf sich zukommen sah, ließ er es sinken und setzte ein Grinsen auf, das um so weißer wirkte, als seine Haut schwarz wie Ebenholz war. Auf dem kurzen Kraushaar saß eine bunte Wollmütze. Schwere Kugeln aus massivem Silber baumelten zu beiden Seiten an den Ohren.

»Ah, Kundschaft!« Er glitt von der Motorhaube und warf das Magazin einfach durch das heruntergelassene Fenster auf den Beifahrersitz. Der Geruch von Schmieröl, Benzin und scharfen Gewürzen ging von ihm aus. »Willkommen in Freeport, Sir! Mein Name ist Louis! Louis Almadovar! Hin und wieder nennen mich die Leute St. Louis!« Er lachte glucksend. »Guten Flug gehabt?«

Anderson ging nicht darauf ein. »Können Sie mich zu einem Hotel bringen, irgendwo in Hafennähe?«

»Dachten Sie an was Bestimmtes?«

Er zuckte mit den Schultern. »Irgendwas, wo man nachts auf dem Klo keine Angst haben muß, von Riesenkakerlaken aufgefressen zu werden.«

»Alles klar! Da kennt Louis genau die richtige Adresse!« Der Schwarze hielt Anderson die Tür auf. »Steigen Sie ein, Sir! Mein Wagen ist Ihr Wagen, ja?«

Anderson stellte den Koffer auf die Rückbank, wartete, bis Louis den Verschlag geschlossen hatte, und legte seufzend den Kopf zurück. Noch immer steckte ihm der Kater in den Knochen, doch nachdem er sich auf dem Flug zwei weitere Male erbrochen hatte, fühlte er sich ein wenig besser; vermutlich würde es reichen, den Tag zu überstehen.

Louis schwang sich hinters Steuer und knallte schwungvoll die Fahrertür zu, wandte sich dann halb nach hinten. »Ich werd Sie ins *Harbor Inn* bringen. Das ist nur einen Steinwurf vom Hafen entfernt. Saubere Zimmer da. Nette Leute. Sie werden es mögen, Sir, glauben Sie mir.«

»Worauf warten Sie dann noch?« fragte Anderson ungeduldig. »Fahren Sie endlich los.«

»Jawohl, Sir!« Louis drehte den Zündschlüssel. Der Motor erwachte mit einem heiseren, asthmatischen Keuchen zum Leben, das Taxi ruckte an und holperte über das Kopfsteinpflaster. Offenbar schon vor Ewigkeiten hatten die Stoßdämpfer des Wagens den Dienst quittiert.

In gemäßigtem Tempo bahnte sich das Taxi seinen Weg durch das Straßengewirr von Freeport. Anderson sah aus dem Fenster und war verblüfft über die schwarze Hautfarbe fast aller Menschen hier. Aber es konnte ja nicht anders sein, bestand doch die Bevölkerung der Bahamas beinahe vollständig aus den Nachfahren ehemaliger Kolonialsklaven. Als weißer Ausländer würde er daher mehr auffallen, als ihm lieb war und er gehofft hatte. Zumindest aber schien es hier keine amerikanischen Zeitungen zu geben; der Kiosk im Flughafen jedenfalls führte keine. Insofern würde er mit ein wenig Glück unbehelligt und unerkannt seinen Ermittlungen nachgehen können. Über die Probleme, die ihn bei seiner Rückkehr in die Vereinigten Staaten erwarteten, beschloß er, sich Gedanken zu machen, wenn es soweit war.

Rechts am Straßenrand glitten die Fassaden mehrerer Bars vorbei, schmierige Absteigen, deren Türen wegen der brütenden Hitze weit offenstanden und den Blick auf düstere Schankräume freigaben, die auf die ersten Gäste warteten. Vor einem Laden hockte ein kleiner schwarzer Junge nackt im Dreck und spielte mit einer Handvoll Murmeln. Staub hing wie ein feiner Schleier in der Luft; tausend verschiedene, fremdartige Gerüche drangen durch das Fenster herein.

»Und? Geschäftlich hier?« fragte Louis von vorne.

Anderson schreckte aus seinen Gedanken auf. »Hm?«

»Ob Sie geschäftlich hier sind, Sir?«

»Oh.« Er fuhr sich mit den Fingern durchs Haar. »Ja.«

»Und?« Louis schaltete höher; das Getriebe ächzte gequält. Draußen schob ein Mann einen Karren voller Kürbisse und Feldfrüchte über das Steinpflaster. »Welche Branche?«

»Sind Sie immer so neugierig?«

Der Fahrer lachte amüsiert. »Meistens.«

Anderson bedachte ihn im Rückspiegel mit einem bösen Blick. »Dann sollten Sie besser achtgeben, daß Sie nicht eines Tages an jemanden geraten, der sich für Ihr Interesse bedankt, indem er Ihnen die Nase bricht.«

Louis' Augen im Spiegel wurden groß, und einen Moment lang sah es so aus, als wolle er etwas sagen. Schließlich jedoch zog er es vor, lieber den Mund zu halten.

Zufrieden verschränkte der Reporter die Arme vor der Brust und sah wieder aus dem Fenster.

Fünf Minuten später hielt das Taxi in einer engen Gasse in der Nähe einer Kirche vor einem schmalen zweigeschossigen Bau, der sich zwischen ein Ladengeschäft und eine Bar zwängte. Auf dem Schild über dem Eingang stand in geschwungenen Lettern HARBOR INN. Im Schatten der Markise lag ein Hund und schlief, den Kopf auf die Vorderbeine gelegt.

»In Ordnung, Mister.« Louis drehte sich zu ihm um. »Da sind wir. Das *Harbor Inn.* Nicht besonders vornehm, aber sauber, und wenn Sie 'n Fünfer drauflegen, schickt Ihnen Mama Medusa für die Nacht eines ihrer Mädchen hoch. Auch sehr sauber und auch nicht besonders anspruchsvoll.« Wieder blitzten seine Zähne.

Anderson verkniff sich einen Kommentar, gab dem Schwarzen zwei Scheine und stieg aus dem Wagen. Louis bedankte sich für das Trinkgeld, indem er den Dieselmotor aufheulen ließ und mit durchdrehenden Reifen anfuhr. Dunkle Abgaswolken husteten aus dem Auspuff.

Anderson fächelte den Staub fort und ging zur Eingangstür des Hotels. Drinnen war es kaum merklich kühler als draußen. Die winzige Halle war hell und freundlich. Auf einem durchgesessenen Stuhl hinter dem Tresen saß eine matronenhafte Schwarze in einem weiten weißen Kleid, das ihre üppigen Formen kaum zu verhüllen vermochte. Als der Reporter ein wenig unschlüssig näher kam, stemmte sie sich ächzend in die Höhe, warf ihre kunstvoll zu einer Milliarde winziger Zöpfe geflochtenen Haare zurück und zeigte ihre kräftigen weißen Zähne.

»Ein Zimmer bitte«, sagte Anderson knapp.

»Drei fünfzig die Nacht.« Die Stimme der Matrone klang rauh wie Schmirgelpapier. »Bettzeug und Seife inklusive, Frühstück geht extra.«

»Okay.« Er schob ihr einen Zehner hin.

Sie ließ den Schein verschwinden, fischte unter der Theke und warf ihm einen Schlüssel zu. »Zimmer 12, zweiter Stock.«

Der Reporter nickte, blieb aber noch stehen. Er wartete darauf, daß sie ihn bitten würde, ein Anmeldeformular auszufüllen oder sich ins Gästebuch einzutragen. Aber die Wirtin tat nichts dergleichen, und so drehte er sich schließlich nach der Treppe um.

In diesem Moment wurde im hinteren Teil der kleinen Halle eine Tür geöffnet, und es erschien eine großgewachsene Schwarze, deren kurzes, geblümtes Kleid mehr von ihrer kakaofarbenen Haut zeigte, als es verbarg. Ihr bis zur Hüfte reichendes Haar war glatt und tiefschwarz und schimmerte bläulich, wie Rabenfedern. Sie musterte Anderson mit professionellem Blick, schenkte ihm ein scheues Lächeln, huschte zu der Matrone und wechselte mit ihr einige geflüsterte Worte, woraufhin sich die dicke Wirtin an den Reporter wandte.

»Das ist meine Nichte Clarissa«, erklärte sie. »Clarissa sagt, Sie gefallen ihr. Wenn sie Ihnen auch gefällt, wird sie heute abend zu Ihnen aufs Zimmer kommen. Fünf Dollar für zwei Stunden, fünfzehn für die ganze Nacht.« Es klang, als spräche sie über das Wetter.

Anderson sah Clarissa an. Sie war hübsch, das Lächeln, mit dem sie ihn bedachte, anziehend, und kurz war er versucht zuzustimmen, einfach um in dieser Nacht nicht allein zu sein. Dann aber schüttelte er bloß stumm den Kopf, ging zur Treppe und stieg hinauf, ohne sich noch einmal nach den beiden Frauen umzudrehen.

Die hölzernen Stiegen knarrten. Als er den ersten Absatz erreichte, hörte er hinter einer der Türen einen Mann singen, doch die Bedeutung der Worte blieb ihm verborgen. Begleitet von dem seltsamen Singsang und einer Mischung verschiedenster Gerüche, die von Paprika über Tabak und Schweiß bis hin zu Maisbrot und Gewürzen reichten, erklomm er die zweite Treppenflucht und stand schließlich vor der Tür seines Zimmers.

In den letzten Tagen hatte er sich so an das Einchecken in immer neuen Hotels gewöhnt, daß er die Einrichtung kaum noch beachtete. Es war sowieso meistens dasselbe: ein Bett, ein Schrank, ein Tisch mit zwei oder drei wackligen Stühlen, und, wenn er Glück hatte, ein Bad, das in diesem Fall aus einer Schüssel und einem Krug Wasser auf der Kommode und einer engen Nische bestand, wo das Klo untergebracht war. Aber zumindest war das Zimmer sauber, und vom Fenster aus hatte man einen wunderbaren Blick über das Hafenviertel von Freeport.

Er stellte den Koffer ab, trat ans Fenster und sah hinaus. Aus dem Einerlei der Häuserfronten schoben sich an manchen Stellen Lagerhallen und Bürogebäude empor, die aber kaum je über vier Stockwerke hinausgingen. Zum Hafen hin beherrschten Verladekräne und Schuppen das Bild, dahinter lag das Meer. Die Sonne spiegelte sich in den braunen Schieferplatten der Dächer, dumpf drang das Dröhnen eines Signalhorns an sein Ohr.

Er schaute zu, wie ein Fischerboot die Mole passierte und in das Hafenbecken fuhr, einen Schwarm Möwen im Schlepp, die krächzend ihren Anteil am Fang forderten. Plötzlich wurde ihm bewußt, daß er seit gestern nachmittag nichts mehr in den Magen bekommen hatte – zumindest nichts *Festes*. Möglicherweise war es gut, einen Happen zu sich zu nehmen; vielleicht verstummte dann auch das Grummeln in seinen Eingeweiden.

Er ließ den Koffer einfach vor dem Bett stehen – was er benötigte, hatte er bei sich –, verließ den Raum, schloß die Tür ab und stieg die Treppe hinunter. Noch immer sang der Mann im ersten Stock dieses sonderbare Kauderwelsch.

Die dicke Matrone auf ihrem Plastikstuhl warf dem Reporter einen hoffnungsvollen Blick zu. »Na, haben Sie es sich anders überlegt? Wegen Clarissa?«

Anderson schüttelte den Kopf. »Tut mir leid, keine Chance. Aber Sie können mir auf andere Weise weiterhelfen.«

Sofort hellte sich ihr pechschwarzes Gesicht auf. »Ah, da sind Sie bei mir genau richtig, Sir. Mama Medusa kann Ihnen bei allem weiterhelfen, was das Herz begehrt.«

»Wunderbar.« Er lächelte liebenswürdig. »Wo kann ich denn hier in der Gegend ein gutes Restaurant finden?«

»Restaurant?« Sie blinzelte.

»Restaurant«, wiederholte er.

Es dauerte einen Moment, bis Mama Medusa begriff,

daß es ihm wirklich bloß um ein Lokal ging. Dann wurde ihr Lächeln wieder breiter. »Ganz in der Nähe hat Nino seinen Laden. Wirklich gutes Essen. Kein Ungeziefer in der Küche. Da können Sie ruhig hingehen. Er ist ein Neffe von mir, wissen Sie?«

Der Reporter grinste. »Mir scheint, die halbe Stadt ist mit Ihnen verwandt.«

Mama Medusa breitete lächelnd die Arme aus. »Meine Familie ist groß.« Statt aber das Thema weiter zu vertiefen, beschrieb sie ihm mit knappen Worten den scheinbar ungeheuer komplizierten Weg.

Anderson versuchte sich alles einzuprägen, dankte ihr und verließ das *Harbor Inn.* Draußen blieb er einen Moment in der sengenden Sonne stehen. Die Hitze waberte über der Straße. Er schob sich eine Zigarette zwischen die Lippen, wandte sich nach links und wanderte eine schmale, leicht abschüssige Gasse hinab. An den Hauswänden klebten die halb abgerissenen Fetzen bunter Plakate.

Rauchend ging er durch das Hafenviertel, bemüht, dem Weg zu folgen, den Mama Medusa ihm beschrieben hatte. Doch es war schwer festzustellen, ob er richtig war oder nicht, da die Straßen und Häuser fast identisch aussahen. Sein einziger Orientierungspunkt war die weiße Kirche, deren seltsam kuppelförmiger Turm über der Gegend aufragte. Er behielt ihn stets im Auge, und tatsächlich, nach zehn langen Minuten stand er schließlich in einer schattigen Seitenstraße vor dem Lokal, das die dicke Wirtin ihm empfohlen hatte. An einem der Fenster stand in Großbuchstaben NINO'S.

Anderson blies Rauch aus, warf die Zigarette aufs Pflaster und trat sie mit dem Absatz aus, ehe er den Perlenvorhang mit den Händen teilte und das Restaurant betrat.

Das Lokal war nahezu verwaist, bloß einer von den fünf

oder sechs Tischen im Raum besetzt – drei Schwarze in Arbeitskleidung hockten auf klapprigen Stühlen, tranken warmes Bier und spielten Poker um einen kleinen Pott Münzen. Auf den Hockern an der Bar saß niemand, und Anderson war nicht böse darum. Ihm war im Moment nicht nach Menschenmassen.

Als hätte ihn das leise Klirren der Vorhangperlen gerufen, tauchte hinter dem Tresen ein untersetzter Schwarzer in grauen Cordhosen mit breiten Hosenträgern auf. Beim Lächeln blitzten in seinem Mund mehrere Goldzähne auf, und er begrüßte den Reporter so überschwenglich, daß er den Impuls verspürte, sich gleich wieder zu verabschieden. Doch die wunderbaren Düfte aus der Küche überzeugten ihn, daß es Schlimmeres gab als aufdringliche Kellner.

Beispielsweise Hunger.

Goldzahn führte ihn zu einem der Tische, rückte ihm den Stuhl zurecht und bat ihn, Platz zu nehmen. Anderson verkniff sich einen Kommentar, setzte sich und nutzte die Zeit, bis der Quälgeist mit der Speisekarte zurückkehrte, um sich eine neue Zigarette anzuzünden. Dann bestellte er nach kurzem Blättern in der Karte ein Steak mit dicken Bohnen, Bratkartoffeln, brauner Sauce, Gemüse und eine Flasche Bier, die Hausmarke. Goldzahn nickte und verschwand in der Küche. Nur eine Minute später stand das Bier bereits vor ihm auf dem Tisch.

Er entkorkte die Flasche und setzte sie an die Lippen. Das Pils war kalt und weit stärker als die amerikanischen Biere, die dagegen dünn wie Wasser schmeckten. Gierig trank er die Flasche beinahe zur Hälfte leer, keuchte erfrischt und wischte sich mit dem Handrücken den Schaum vom Mund.

Das Zeug war wirklich gut.

Bis sein Essen kam, leerte Anderson zwei weitere Flaschen. Dann griff er nach Messer und Gabel und machte sich mit wahrem Heißhunger über die Mahlzeit her, während die Schatten draußen in der Gasse langsam länger wurden und die Schwarzen am Tisch nebenan weiter Karten klopften.

Doch obwohl das Essen wirklich gut war und ihm auch das Bier weiterhin schmeckte, verschlechterte sich seine Stimmung zusehends. Als er schließlich seinen Teller von sich schob und eine Verdauungszigarette anzündete, war er in Gedanken wieder ganz mit den Problemen beschäftigt, die ihn hierher nach Grand Bahama geführt hatten.

Flight 19.

Admiral Bowen.

Auf der Liste des Sergeants in Pompano hatte gestanden, daß die Lieferung für die Freeport Naval Base bestimmt war. Erst jetzt fiel ihm auf, wie seltsam das war, immerhin gehörten die Bahamas zu Großbritannien. Wenn die Army Air Force unter Bowens Aufsicht diese seltsamen Waben auf einen Stützpunkt der Engländer flog, konnte das eigentlich nur bedeuten, daß die USA und England nicht bloß wirtschaftlich näher zusammenrückten, sondern auch militärisch. Gleichwohl wollte es nicht recht in seinen Kopf, weshalb die Army eine andere Nation in dem Spiel um technologischen und militärischen Fortschritt unterstützte. War es der Army nicht bislang immer darum gegangen, sich mit Hilfe überlegener Technologie einen technischen Vorsprung zu sichern und so Amerika für die nächsten dreißig und mehr Jahre unangreifbar zur führenden Weltmacht zu machen? Wie kam es, daß Admiral Bowen bereit war, sein größtes Geheimnis so bereitwillig zu teilen? Und was wollte Bowen ausgerechnet auf den Bahamas mit den seltsamen Waben anfangen?

Anderson überlegte, ob er versuchen sollte, sich in die Freeport Naval Base einzuschleusen. Vielleicht würde er dort das eine oder andere in Erfahrung bringen. Dann allerdings wurde ihm klar, daß er mit den gefälschten amerikanischen Armeepapieren und seiner Uniform auf einem britischen Stützpunkt auffallen würde wie ein bunter Hund. Vermutlich war es besser, zuerst sämtliche Alternativen abzuklopfen, ehe er das Risiko einging, sich in die Höhle des Löwen zu begeben.

Aber wo sollte er mit seinen Ermittlungen beginnen?

Er blies einen letzten Rauchkringel zur Decke. Dann drückte er die Kippe im Aschenbecher aus, holte seinen Notizblock hervor und sah seine Unterlagen durch. Wenn er den Stützpunkt vorerst außer acht ließ, blieben ihm nicht sonderlich viele Möglichkeiten. Vermutlich war es am besten, sich umzuhören, ob hier in der Gegend irgend etwas Seltsames vorging, und den Spuren von Flight 19 zu folgen, was hieß: Er mußte auf das Meer hinaus, zu der Stelle, von wo sich die Staffel zum letztenmal per Funk gemeldet hatte. Vielleicht stieß er dort auf etwas, das ihm weiterhalf.

Sobald er den Entschluß erst einmal gefaßt hatte, wußte er, was zu tun war. Er trank den letzten Schluck Bier, warf einen Fünfer auf den Tisch und stand auf. Der Kellner war gerade in der Küche, um für ein soeben eingetroffenes Pärchen – bislang die einzigen Weißen, die er zu Gesicht bekommen hatte – das Essen zu richten, so daß er den Laden unbehelligt verlassen konnte.

In der letzten Stunde war es ein wenig kühler geworden, der Wind wehte kräftiger. Anderson schob die Hände in die Hosentaschen und folgte dem Geruch des Meeres durch das Labyrinth der Gassen. Nach zehn Minuten öffnete sich das Wirrwarr der Straßen, und die Wohnhäuser wichen zusehends schäbigen Lagerhallen mit kaputten

Scheiben und Bürogebäuden. Es stank nach Fisch und in der Sonne rottenden Algen. Die Rufe der Arbeiter drangen über den Hafen, und wohin man sah, herrschte geschäftiges Treiben.

Anderson ging am Pier entlang. Alte Fischkutter, größtenteils so rostig, als seien sie rot angestrichen, dümpelten im Becken vor sich hin. Schwarze, Latinos und sogar einige Schlitzaugen verpackten die Fänge gerade in Kisten voller Eis, in denen die Fische entweder gleich hier in Freeport zum Kauf angeboten oder weiter ins Innere der Insel gebracht wurden. Ein halbes Dutzend Lastkräne ragten in den Himmel.

Der Reporter wühlte sich durch das Gewirr der Arbeiter, Händler und Fischer und hielt nach einer Bootsvermietung oder etwas Ähnlichem Ausschau. Als er keine entdecken konnte, blieb er schließlich bei einem kleinen Fischkahn stehen. Das Deck glänzte vor Fett. Auf einem Holzblock saß ein Schwarzer mit kahlgeschorenem Schädel und weidete mit einem langen Messer geschickt Fische aus. Die Innereien warf er in einen Eimer neben sich. Hier ließ man nichts verkommen, das Geld bringen konnte.

Anderson räusperte sich.

Der Mann sah auf. Schweiß glänzte auf seinem kahlen Kopf, der wie eine polierte schwarze Bowlingkugel auf seinen breiten Schultern thronte. »Häh?«

»Wo kann man hier Boote mieten?« fragte er.

»Boote mieten?« wiederholte der Fischer.

Der Reporter nickte. »Für einen Ausflug.«

»Na ja, kommt drauf an, wo Sie hinwollen.« Der Schwarze warf den Fisch, den er eben ausgenommen hatte, in eine Plastikkiste und nahm sich den nächsten.

Anderson nannte ihm die letzten Koordinaten von Flight 19.

Der Fischer blinzelte, stieß das Messer in den weißen Bauch des Fischs und sagte: »Das ist mitten im Teufelsdreieck.«

Er bejahte.

»Niemand fährt freiwillig so weit ins Teufelsdreieck.« Die Klinge schnitt den Fisch lautlos auf. »Zumindest niemand, der noch einigermaßen normal im Kopf ist.«

»Ich zahle gut«, sagte Anderson.

Der andere lachte. »Und wenn schon. Was nützt das einem, wenn man nicht mehr dazu kommt, es auszugeben?« Er griff mit der freien Hand in den Fisch, holte die Innereien heraus und warf das feuchte Bündel in den Eimer. »Ich gebe Ihnen den guten Rat, Mister, da wegzubleiben. Sie wissen nicht, worauf Sie sich einlassen.«

Der Reporter blieb ruhig. »Doch, das weiß ich«, sagte er. »Und genau darum will ich dorthin.«

»Schön für Sie.« Der Fischer grunzte. »Aber ohne mich.«

»Kennen Sie dann vielleicht jemanden, der bereit wäre, mich da rauszufahren? Oder kann ich hier irgendwo alleine ein Boot chartern?«

Der Fischer schüttelte den Kopf. »So was wie 'n Bootsverleih gibt's hier in Freeport nicht. Und ich glaube auch nicht, daß sich irgendwer bequatschten läßt, den Job zu machen. Die sind alle nicht lebensmüde genug. Der einzige, bei dem Sie unter Umständen Glück haben könnten, ist Boots.« Er stieß das Messer wuchtig in den Hackblock.

Anderson war skeptisch. »Warum sollte ausgerechnet dieser Boots mir helfen?«

»Na, weil er verrückt ist.« Der Schwarze grinste. Neben ihm im Faß zappelten halbtote Fische. »Total irre, verstehen Sie? Man sagt, er hätte seine Frau erschlagen und Stück für Stück an die Fische verfüttert, als er sie mit einem anderen Kerl im Bett erwischt hat. Man konnte ihm zwar nie irgendwas beweisen, aber wenn Sie mich fragen, war er's. Keine Frage.« Er nickte selbstgefällig. »Geht gar nicht anders.«

»Und wo kann ich diesen Boots finden?«

Der Fischer deutete hinter sich, auf die andere Seite des Hafens, wo die Masten von Segelschiffen im Wind schaukelten. »Bei den Privatpiers. Da liegt sein Kahn, die *Bahama Princess.* Gehen Sie einfach rüber und fragen Sie nach Boots.«

Anderson nickte. »Danke für die Auskunft.«

Er tippte sich zum Abschied an eine imaginäre Hutkrempe und setzte sich wieder in Bewegung. Die Privatpiers lagen ganz auf der anderen Seite des Hafens. Von neuem stürzte er sich in das faszinierende Chaos. Wie anders und fremd dies alles doch war, wie weit von dem entfernt, was er von zu Hause kannte. Obwohl es nur dreihundert Meilen bis zur Küste der USA waren, kam es ihm vor, als befände er sich in einem anderen Universum. Irgendwo in Afrika oder im Orient. Nur die Sprache störte diese Illusion.

Er marschierte über die Mole, ging an den offenen Schiebetüren einer Lagerhalle vorbei, in der Männer mit verschmierten Plastikschürzen an einem Förderband Fisch verarbeiteten, und blieb vor den Piers stehen, wo die Segelschiffe und Yachten von wohlhabenderen Privatleuten auf den Wellen schaukelten. Vor einem der Stege saß auf einem umgedrehten Eimer ein Junge, das Gesicht ein einziges Meer aus Sommersprossen, die Füße nackt und schmutzig, und angelte mit einem Stückchen Schnur, das er einfach um den Finger gewickelt hatte.

Anderson ging neben ihm in die Knie. »Und, beißen sie an?«

Der Junge schüttelte den Kopf; er schien keine Angst vor

dem Fremden zu haben. »Bis jetzt nicht. Bin aber auch noch nicht so lange da.«

»Du kennst dich hier doch bestimmt gut aus, oder?«

Der Junge nickte. »Klar.«

Anderson lächelte. »Dann kannst du mir doch sicher sagen, wo ich hier einen Mann namens Boots finde?«

Statt zu antworten, hielt der Junge ihm die Hand hin, Handfläche nach oben. »Zehn Cents.«

»Geschäftstüchtig, hm?« Anderson gab ihm einen Quarter.

Die Augen des Jungen leuchteten. Rasch ließ er die Münze in den Untiefen seiner knielangen, löcherigen Hosen verschwinden.

»Also, wo ist er?«

Der Junge deutete auf den Steg hinter ihnen. »Boots' Kahn liegt ganz hinten; es ist der, der aussieht, als würd' er in der nächsten Sekunde absaufen.«

»Aha.« Anderson erhob sich. »Danke für die Auskunft.«

Der Junge grinste. »Danke für den Quarter.« Damit stand er auf, zog die Schnur ein, warf sie in den Eimer und machte sich eilig davon. Anderson sah ihm nach, bis er in dem Gewimmel aus Arbeitern und Lastwagen verschwunden war, und lächelte.

Draußen an der Hafeneinfahrt ertönte ein Signalhorn, als das Lotsenboot einen großen Schlepper ins Becken dirigierte. Der Laut riß Anderson aus seinen Gedanken. Seufzend betrat er den Steg; Wasser gurgelte um die Pfosten.

Die meisten der Schiffe hier waren gut gepflegt und ansehnlich. Vor allem einige der großen Segler von zwanzig und noch mehr Metern Länge sahen aus, als würde sich im Sommer die gesamte High-Society darauf tummeln. Mit so was kreuzten Präsidenten und königliche Familien über die Weltmeere.

Ganz anders die *Bahama Princess,* die am Ende des Stegs angetäut lag. Der Kahn sah tatsächlich aus, als würde er jeden Moment im Hafenbecken versinken.

Die *Bahama Princess* war eine sieben oder acht Meter lange Motoryacht, deren beste Zeiten lange, lange zurücklagen. Die Aufbauten waren verzogen und von Wind und Wetter gebleicht. Rost fraß sich längs der Schweißnähte in das Metall, am Bug hatte sich ein Bart aus Muscheln festgesetzt, das Deck war eine einzige Müllhalde. Von dem ganzen Kahn ging der penetrante Gestank nach verrottendem Fisch aus.

Hinterm Steuerrad saß ein muskulöser Schwarzer mit kurzem, angegrautem Haar, einer schwarzen Klappe über dem linken Auge, buschigen Brauen und einem Ziegenbart. Außer seiner knielangen Jeans war der Mann nackt. Die Arme waren fast bis zu den Schultern mit Tätowierungen bedeckt, die auf der schwarzen Haut seltsam deplaziert wirkten. Gelangweilt schnitzte er mit einem riesigen Messer an einem Stück Holz herum. Neben ihm auf dem Boden lagen mehrere leere Flaschen Bier.

»Ehm, sind Sie Mr. Boots?« fragte Anderson.

Der Mann sah auf. Der Blick seines einen Auges wirkte kalt und abweisend. »Wer will das wissen?«

Anderson trat näher an die Reling. »Mr. Boots, mein Name ist David Arkham. Ich hörte, daß Sie vielleicht willens seien, mich gegen ein angemessenes Honorar raus ins Teufelsdreieck zu fahren.« Um von Anfang an keine Mißverständnisse aufkommen zu lassen, nannte er gleich die Koordinaten.

Boots kratzte sich das unrasierte Kinn. »Mitten rein, ja? Was zahlen Sie denn so?«

»Was verlangen Sie denn so?«

Boots schob nachdenklich die Unterlippe vor. »Na ja,

das ist ’n ganzes Stück raus, und dann auch noch das Risiko ...« Er ließ sich die Sache eine Weile durch den Kopf gehen. »Dreißig Bucks«, sagte er schließlich. »Dafür gehört die *Bahama Princess* für einen Tag Ihnen, und ich fahre Sie, wohin Sie wollen.«

Wahrscheinlich erwartete Boots seinen Widerspruch, doch Anderson nickte einfach nur. Er ließ den Blick über das Hafenbecken hinaus aufs Meer gleiten. »Wann kann’s losgehen?«

Boots wiegte den Kopf. »Wann Sie wollen.«

»Morgen früh«, sagte Anderson. »Um sieben.«

»Mit wie vielen Passagieren muß ich rechnen?« Nach kurzem Zögern fügte er hinzu: »Und mit wie vielen Tonnen unsinnigen Zeugs, das Sie für Ihre *Experimente* brauchen?« Er betonte das Wort, als handle es sich um eine ansteckende Krankheit.

»Ich bin allein«, sagte Anderson. »Und ich habe nicht vor, irgendwelche Experimente zu machen. Wie kommen Sie darauf?«

»Na ja, vor ’n paar Tagen hab ich so ’ne Gruppe Forscher ebenfalls da rausgefahren, wo Sie hinwollen. Die waren zu dritt und hatten alle möglichen Meßgeräte und Apparate und Flaschen mit, in die sie Meerwasser gefüllt haben und so was.« Er schnaubte abfällig. »Vollkommene Spinner, wenn Sie mich fragen.«

»Was waren das für Leute?«

»Na ja, so Forscher eben. Von irgendeiner amerikanischen Universität. Miami, was weiß ich? Jedenfalls hieß der Oberlehrer von denen Henderson. Professor Henderson. Komischer Kauz. Echt schräg.« Er gluckste.

»Haben die gesagt, was sie genau untersuchen?«

Boots schob die Unterlippe vor. »Haben sie schon, aber ich hab nich’ die Hälfte davon verstanden. War mir alles

’ne Nummer zu hoch. Irgendwas mit Strahlen und so. Keine Ahnung.« Die Unternehmung schien ihn völlig gleichgültig gelassen zu haben.

»Wissen Sie zufällig, wo man diesen Professor finden kann?«

Boots sah ihn skeptisch an. »Warum interessiert Sie das?«

»Ich möchte mich mit ihm unterhalten«, sagte er. »Darüber, was bei diesen Tests rausgekommen ist.«

Er stöhnte. »Also sind Sie doch so ’n Spinner.« Gleichwohl schien die Aussicht auf dreißig Dollar Grund genug für ihn zu sein, freundlich zu bleiben. Mit der Spitze des Messers wies er in Richtung Hafenviertel. »Der Professor und seine beiden Handlanger haben sich bei Sally eingemietet. In der *Tavern of the Seas.*« Mit kurzen Worten beschrieb er Anderson den Weg.

»Ich werd’s schon finden«, sagte er. »Vielen Dank für Ihre Hilfe, Mr. Boots. Bis morgen.« Damit wandte er sich um.

»Momentchen, Mr. Arkham«, sagte Boots.

Anderson sah ihn fragend an.

»Zwei Sachen noch.«

»Schießen Sie los.«

»Zum einen, wenn wir auf See sind, wird nur das gemacht, was ich sage. Ich trage die Verantwortung für die *Bahama Princess* und ihre Besatzung, also bestimme ich auch, wo es langgeht.«

Er nickte. »Und die andere Sache?«

Der Schwarze richtete das Messer auf ihn. »Nennen Sie mich *nie wieder* Mr. Boots, wenn Sie nicht wollen, daß ich Ihnen die Ohren abschneide. Ich heiße Boots. Einfach nur Boots. So wie die Sklaven hier früher.«

Anderson grinste. »Alles klar.«

»Dann sind wir uns einig?« fragte Boots.

»Ja«, sagte Anderson. »Wir sind uns einig.«

2.

Obwohl der Reporter sich nicht recht darüber im klaren war, was es bringen würde, mit diesem Professor Henderson zu sprechen, fragte er sich zu der Pension durch, die Boots ihm genannt hatte. Die *Tavern of the Seas* lag ganz in der Nähe des Restaurants, wo er gegessen hatte. Als er seine Zigarette in den Rinnstein schnippte, die Tür aufstieß und das Foyer betrat, schlugen die Glocken des nahen Kirchturms sieben Mal.

Drinnen hob eine hagere Asiatin mit großen, mandelförmigen Augen und spitzem Kinn den Kopf von einer Zeitschrift. »Guten Tag, Sir. Kann ich etwas für Sie tun?« Ihr Akzent war kaum zu erahnen.

»Ich möchte zu einem Ihrer Gäste«, sagte Anderson knapp. »Sein Name ist Henderson. Professor Henderson, aus Miami.«

Die Asiatin lächelte. »Ja, der Professor. Erster Stock.«

Anderson deutete zur Treppe. »Da hinauf?«

Sie nickte. »Zimmer 9.«

Der Reporter bedankte sich und ging die Stufen hinauf. Im ersten Stock fiel milchiges Sonnenlicht durch ein Fenster am Ende des Korridors auf den verblichenen Teppich.

Vor der Tür von Zimmer 9 blieb Anderson stehen. Dahinter war alles ruhig. Zögernd hob er die Hand, um zu klopfen.

Das Pochen war noch nicht ganz verklungen, als im Zimmer bereits Schritte laut wurden. Eine Männerstimme erklang. Sie wirkte genervt, aber nicht unfreundlich.

»Na, endlich, Hirshenson! Wo bleiben Sie so lange?«

Die Tür wurde weit geöffnet, und ein Mann, mindestens einen Kopf kleiner als Anderson, stand vor ihm. Die Augen hinter den dicken Gläsern der Hornbrille schielten so heftig, daß Anderson nicht sicher war, ob der Kerl ihn ansah oder an ihm vorbeischaute. Dennoch war offensichtlich, daß er mit jemand anderem gerechnet hatte.

»Sie sind nicht Hirshenson«, stellte er sachlich fest.

Anderson schüttelte leicht verblüfft den Kopf. »Nein. Mein Name ist Arleigh. David Arleigh.«

Der Mann musterte ihn aufmerksam von oben bis unten. »Komisch, den Namen kenne ich nicht. Sie sind jedenfalls keiner meiner Studenten. Und trotzdem kommen Sie mir irgendwie bekannt vor.« Er legte leicht den Kopf schief. »Sind wir uns schon einmal begegnet?«

»Nicht daß ich wüßte. Aber ich kenne *Sie*. Professor Henderson, nicht wahr?«

Der kleine Mann nickte. Die wenigen weißen Haare, die er noch besaß, konnten seine hohe Stirn nicht verbergen. »Das bin ich. Aber da Sie nicht Hirshenson sind und ich Sie auch sonst nicht kenne, sei mir die bescheidene Frage gestattet, was Sie zu mir führt?«

Der Reporter überlegte, was er preisgeben konnte, ohne sich verdächtig zu machen. »Ich habe von einem Mann am Hafen von Ihnen erfahren«, sagte er. »Sein Name ist Boots. Er erzählte mir, er habe Sie vor einigen Tagen raus aufs Meer gefahren.«

»Stimmt, Mr. Boots. Komischer Kauz.«

»Boots meinte, Sie seien von der Universität Miami beauftragt worden, gewisse Tests auf dem Meer durchzuführen. Ist das richtig?«

»Das ist richtig. Allerdings haben unsere Experimente mit dem Meer an sich eher sekundär zu tun.« Henderson trat zurück und zog die Tür weiter auf. »Aber wollen Sie nicht hereinkommen? Ich unterhalte mich nicht gerne zwischen Tür und Angel.«

Anderson lächelte. »Danke.«

Er trat ein. Professor Henderson schloß hinter ihm die Tür und führte ihn durch den kurzen Flur ins Zimmer, wo es ein wenig wie in einem Labor aussah. Auf dem Tisch war eine sonderbare Konstruktion aus Bunsenbrennern, Glaskolben und anderen Instrumenten aufgebaut, offenbar für eine chemische Analyse. In der Ecke standen einige große technische Apparate, deren Sinn und Zweck nicht auf den ersten Blick ersichtlich war; ein Gerät davon erinnerte entfernt an einen mutierten Staubsauger. Praktisch jeder freie Fleck im Raum war mit Papieren, Notizen und Büchern bedeckt, bis auf einen schmalen Trampelpfad zum Bett, dem einzigen Platz im Zimmer, der nicht vollkommen zugemüllt war.

Den Professor schien das Chaos nicht zu stören. Er deutete auf das Bett, bat Anderson, sich zu setzen, und nahm ebenfalls Platz. Erst jetzt bemerkte der Reporter leicht amüsiert Hendersons befremdliche Kleidung. Er trug einen karierten braunen Tweedanzug mit Fliege, der bis zu den Knien reichte; darunter begannen braune Kniestrümpfe. Nur mit Mühe konnte Anderson sich ein Grinsen verkneifen.

Henderson griff in die Innentasche seines Jacketts und holte eine Pfeife und einen Tabaksbeutel hervor. »Also, Mr. Arleigh, was kann ich für Sie tun?«, sagte er bedächtig, während er die Pfeife zu stopfen begann.

Anderson kratzte sich am Kinn. »Nun ja, im Grunde möchte ich bloß wissen, was Sie an jenem Ort so interessiert, zu dem Sie mit Boots rausgefahren sind.«

»Sie meinen das Teufelsdreieck?«

Er nickte.

Professor Henderson riß ein Zündholz am Bettpfosten an und schmauchte, bis aromatischer Tabaksduft durch den Raum zog. Dann schüttelte er das Streichholz aus und warf es in den Aschenbecher auf dem Nachttisch. »Wie Sie sicher wissen, ist das Teufelsdreieck ein Gebiet, in dem es, wie manche meinen, nicht mit rechten Dingen zugeht.«

»Die verschwundenen Schiffe«, sagte Anderson.

Henderson grunzte abfällig. »Ob sie wirklich spurlos verschwinden, ist eine Frage, die noch zu klären sein wird, denn *nichts* auf der Welt vergeht vollständig, rein physikalisch gesehen. Etwas bleibt von allem zurück. Es ändert vielleicht seine Form, aber es ist noch immer da. Als Energie, als Atom …«

»Interessant.« Der Reporter holte seine Zigaretten hervor. »Aber was genau machen Sie *hier*?«

Der Professor schmauchte. »Wir arbeiten daran, die Auswirkungen von radioaktiver Strahlung auf die Umwelt zu erforschen.«

Anderson runzelte die Stirn. »Ich dachte, Radioaktivität sei nicht schädlich.«

Henderson nickte. »Es gibt aber Hinweise, daß radioaktive Strahlung gewisse Veränderungen an Flora und Fauna bewirken kann, und meine Aufgabe besteht darin herauszufinden, in welchen Formen sich dies äußern kann.«

»Verstehe«, sagte Anderson, obwohl das keineswegs der Fall war. Wie sollte etwas, das man nicht sehen, nicht riechen und nicht anfassen konnte, irgendeinen Einfluß auf Pflanzen oder Tiere haben können? Doch er behielt seine Zweifel für sich. »Und warum sind Sie raus aufs Meer gefahren? Ich dachte immer, Radioaktivität findet man nur da, wo sie Atombomben testen.«

Henderson schüttelte den Kopf. »Das stimmt nicht ganz. Natürlich wird bei Atomexplosionen Radioaktivität freigesetzt, aber zuweilen findet man sie auch in der freien Natur, mal in größerer, mal in geringerer Konzentration.

Zum Beispiel kann man häufig in der Wüste eine gewisse Strahlung messen, wie überhaupt überall dort, wo es größere Ansammlungen von Gestein gibt, beispielsweise in den Bergen oder in Steinbrüchen. Der Grund dafür sind oftmals Metallablagerungen in den Steinen.«

»Und im Teufelsdreieck gibt es Radioaktivität?«

»O ja, und zwar in einer Dosis, die um ein Vielfaches höher ist, als sie eigentlich sein dürfte. Allerdings kennen wir bereits seit einiger Zeit die Ursache dafür. Seit etwa zehn Jahren weiß man, daß in den Gewässern zwischen Florida und den Bahamas das größte Uranerzvorkommen der Welt lagert.«

Anderson sah ihn fragend an. »Uranerz?«

»Uranerz ist der Grundstoff, aus dem Materialien wie Uran und Plutonium gewonnen werden«, erklärte Henderson geduldig. »Im Grunde kommt Uranerz nicht sonderlich selten vor, doch die Menge im Gebiet des sogenannten Teufelsdreiecks ist gewaltig, geht man von der Stärke der Strahlung an der Wasseroberfläche aus und rechnet auf die tatsächlich vorhandene Masse zurück. Genaue Angaben kann man natürlich erst machen, wenn man ernsthaft versuchen würde, das Material abzubauen.«

»Und warum ist das bislang nicht geschehen?«

Henderson schwieg einen Moment, schien die Antwort genau abzuwägen. »Nun, zum einen aus politischen Gründen. Das Gebiet liegt genau zwischen amerikanischem und englischem Hoheitsgebiet, und zwar so weit draußen auf dem Meer, daß es sich eigentlich in freiem Gewässer befände – gäbe es in der Gegend nicht einige vorgelagerte Inseln sowohl der USA als auch der Briten, die entsprechend zum Hoheitsgebiet der beiden Länder gehören und sich mit ihren Hoheitsgewässern überschneiden.« Er seufzte. »Deshalb konnten die Politiker sich bislang nicht einigen, wer einen Anspruch darauf hat. Das ist alles sehr kompliziert.«

Anderson beugte sich vor. »Und zum zweiten?«

Diesmal fiel Hendersons Antwort knapper aus: »Das Uranerz liegt so tief, daß es einen erheblichen Aufwand bedeuten würde, es zu fördern. Und eine Menge Geld kosten, sofern es uns mit der momentan zur Verfügung stehenden Technik überhaupt möglich ist, an das Uranerz heranzukommen. Aber ebenso wie eine große Anzahl meiner Kollegen bin auch ich der festen Überzeugung, daß sich eine Investition hier mehr lohnen würde als der Bau jeder einzelnen Atombombe, denn es ist eine Investition in unsere Zukunft – in *unser aller* Zukunft.« Seine Augen leuchteten vor Begeisterung.

Anderson konnte ihm nicht folgen. »Wie meinen Sie das? Wo liegt der Zusammenhang?«

Der Professor klopfte Asche aus dem Pfeifenkopf, nahm wie beiläufig eine Zeitung vom Bett, faltete sie sorgsam zusammen und legte sie auf den überquellenden Nachttisch. »Uranerz ist die Energiequelle der Zukunft«, führte er aus. »Atomenergie, verstehen Sie? Atomkraft. Irgendwann werden die Kohlevorräte der Welt zur Neige gehen, aber mit Uran können Sie mit einem Bruchteil der Menge, mit der Sie heute eine Stadt mit Strom versorgen, ein Vielfaches an Energie gewinnen, und zwar zu einem viel günstigeren Preis als mit den herkömmlichen Methoden. Außerdem, denken Sie nur mal an die Umwelt – keine Abgase mehr, kein Ruß in der Luft. Atomkraft ist sauber, billig und menschenfreundlich.« Er lächelte versonnen mit der Pfeife im Mund.

»Und wie«, fragte Anderson, »kommt es zu solchen enormen Mengen von dem Material ausgerechnet unter dem Teufelsdreieck?«

Professor Henderson strich sich eine verirrte weiße Strähne aus der Stirn. »Dazu gibt es mehrere Theorien. Eine besagt, daß sich in diesem Gebiet durch die extrem dünne Erdkruste und die ständig sich bewegenden Kontinentalplatten ein Teil des Erdinneren ein Stückchen nach oben geschoben hat, wie Magma bei einem Vulkanausbruch. Mit anderen Worten: Die Anhänger dieser These gehen von Unmengen von weiterem Uranerz im Innern der Erde aus, das sich an dieser bestimmten Stelle sammelt und an die Oberfläche tritt.«

»Und die anderen Theorien?«

Der Professor zögerte. »Nun, einige meiner Kollegen vertreten genau die gegenteilige Ansicht, daß nämlich Uranerz auf der Erde von Natur aus überhaupt nicht vorkommt und alles Uran, was wir auf diesem Planeten haben, ursprünglich von anderswoher stammt.«

»Wie das?« fragte Anderson verwirrt.

»Meteoriten«, erklärte der Professor. »Kometen, die in der Urzeit der Erde hier eingeschlagen sind.«

»Aus dem Weltraum?« Anderson war nicht sicher, ob er richtig verstanden hatte.

Henderson nickte. »Man nimmt an, daß der Meteorit, der vor Millionen Jahren die Dinosaurier ausgelöscht hat, hier im Meer gelandet und möglicherweise die Quelle des Uranerzes ist, das hier so massiv vorkommt. Über seine Herkunft kann man bloß spekulieren; manche vermuten, er käme vom Mars.« Er lächelte, offenbar nahm er diese Theorie nicht besonders ernst. »Amüsant, nicht wahr?«

Andersons Lächeln fiel ein wenig gequält aus. Das hatte zwei Gründe. Zum einen schwirrte in seinem Kopf plötzlich das Wort »Mordstein« herum, das er von Kosnar aufgeschnappt hatte, und zum anderen fiel sein Blick in diesem Moment auf die Zeitung, die der Professor vorhin auf den Nachttisch gelegt hatte. Es war der *Miami Herold* von heute.

Mit einem Schlag krampfte sich sein Magen zusammen, doch er zwang sich, ruhig zu bleiben. Mißtrauisch musterte Anderson den Professor, suchte in seinem Gesicht nach einem Zeichen, daß Henderson seinen fremden Besucher erkannt hatte. Plötzlich bekamen dessen Begrüßungsworte einen bitteren Beigeschmack.

Sie kommen mir irgendwie bekannt vor ... Sind wir uns schon einmal begegnet?

Wußte Henderson, wer er war?

Es hatte nicht den Anschein. Der Professor wirkte vollkommen normal, ganz entspannt, nicht so, als glaubte er sich mit einem gesuchten Mörder allein in einem Raum; oder er war der beste Schauspieler, den Anderson je getroffen hatte.

Dennoch hatte er es jetzt eilig, das Gespräch zu beenden, denn selbst wenn Henderson mit seinem Gesicht noch keinen Namen verband, konnte sich das rasch ändern; bis dahin wollte er über alle Berge sein. Betont ruhig sagte er: »Könnte dieses Uranerz im Teufelsdreieck unter Umständen gewisse physikalische ... Anomalien verursachen?«

Henderson krauste die Stirn. »Anomalien welcher Art?«

Anderson wählte seine nächsten Worte mit Bedacht. »Könnte das Uranerz irgendwie Einfluß auf die normalen physikalischen Kräfte nehmen? Magnetkompasse von der Richtung abbringen, zum Beispiel?«

»Eine interessante Idee.« Der Professor dachte einen Moment darüber nach. »Doch, ich denke, das wäre durchaus möglich. Wenn das Metall in dem Gestein irgendwie polarisiert würde wie ein Magnet, müßte es gehen.« Er sah den Reporter verwundert an. »Wie kommen Sie darauf?«

Anderson winkte ab. »Nur so ein Gedanke.«

Der Professor öffnete den Mund, wie um zu widersprechen, schloß ihn aber gleich wieder und beließ es bei Andersons Worten. Schließlich zog er den Ärmel seiner Tweedjacke zurück und warf einen Blick auf die Uhr. »Schon halb acht«, stellte er fest, mehr zu sich als zu seinem Gast. »Vielleicht sollte ich nach Hirshenson sehen. Er müßte längst hier sein.«

Anderson drückte seine Zigarette aus und stand auf; das war seine Chance, ohne weitere lästige Fragen zu verschwinden. »Dann will ich nicht länger stören. Sie haben mir sehr geholfen, Professor.« Mit einemmal wollte er nur noch weg; weg aus diesem Raum, weg von dieser verfluchten Zeitung.

Henderson brachte ihn zur Tür. »Ach ja? Und wobei?«

Anderson zwang sich zu einem Lächeln. »Das weiß ich selbst noch nicht so genau, aber sobald ich es herausfinde, sind Sie der erste, der es erfährt.« Er reichte dem Professor die Hand. »Es hat mich gefreut, Sie kennenzulernen.«

Henderson lächelte. »Ganz meinerseits.«

Der Reporter trat auf den Flur hinaus, froh, der Enge des überquellenden Zimmers zu entkommen. Ihr Abschied fiel denkbar knapp aus. Dann war Anderson auf dem Weg nach unten, während der Professor am Ende des Korridors an eine Tür klopfte und den Namen seines Assistenten rief.

»Hirshenson? Hirshenson, sind Sie da?«

Sobald der Reporter vom Flur aus nicht mehr zu sehen war, atmete er erleichtert auf. Die Treppe lief er fast hinunter, doch erst als er die Pension verließ und die Abendsonne ihn mit ihrem warmen Schein empfing, verflog die Panik ein wenig, auch wenn ihm allmählich das ganze erschreckende Ausmaß dieses Mordverdachts bewußt wurde.

Es war ein kluger Schachzug von Admiral Bowen gewesen, ihn als Mörder hinzustellen, da er ihn damit jeglicher Perspektive beraubte und ihm die Möglichkeit nahm, bei offiziellen Stellen um Hilfe nachzusuchen. Zur Polizei gehen konnte er nicht, das Militär suchte ihn sowieso, und jeder, der ihn auf der Straße erkannte, würde zum nächsten Münzfernsprecher laufen, um sich die Belohnung zu verdienen, die man für sachdienliche Hinweise ausgesetzt hatte.

Er war vollkommen auf sich allein gestellt.

3.

Nachdem er die *Tavern of the Seas* verlassen hatte, kehrte er auf dem schnellsten Wege zu seinem Hotel zurück; er wollte nur noch seine Ruhe haben. Unterwegs kaufte er in einem kleinen Laden zwei Päckchen Zigaretten und eine Flasche guten amerikanischen Scotch. Dann stieg Anderson die Treppe hoch und schloß sich in seinem Zimmer ein, wo er die Jacke achtlos von den Schultern streifte und sich schwer aufs Bett fallen ließ. Er fühlte sich entsetzlich. Der Kater war zurückgekehrt, und der Mischmasch aus Whiskey und Bier in seinem Magen machte alles noch schlimmer. Auch seine Kopfschmerzen meldeten sich hämisch zurück, als ob sie in einer dunklen Ecke seines Schädels nur auf eine günstige Gelegenheit gewartet hätten, ihn von neuem zu malträtieren.

Eine Weile lag der Reporter reglos da und versuchte sich zu entspannen. Es dauerte einige Zeit, bis er sich wieder so weit unter Kontrolle hatte, daß er aufstehen und zur Kommode wanken konnte, um aus dem Krug warmes Wasser in die Schüssel zu gießen und sich den Schweiß vom Gesicht zu waschen. Danach fühlte er sich ein wenig besser, doch als er in den Spiegel schaute, sah er immer noch so beschissen aus wie vorher, die Haut blaß und käsig, die Augen tief in den Höhlen. Vermutlich war es am besten, wenn er sich trotz der frühen Stunde zu Bett begab, um morgen früh fit zu sein für die Tour mit Boots hinaus ins Teufelsdreieck.

Aber vorher mußte er noch telefonieren.

Der Apparat hing draußen im Flur, am Ende des Korridors, in einer Nische gegenüber der Tür zur Feuertreppe. Der Reporter verließ sein Zimmer, warf eine Münze in den Schlitz und meldete bei der Dame von der Vermittlung ein Ferngespräch in die Vereinigten Staaten an. Er nannte ihr den Namen des Teilnehmers, den er sprechen wollte, warf weitere Münzen ein und wartete, bis sie die Verbindung hergestellt hatte und das Wählzeichen erklang.

Am anderen Ende der Leitung klingelte es.

Anderson lehnte sich mit dem Rücken gegen die Wand und zog seine Zigaretten aus der Tasche.

Der Captain hob nach dem zweiten Klingeln ab, als hätte er neben dem Apparat gewartet.

Anderson nannte seinen Namen.

»David!« Taylors Stimme überschlug sich fast. »Was, zur Hölle, haben Sie mit Kosnar gemacht? Verflucht, Sie sollten sehen, ob Sie irgendwelche Informationen aus ihm rauskriegen. Sie sollten ihn nicht *töten*!«

»Ich habe ihn nicht umgebracht«, sagte Anderson ruhig.

»Sie haben ihn nicht –«

»Nein.« Er riß ein Zündholz an. »Das war ein anderer.«

Einen Moment lang herrschte Schweigen in der Leitung. Dann sagte Taylor langsam: »Militär?«

»Vermutlich.« Anderson zündete die Zigarette an. »Ich

weiß jetzt, wer hinter dieser ganzen verdammten Sache steckt.«

»Wer?« wollte Taylor wissen.

»Admiral James Bowen«, sagte Anderson. »Ein hohes Tier bei der Navy. Vielleicht kennen Sie ihn.«

»Und ob ich Admiral Bowen kenne.« Captain Taylor war seine Überraschung deutlich anzuhören. »Bowen ist ein verdammter *Held*. Er hat im 2. Weltkrieg mehr Orden gesammelt als –«, ein Knistern in der Leitung verschluckte seine nächsten Worte. Als die Verbindung nach zehn Sekunden wieder in Ordnung war, klang seine Stimme seltsam besorgt: »Hallo? Sind Sie noch da? Anderson?«

»Ja, ich bin noch da.« Er blies Rauch aus.

»Die Verbindung ist nicht sehr gut. Sie klingen ziemlich weit weg. Wo sind Sie?«

»Auf den Bahamas«, erwiderte er. »Freeport.«

»Was um alles in der Welt machen Sie auf den Bahamas?« fragte Taylor verblüfft.

»Admiral Bowen ist hier. Also bin ich es auch.«

Irgend etwas in seiner Stimme schien ihn zu verraten, denn Taylor hakte mißtrauisch nach: »Er ist derjenige, der den Tod Ihrer Frau auf dem Gewissen hat, nicht wahr?«

Der Reporter antwortete nicht, rauchte nur.

Trotzdem wußte Taylor, daß er recht hatte. »Mr. Anderson ... David ... Hören Sie, ich weiß, wie schwer es für Sie sein muß, aber ich bitte Sie, lassen Sie sich zu nichts hinreißen. Bowen ist es nicht wert, daß Sie für ihn Ihr Leben wegwerfen.«

Anderson lachte. »Was für ein Leben? Zara ist tot, und zu Hause sucht man mich als Mörder. Können Sie sich vorstellen, was das bedeutet? Jetzt bin ich Freiwild für jeden, der sich die Belohnung verdienen will.«

»Sie könnten sich verstecken«, sagte Taylor. »Bis Gras über die Angelegenheit gewachsen ist.«

Anderson lachte verbittert. »Mord verjährt nicht.«

»Dann versuchen Sie Ihre Unschuld zu beweisen.«

Er zog eine Grimasse. »Ihre Vorschläge werden immer besser, Captain. Ich habe das Gefühl, Sie sind sich nicht im klaren, mit wem wir es hier zu tun haben. Wir reden nicht von irgendeinem John Doe, der böse auf mich ist, weil ich ihm ans Bein gepinkelt habe. Das hier ist die US-Army, verstehen Sie? Uncle Sam! Wenn die wollen, daß ich schuld am 2. Weltkrieg bin, dann bin ich schuld am 2. Weltkrieg!«

Taylor schwieg betreten.

»Wie auch immer.« Anderson zwang sich zur Ruhe. »Die Dinge laufen trotz allem gut. Es ist zwar noch zu früh, irgend etwas Konkretes zu sagen, aber diese Sache zieht immer gewaltigere Kreise. Sobald ich Näheres weiß, informiere ich Sie darüber.«

»Dann hören wir morgen abend wieder voneinander?«

»Morgen«, bestätigte er. »Selbe Stelle, selbe Welle.«

»Und, David?«

»Hm?«

»Passen Sie auf sich auf, okay?«

Anderson mußte schmunzeln. »Sie klingen wie meine Mutter.«

»Ich *bin* etwas in der Art für Sie«, sagte der Captain ruhig. »Zumindest, bis diese ganze verdammte Scheiße wieder vom Tisch ist.«

Sie verabschiedeten sich.

Erst als Anderson den Hörer einhängte und zu seinem Zimmer zurückging, fiel ihm ein, daß er völlig vergessen hatte, sich nach Sparkey zu erkundigen.

4.

Nach dem ersten Viertelliter Scotch fühlte Anderson sich etwas besser, obwohl sein Schädel noch immer dröhnte, als liefe ein kleines, hämisch kicherndes Männchen in seinen Hirnwindungen herum und schlüge mal hier, mal dort seine Spitzhacke in das graue Gewebe. Bei geschlossenen Vorhängen, um das Licht der Abenddämmerung auszuschließen, saß er auf dem Bett, den Rücken gegen das Kopfteil gelehnt, und starrte die gegenüberliegende Wand an. Sein blasses Gesicht blickte teilnahmslos aus dem Spiegel über der Kommode zurück.

Obwohl er sich bemühte, sich zu entspannen, kehrten seine Gedanken immer wieder zu Professor Henderson und dem Uranerz zurück, das in den Tiefen des Teufelsdreiecks lagerte. Konnte das Uranerz irgend etwas mit dem Verschwinden von Flight 19 zu tun haben?

Nachdenklich setzte er die Flasche an die Lippen und verzog das Gesicht, als sich der Alkohol wie flüssiges Feuer den Weg hinab in seinen Magen brannte. Dann stellte er den Scotch auf den Nachttisch, streifte das St.-Christophorus-Medaillon über den Kopf und ließ es an der feinen Silberkette durch seine Finger gleiten. Zara hatte gesagt, es sei ein Glücksbringer, der ihn beschützen und ihm Glück bringen sollte. Bis jetzt schien der Heilige St. Christophorus aber jedesmal anderweitig beschäftigt gewesen zu sein, wenn er seine Hilfe brauchte.

Schweigend betrachtete Anderson das Medaillon, fuhr mit den Fingern die feinen Ätzungen der Figur des Heiligen ab, der das Christuskind über einen Fluß trug, und mit einemmal war die Last auf seinen Schultern so gewaltig, daß er kaum noch atmen konnte. Alles schien plötzlich so vollkommen sinnlos. Wofür begab er sich eigentlich in Gefahr? Weshalb sollte er überhaupt ein neues Leben beginnen, ohne die Frau, die er geliebt hatte?

»Oh, Zara«, murmelte er. »Wohin soll das alles führen?«

Zara schwieg.

Und St. Christophorus war einmal mehr anderweitig tätig.

7.

Freitag, 16. Oktober 1948

1.

Als er am nächsten Morgen in aller Frühe das Hotel verließ, schlief Freeport noch. Auf seinem Weg durch die dunklen Gassen traf er kaum eine Menschenseele. Die Fenster der Häuser waren dunkel. Bloß das nahe Rauschen des Meeres und das Bellen eines Hundes in irgendeinem Hinterhof begleiteten ihn.

Nur im Hafen selbst herrschte bereits rege Betriebsamkeit. Die ersten Fischerkähne hatten am Pier festgemacht und waren dabei, ihren Fang zu verladen. In der Nacht hatte ein großer kanadischer Frachter angelegt; mehrere schwarze Arbeiter löschten gerade die Ladung, riesige Holzkisten, die auf Karren in eine der Lagerhallen gebracht wurden. Gedämpftes Stimmenwirrwarr wehte über das Wasser des Hafenbeckens, und erste Möwen kreisten am Himmel, um sich ihr Frühstück zu sichern.

Auf dem Steg, an dem die *Bahama Princess* lag, saßen zwei Männer in Gummistiefeln, ließen die Beine baumeln, rauchten und aßen Sandwiches. Als der Reporter an ihnen vorbeikam, sahen sie kurz auf und nickten ihm zu. Anderson erwiderte den Gruß und ging an ihnen vorbei. Die Bohlen knarrten unter seinen Schuhen.

Als er vor der *Bahama Princess* stehenblieb, tauchte Boots aus der Kabine auf, den Oberkörper trotz der Kühle des

Morgens genauso nackt wie gestern, und stellte eine Angel gegen die Reling. Daneben stand eine bunte Kühltruhe.

»Ah, Mr. Arkham! Pünktlich wie die Feuerwehr.«

»Wie verabredet«, antwortete Anderson.

»Dann kommen Sie an Bord.« Boots vollführte eine einladende Geste. »Mein Schiff ist Ihr Schiff, heißt es nicht so?«

»So ungefähr.« Anderson sprang vom Steg in das Boot. Die Yacht schwankte nur leicht. »Wann können wir ablegen?«

»Sobald ich meine Kohle habe.« Boots hielt die Hand auf. Die Tätowierung eines Meeresgottes mit Dreizack auf seinem Oberarm grinste den Reporter höhnisch an.

Anderson holte die Rolle mit dem Geld hervor und zählte dem Schwarzen dreißig amerikanische Dollar in die Hand. Zufrieden ließ der Fischer die Scheine verschwinden, während Anderson das restliche Geld wieder in die Hosentasche steckte.

»Okay, dann sind wir soweit. Machen Sie es sich irgendwo bequem, Amigo.« Seine Handbewegung umfaßte das ganze Boot. »In der Tasche da vorn ist kaltes Bier, wenn Sie möchten. Fünfzig Cents pro Flasche.« Damit schwang er sich über die Reling der *Bahama Princess,* kletterte auf den Holzsteg und begann, die Leinen loszumachen, während Anderson sich auf die schmale Bank am Bug des Kahns sinken ließ. Der Wind, der von der offenen See in den Hafen drang, war kühl und frisch. Vermutlich würde es draußen auf dem Meer noch kälter werden. Bloß gut, daß er seine Jacke mitgenommen hatte.

Boots stieß die Yacht mit den Füßen vom Steg ab, sprang mit einem kraftvollen Satz ins Boot und ging zum Ruderstand. Bevor er den Starter drückte und den Dieselmotor anließ, wandte er sich noch einmal an den Reporter.

»Ah, Mr. Arkham?«

Anderson sah ihn an.

Boots kratzte sich unschlüssig das Kraushaar. »Bitte, verzeihen Sie mir meine Neugierde, aber ich würde gern wissen, warum Sie soviel Geld für diese Tour bezahlen, wenn Sie weder angeln noch irgendwelche Experimente machen, so wie der Professor. Was wollen Sie da draußen im Teufelsdreieck?«

»Ich suche etwas«, erklärte Anderson.

»Und was? Ich meine, was um alles in der Welt glauben Sie ausgerechnet dort draußen auf dem Meer zu finden?«

»Die Wahrheit«, erwiderte Anderson knapp.

2.

Sobald der Morgen blinzelnd sein großes gelbes Auge auftat und den Ozean mit seinem magischen Glanz überfloß, legten sie ab. Die *Bahama Princess* glitt vom Steg fort, und Boots startete durch Knopfdruck den Motor. Wasser gurgelte, als sich die Schraube am Heck zu drehen begann. Ein Schwarm Möwen begleitete sie, während Boots die Yacht durch den Parcours der Fischerboote, Schlepper und Segler steuerte und auf die Außenmole zuhielt. Zügig schnitt das Boot durch die seichten Wellen.

Anderson saß am Bug, rauchte und sah zu, wie vor ihnen über dem Pazifik der Morgen dämmerte. Es sah aus, als würde die Sonne direkt aus dem Meer emporsteigen, wo sie am Abend zuvor versunken war. Das Wasser blitzte und glitzerte.

Boots lehnte sich am Steuerrad zurück und schob den Gashebel weiter nach oben. Wasser sprudelte am Heck des Schiffs in die Höhe. Dann tuckerten sie an der befestigten

Mole vorbei, ließen den Hafen von Freeport hinter sich, und plötzlich war da nur noch Wasser.

Wind wühlte durch Andersons Haar. Er klopfte Asche von der Zigarette, drehte sich um und sah zurück nach Freeport, doch sie waren bereits zu weit fort, um noch Einzelheiten erkennen zu können. Der einzige Orientierungspunkt in dem einheitlichen Häusermeer war die weiße Kirche mit dem hohen, kuppelförmigen Glockenturm. Nach einer Weile schnippte er die Kippe über die Reling und wandte sich zu Boots um. »Wie war das mit dem Bier?«

»Fünfzig Cents«, erinnerte der Schwarze ihn grinsend.

Anderson beugte sich über die mit Eis gefüllte Kühltasche, nahm eine Flasche heraus und öffnete sie. »Schreiben Sie's auf meinen Deckel«, sagte er. »Kommt noch mehr dazu.«

»Mir auch eine.« Boots hielt die Hand auf.

»Das zahlen Sie aber selber, Kumpel.« Anderson warf ihm ein Bier zu. Boots fing die Flasche geschickt mit einer Hand auf, machte mit den Zähnen den Deckel ab und trank gierig. Nach zwanzig Sekunden ließ er die leere Flasche einfach fallen. Schaum rann über sein mächtiges Kinn.

Anderson war beeindruckt. »Gut im Training, wie?«

Boots lachte und legte die nackten Füße auf die Aufbauten neben dem Steuer. Der Motor der *Bahama Princess* dröhnte dumpf, während der Kahn sich durch die Fluten fraß. Der Wind hier draußen war stärker, zauste seine Haare, doch Boots schien trotz seines nackten Oberkörpers nicht zu frieren.

»Wann werden wir da sein?« fragte Anderson.

Der Fischer zuckte mit den Schultern. »Kommt drauf an.«

»Kommt worauf an?«

»Na ja, ob das Wetter so gut bleibt. In der Vorhersage

haben sie das zwar gesagt, aber da draußen kann's manchmal innerhalb von Minuten völlig umschlagen. Im einen Moment haben Sie noch vollkommen ruhige See, so glatt wie 'n Kinderpopo, und im nächsten beten Sie, daß Sie den Rettungsring rechtzeitig finden.«

Anderson zog eine Grimasse. »Reizende Aussichten.«

Boots lachte. »Es wird noch besser. Wenn Sie da draußen absaufen, quasi am Arsch der Welt, dann gibt es nämlich nur zwei Dinge, die Ihnen den Hals retten können. Entweder Sie sind ein verdammt guter Schwimmer, oder Sie haben einen da oben, der auf Sie aufpaßt.« Er deutete zum wolkenlos blauen Himmel empor.

Anderson stöhnte. »Wenn Sie mir jetzt auch noch sagen, daß es da draußen vor Haien nur so wimmelt, bin ich restlos bedient.«

»Ach ja.« Boots schlug sich demonstrativ gegen die Stirn. »Und dann sind da natürlich noch die Haie ...«

Anderson brummte etwas Unverständliches und sah wieder aufs Meer hinaus. Wellen brachen sich am Bug des Bootes. Tiefblau und unergründlich breitete sich das Wasser um sie herum aus. Freeport war hinter ihnen bloß noch ein heller Fleck an der elfenbeinfarbenen Küste von Grand Bahama.

Eine Weile trank der Reporter schweigend sein Bier und genoß den Wind, der mit kühlen Fingern über sein Gesicht strich. Es war so friedlich hier draußen. Plötzlich konnte er die Männer verstehen, die ihr gesamtes Leben auf dem Ozean verbrachten und verkümmerten wie Pflanzen ohne Wasser, wenn sie irgendwann an Land bleiben mußten. Er spürte, wie die Last der Sorgen und Probleme, die er mit sich herumschleppte, ein wenig leichter wurde. Hier draußen, weitab vom Land, hatte die Seele die Möglichkeit, frei zu werden.

Boots riß ihn aus seinen Grübeleien. »Wußten Sie, daß das Gebiet, in das Sie wollen, bei den Fischern in der Gegend einen besonderen Namen hat?«

Anderson sah auf. »Ach ja?«

Er nickte. »Es wird Tongue of the Ocean genannt, die Zunge des Ozeans.« Der Schwarze stand auf, klemmte das Steuerrad mit der Schlaufe eines Taus fest, damit das Boot auf Kurs blieb, und kam nach vorne zum Bug, um sich eine neue Flasche Bier aus der Kühltasche zu nehmen. »Das ist eine der tiefsten Stellen im Pazifik. Da geht es zweitausend Meter und noch mehr runter. Manchmal hat man da Fische im Netz, die es sonst nirgends gibt. Viecher, die Sie noch nie gesehen haben. Angeblich hängt das damit zusammen, daß sie da draußen so tief unten leben und nur selten an die Oberfläche kommen. Vor zwei Jahren oder so hat ein Fischer aus Freeport in der Gegend ’nen Fisch aus dem Wasser geholt, von dem meinten die schlauen Leute, er wäre seit Millionen Jahren ausgestorben, wie die Dinosaurier. War so ’n Brocken.« Boots hielt die Hände so weit auseinander, wie er konnte. »Fast zwei Meter lang. Quastenflosser haben sie den genannt. Und ich meine, wenn es da solche Viecher gibt, die angeblich schon lange futsch sind, wer, zur Hölle, will dann sagen, was sich da unten noch für Kreaturen rumtreiben, hm? In dieser Gegend ist es jedenfalls nicht ganz geheuer. Komische Dinge passieren da manchmal.«

Anderson horchte auf. »Was für Sachen?«

Boots ließ sich auf einen Haufen Netze sinken, die wild durcheinandergeworfen an Deck lagen. »Na ja, so Sachen, daß in dem Gebiet plötzlich riesige Tauchobjekte auf dem Echolot zu sehen sind, wie Wale, die auf einmal da sind und sich irre schnell bewegen, und dann sind sie plötzlich wieder weg, und kein Mensch weiß, wohin.«

»Seltsame Geschichte«, murmelte Anderson nachdenklich.

Boots stimmte brummend zu und trank einen Schluck, setzte das Bier wieder ab und warf dem Reporter einen skeptischen Blick zu. »Sie sind ein komischer Bursche, wissen Sie das, Arkham?«

»Wie kommen Sie darauf?«

Boots wiegte den Kopf hin und her. »Na ja, Sie kommen nach Freeport, stellen jede Menge Fragen über Dinge, für die sich sonst kein Schwein interessiert, haben Kohle ohne Ende und tun so, als wären Sie cool wie Stieleis, obwohl jeder sehen kann, daß Ihnen irgendwas ganz heftig an die Nieren geht.« Er trank noch einen Schluck. »Sagen Sie mir, wenn ich mich irre, aber für mich sehen Sie aus wie ein Typ mit 'ner Vergangenheit, die er lieber gestern als morgen hinter sich lassen würde.«

Andersons Miene verdüsterte sich. »Nach allem, was ich über Sie gehört habe, könnte man dasselbe von Ihnen behaupten.«

Zu seiner Verwunderung schien Boots durch seine rüde Antwort nicht im mindesten verletzt. »Sie meinen diese alte Geschichte, daß ich meine Frau mit einer Angelsehne erdrosselt und sie anschließend mit dem Kartoffelschälmesser in der Badewanne zerstückelt haben soll, weil ich sie mit meinem besten Freund auf dem Küchentresen erwischt habe?«

»Das mit der Angelsehne und dem Kartoffelschäler ist mir zwar neu, aber ansonsten meine ich genau das.«

Boots lachte. »Glauben Sie mir, Arkham, ich würde nie eine Frau töten, nur weil sie sich von 'nem anderen durchnudeln läßt; gibt schließlich genug von den Schlampen. O nein, Sir, das einzige, was mich dazu bringen würde, eine Frau zu töten, wäre, wenn die blöde Kuh und ihr Macker mein ganzes schönes Bier ausgesoffen hätten, wenn ich abends von der Arbeit nach Hause komme.« Er hob die Flasche und prostete dem Reporter mit einem breiten Grinsen zu.

Anderson erwiderte die Geste und trank. Dann stellte er die Flasche auf seinen Oberschenkel und sah Boots an. »Wenn Sie Ihre Frau nicht umgebracht haben, wo ist Sie dann?«

»Was weiß ich? Eines Tages kam ich von der Arbeit heim, und sie war weg. Nur ein paar dreckige Klamotten in der Wäsche waren von ihr noch da und ein Brief auf dem Küchentisch.« Er schnaubte. »Was heißt Brief, sie hatte die Rückseite von 'ner Milchrechnung für 'ne kurze Nachricht benutzt, so was in der Art wie: Du bist ein elender Verlierer, ich habe mein Leben an dich verschwendet, du wirst es nie zu was bringen, und überhaupt kann mein Bibelverkäufer sowieso besser ficken als du.«

»Also das übliche«, sagte Anderson trocken.

Boots grinste. »Sie haben Erfahrung, wie?«

»Mit Frauen?« Der Reporter nickte. »Ich kann mich gar nicht mehr erinnern, wie oft ich von meiner ersten Frau denselben Mist zu hören bekommen habe. Sie hielt mich für einen hoffnungslosen Verlierer, sagte, ich würde es nie zu was bringen. Ich war eben nur ein kleiner Zeitungsschmierer. Wahrscheinlich hat sie sich deshalb mit diesen feschen jungen Soldaten eingelassen, mit denen ich sie bei den Mülltonnen hinterm *Roxy* erwischte.« Er seufzte.

»Sie sind Reporter?«

Anderson nickte. »Früher mal gewesen.«

»Und warum jetzt nicht mehr?«

Er winkte ab. »Das ist eine traurige und durch und durch depressive Geschichte, die zum einen zu lang ist, um sie Ihnen zu erzählen, und die Sie zum zweiten nicht das

Schwarze unter den Fingernägeln angeht.« Er lächelte liebenswürdig.

Boots ging nicht darauf ein. »Hat das irgendwas mit Ihrer anderen Frau zu tun?«

Sofort schrillten bei Anderson sämtliche Alarmglocken los, ein Schatten fiel über sein Gesicht. »Woher wissen Sie von Zara?« fauchte er gefährlich leise. Fast automatisch war seine Hand auf dem Weg zum Colt, der unter der Jacke im Gürtel der Jeans steckte.

Boots zuckte zurück, als hätte er ein wildes Tier vor sich. »He, Mann.« Er hob abwehrend die Hände. »Beruhigen Sie sich, okay? Ich weiß nichts von Ihrer Zara. Nur haben Sie vorhin von Ihrer ersten Frau gesprochen, daher nahm ich an, es hätte danach noch eine andere gegeben, kapiert?«

Der Reporter starrte Boots einen endlosen Moment an. Dann merkte er, daß er sich völlig unangemessen verhielt, und zwang sich zur Ruhe. Benommen fuhr er sich mit den Fingern durchs Haar. »Es tut mir leid«, sagte er kleinlaut. »Ich wollte Sie nicht so anfahren. Ist nur so, daß ich auf gewisse Dinge ... na ja, überempfindlich reagiere, und Zara ist eines davon.« Er hielt sich an seiner Flasche fest wie an einem Rettungsanker.

Überraschend einfühlsam fragte Boots: »Wollen Sie darüber reden?«

Anderson schüttelte bloß den Kopf.

Boots musterte ihn noch einen einen kurzen Augenblick. Dann stemmte er sich in die Höhe und ging zum Steuerrad zurück, während Anderson den Blick hinaus aufs Meer schweifen ließ. Sie waren jetzt seit beinahe einer Stunde unterwegs. Um sie herum gab es nichts als Wasser, und es schien unmöglich, daß irgendwo noch etwas anderes existierte.

Anderson trank sein Bier aus, stellte die Flasche neben sich auf den Boden und sah einer Möwe zu, die in der Nähe des Bootes dicht über dem Wasser flog, um dann herabzustoßen und mit ihrem zappelnden Mahl im Schnabel wieder aufzutauchen. Er konzentrierte sich darauf, an nichts zu denken, seinen Kopf zu leeren wie eine Badewanne, aus der man den Stöpsel zieht, und irgendwann spürte er, wie seine Lider schwerer wurden und sein Kopf leichter. Er gähnte; die Ruhe und die frische Luft hier draußen machten müde. Ohne es recht zu bemerken, fielen ihm immer wieder für Sekunden die Augen zu, bis er schließlich nach hinten sank und einfach einschlief.

3.

»He, Sportsfreund! Aufgewacht!«

Boots' Ruf riß Anderson aus seinem Schlummer. Erschrocken schoß er hoch und blickte wild um sich, doch er sah nichts als blendende Helligkeit. Einen fiebrigen Moment lang überkam ihn die Panik, er hätte im Schlaf irgendwie sein Augenlicht eingebüßt. Als er aber blinzelte, nahm die Helligkeit langsam ab, und ihm wurde klar, daß ihn bloß die Sonne geblendet hatte. Dann erkannte er in dem Weiß nach und nach einen dunklen Umriß, der vor ihm aufragte wie ein Gebirge und immer deutlichere Konturen gewann; doch es dauerte noch einige weitere Sekunden, bis er begriff, was es war.

Ein Frachter.

Das riesige Schiff mußte irgendwann hier auf Grund gelaufen sein. Unförmig wie ein gestrandeter Wal lag es backbord der *Bahama Princess* im Wasser, halb schräg auf der Seite, so daß Anderson einen Teil des Decks sehen konnte.

Das Wrack war in einem erbärmlichen Zustand. Der Rumpf, die Aufbauten und überhaupt alles Metall war vom Wasser und der salzigen Luft mit einer dicken Rostschicht überzogen. Knapp oberhalb der Wasserlinie hatten sich ganze Kolonien von Algen und Muscheln festgesetzt. Der Rest war schwarz von Ruß, und hier und da klafften gewaltige Löcher im Eisen, auf die Anderson sich zunächst keinen Reim machen konnte, bis ihm plötzlich klar wurde, daß dies der Liberty-Frachter sein mußte, den Flight 19 bei dem Übungsflug bombardiert hatte. Hier ganz in der Nähe waren die letzten Koordinaten der Bomberstaffel registriert worden.

Sie befanden sich mitten im Teufelsdreieck ...

Staunend musterte Anderson das Wrack. Dann trat er an die Reling; das Wasser war viel heller als zuvor, schimmerte fast türkis, als wäre der Meeresboden dicht unter der Oberfläche.

»Eine Sandbank«, erklärte Boots, der Andersons Gedanken zu erraten schien. »Das Wasser ist hier nur ungefähr fünfzehn bis zwanzig Meter tief. Ist so was wie die letzte Ebene vorm Steilhang, denn in ein paar Minuten kommen wir zur Zunge des Ozeans. Da geht es dann zweitausend und mehr Meter weit runter.« Er deutete auf den Frachter. »Der Pott ist hier vor sieben oder acht Jahren auf Grund gelaufen, und die Kosten, ihn wegzuschleppen, waren so hoch, daß die Betreiber beschlossen, das Ding einfach hier liegen zu lassen. Früher haben Schmuggler es benutzt, um ihre Ware auszutauschen, aber seit die amerikanische Luftwaffe den Frachter als Zielscheibe benutzt, haben sie ihre Aktivitäten wieder stärker auf die offene See verlagert.«

Linker Hand glitt die Steuerbordseite des Liberty-Frachters vorbei. Hinter dem schief in die Höhe ragenden Bug breitete sich das Meer wie ein endlos blauer Teppich aus. Man konnte genau sehen, wo die Sandbank aufhörte und das Wasser tiefer wurde, da die Fluten dort ohne Übergang zu einem dunklen, fast schwarzen Blau wechselten. Es vermittelte einen Eindruck von der Tiefe, die dort unter der Oberfläche lauerte.

Die *Bahama Princess* ließ den Frachter hinter sich und nahm wieder mehr Fahrt auf. Die Motoren der alten Yacht dröhnten, und die Bugwelle, die das Schiff hinter sich herzog, war beachtlich. Nirgends sah Anderson die Segel anderer Schiffe oder Boote. Sie waren ganz allein hier draußen.

Boots stand breitbeinig hinter dem Steuerrad. Mit seiner Augenklappe und dem nackten Oberkörper schien er geradewegs einem Piratenfilm mit Errol Flynn entsprungen zu sein, *Der Herr der sieben Meere*.

Anderson zog seine Zigaretten aus der Tasche und hielt sie Boots hin. »Auch eine?«

Der Schwarze lehnte ab. »Nikotin ist nicht mein Ding.«

Anderson schob sich einen Stengel zwischen die Lippen. Er mußte das Zündholz dreimal über das vom Seewasser feuchte Holz der Reling ziehen, bis es mit einem leisen Zischen zum Leben erwachte. Zufrieden hielt er die gelbe Flamme an das Ende der Kippe und zog. Dann schnippte er das Zündholz über Bord, lehnte sich zurück und lauschte rauchend dem gleichförmigen Brummen der Motoren.

Als das Geräusch sich einige Minuten später mit einemmal veränderte, bemerkte er es zunächst nicht. Erst als der Motor ein kurzes Husten von sich gab und zu stottern begann, drehte er sich zu Boots um.

»Was ist los?«

»Keine Ahnung. Der Motor macht Zicken. Ich ...«

Ehe er den Satz zu Ende bringen konnte, erstarb das Motorengeräusch mit einem letzten, endgültigen Keuchen. Schlagartig wurde die *Bahama Princess* langsamer.

Boots drückte den Starter.

Nichts geschah.

Er versuchte es erneut.

Keine Reaktion.

Er fluchte. »Verdammte Scheiße! Vermutlich ist irgendwo 'n Kabel zum Teufel gegangen. Nichts, was man nicht im Handumdrehen wieder in Ordnung bringen könnte.«

»Soll ich helfen?« fragte Anderson.

Boots schüttelte den Kopf. »Sparen Sie sich die Mühe. Ich bin der einzige, der weiß, was in meinem Baby vorgeht. Also, Liebling, was hast du denn für Sorgen, hm?« Er verschwand unter den Konsolen.

Seufzend trank Anderson einen Schluck Bier. Was nützte es, sich aufzuregen? Wahrscheinlich würde Boots die Kiste in ein paar Minuten wieder flott haben.

Plötzlich tauchten backbord zwei Delphine auf, glitten zuerst dicht unter der Oberfläche dahin, um dann mit einem Satz aus dem Wasser zu schießen und beinahe synchron wieder in die Fluten einzutauchen. Nebeneinander rasten sie am Boot vorbei, als würden sie ein Wettrennen veranstalten.

Anderson leerte die Flasche.

Nach ein paar Sekunden hatte der größere Delphin – etwas über zwei Meter lang, mit einer kleinen, geschwungenen Rückenflosse – einen Vorsprung gewonnen und schnellte unvermittelt aus dem Wasser. Der andere folgte einen Augenblick später. Sobald die Tiere wieder eintauchten, bildeten sich auf der Oberfläche immer größer werdende, in sich greifende Wellenkreise.

Lächelnd sah Anderson den Delphinen nach, wie sie sich

von dem Boot entfernten. Doch schon im nächsten Moment verblaßte die Fröhlichkeit auf seinem Gesicht und wich einem Ausdruck der Verwirrung. Irritiert beugte er sich weiter über die Reling und musterte besorgt das Wasser an der Backbordseite.

Irgend etwas stimmte damit nicht.

Dreißig Meter vom Boot entfernt schien sich das Meer zu verfärben. Zuerst war es bloß eine relativ kleine Stelle, wo das Wasser heller wirkte als ringsum. Dann jedoch vergrößerte sich der Fleck zusehends und dehnte sich gleichmäßig nach allen Seiten aus. Zugleich wurde das Wasser immer heller, als hätte jemand einen Kübel Milch ins Meer gegossen. Gleichzeitig begann ein seltsamer Geruch die Luft zu schwängern; ein Hauch von Geißblatt, Vanille und Kupfer strich über das Wasser.

Angewidert rümpfte Anderson die Nase.

Unterdessen wurde der weiße Fleck immer größer. Bald hatte er einen Durchmesser von einem Meter, dann zwei, dann fünf. Plötzlich tauchte einer der Delphine wieder auf, vermutlich der Verlierer des Wettrennens. Zügig schwamm er auf den sonderbaren Fleck zu, doch unmittelbar davor machte er abrupt kehrt und schoß davon, als wolle er nicht mit dem verfärbten Wasser in Berührung kommen.

Boots tauchte hinter dem Steuerrad auf. Seine Augen wurden groß, als er den weißen Fleck bemerkte. »Was, zum Teufel ...«

Der Reporter schwieg. Seine Miene war düster. Benommen sah er zu, wie die Stelle sich weiter vergrößerte, innerhalb von einer halben Minute einen Durchmesser von über zehn Metern erreichte und beständig wuchs. Der Gestank, der von dem Wasser aufstieg, war jetzt bitter und streng, wie Chemikalien. Eine weitere Minute später umfaßte der

Fleck fast zwanzig Meter und reichte beinahe bis zur *Bahama Princess.* Es sah aus, als schwömmen sie in einem Ozean aus Milch.

»Weißes Wasser«, murmelte Anderson.

Boots sah ihn verwirrt an. »Was ist los?«

Doch bevor er antworten konnte, geschah es.

Mit einemmal begann das weiße Wasser unruhig zu werden. Die Oberfläche geriet in Bewegung, Wirbel bildeten sich, Blasen stiegen empor und zerplatzten lautlos, immer mehr und mehr. Wasser spritzte in die Luft, und binnen weniger Sekunden war das Meer backbord in einem Umkreis von dreißig Metern eine einzige brodelnde weiße Fläche, als würde das Wasser kochen.

Der Gestank wurde unerträglich.

»Lieber Gott«, keuchte Boots. »Was ist hier los?«

Anderson antwortete nicht.

Und dann, so plötzlich, wie es zuvor in Unruhe geraten war, lag das Meer unvermittelt wieder still. Die letzten Blasen platzten und vergingen. Selbst die Wellen schienen mitten in der Bewegung zu erstarren. So mußte es sein, wenn die Welt den Atem anhielt.

Einen Moment lang regte sich nichts.

Dann durchstieß plötzlich keine zwanzig Meter von dem Boot entfernt irgend etwas mit solcher Wucht die Oberfläche des Ozeans, daß das Meer als funkelnde Kaskade zehn Meter in die Höhe schoß. Ein Schwall salzigen weißen Wassers prasselte auf das Deck der *Bahama Princess.*

Anderson keuchte überrascht. Aber er hatte kaum Zeit, sich von dem Schock zu erholen, da im nächsten Moment bereits eine weitere Wasserfontäne in den Himmel geblasen wurde. Für den Bruchteil einer Sekunde glaubte er, in dem Vorhang aus Weiß etwas Großes und Graues zu erkennen, doch da peitschte auch schon die dritte Woge auf, und noch mehr Wasser prasselte wie Regen auf die Planken der *Bahama Princess.* Längst klebte dem Reporter das Hemd klatschnaß am Oberkörper.

Funkelnd fiel die Fontäne wieder in sich zusammen. Sonnenlicht ließ einzelne Tropfen schimmern wie winzige Regenbogen. Wellen, ausgelöst durch den Tumult des Wassers, trafen das Boot, ließen es schwanken. Anderson hielt sich an der Reling fest. Insgeheim rechnete er damit, daß jede Sekunde eine neuerliche Fontäne emporschießen würde, doch das geschah nicht.

Allmählich beruhigte sich das Meer wieder. Letzte Tropfen fielen zurück, zogen kleine Kreise, und einen Moment später lag die See wieder still. Das weiße Wasser jedoch hatte sich zu einer kreisförmigen Fläche von dreihundert und mehr Metern Durchmesser ausgedehnt und umgab das Boot zu allen Seiten.

Langsam ließ das Schaukeln der Yacht nach. Nervös strich Boots sich das feuchte Haar aus der Stirn und murmelte Unverständliches vor sich hin. Weiße Spritzer benetzten sein Gesicht, als hätte ihn jemand mit Farbe besprüht.

Benommen starrte er Anderson an. »Was, zur Hölle, war das?«

Anderson war ebenso perplex wie der Schwarze und zog nur ratlos die Schultern in die Höhe.

Im nächsten Augenblick ertönte aus unmittelbarer Nähe plötzlich ein seltsames, hohes Pfeifen, das man mehr spürte als hörte und das an Andersons Backenzähnen zog, als hätte er auf Zellophan gebissen. Überrascht hob er den Kopf – und erstarrte. Seine Augen weiteten sich in fassungslosem Erstaunen.

Zwanzig Meter über ihnen schwebte etwas in der Luft, stand direkt über dem Boot, als wäre es am Himmel festgeklebt – eine große, runde, graue Scheibe von fast zehn Meter Durchmesser!

Anderson schluckte.

Er hatte so etwas schon gesehen, damals, in der Area 51.

Es war eine verfluchte fliegende Untertasse!

4.

Obwohl die Sonne voll auf das seltsame Flugobjekt traf, blieb die glatte Oberfläche sonderbar matt, als würde sie das Licht verschlucken. So etwas wie Fenster gab es nicht, auch keine Einstiegsluke, das UFO wirkte wie aus einem Guß. Die Unterseite bestand aus silbrigen, wabenförmigen Platten, genau wie jene, die die Soldaten auf dem Pompano Beach Army Airfield in die Transportmaschinen geladen hatten, und obwohl Anderson und Boots direkt unter der, wie Anderson annahm, Antriebsfläche standen, spürten sie keine Hitze, keine Wärme, nicht einmal Wind. Da war bloß dieses hohe Pfeifen, das die Plomben in Andersons Backenzähnen zum Vibrieren brachte.

Fassungslos starrte der Reporter zu dem Flugobjekt hinauf. Seine Kehle war wie zugeschnürt. Auch Boots hatte es die Sprache verschlagen. Wortlos stand er neben dem Reporter und blickte mit weit aufgerissenem Mund zum Himmel empor.

»Was, zum Geier –«, keuchte er atemlos.

Das Objekt verharrte weiter unmittelbar über ihnen, und obwohl Anderson seine Angst kaum bändigen konnte, war er nicht in der Lage, die Augen von dem Ding abzuwenden. Noch nie war er einer dieser fliegenden Scheiben derart nahe gewesen. Er wünschte, er hätte eine Kamera bei sich gehabt, um sie zu fotografieren.

Eine halbe Minute regte sich nichts. Dann beschleunigte das Flugobjekt mit einemmal ohne Übergang so stark, daß man mit bloßem Auge kaum verfolgen konnte, wie es davonschoß, und stieg nach einer halben Meile abrupt steil nach oben, fast in einem rechten Winkel.

»Oh, Junge«, raunte Boots entgeistert. »Oh, Jesus ...«

Die fliegende Scheibe stieg auf eine Höhe von fünfhundert Metern und verharrte dort plötzlich für eine Sekunde in der Luft, als sei sie gegen eine undurchdringliche Mauer geflogen, bevor sie sich wieder in Bewegung setzte und mit unglaublichem Tempo quer in den Himmel schoß, während aus der entgegengesetzten Richtung zwei weitere Untertassen, die zusammen mit der ersten aus dem Wasser aufgetaucht waren, sich grauen Blitzen gleich der ersten näherten. Mit irrsinniger Geschwindigkeit jagten die Objekte direkt aufeinander zu. Dann, unmittelbar bevor sie frontal zusammenstoßen konnten, schoß das erste UFO steil nach oben; die beiden anderen Scheiben folgten im Abstand von Sekundenbruchteilen. Dann stoben sie unvermittelt auseinander, jede in eine andere Richtung, veränderten von neuem ihren Kurs und rasten wieder aufeinander zu, als würden sie zu einer unhörbaren Melodie einen wilden Tanz aufführen.

Fasziniert verfolgte Anderson das Schauspiel. Als gebe es weder Schwerkraft noch technische Grenzen, zischten die drei Flugobjekte über das Firmament. Gleichzeitig wurde das Pfeifen beständig lauter, intensiver. Das Ziehen in seinen Backenzähnen nahm zu. Er stöhnte auf, als die UFOs aus verschiedenen Himmelsrichtungen angeflogen kamen und keine zehn Meter über der *Bahama Princess* so dicht aneinander vorbeijagten, daß ihm beinahe das Gebiß explodierte.

Dann spürte Anderson plötzlich ein seltsames Kribbeln.

Es begann in den Fingerspitzen und kroch seine Arme hinauf, als wären sie ihm eingeschlafen und würden jetzt langsam wieder normal durchblutet.

Boots hielt die Hände vor sich und sagte: »Spüren Sie das auch? Dieses komische Kribbeln?«

Anderson nickte.

Der Schwarze deutete auf die Scheiben, die über den Himmel tanzten wie Korken auf dem wogenden Meer. »Was, zur Hölle, sind das für Dinger? Flugzeuge oder so was?«

»UFOs«, berichtigte Anderson ihn.

Boots blinzelte. »*Was?*«

Anderson gab ihm ein Zeichen zu schweigen, legte unruhig die Hand vor die Augen und blickte wieder hinauf zu den Flugscheiben. Noch immer wurde das Pfeifen intensiver, bis die drei Objekte mit einemmal direkt auf die *Bahama Princess* zujagten, aus drei verschiedenen Richtungen auf einmal, so schnell, daß man ihnen mit bloßem Auge kaum folgen konnte; wenn sie auf diesem Kurs weiterflogen, würden sie mitten in das Boot krachen.

Boots' Augen waren riesengroß. »Lieber Himmel«, flüsterte er entsetzt. »Die wollen doch wohl nicht ...«

Die Flugobjekte kamen näher.

Noch drei Sekunden bis zum Zusammenprall.

Zwei ...

Und dann, bloß einen Lidschlag, bevor die fliegenden Untertassen das Boot trafen, änderten sie auf einmal bei vollem Tempo die Flugrichtung und tauchten in Dreiecksformation direkt um die *Bahama Princess* herum ins Meer ein. Drei gewaltige Wassersäulen spritzten auf. Das Boot schwankte heftig. Anderson krachte gegen die Reling und klammerte sich atemlos daran fest, um nicht über Bord zu gehen. Boots stürzte der Länge nach zwischen die Netze. Doch das Wasser beruhigte sich rasch wieder, und bereits eine halbe Minute später lag die See so ruhig und unberührt da, als sei nichts geschehen. Auch das Pfeifen war verstummt.

»Verdammt«, keuchte Boots am Boden. »Gott*verdammt* …«

Anderson half ihm auf. Er war kalkweiß im Gesicht. »Los. Wir müssen von hier verschwinden!«

Boots nickte. Mit drei großen Schritten war er beim Steuer und drückte hastig den Starter.

Der Motor blieb tot.

»Na, komm schon«, murmelte Boots verzweifelt. »Komm schon, Baby. Laß mich jetzt nicht im Stich, okay?«

Wieder und wieder drückte er auf den Startknopf, hämmerte mit der ganzen Faust darauf, aber der Motor gab keinen Ton von sich. Welche Kraft auch immer für den Defekt gesorgt hatte, sie war noch nicht bereit, sie gehen zu lassen.

Sie saßen hier fest.

Und dann sah Anderson, weshalb.

Es begann bei den Deckaufbauten hinter dem Steuerstand. Mit einemmal schien sich das Metall zu *verändern,* als wäre es plötzlich durchlässiger, weniger massiv, wie eine Wand aus dichtem weißem Nebel, der sich langsam in der Morgensonne auflöste. Zugleich schimmerte es leicht grünlich.

Anderson kniff die Augen zusammen. Er war nicht sicher, ob wirklich geschah, was sie ihm zeigten, oder ob es sich um eine optische Täuschung handelte. Doch das Bild blieb. Allmählich wurden die Aufbauten durchscheinender, während sich der grüne Schimmer verdichtete, und spätestens, als er durch das Metall hindurch die Sonne erahnen konnte, wußte der Reporter, was geschah.

Die *Bahama Princess* löste sich auf!

5.

Die Erkenntnis traf Anderson wie ein Schlag. Unglaublich. Es war genau so, wie Carlos Miguel Allende es ihm beschrieben hatte, damals in der Irrenanstalt in Pennsylvania, wo der ehemalige Matrose vor seinen Augen bei lebendigem Leib verbrannt war. Irgendeine Kraft sorgte dafür, daß die Motoryacht sich auflöste – um vermutlich an einem anderen Ort wieder zu erscheinen, genau wie die *USS Elridge*, die von ihrem Liegeplatz im Marinehafen von Philadelphia verschwunden und binnen Bruchteilen von Sekunden tausend Meilen entfernt in Newport wieder aufgetaucht war. Plötzlich begriff er: Genau das mußte mit all den Schiffen und Booten geschehen sein, die den Fehler begangen hatten, sich zur falschen Zeit am falschen Ort zu befinden.

Panik kroch in ihm hoch. Mit vor Entsetzen geweiteten Augen verfolgte er, wie sich die Auflösung der *Bahama Princess* fortsetzte und sich auf die anderen Aufbauten ausweitete, die Reling, das Deck. Der grünliche Schimmer waberte wie Nebelschwaden in der Luft.

»Oh, mein Gott«, murmelte er tonlos.

Es war einfach unvorstellbar. Hätte er es nicht mit eigenen Augen gesehen, er würde es nicht glauben.

Endlich bemerkte auch Boots, was vorging. Benommen starrte er die Aufbauten hinter dem Steuerrad an, die von Sekunde zu Sekunde transparenter wurden. Schon konnte man das Wasser dahinter erkennen, so deutlich, als würde man durch eine mit Fett beschmierte Glasscheibe blicken.

»Los!« Anderson packte den Schwarzen am Arm und zog ihn zur Reling. »Ins Wasser!«

Boots riß sich los und glotzte ihn ungläubig an. »Sind Sie verrückt? Ich gehe nicht von Bord! Das hier ist mein *Baby!*«

»Und es ist Ihr *Leben*!« fuhr Anderson ihn an. »Los, kommen Sie endlich, Mann! Wir müssen hier weg! Schnell!«

Wieder griff er nach dem Schwarzen, doch Boots schlug seine Hand beiseite. Anderson handelte, ohne lange zu überlegen. Er packte Boots an den Schultern und zerrte ihn mit Gewalt zur Reling. Langsam wurde auch unter den Planken, auf denen sie standen, das Wasser sichtbar.

»Lassen Sie mich los!« Boots zappelte in seinem Griff und schlug unkontrolliert um sich. »Verflucht, nimm deine Hände von mir, du Arschloch!«

Seine gestreckte Gerade erwischte Anderson im Gesicht. Er spürte, wie seine Nase bedenklich knackte, Schmerz fuhr wie eine glühende Klinge durch seinen Kopf. Er wurde nach hinten geschleudert, doch er ließ Boots nicht los. Keuchend begann er, über die Reling zu klettern. Sie mußten weg von hier, weg vom Schiff, bevor die unaufhaltsame Auflösung auch sie selbst erfaßte.

»Kommen Sie!« herrschte er den Schwarzen erneut an. »Los doch!«

»Nein!« brüllte Boots. »Lassen Sie mich! Loslassen!«

Seine Fäuste wirbelten wie Dreschflegel durch die Luft. Er schrie Zeter und Mordio. Anderson wurde ein halbes dutzendmal getroffen, doch die Hiebe waren kraftlos und unplaziert. Erst als sein rechtes Bein bereits über der Reling baumelte, gelang es dem Schwarzen, ihm einen harten Schwinger zu verpassen.

Für eine Sekunde wurde ihm schwarz vor Augen. Plötzlich war um ihn herum nur noch Dunkelheit. Dann klärte sich sein Blick wieder, und er sah in das angstverzerrte Gesicht von Boots, dessen geballte Faust mächtig wie ein Güterzug auf ihn zuschoß und ihn direkt am Kinn traf.

Die Wucht des Schlages schleuderte ihn nach hinten. Wild mit den Armen rudernd, fiel er über die Reling. Für einen Moment hatte er das Gefühl, gegen eine dünne unsichtbare Wand zu springen, wie gegen eine Membran. Dann war er hindurch und tauchte mit dem Kopf voran in die Fluten.

Das Wasser war erschreckend kalt. Er tauchte kurz unter, ruderte mit den Armen und kam wieder hoch. Prustend spie er Salzwasser aus. Als er sich umdrehte, waren die Umrisse der *Bahama Princess* schon ganz verschwommen, und grüner Nebel hatte sich spiralförmig um das Boot gelegt. Anderson sah Boots an der Reling stehen und zu ihm ins Wasser schauen; Angst und Verwirrung sprachen aus der Miene des Schwarzen.

Ein seltsamer Sog schien von dem Kraftfeld auszugehen. Anderson stemmte sich mit aller Energie dagegen und trat Wasser, um nicht unterzugehen, während er verfolgte, wie sich die Yacht mehr und mehr auflöste. Die Aufbauten waren nur noch dunkle Schemen, und durch die Reling konnte er bereits die Beine des Schwarzen erkennen. Binnen Sekunden würde die Auflösung auch Boots erfassen.

Anderson ruderte mit den Armen. »Verdammt, springen Sie!«

Statt zu antworten, hob Boots die rechte Hand vor sein Gesicht – und schaute Anderson durch seine transparente Handfläche hindurch fassungslos an. Sein Gesicht war ein einziger Ausdruck des Entsetzens.

»O Gott«, keuchte Anderson. Automatisch schwamm er auf das Boot zu, um an Bord zu klettern und den Schwarzen dort runterzuholen. Doch je näher er der *Bahama Princess* kam, desto stärker wurde der Sog des Kraftfelds, als würden ihn unsichtbare Hände in Richtung Boot ziehen. Hastig kehrte er um, weg vom Schiff, und spürte sofort, wie der Sog nachließ.

Er schwamm noch einige Meter weiter, bis er ganz aus

dem Radius des Kraftfeldes heraus war. Dann drehte er sich um und beobachtete fassungslos, was geschah.

Die *Bahama Princess* war jetzt kaum noch sichtbar, oberhalb der Wasserlinie fast zur Gänze verschwunden. Nur noch dünne Linien in der Luft erinnerten an die Abgrenzungen der Aufbauten und der Reling. Und inmitten dieses vollkommen unbegreiflichen Bildes stand Boots, und auch er wurde langsam durchscheinend. Die Auflösung hatte sich von seiner Hand über den Arm nach oben hin fortgesetzt und längst auch Brust und Kopf erfaßt. Der Reporter konnte nichts tun als zusehen, wie der Schwarze allmählich verschwand. Er versuchte nicht mehr, ihn dazu zu bringen, das Boot doch noch zu verlassen; er vermochte nicht zu sagen, was für Folgen das für Boots haben würde. Benommen verfolgte er das Verschwinden der Yacht und ihres Besitzers, bis sie nur noch milchige Umrisse vor dem Hintergrund des blauen Meeres waren. Schließlich verflüchtigten sich auch die letzten Schemen der *Bahama Princess*. Die Konturen des Schwarzen verblaßten wie auf einer alten Fotografie. Dann war das Schauspiel vorüber.

Die *Bahama Princess* war fort.

Einfach verschwunden.

Einen Augenblick lang konnte Anderson keinen klaren Gedanken fassen. Doch bald hatte er sich wieder im Griff und vergegenwärtigte sich seine Situation, suchte das Meer ringsum nach einem Zeichen von Leben ab, nach dem weißen Dreieck eines Segels oder einem Fischerboot, doch da war nichts.

Er war allein hier draußen.

Einen Moment noch zögerte er. Dann schwamm er mit kräftigen Bruststößen auf die Stelle zu, wo eben noch das Boot gewesen war, es jetzt jedoch nur noch Luft und Wasser gab.

Anderson drehte sich um seine eigene Achse. Nirgends war eine Spur von Land oder anderen Booten zu sehen, wohin er blickte, nur die wogende blaue Fläche des Pazifiks. Selbst das Wrack des Liberty-Frachters, der sieben oder acht Meilen von hier entfernt liegen mußte, konnte er nicht erkennen. Dennoch war der Frachter seine einzige Chance zu überleben. Wenn er es dorthin schaffte, konnte er an Bord klettern und warten, bis ein Schiff vorbeikam und ihn entdeckte.

Aber in welcher Richtung befand sich der Frachter?

Wieder sah er sich um und glaubte schließlich für einen Moment, nördlich schemenhafte Umrisse im Wasser auszumachen. War das der Frachter? Er konnte es nicht sagen. Aber eine andere Möglichkeit hatte er nicht, denn je länger er wartete, desto mehr ließen seine Kräfte nach, und er war nicht sonderlich gut in Form. Was, wenn ihm auf halbem Wege die Puste ausging?

Er schob den Gedanken beiseite, zog die Jacke aus und schaffte es sogar, sich seiner Schuhe zu entledigen, damit er sich besser bewegen konnte. Dann atmete er noch einmal tief durch und begann, mit ausgeglichenen Bruststößen in die Richtung zu schwimmen, in der er das Wrack des Frachters vermutete. Er zwang sich, nicht zu schnell zu schwimmen und ruhig zu atmen. Der Weg zum Ziel war lang. Er mußte sich seine Kräfte gut einteilen.

Er war noch keine fünfzig Meter weit gekommen, als er mit einemmal wieder dieses seltsame Ziehen an den Beinen spürte, diesen Sog wie von einem Kraftfeld. Er erschrak so sehr, daß er mit dem Kopf unter Wasser geriet, schoß aber prustend gleich wieder nach oben. Wild mit den Armen rudernd, drehte er sich um die eigene Achse, wie ein Kreisel und suchte nach dem Verursacher des Kraftfelds, doch da war nichts, bloß das Meer und der blaue Himmel – bis sich plötzlich fünfzig Meter rechts von ihm die Luft mit einemmal irgendwie merkwürdig zu verdicken schien, als würde Nebel aus dem Meer aufsteigen, während ein Teil des Horizonts sich scheinbar verfestigte. Grüne Schlieren, die sich gegen den Uhrzeigersinn drehten, durchsetzten den Nebel, und nach zwanzig Sekunden ragte eine gewaltige Nebelwand vor Anderson auf, so hoch, daß die Sonne dahinter verblaßte. Zugleich nahm der Sog zu, nur schien er Anderson diesmal nicht anzuziehen, sondern vielmehr abzustoßen, wie zwei gleiche Pole bei Magneten.

Im nächsten Moment tauchten aus dem Nebel die Umrisse eines gewaltigen Schiffes auf. Der Bug ragte scharf und steil vor ihm in die Höhe. Die Bugwellen ließen das Meer tanzen.

Anderson riß entsetzt die Augen auf.

Das Schiff fuhr direkt auf ihn zu!

Noch zwanzig Meter trennten sie.

Fünfzehn ...

Der Schreck lähmte ihn bloß kurz. Dann warf er sich zur Seite und kraulte, so schnell er konnte, von dem Schiff fort, aber er war zu langsam. Obwohl es ihn um einige Meter verfehlte, wurde er in dem aufgewühlten Wasser wild hin und her geworfen. Das Dröhnen des Signalhorns drang dumpf und blechern an sein Ohr, wie das Brüllen einer urzeitlichen Bestie. Wellen spülten über ihn hinweg. Plötzlich war er unter Wasser, oben und unten gab es nicht mehr.

Anderson versuchte, die Oberfläche zu orten, und zwang sich, den Mund geschlossen zu halten. Um ihn herum war nichts als wirbelndes Wasser. Dann sah er für einen Moment etwas Großes, Schwarzes durch die Fluten auf sich zuschießen. Er wollte noch zur Seite tauchen, doch da traf ihn bereits das harte Metall der Bordwand mit einer solcher Wucht, als hätte eine Dampfwalze ihn getroffen. Wellen des Schmerzes brandeten durch seinen Körper. In seinem Kopf explodierte ein Feuerwerk. Für Augenblicke war alles blendend hell. Dann verging das Licht, und Schwärze schlug über ihm zusammen. Sein Denken setzte aus. Reglos trieb er im Wasser, nur halb bei Sinnen. Er kämpfte gegen die Ohnmacht an, doch sein Geist ließ ihn immer wieder für Sekunden im Stich. Sein Kopf war vollkommen leer. Er hatte nicht einmal mehr Angst.

Er konnte nicht sagen, wie lange er so dahintrieb. Immer wieder drangen Töne und Bilder in sein Bewußtsein, denen er keinen Sinn zu geben vermochte. Er war müde, so entsetzlich müde. Er wollte einfach nur schlafen. Sein Bewußtsein fiel von Mal zu Mal länger aus. Und dann, als er gerade dabei war, sich an diesen wundersamen Schwebezustand zu gewöhnen, spürte er mit einemmal, wie ihn jemand hart an den Schultern packte. Hände griffen nach ihm und zogen ihn aus dem Wasser, und plötzlich war da wieder Luft, frisch und salzig, und er atmete so gierig ein, daß seine Lungen beinahe explodierten. Ein Hustenanfall schüttelte ihn; Wasser spritzte aus seinem Mund. Sein ganzer Körper bebte und zuckte.

Irgendwer schlug ihm hilfsbereit auf den Rücken, wenn auch eine Spur härter als nötig. Eine unbekannte Stimme sagte: »Spucken Sie das Wasser aus, Mann! Raus damit. Spucken Sie alles aus!«

Die Worte drangen wie durch eine Wand aus Watte an sein Ohr, doch er konnte sowieso nicht anders, als zu tun, was der Mann sagte. Würgend spie er das Wasser aus und das Bier und sein Frühstück, bis nur noch Galle kam. Allmählich klärte sich sein Blick; aber was er sah, gefiel ihm keineswegs.

Er schaute direkt in die Mündung einer Maschinenpistole.

Benommen folgten seine Augen dem Lauf der Waffe.

Die Ärmel einer Uniform kamen ins Blickfeld. Dann der Kragen eines weißen Hemdes und darüber das pausbäckige Gesicht eines Sergeants, der beidhändig auf ihn angelegt hatte. Er war noch sehr jung, mit Augen kalt wie Eis.

»Nur eine Bewegung, Arschloch«, zischte er grimmig, »und du bist Futter für die Fische ...«

6.

Kaum hatte Anderson seinen Schreck überwunden, wurde er ruckartig in die Höhe gerissen. Wie ein nasser Sack hing er im Griff der beiden Soldaten. Sie schleiften ihn die Gangway hinauf, die an der Bordwand so weit abgesenkt worden war, daß sie bis zum Wasser reichte. Der Sergeant mit der MP blieb hinter ihnen. Anderson konnte die Mündung der Waffe im Rücken spüren wie ein Paar böser Augen, doch weit mehr fesselte seine Aufmerksamkeit die Art der Wandverkleidung: sie bestand komplett aus diesen seltsamen silbrigen, wie ein Schuppenpanzer wirkenden Waben.

»Los!« Der Soldat hinter ihm stieß ihn weiter nach vorne. »Beweg dich, Arschloch!«

Er beging nicht den Fehler, Widerstand zu leisten, als ihn seine »Retter« unsanft nach oben zerrten. Statt dessen bemühte er sich, seine Gedanken in geordnete Bahnen zu lenken und sich ein Bild über seine Lage zu verschaffen. Rasch begriff er, daß er lediglich vom Regen in die Traufe geraten war.

Allem Anschein nach befand er sich an Bord eines Zerstörers der US-Navy. Das Schiff mochte etwa hundert Meter lang und zehn Meter breit sein. Die Kommandobrücke ragte über dem Deck auf wie ein Turm. Vorne am Bug standen mehrere Geschütze, die mit Planen abgedeckt waren. Matrosen eilten über die Stege der Deckaufbauten. Hinten am Heck konnte Anderson mehrere Beiboote an Winden und eine Reihe sonderbarer Generatoren erkennen. Die Geräte kamen ihm irgendwie bekannt vor, doch bevor er einen besseren Blick darauf erhaschen konnte, öffnete einer seiner Bewacher ein Stahlschott und stieß ihn unsanft hindurch.

Im Innern der Fregatte war es warm und stickig, und es roch nach Diesel und Maschinenöl. Unter der niedrigen Decke brannten in regelmäßigen Abständen Neonröhren unter Drahtgittern. Das unterschwellige Vibrieren der schweren Maschinen ließ den Eisenboden erzittern.

Anderson zog den Kopf ein und ging vor seinen Bewachern den Gang entlang. Die Schritte hallten hohl von den grauen Wänden wider. Sie kamen an mehreren Türen vorbei, ehe am Ende des Korridors eine Metalleiter weiter hinab in den Bauch des Schiffs führte. Als er keine Anstalten machte, hinabzuklettern, verpaßte ihm der Soldat mit der MP einen kräftigen Hieb in den Rücken, so daß er nach vorne geschleudert wurde.

»Los! Da runter!« bellte er.

Anderson ignorierte den Schmerz, schwang sich über den Rand und stieg die Metallstufen hinab, dicht gefolgt von seinen Bewachern. Dann erreichten sie unten einen weiteren grauen Gang. Hier war es noch stickiger, das Dröhnen der Motoren noch lauter.

Die Soldaten zerrten ihn an einer Reihe weiterer Türen vorbei, die allesamt geschlossen waren. Zweimal kamen ihnen andere Uniformierte entgegen, doch keiner von ihnen hatte für Anderson mehr als einen fragenden Blick übrig.

Schließlich langten sie bei einer breiten Doppeltür aus dunklem Holz an. Auf einem Messingschild stand militärisch knapp OFFIZIERSMESSE. Einer der Männer ergriff den glänzenden Knauf und öffnete. Sein Kamerad stieß den Reporter über die Schwelle, während hinter ihnen der Sergeant mit der MP eintrat und die Tür wieder schloß. Zuletzt packte einer der Bewacher Anderson an der Schulter und hielt ihn fest, zum Zeichen, daß er stehenbleiben sollte.

Neugierig sah Anderson sich um.

Die Offiziersmesse war ein relativ großer Raum mit einer ganzen Reihe kreisrunder Bullaugen, hinter denen sich das Meer und die Mittagssonne abzeichneten. Links und rechts neben dem Mittelgang standen lange, am Boden festgeschraubte Tische. An den holzgetäfelten Wänden hingen Wimpel von anderen Schiffen, Fotos von Offizieren und eine Reihe kunstvoller Knotengebilde. Vor einem der Bullaugen stand ein Mann in Uniform, die Hände hinter dem Rücken verschränkt, und sah aufs Meer hinaus. Außer ihm hielten sich noch zwei weitere Offiziere in der Messe auf; sie saßen an einem der Tische in der Nähe über irgendwelchen Papieren und musterten Anderson mit kühlen Blikken. Keiner von ihnen wirkte, als hätte er Skrupel, einem unbewaffneten Mann von hinten in den Kopf zu schießen.

»Sir«, sagte der Sergeant mit der Maschinenpistole laut. »Hier ist der Kerl, den wir aus dem Wasser gefischt haben.«

Der Mann am Fenster drehte sich um.

»Bowen«, keuchte Anderson. Instinktiv tastete er nach dem Colt in seinem hinteren Hosenbund, doch die Waffe war längst in den Tiefen des Pazifiks verlorengegangen.

Admiral Bowen kam lächelnd auf ihn zu. Seine Uniform saß perfekt, wie eigens für ihn geschneidert. Das kurze, weiße Haar schimmerte wie frischer Schnee. »Na, wenn das nicht der unverwüstliche David Anderson ist.« Keine zwei Schritte vor dem Reporter blieb er stehen. Er schien keine Sekunde überrascht zu sein, den Reporter hier draußen auf dem Ozean anzutreffen – sondern wirkte eher, als hätte er ihn bereits erwartet. »Ich bin erfreut, Sie zu sehen!«

»Die Freude ist allein auf Ihrer Seite«, knurrte Anderson.

Bowen lächelte. »Immer noch der alte Witzbold, hm?« Er zog eine kleine Silberdose aus der Tasche, ließ sie aufspringen und hielt sie Anderson hin. »Pfefferminzpastille?«

Anderson schüttelte den Kopf.

Bowen zuckte gleichgültig mit den Schultern und schob sich eine der kleinen Pastillen in den Mund. Nachdem das Döschen wieder verschwunden war, verschränkte er die Arme hinter dem Rücken und sah den Reporter direkt an. »Wissen Sie, Anderson, langsam bekomme ich einen Heidenrespekt vor Ihnen. Sie sind ein verdammt zäher Hund. Bis vor ein paar Tagen war ich fest davon überzeugt, daß Sie zusammen mit dieser Lagerhalle in Philadelphia in die Luft geflogen wären.«

Anderson schwieg.

»Als ich Sie in Pompano Beach sah, dachte ich zuerst, Sie wären es gar nicht, sondern nur ein Soldat, der große Ähnlichkeit mit Ihnen hat. Dann unterhielt ich mich mit dieser Archivarin und erfuhr, daß ein gewisser Commander Anderson die Unterlagen über Flight 19 eingesehen hatte, und da wußte ich, Sie waren es wirklich. Als schließlich noch dieser Idiot Kosnar anrief, um mir zu sagen, daß bei ihm ein komischer Typ aufgetaucht wäre, der eine Menge seltsamer Fragen stellte, war dann alles klar.« Er schob die

Pastille von einer Backe in die andere. »Was mich aber besonders interessiert: Wie haben Sie es geschafft, diesem Inferno damals zu entgehen? Ich meine, die Bombe war auf drei Minuten eingestellt, und Sie waren mit Handschellen angekettet.«

»Fingerspitzengefühl«, sagte Anderson knapp. Er hielt seine linke Hand hoch, wo der kleine und der Ringfinger fast bis zum Handknöchel hinunter fehlten.

»Erstaunlich.« Bowen betrachtete die verstümmelte Hand des Reporters wie ein Sammlerstück im Museum. »Ganz erstaunlich. Sie haben sich zwei Finger abgeschnitten, um Ihre Hand aus den Handschellen ziehen zu können. Und das alles bloß wegen einer Kellnerin aus Nevada.« Er seufzte sarkastisch. »Lieber Gott, muß Liebe schön sein…«

Anderson ballte die Fäuste, sagte aber nichts.

Bowen begann, vor ihm auf und ab zu gehen. »Wissen Sie, daß viele Tiere sich in Gefangenschaft genauso verhalten? Das heißt sich selbst verstümmeln, um ihre Freiheit wiederzuerlangen? Ratten, zum Beispiel. Wenn eine Ratte mit einem Bein irgendwo hängenbleibt und sich nicht befreien kann, ergibt sie sich nicht in ihr Schicksal, sondern nagt sich das eigene Bein ab. Der Überlebenswille dieser Nager ist gewaltig, Mr. Anderson. Genau wie Ihrer. Schade nur, daß Ihre Frau da nicht mithalten konnte. Wie ich hörte, hat sie Selbstmord begangen.« Er lächelte kalt. »Zu tragisch.«

Anderson ballte die Hände so fest, daß sich die Nägel tief in die Handfläche gruben. Er mußte sich mit aller Kraft zwingen, ruhig zu bleiben. Er durfte sich von Bowen nicht provozieren lassen. Nur ein winziger Fehler, und der Sergeant mit der MP würde sich einen Spaß daraus machen, ihm die Kniescheiben wegzuschießen. So gelassen wie möglich sagte er: »Ihr kleines Projekt scheint in den letzten Monaten große Fortschritte gemacht zu haben.«

Der Admiral ließ sich lächelnd auf die Kante eines Tisches sinken. »Sogar gewaltige«, bestätigte er. »Es ist unglaublich, wie schnell die Technik sich dieser Tage entwikkelt. Das, was gestern noch hochmodern war, ist heute schon wieder überholt. Natürlich ist das nicht nur in unserem Land so, aber dank gewisser *Hilfestellungen* sind wir allen anderen Ländern stets ein Dutzend Schritte voraus. Woran man dort derzeit unter Hochdruck arbeitet, gehört bei uns längst zum Altmetall.« Man merkte ihm an, wie zufrieden er mit sich und seiner Arbeit war.

Die Selbstgefälligkeit des Admirals, das begriff Anderson plötzlich, konnte der Hebel sein, um unter Umständen mehr über die Hintergründe dieser ganzen Angelegenheit in Erfahrung zu bringen. »Da ich dieses Schiff wahrscheinlich sowieso nicht lebend verlassen werde, hoffe ich, daß Sie mir einige Fragen beantworten – nur damit ich weiß, wofür ich sterbe.«

Admiral Bowen gab sich großzügig. »Schießen Sie los.« Er machte sich nicht einmal die Mühe, Anderson zu widersprechen, was seinen Tod anbetraf; das war längst beschlossene Sache.

»Was hat das alles zu bedeuten?« fragte er langsam. »Ich meine, natürlich weiß ich, was Ihr Ziel ist, nämlich ein nicht aufzuholender Vorsprung in der Entwicklung Ihres militärischen Potentials. Sie wollen auch in hundert und tausend Jahren noch die führende Weltmacht sein. Aber was ist mit *denen*?« Er wies hinauf zur Decke der Offiziersmesse, doch die Geste galt mehr dem Himmel und dem, was dahinter lag.

»Da müssen Sie differenzieren«, sagte Bowen ruhig. Wieder machte er keine Anstalten, Andersons Verdacht zu widerlegen. »Die haben ihre Ziele, und wir haben unsere. Glücklicherweise sind wir in der Lage, uns gegenseitig dabei zu helfen, sie zu erreichen.« Er ließ die Dose mit den Pfefferminz von neuem aufschnappen und nahm eine zweite Pastille heraus. »Eine Hand wäscht die andere. Das alte Geschäft.«

»Und was wollen die von Ihnen als Gegenleistung dafür, daß sie Ihnen Teile ihrer Technologie zur Verfügung stellen?«

»Energie«, sagte Bowen knapp.

»Das Uranerz«, konkretisierte der Reporter.

Für einen Moment spiegelte sich Überraschung in Admiral Bowens Zügen. Dann hatte er sich wieder unter Kontrolle und lächelte. »Ich sehe, Sie haben Ihre Hausaufgaben gemacht. Richtig, das Uranerz. Daraus gewinnen sie die Energie für ihre Maschinen. Die Erzeugung von Antigravitation erfordert viel Energie, wissen Sie.« Sein Lächeln erinnerte jetzt an das aufgerissene Maul eines Hais. »Also helfen wir ihnen, das Uranerz zu fördern, und zwar unter Aufbietung aller uns zur Verfügung stehenden Mittel.«

»Dann sind sie hier?« Fassungslos starrte Anderson Bowen an.

»Aber natürlich. Sogar ganz in unserer Nähe.« Der Admiral schaute zu Boden, doch sein Blick ging tiefer – viel tiefer …

Anderson schluckte. Es war unglaublich, und trotzdem … Hatte er nicht genau das die ganze Zeit über vermutet? Mit einemmal ergab vieles von dem, was er in den letzten zwei Jahren erlebt und erfahren hatte, einen Sinn, auch wenn einige Dinge nach wie vor im dunkeln blieben. »Aber warum diese ganzen verschwundenen Schiffe?«

Der Admiral schien seine Antwort genau abzuwägen.

»Unliebsame Zeugen. Sie haben es nicht gerne, wenn jemand ihnen zu nahe kommt, den sie nicht kennen – da sind sie uns sehr ähnlich. Außerdem brauchen sie Arbeiter, die für sie das Uranerz abbauen.«

»Aber die Geschichte des Teufelsdreiecks reicht bis weit ins 18. Jahrhundert zurück«, wandte Anderson ein. »Wollen Sie vielleicht sagen, daß sie da auch schon hier waren?«

»Oh, Mr. Anderson.« Bowen schüttelte fast mitleidig den Kopf. »Sie sind bereits viel länger hier. Sehr viel länger.«

Keiner der anderen Männer im Raum zuckte bei seinen Worten auch nur mit der Wimper. Anderson konnte zunächst nicht glauben, was er soeben gehört hatte, und brauchte eine Weile, bis er seine Gedanken wieder unter Kontrolle hatte. Schließlich sagte er: »Was werden die tun, wenn das Uranerz zu Ende geht?«

Bowen antwortete gleichgültig: »Wer kann das wissen? Möglich, daß sie dann weiterziehen. Oder sie suchen kleinere Quellen auf der Erde, die sie anzapfen können. Aber was auch immer sie machen werden, Sie und ich werden es in jedem Fall nicht mehr erleben – vor allen Dingen Sie nicht. Da können Sie vollkommen beruhigt sein.« Er lächelte liebenswürdig.

Ein Schauder lief dem Reporter über den Rücken. Aus den Augenwinkeln sah er den Sergeant mit der MP ungeduldig von einem Fuß auf den anderen treten; offenbar konnte er es kaum erwarten, seine Pflicht zu tun.

Er bemühte sich um eine feste Stimme. »Was sagen eigentlich die Briten dazu, daß Sie hier direkt vor ihrer Nase Ihre Show abziehen?«

Bowen lachte spöttisch. »Die sind froh, wenn wir ihnen von unserer prall gefüllten Tafel hin und wieder ein paar Brocken zuwerfen – bloß Kleinigkeiten, aber da sie keine

Ahnung haben, was wir alles wissen, unterstützen sie uns sogar noch.« Er grinste. »Besser kann's doch gar nicht laufen, oder?«

Einer der Offiziere am Tisch räusperte sich dezent. Bowen warf ihm einen Seitenblick zu und nickte knapp, ehe er sich wieder zu dem Reporter umwandte. »Nun, Mr. Anderson, ich fürchte, es wird langsam Zeit für Sie, uns zu verlassen. Wir müssen nach Portsmouth zurück.« Er sah auf seine Uhr. »Es ist jetzt Viertel vor eins. Pünktlich in einer Viertelstunde werde ich in der Messe auf dem Stützpunkt zu Mittag essen.«

»Eine letzte Frage noch«, sagte Anderson.

Bowen hob fragend die Brauen.

»Warum haben Sie mich nicht gleich aus dem Weg geräumt? Ich meine, als Sie wußten, daß ich noch lebe. Warum diese Sache mit dem Mord an Kosnar?«

»Ein Spiel«, erwiderte der Admiral knapp.

Anderson runzelte die Stirn. »Ein Spiel?«

Bowen nickte. »Ich wollte sehen, wie Sie es schaffen, sich dieses Mal aus der Affäre zu ziehen. Mir schien es zu simpel, Sie einfach von einem meiner Männer umlegen zu lassen. Wir hatten alles genau durchdacht. Sie werden gesucht, weil der Spaziergänger dieses Foto von Ihnen beim Verlassen des Tatorts geschossen hat, man identifiziert Sie, die Polizei macht Jagd auf Sie, findet Sie, und nach einem kurzen, aber fairen Prozeß treten Sie Ihren letzten Gang in die Gaskammer an, ohne daß irgendwer von uns sich an Ihnen die Finger schmutzig macht. Eigentlich dachte ich, Sie würden heute schon in Untersuchungshaft sitzen. Aber wie es scheint, haben Sie mir einmal mehr einen Strich durch die Rechnung gemacht.«

»Es war mir eine Ehre«, knurrte Anderson.

Bowen winkte ab. »Im Grunde war es mein Fehler. Ich

glaubte, Sie würden sich irgendwo in Florida verkriechen, den Schwanz einziehen wie ein getretener Hund. Wer konnte ahnen, daß Sie längst in einem Flugzeug auf die Bahamas sitzen?«

Diesmal war es Anderson, der lächelte. »Pech für Sie, Glück für mich. Aber woher wußten Sie, daß ich hier draußen auf dem Meer sein würde?«

»Es tut mir leid, Sie enttäuschen zu müssen, Mr. Anderson. Aber bis wir diese Motoryacht voraus ausmachten, hatte ich davon keine Ahnung. Sicher können Sie sich meine Überraschung vorstellen, als ich Sie hier draußen am Arsch der Welt auf dem Kahn sah.« Er baute sich direkt vor dem Reporter auf. »Ob Sie es glauben oder nicht, Mr. Anderson, aber irgendwie bewundere ich Sie. Sie lassen sich nicht unterkriegen. Wenn Sie auf etwas aus sind, dann beißen Sie sich an einer Sache fest wie ein verdammter Bluthund und lassen nicht mehr los, bis man Ihnen den Kiefer bricht. Und genau das –«, damit winkte er dem jungen Soldaten, »genau das werden wir jetzt machen.«

Seine beiden Bewacher packten Anderson an den Armen. Der Sergeant mit der MP stand einige Schritte entfernt. Er schien nur darauf zu warten, daß sich der Reporter widersetzte, doch diesen Gefallen tat er ihm nicht.

»Was sollen wir mit ihm machen?« wollte der Soldat wissen.

»Bringt ihn nach oben«, erwiderte Bowen knapp. »Aufs Deck. Erschießt ihn und werft ihn über Bord. Dann können sich die Fische an ihm die Zähne ausbeißen. Aber seht vorher nach, ob der Bastard auch wirklich tot ist.« Er bedachte Anderson mit einem grimmigen Blick. »Bei diesem Mistkerl muß man mit allem rechnen.«

»Ich fasse das als Kompliment auf«, zischte Anderson.

Der junge Soldat winkte sie mit dem Lauf seiner MP zur

Tür. Andersons Bewacher zogen ihn mit sich. Sie waren schon fast draußen auf dem Gang, als Bowen noch einmal seinen Namen rief.

»Ach, und Anderson?«

Er drehte sich halb um.

»Grüßen Sie Ihre Frau von mir.« Er grinste vielsagend in die Runde.

Einer der Offiziere am Tisch lachte dreckig.

Anderson funkelte den Admiral an. »Ich habe Ihnen damals versprochen, daß Sie dafür bezahlen werden«, sagte er ruhig. »Und ich halte meine Versprechen immer. Ich werde Sie töten.« Er deutete auf den Offizier am Tisch. »Und Sie auch.«

Das Lachen verstummte abrupt.

Nur Bowen lächelte noch dieses arrogante, selbstsichere Lächeln, das jedem verkündete: er würde so oder so am Ende der Sieger sein. »Ich bin überaus gespannt, wie Sie das anstellen wollen – mit einer Kugel im Kopf.«

Bevor Anderson darauf etwas erwidern konnte, schleiften ihn die Soldaten hinaus auf den Gang. Die Doppeltür der Offiziersmesse fiel hinter ihnen zu, und Bowen entschwand seinem Blick.

»Los!« Der Bewaffnete zeigte den Korridor hoch. »Da lang!«

Anderson gehorchte. Mit hängenden Schultern ging er zwischen den Soldaten. Der Sergeant mit der MP bildete von neuem das Schlußlicht. Das Echo ihrer Schritte begleitete sie auf dem Weg zur Steigleiter.

Als Anderson langsam seine Hände öffnete, die er die ganze Zeit krampfhaft zu Fäusten geballt hatte, um dem Admiral nicht an die Kehle zu springen, tropfte Blut auf das Metall. Seine Fingernägel hatten einen roten Halbmond in den einen Handballen gegraben.

Einer der Soldaten bemerkte das Blut und lächelte spöttisch.

Einen Moment später erreichten sie die Leiter. Während einer seiner Bewacher als erster hochkletterte, um ihn oben zu erwarten, hielt der Sergeant Anderson mit der Maschinenpistole in Schach, bis er an der Reihe war. Langsam stieg er die Metallsprossen hinauf, die Hände an den äußeren Stegen. Der zweite Soldat war dicht hinter ihm, und als Anderson halb oben war, schulterte auch der Sergeant die Waffe und kletterte ihm nach.

Anderson wartete, bis er fast oben war. Dann atmete er noch einmal tief durch – und ließ sich einfach fallen!

Damit hatten die Soldaten nicht gerechnet. Anderson traf den ersten in vollem Fall und riß ihn mit von der Leiter. Dem Sergeant gelang es zwar, sich zur Seite zu drehen, doch die beiden stürzenden Männer erwischten ihn dennoch. Als wildes Knäuel landeten sie unten im Gang. Der eine Bewacher schlug so hart mit dem Hinterkopf auf den Boden, daß bei ihm schlagartig alle Lichter erloschen. Der Reporter fiel auf ihn und rollte sich sofort ab, doch der Sergeant war ebenfalls bereits wieder auf den Beinen und griff nach der MP.

Anderson war schneller. Mit einem Satz war er bei ihm und rammte ihm das Knie wuchtig in die Magengrube. Der Sergeant stöhnte auf, klappte aber nicht zusammen. Stattdessen schlug er aus der Drehung heraus mit dem Schaft der MP zu und erwischte Anderson seitlich am Kopf. Für einen Moment wurde ihm schwarz vor Augen. Sein Kopf drohte zu zerspringen. Benommen taumelte er einen Schritt rückwärts, blinzelte – und schaffte es gerade noch, dem nächsten Hieb auszuweichen. Der Gewehrschaft zischte haarscharf an ihm vorbei ins Leere, wobei der Sergeant so viel Wucht in den Schlag gelegt hatte, daß er überrascht nach vorne taumelte.

Anderson packte das Gewehr mit beiden Händen und riß es dem Soldaten aus der Hand, ehe er überhaupt begriff, was geschah. Fassungslosigkeit spiegelte sich in seinen Zügen.

Der Reporter zögerte keine Sekunde, holte mit der MP aus und schmetterte dem Soldaten den Schaft mit voller Kraft gegen die Schläfe. Der Sergeant schwankte einen Moment vor und zurück. Seine Gesichtszüge entgleisten. Dann sackte er in sich zusammen und blieb ohnmächtig an der Wand liegen. Ein dünner Blutfaden sickerte aus einer Platzwunde oberhalb des Wangenknochens, doch das gleichmäßige Heben und Senken seiner Brust verriet, daß er noch lebte.

»Angenehme Träume, Kumpel«, keuchte Anderson und stützte sich an der Wand ab, um wieder zu Atem zu kommen. Sein Kopf dröhnte. Rote Schlieren wallten vor seinen Augen.

Plötzlich hörte er hinter sich verstohlene Schritte.

Aus dem Stand wirbelte der Reporter herum – mitten hinein in den Schwung einer geballten Faust, die ihn mitten im Gesicht traf und vollendete, was Boots vorhin auf dem Boot begonnen hatte. Seine Nase brach mit dem harten Knacken eines trockenen Astes. Blut schoß aus seinen Nasenlöchern, spritzte auf die geballte Faust des zweiten Bewachers, den Anderson in dem Chaos völlig vergessen hatte.

Das rächte sich jetzt. Denn während Anderson noch benommen zurücktaumelte, der Mund und das Kinn über und über mit Blut beschmiert, setzte der Matrose bereits nach und plazierte einen zweiten Treffer direkt in seine Magengrube.

Mit einem Schlag wich alle Luft aus seinen Lungen. Anderson japste wie ein Fisch auf dem Trockenen und sackte auf die Knie, was der Soldat ausnutzte, um ihm mit den schweren, genagelten Stiefeln einen Tritt gegen das Kinn zu verpassen.

Anderson flog nach hinten und blieb auf dem Rücken liegen. Vor seinen Augen explodierten ganze Galaxien voller Sterne. Er spürte, wie sein Magen wieder zu rebellieren begann. Das Blut verstopfte ihm die Nase. Benommen starrte er den Soldaten an, der sich breitbeinig vor ihm aufbaute und von einem Mundwinkel zum anderen hämisch grinste.

»Arschloch«, knurrte er, »verdammtes Arschloch«, und holte aus, um erneut zuzutreten.

In diesem Moment riß Anderson die Maschinenpistole hoch. Er hatte sie die ganze Zeit über mit beiden Händen fest umklammert, und jetzt rammte er den Lauf mit aller Kraft zwischen die Beine des Mannes. Der Soldat riß entsetzt die Augen auf. Sein Mund klappte auf. Die Zunge im Rachen zuckte, wollte schreien, doch alles, was herauskam, war ein seltsam hohes, gepreßtes Wimmern. Dann fiel der Mann nach vorn auf die Knie, und fast automatisch suchten seine Hände seine schmerzenden Hoden. Tränen standen ihm in den Augen.

Benommen stemmte Anderson sich hoch und blieb leicht schwankend vor dem Soldaten stehen. Der Mann hatte den Blick zu Boden gesenkt und heulte vor Schmerz. Seufzend packte Anderson mit der freien Linken seinen Kopf und schmetterte ihn brutal gegen die Wand. Doch erst als er es noch einmal machte, stürzte der Mann schwerfällig zu Boden und blieb, die Hände noch immer um seine Hoden geklammert, reglos neben seinen Kameraden liegen.

Keuchend vor Anstrengung sah Anderson einen Moment auf die drei Soldaten herab. Dann wischte er sich mit dem Ärmel Mund und Nase ab, überprüfte, ob die Maschinenpistole geladen war, und wandte sich um. Er mußte so schnell wie möglich von hier verschwinden, das war ihm völlig klar, aber vorher hatte er noch etwas zu erledigen.

Etwas, das sich diesmal nicht aufschieben ließ.

7.

Noch ein wenig unsicher auf den Beinen, taumelte Anderson den Weg zurück, den sie eben gekommen waren. Er rechnete damit, daß jeden Moment irgendwelche Türen auffliegen und Soldaten in den Korridor speien würden, doch offenbar hatte das Dröhnen der Motoren den Kampflärm übertönt. Dankbar für den Aufschub eilte er den Gang hinab und erreichte einen Moment später die Türen der Offiziersmesse. Direkt davor blieb er stehen und atmete mehrmals tief durch, bevor er nach dem Knauf griff. Da vernahm er jenseits des Holzes eine Männerstimme. Er schaffte es gerade noch, an der Wand in Deckung zu gehen, als der linke Türflügel bereits aufschwang und einer der beiden Offiziere, die vorhin am Tisch gesessen hatten, herauskam.

Er sah den Reporter sofort und riß vor Überraschung die Augen auf; aber es war schon zu spät, und er kam nicht einmal mehr dazu, die Finger um den Griff seiner Pistole zu schließen, die im Halfter am Gürtel steckte.

Anderson schmetterte ihm den Schaft der MP ins Gesicht.

Lautlos sank der Soldat zusammen und blieb quer im Rahmen liegen, wobei er die Tür am Zufallen hinderte.

Drinnen wurde Verwirrung laut.

Mit einem Satz war Anderson über den Bewußtlosen hinweg und stand mitten im Saal, die Maschinenpistole im

Anschlag. Bowen und der zweite Offizier standen bei dem Tisch am Fenster, beide fassungslos. Der Offizier war kreidebleich, und selbst Bowens Kinnlade sackte vor Verblüffung ein Stockwerk tiefer.

»Da bin ich wieder«, knurrte Anderson. »Und diesmal habe ich meinen großen Bruder mitgebracht.« Noch immer rann Blut aus seiner Nase, warm und klebrig.

Einen Moment lang hing das Schweigen eisig zwischen ihnen in der Luft.

Dann sagte Bowen: »Sie wissen, daß Sie keine Chance haben, Anderson. Auf dem Schiff wimmelt es von Soldaten. Glauben Sie, Sie können es mit denen allen aufnehmen?«

»Einen Versuch ist es zumindest wert.« Anderson ließ den Lauf der Waffe demonstrativ von einem zum anderen schwenken, während er näher kam. »Was mich interessieren würde«, sagte er zu Bowen. »Wie fühlt man sich so, wenn man ausnahmsweise mal nicht am längeren Hebel sitzt?«

Der Admiral gestattete sich ein süffisantes Lächeln. »Woher wollen Sie wissen, daß ich das nicht tue?«

Anderson grinste. »Ich habe die Waffe.«

»Schon«, nickte Bowen. »Aber da sind Sie nicht der einzige.«

In diesem Moment riß der Offizier seine Waffe aus dem Holster und legte einhändig auf ihn an; gleichzeitig warf sich Bowen mit einem gewagten Hechtsprung aus der Schußlinie.

Anderson reagierte instinktiv. In dem Sekundenbruchteil, in dem sich der Finger des Offiziers um den Abzug krümmte, sprang er beiseite. Der Schuß peitschte überlaut durch den Raum, doch die Kugel zischte über seinen Kopf hinweg und bohrte sich neben der Tür in die Wand. Holz splitterte ab.

Der Reporter krachte zu Boden und rollte sich zur Seite. Schon gab der Offizier den nächsten Schuß ab.

Diesmal schlug das Projektil keine zwanzig Zentimeter vor ihm auf den Boden, prallte ab und schwirrte als Querschläger mit einem singenden Pfeifen davon. Irgendwo im hinteren Teil des Raumes zersprang Glas in Millionen winzige Splitter.

Schnaubend sprang Anderson auf, riß die MP hoch – und sah geradewegs in die Mündung der Pistole, die der Offizier auf ihn gerichtet hatte. Sie schauten sich direkt in die Augen, jeder in der Schußlinie des anderen, den Finger am Abzug. Nur fünf Meter und ein Tisch trennten sie; unmöglich, auf diese Distanz vorbeizuschießen.

Stille senkte sich über den Raum.

Bewegungslos standen sich die Männer gegenüber. Beiden war klar, daß selbst derjenige, der als erster den Abzug durchzog, vermutlich trotzdem eine Kugel einfangen würde.

Anderson zwang sich, nicht auf die Waffe in der Hand des Offiziers zu sehen, sondern ihm direkt ins Gesicht zu schauen. Er schien vollkommen ruhig zu sein. Keine Regung seiner Züge verriet, was in ihm vorging.

Schweiß rann Anderson über die Stirn. Sein Herz raste, doch sein Kopf war vollkommen leer. Er konzentrierte sich ganz auf das Gesicht des anderen.

Sekunden dehnten sich zur Ewigkeit, bis plötzlich das linke Augenlid des Offiziers zuckte.

Anderson wußte: jetzt mußte er handeln. Während er sich gleichzeitig zu Boden fallen ließ, krümmte sich sein Finger um den Abzug. Die MP tanzte in seinen Händen. Mündungsfeuer leuchtete auf, und das abgehackte Hämmern der Waffe dröhnte in seinen Ohren.

Ratatatatatata!

Die Kugelgarbe traf den Soldaten mitten in die Brust. Wie eine Puppe zuckte er herum. Blut spritzte aus den faustgroßen Einschußlöchern. Messinghülsen stoben aus dem Auswurf der MP, fielen klirrend zu Boden. Ein Schuß löste sich zwar aus der Waffe des Soldaten, doch die Kugel jagte hoch zur Decke, prallte ab und zerschmetterte ein gerahmtes Bild des Präsidenten.

Dann nahm der Reporter den Finger vom Abzug, und gleich einer Marionette, der man die Fäden durchgeschnitten hat, stürzte der Offizier der Länge nach hin. Mit der Pistole in der Hand blieb er auf dem Boden liegen, verkrümmt in einer rasch größer werdenden Lache seines eigenen Blutes. Aus einem Dutzend Wunden in seiner Brust strömte Blut. Sein Blick ging ins Leere.

Mit schreckensweiten Augen starrte Anderson den Offizier an, und nur allmählich wurde ihm bewußt, was er soeben getan hatte. Karbonitgestank schwängerte die Luft. Benommen ließ er die Maschinenpistole sinken.

Da peitschte hinter ihm ein Schuß auf.

Er hatte keine Chance, rechtzeitig zu reagieren. Die Kugel traf ihn in die rechte Schulter, direkt unter dem Schlüsselbein, und trat auf der anderen Seite wieder aus. Die Wucht des Geschosses schleuderte ihn brutal nach hinten, Blut spritzte. Er schrie auf, als er schwer zu Boden stürzte. Die MP entglitt seinen tauben Fingern, schlidderte über den Boden und blieb zehn Meter weiter unter einem der Tische liegen, unerreichbar weit weg.

Stöhnend wand er sich am Boden. Von der Schulter ausgehend, breitete sich glühender Schmerz im Rest seines Körpers aus; die Finger seiner gesunden Rechten zuckten unkontrolliert. Mit blutüberströmtem Gesicht schob er sich nach hinten, weg von Admiral Bowen, der mit dem Colt in der ausgestreckten Hand auf ihn zukam. Blanker

Haß leuchtete in seinen Augen wie Feuer. Drei Schritte vor Anderson blieb er stehen und richtete die Waffe auf ihn.

»Sie können es nicht lassen, was, Anderson?« grollte er. »Sie wissen einfach nicht, wann eine Schlacht geschlagen ist. Aber Ihre Schlacht *ist* geschlagen, Anderson. Endgültig.« Seine Zunge fuhr angespannt über die Lippen. »Wir sehen uns in der Hölle, Arschloch.«

»Ich werde für Sie einen Platz reservieren«, knurrte der Reporter.

Der Admiral grinste. Langsam, ganz langsam begann sich sein Finger um den Abzug zu krümmen. Er wollte diesen Triumph voll auskosten.

In diesem Moment stöhnte der erste Offizier auf.

Für eine Sekunde war Bowen abgelenkt. Automatisch schielte er zur Tür. Sein Finger bewegte sich um keinen Millimeter.

Anderson erkannte seine Chance. Mit einem Satz war er auf den Beinen und warf sich mit ausgebreiteten Armen auf Bowen. Der Admiral versuchte ihm auszuweichen, doch der Reporter war schneller, riß ihn mit sich zu Boden, begrub ihn unter sich. Bowen keuchte, als Anderson mit seinem ganzen Gewicht auf ihn krachte, und versuchte die Waffe auf ihn zu richten.

Der Reporter packte die Pistole, doch Bowen ließ nicht los. Keuchend drängte er die Mündung zur Seite. Der Admiral ächzte und grub ihm die Finger seiner freien Linken fest ins Gesicht. Anderson stöhnte auf und drehte sich zur Seite, damit Bowen nicht an seine Augen kam. Wieder schwenkte die Waffe auf ihn zu. Nur noch Zentimeter, und Bowen würde abdrücken.

Verzweifelt ballte er die verbliebenen drei Finger seiner linken Hand zur Faust und schlug Bowen so fest ins Gesicht, wie er konnte. Für einen Moment spürte er Widerstand, als er die Nase des Admirals traf. Dann gab der Knochen mit einem befriedigenden Knirschen nach.

Bowen stöhnte schmerzerfüllt auf.

Der Reporter holte erneut aus und schlug ihm die Pistole aus der Hand. Der Colt segelte ein paar Meter durch die Luft und blieb nahe der Wand liegen. Doch Anderson erhielt keine Gelegenheit, sich darüber zu freuen, denn schon versetzte ihm der Admiral von unten einen gezielten Haken.

Der Schmerz bohrte sich wie glühende Nägel in seinen Kopf. Er wurde nach hinten geworfen, runter von Bowen. Schwarzrote Schleier wallten vor seinen Augen auf. Er kämpfte tapfer gegen die Benommenheit an, rappelte sich hoch – und bekam einen Fußtritt in den Magen versetzt. Würgend taumelte er nach hinten, rang nach Luft, eine Hand auf den schmerzenden Leib gepreßt. Da sah er wie durch eine fettige Glasscheibe Bowen schon wieder näherkommen, sah, wie er ausholte. Dieses Mal schaffte der Reporter es, unter dem Hieb wegzutauchen, doch der nächste Tritt erwischte ihn voll in die Seite.

Anderson schwankte benommen. Seine Lungen rasselten wie ein alter Ofen. Blut floß seinen tauben rechten Arm hinunter. Er wollte weg von Bowen, nur ein paar Sekunden, um wieder zu Atem zu kommen, doch der Admiral setzte ihm sogleich nach.

Seine nächsten beiden Schläge trafen Anderson vollkommen unvorbereitet. Der erste Hieb erwischte ihn an der Hüfte; der zweite an seiner verletzten Schulter.

Anderson heulte auf, als Wellen der Pein durch seinen Leib tosten. Stöhnend stieß er gegen die Wand und schob sich daran entlang, nur noch halb bei Sinnen. Die Schmerzen verursachten ihm Übelkeit. Würgend kämpfte er sich weiter. Seine tastende Hand hinterließ auf dem Holz blutige Abdrücke.

Langsam, fast gemächlich folgte Bowen ihm. Er lächelte, doch das Blut, das aus seiner Nase sprudelte, verwandelte seine Züge in eine Dämonenfratze. Er hatte es nicht eilig; er wußte, daß sein Opfer ihm nicht noch einmal entkommen würde.

Wieder schlug er zu.

Anderson sah den erneuten Angriff kommen und riß den linken Arm hoch, um ihn abzufangen. Bowens Faust krachte auf seinen Ellbogen. Der Schmerz war unglaublich. Nur mit Mühe gelang es ihm, bei Bewußtsein zu bleiben. Allein sein Wille hielt den Reporter auf den Beinen. Den nächsten Schlag konnte er nur erahnen. Seine Oberlippe platzte auf, als Bowens Faust ihn voll erwischte. Einer seiner Schneidezähne brach ab und flog davon wie ein Stück hartes Popcorn.

Anderson spuckte Blut und Speichel.

Dann packte Bowen plötzlich mit der Schnelligkeit einer angreifenden Kobra seine verstümmelte Linke. Er grinste breit, als er die Stümpfe von kleinem Finger und Ringfinger mit einem brutalen Ruck so weit nach hinten bog, wie er konnte.

Diesmal brüllte Anderson aus voller Kehle. Tränen der Pein blendeten ihn. Er hatte nicht gewußt, daß ein Mensch imstande war, solche Schmerzen zu empfinden.

Als Bowen das nächstemal zuschlug, unternahm Anderson schon gar nicht mehr den Versuch, sich zu verteidigen. Eine harte Folge von Hieben prasselte auf ihn nieder, trafen ihn in rascher Folge in den Bauch, vor die Brust, in die Seite. Mit schmerzverzerrtem Gesicht schleppte Anderson sich vorwärts. Zusehends verließ ihn seine Kraft.

Bowen folgte ihm zufrieden lächelnd.

Andersons Beine waren weich wie Gummi. Seine rechte Schulter hatte dumpf zu pochen begonnen, pulsierte im Rhythmus seines Herzschlags; jedesmal quoll neues Blut aus der Wunde. Längst klebte ihm das durchweichte Hemd am Leib.

Er schaffte es, sich einige Meter von Bowen fortzubewegen. Dann erwischte ihn ein Tritt von hinten mitten in die Kniekehlen. Plötzlich hatte er keinen Boden mehr unter den Füßen. Schwer stürzte er zu Boden. Er spuckte Blut, kroch weiter. Er wollte weg, nur weg. Schließlich spürte er unter den Händen etwas Feuchtes, und als er hinsah, stellte er fest, daß er mitten in der Blutlache kauerte, die sich um den toten Offizier herum gebildet hatte. Der Soldat lag nur ein Stück weiter.

Mit einemmal verließen Anderson seine letzten Kräfte. Völlig erschöpft sank er in sich zusammen, drehte sich auf den Rücken und rang mit rasselnder Lunge nach Luft. Sein eigener Puls dröhnte ihm wie Preßlufthämmer in den Ohren.

Massiv ragte Bowen über ihm auf. Er war kaum aus der Puste von der Anstrengung. Seine Zähne glänzten grellweiß in dem verschmierten Blut um seinen Mund. Lächelnd sank er neben Anderson auf die Knie und sah ihn an.

»Warum tun Sie das alles?« wollte er wissen; Anderson hörte die Worte nur gedämpft. »Warum geben Sie nicht einfach auf und sterben? Warum machen Sie es sich so schwer?«

Anderson starrte ihn bloß an.

Bowen musterte ihn noch einen Moment lang, blickte fast mitleidig auf ihn herab, ehe er sich über Anderson beugte und beide Hände fest um den Hals des Reporters schloß. »Wenn Sie sich nicht wehren, wird es schnell gehen«, erklärte er. »Sie werden kaum etwas spüren. Das verspreche ich Ihnen.«

Er drückte fest zu.

Anderson riß den Mund auf, doch er bekam keine Luft mehr, da war kein Sauerstoff. Die Hände des Admirals lagen wie Schraubstöcke um seine Kehle. Schon spürte er das mörderische Brennen in seinen Lungen die Luftröhre hinaufsteigen. Halb blind von Blut und Tränen, packte er die Handgelenke des Admirals; aber seine rechte Hand war taub und kraftlos, und die verstümmelte Linke allein zu schwach, um den Griff des Soldaten zu lockern. Würgend japste er nach Luft. Die Augen quollen ihm aus den Höhlen. Wie durch einen Schleier erblickte er Bowens Gesicht, direkt vor seinem, sah dieses schreckliche Lächeln, das verriet, wie sehr der Admiral das Schauspiel genoß.

Dann tauchten an den Rändern seines Blickfelds plötzlich schwarze Schatten auf, Boten der drohenden Ohnmacht. Würgend versuchte Anderson, gegen die Bewußtlosigkeit anzukämpfen, doch er konnte keinen wirklichen Widerstand mehr leisten. Seine Kehle brannte, als hätte er Salzsäure geschluckt. Er sah Bowen den Mund bewegen, und wie aus unendlicher Ferne hörte er die Worte, nur ergaben sie schon fast keinen Sinn mehr.

»Grüßen Sie Ihre Frau von mir, Anderson ...«

Sein Blick verschwamm. Mit letzter Kraft versuchte er, den Admiral wegzustoßen, vergeblich, denn das Gewicht des Soldaten nagelte ihn am Boden fest. Verzweifelt tastete er um sich, suchte in dem Blut nach irgend etwas, womit er Bowen schlagen konnte, einen Stuhl, ein Stück Holz, irgendeinen harten Gegenstand ...

Seine Finger berührten totes Fleisch.

Finger.

Metall.

Blind tastete er weiter, bekam endlich die Waffe zu fassen, die der tote Offizier noch immer fest umklammert hielt, und wand sie ihm aus den steifen Fingern. Dann richtete er den Colt direkt auf Bowens Gesicht, der noch immer über ihm hockte. Bloß ein Fingerbreit trennte die Mündung von seiner Stirn.

Der Admiral erstarrte. Plötzlich lächelte er nicht mehr. Er wußte genau wie Anderson, daß er nicht vorbeischießen konnte. Sofort löste sich der Griff seiner Hände um dessen Hals. Würgend rang der Reporter nach Luft, sog gierig Atem in seine brennenden Lungen, doch die Mündung der Pistole bewegte sich keinen Zentimeter.

»Bitte«, keuchte Bowen. Seine Lippen bebten. Panik sprach aus seinen Augen; mit einemmal wirkte er nur noch lächerlich. »Tun Sie das nicht. Ich habe Frau und Kinder ...«

»Genau das ist der springende Punkt«, zischte Anderson heiser. Er konnte seine eigenen Worte kaum verstehen. »Das habe *ich* nicht mehr – dank Ihnen.«

Dann zog er den Abzug durch.

Zweimal.

Dreimal ...

Das Echo der Schüsse hallte hohl von den getäfelten Wänden der Offiziersmesse wider. Bowen hatte keine Chance. Die Kugeln rissen ihm das Gesicht weg. Ein feiner Sprühregen aus Blut und Knochensplittern spritzte Anderson ins Gesicht. Pulverdampf verhüllte für einen Moment die Sicht. Dann verflüchtigte sich das Karbonit, und Bowen sackte mit zerfetztem Schädel auf dem Reporter zusammen. Seine Finger kratzten über den Boden.

Schwer atmend lag Anderson unter dem zuckenden Leib. Blut und eine durchsichtige, gallertige Flüssigkeit durchtränkten seine Kleider. Benommen wartete er, bis das

Brennen in seinen Lungen ein wenig abgeklungen war. Schließlich wuchtete er den Körper von sich, stieß ihn zur Seite und richtete sich stöhnend auf.

Jeder einzelne Muskel in seinem Leib schien ein Klagelied zu singen. Mit dem Handrücken wischte er sich Blut und Schweiß von seinem ramponierten Gesicht. Schwankend hielt er sich auf den Beinen, die Pistole in der Hand, und starrte auf Bowen hinab.

Von dessen Gesicht war nicht mehr viel übrig; die Kugeln hatten es in eine rote, hackfleischähnliche Masse verwandelt. Er atmete nicht mehr.

Anderson blieb noch einen Moment, wo er war. Dann drehte er sich um und wankte zur Tür. Er sah nicht zurück. Schwerfällig schleppte er sich den verwaisten Korridor entlang; außer den Schiffsmotoren war kein Geräusch zu hören. Doch als er schon fast bei der Leiter war, zerschnitt plötzlich das Schrillen einer Sirene die Monotonie des Motorenlärms.

Uuuuuuuiiiiiii!

Auf der Fregatte war Alarm ausgelöst worden!

8.

Anderson erstarrte, das Geräusch ging ihm durch Mark und Bein. Der Sirenenton schrillte überlaut durch die Korridore des Schiffs, jetzt wußte die gesamte Besatzung, daß etwas nicht stimmte.

Die Schrecksekunde des Reporters war schnell vorüber. Auch seine Kräfte kehrten allmählich zurück, und er rannte los, den Gang entlang, auf die Leiter zu. Noch immer lagen zwei der Soldaten auf dem Boden, nur der junge Sergeant war verschwunden; vielleicht hatte er den Alarm ausgelöst.

Hastig stieg Anderson über die Bewußtlosen hinweg, steckte den Colt in den Hosenbund und kletterte, begleitet von dem An- und Abschwellen des Sirenentons, die Leiter hinauf. Einen Moment später war er oben, schwang sich in den Gang und lief auf das Schott zu, das hinaus aufs Deck führte. Er hatte den Korridor halb hinter sich gebracht, als linker Hand keine drei Schritte vor ihm plötzlich eine Tür aufflog. Er schaffte es gerade noch, seinen Lauf rechtzeitig zu stoppen und nicht mit den drei Soldaten zusammenzustoßen, die, ohne sich umzusehen, zum Schott eilten. Offenbar wußte keiner von ihnen so recht, was der Tumult zu bedeuten hatte, sonst wären sie kaum wie aufgescheuchte Hühner durch die Gegend gelaufen.

Anderson wartete, bis sie das Schott geöffnet hatten und von draußen aufgeregte Rufe hereindrangen, ehe er sich wieder in Bewegung setzte und an der Tür vorbeischlich.

In diesem Moment erschien dahinter ein junger Matrose. Er stand schon beinahe vor Anderson, ehe er den Reporter endlich bemerkte.

»He!« rief der Matrose überrascht. »He, Sie –«

Weiter kam er nicht. Denn Anderson reagierte blitzschnell, packte die Tür und donnerte sie ihm mit voller Wucht vor den Kopf; es dröhnte hohl, als der Körper des Matrosen auf der anderen Seite der Tür zu Boden fiel. Zufrieden eilte Anderson weiter zum Schott, drückte sich daneben an die Wand und spähte vorsichtig hinaus ins Freie.

Draußen auf dem Deck war die Hölle los. Matrosen liefen hin und her. Befehle gellten. Männer fluchten. Noch immer tönte die Sirene, doch auf Deck schien niemand den genauen Grund für den Alarm zu kennen. Schlagartig begriff Anderson, daß in der Verwirrung der Soldaten seine einzige Chance lag, das Schiff mit halbwegs heiler Haut wieder zu verlassen.

Ein Offizier eilte im Laufschritt an dem Schott vorbei und blies in eine Pfeife. Mehrere Matrosen folgten ihm zum Vorderdeck; einige von ihnen hielten Maschinenpistolen in den Händen. Der Reporter wartete, bis sie ein paar Meter weiter weg waren, ehe er seine Deckung verließ und hinaus auf das Deck huschte. Er blinzelte mehrmals, bis sich seine Pupillen an die Helligkeit gewöhnt hatten. Dann, nachdem er sich vergewissert hatte, daß niemand in seine Richtung sah, lief er dicht an der Wand entlang nach rechts, zum Heck der Fregatte, wo er vorhin die seltsamen Generatoren erblickt hatte – einschließlich mehrerer Beiboote, die an Winden über dem Wasser hingen, bereit, im Notfall in die Fluten hinuntergelassen zu werden.

Keuchend rannte er über das Deck. Direkt über sich hörte er einen wütenden Ruf, gefolgt von klappernden Schritten. Panisch preßte er sich mit dem Rücken an die Wand und schielte nach oben, zum Oberdeck. Die Rohre mehrerer Geschütze ragten über den Rand der Reling. Weitere aufgeregte Rufe wurden laut, als direkt über ihm mehrere Matrosen zur Kommandobrücke liefen.

Er wartete, bis die Schritte leiser wurden. Dann eilte er weiter. Die Sonne trocknete Blut und Tränen auf seinem Gesicht zu einer verkrusteten Maske. Seine Schulter blutete nach wie vor; dicke rote Tropfen rannen über seine Finger und bildeten auf dem grauen Metall des Decks eine unregelmäßige Spur, doch darum konnte er sich jetzt nicht kümmern.

Er erreichte das Ende der Brücke und schielte um die Ecke.

Am Heck hielt sich der Betrieb in Grenzen. Nur bei den Generatoren stand ratlos eine gute Handvoll Soldaten mit umgehängten Maschinenpistolen. Diesmal konnte Anderson die Apparaturen eingehender in Augenschein nehmen, doch was er sah, vermochte ihn nicht mehr zu überraschen.

Die zylinderförmigen Generatoren waren etwa zwei Meter lang und anderthalb Meter breit. Dicke Kabelstränge und Schläuche liefen von einem zum anderen. Die Geräte bestanden komplett aus einem matten Metall und waren in mehreren Ringen mit demselben Material umspannt, das Anderson schon an den Bordwänden aufgefallen war und das den Vereinigten Staaten bis zum Jüngsten Tag die militärische Vormachtstellung auf der Erde sichern sollte. Ein unterschwelliges Summen ging von den Maschinen aus und ließ Andersons Plomben vibrieren, als stünde er unter einer Eisenbahnbrücke, über die ein Güterzug donnerte. Wie eine Art Aura umgab jeden der Generatoren ein grüner Schimmer.

Der Reporter wartete, bis keiner der Soldaten mehr in seine Richtung sah. Dann zog er die Pistole aus dem Hosenbund und lief geduckt zum nächsten Generator, um sich dahinter auf den Boden zu knien. Seine verletzte Schulter pulste unruhig. Vorsichtig lugte er aus seiner Dekkung hinüber zu den Beibooten, die neben dem Deck an Metallarmen über dem Wasser hingen, bloß durch eine Winde gesichert. Das nächste der Boote mochte fünfzehn oder zwanzig Meter entfernt sein. Wenn es ihm gelang, die Winde zu lösen und das Boot ins Wasser zu lassen –

Er kam nicht dazu, den Gedanken zu Ende zu bringen.

Plötzlich gellte hinter ihm ein aufgeregter Ruf.

»Auf das Achterdeck! Er ist unten auf dem Achterdeck!«

Anderson wirbelte herum.

Auf dem Oberdeck standen zwei Matrosen und zeigten mit dem Finger auf ihn. Sofort eilte ein Offizier herbei, zerrte seine Pistole aus dem Holster und legte auf Anderson an. Ein Schuß peitschte auf.

Blamm!

Anderson zog den Kopf ein, legte sich flach auf den Boden und rollte unter dem Generator hindurch in den Zwischenraum zum nächsten. Das Geschoß traf die äußere Hülle der Maschine und schwirrte als Querschläger davon. Für einen Moment schien es Anderson, als würde sich das Summen irgendwie verändern.

»Da unten ist der Bastard! Bei den Generatoren!«

Vorsichtig spähte der Reporter über den Generator hinweg und sah aus den Augenwinkeln rechts von sich ein Mündungsfeuer aufleuchten, rotgolden und feurig. Hastig tauchte er wieder ab. Die Kugel pfiff so dicht über seinen Kopf hinweg, daß er den Luftzug zu spüren glaubte. Blitzschnell sprang er auf und feuerte wahllos zwei Schüsse ab. Dann zog er den Kopf rasch wieder ein, als vom Oberdeck das harte Hämmern einer MP ertönte.

Ratatatatatata!

Anderson machte sich so klein wie möglich. Der Kugelhagel traf den Generator, dumpfe Schläge auf dem Metall. Eines der Geschosse traf den dicken Schlauch, der die Maschine mit der davor und dahinter verband. Weißer, eiskalter Nebel zischte aus der zerfetzten Öffnung; offenbar hatte der Soldat die Kühlzufuhr des Geräts erwischt.

Irgendwo auf dem Achterdeck dröhnten schwere Schritte.

Die Verstärkung war auf dem Weg …

Anderson lugte vorsichtig hinter dem Generator hervor, die Pistole im Anschlag. Das erste Beiboot war noch etwa fünfzehn Meter entfernt. Schweiß perlte auf seiner Stirn, wusch weiße Bahnen in das verkrustete Blut. Der metallische Geschmack von Kupfer füllte seinen Rachen. Er spie einen Mundvoll Blut und Speichel aus. Unweit von ihm schlich ein junger Matrose mit einer MP an den Generatoren entlang. Als er Andersons Kopf auftauchen sah, legte er an und feuerte.

Direkt neben Anderson trommelten ein halbes Dutzend Kugeln gegen das Metall. Funken stoben. Querschläger sirrten davon wie wütende Hummeln, und irgendwo auf Deck schrie ein Matrose gequält auf, als sich eines der verirrten Projektile in seinen Oberschenkel bohrte.

Der Reporter drückte sich gegen das Metall und atmete tief durch. Dann rollte er unter dem Generator hindurch und feuerte im Liegen, als er dahinter die Stiefel des Soldaten ausmachte, der gerade geschossen hatte. Der Rückstoß ließ ihn gequält das Gesicht verziehen; seine rechte Hand spürte er kaum noch.

Die Kugel riß ein Loch in das gehärtete Leder des Stiefels. Blut quoll hervor. Schreiend stürzte der Soldat auf das Deck. Die Waffe entglitt seinen Fingern, schlidderte über den Boden und verschwand über den Rand der Reling.

Anderson verschnaufte nur einen Augenblick. Dann robbte er unter dem nächsten Generator hindurch, kam auf die Füße und sprintete, ohne zu zögern, zwischen den Apparaturen hervor, auf das erste der Beiboote zu. Seine nackten Füße trommelten auf dem Metall des Decks.

Noch sieben Meter trennten ihn von dem Boot.

Noch sechs.

Fünf ...

Irgendwo hinter ihm hämmerte eine Maschinenpistole.

Automatisch zog er den Kopf ein. Kugeln trafen den Boden direkt neben ihm, und ein Geschoß schlug keine zehn Zentimeter von ihm entfernt in einen Generator ein und zerfetzte einen der Ringe aus diesem seltsamen Material. Funken flogen. Anderson fluchte mit zusammengebissenen Zähnen, zielte wahllos hinter sich und feuerte in vollem Lauf, hatte währenddessen jedoch nur Augen für das Boot.

Noch vier Meter.

Drei ...

»Knallt ihn ab!« brüllte jemand mit sich überschlagender Stimme. »*Verdammt, knallt den Hurensohn endlich ab!*«

Wieder peitschten Schüsse über das Deck. Eine der Kugeln streifte Andersons Wange, hinterließ einen blutigen Striemen, doch er spürte es kaum, hetzte einfach weiter. Direkt neben ihm zerfetzte eine weitere Kugel einen zweiten Kühlschlauch, und diesmal war der veränderte Ton des seltsamen Summens nicht zu überhören – es klang höher, durchdringender. Auch das grüne Schimmern wurde intensiver. Funken sprühten aus den zerfetzten Schläuchen.

»Verdammt, nicht auf die Generatoren!« schrie irgendwer heiser. »Die Generatoren dürfen auf gar keinen Fall beschädigt werden!«

Anderson hetzte über das Deck und hatte nun das Beiboot erreicht. Rings um ihn her prasselten die Kugeln nieder; er registrierte es kaum. Dafür spannte sich sein geschundener Leib, und mit aller Kraft, die noch in ihm steckte, stieß er sich ab und sprang mit einem gewaltigen Satz über die Reling.

Er landete mitten auf der Plane, die das Beiboot bedeckte; wild schaukelte es an den Seilen hin und her. Anderson duckte sich, als weitere Schüsse peitschten, riß den Colt hoch und feuerte blind auf das Achterdeck.

Wieder erwischte er einen der Generatoren, und dieses Mal schienen die Folgen verheerend zu sein, denn zum Schrillen der Sirene gesellte sich nun das Heulen eines zweiten Alarms. Gleichzeitig leuchteten bei sämtlichen Generatoren rote Lampen auf, während der grüne Nebel immer dichter wurde und grelle Funken wie Wunderkerzen sprühten. Das Summen der Maschinen schwoll von Sekunde zu Sekunde an, wurde durchdringender. Dann schlugen aus dem ersten der Generatoren gleißende Flammen. Im nächsten Augenblick brannte ein zweiter, danach ein dritter …

Am Heck der Fregatte brach Panik aus. Mit einemmal schien keiner der Matrosen mehr besonderes Interesse daran zu haben, Anderson eine Kugel in den Kopf zu jagen. Hektisch rannten alle durcheinander. Ein Offizier blies abwechselnd in seine Pfeife und brüllte Befehle, woraufhin bald ein halbes Dutzend Soldaten mit Feuerlöschern heranstürzten und versuchten, die Brände zu löschen, doch das Feuer breitete sich rasend schnell unter den Generatoren aus. Schwarzer, öliger Qualm stieg auf, und das Summen der Maschinen übertönte jetzt fast die Alarmsirenen.

»Los!« brüllte der Offizier den Soldaten zu. »Löscht das Feuer! Schnell! Sonst fliegt hier alles in die Luft!«

Das war Andersons Stichwort. Er hob die Waffe, zielte auf die Winde und feuerte.

Die erste Kugel verfehlte ihr Ziel, aber die zweite traf. Funken sprühten, als das Metall regelrecht zerfetzt wurde. Die Winde öffnete sich. Das Seil glitt aus der Führung, rauschte mit Macht nach unten, und das Beiboot sauste in die Tiefe.

Der Reporter warf sich längs auf die Plane; die Bordwand des Kreuzers raste an ihm vorbei. Über ihm war eine Explosion zu hören, Schreie gellten. Dann krachte das Boot auf die Wasseroberfläche. Zu allen Seiten spritzten Wellen hoch.

Anderson schrie auf, als der Aufprall eine Lanze des Schmerzes durch seinen Körper trieb. Zunächst schaukelte das Boot bedenklich, und er wartete ungeduldig, bis es ein wenig ruhiger lag, bevor er zum Heck krabbelte, die Plane packte und sie zurückzog. Dann stieg er in das Boot und rollte ein weiteres Stück Plane zur Seite, bis er genug Platz hatte, um sich neben den Außenbordmotor zu hocken. Mit hastigen Bewegungen ließ Anderson schließlich die Schraube ins Wasser und riß am Startkabel.

Sengendes Feuer schoß seinen rechten Arm hinauf, doch der Motor sprang widerspruchslos an. Oben auf dem Deck war eine zweite Explosion zu hören. Flammen loderten zum Himmel auf.

Anderson drehte den Motor zur Seite. Die Schraube wirbelte Wasser auf, und das Boot legte sich in die Kurve. Er steuerte es weg von der Fregatte, bis er sich etwa fünfzig Meter entfernt hatte, wurde dann langsamer und schaute zurück.

Das gesamte Achterdeck war eine einzige Säule aus grünem und schwarzem Rauch, aus der wilde Funken sprühten. Flammen schlugen empor. Noch immer versuchten einige Männer, das Feuer mit Eimern und Löschgeräten unter Kontrolle zu bekommen, doch die meisten waren auf dem Weg zum Vorderdeck, wo in aller Eile Rettungsinseln ins Wasser geworfen wurden. Schreie gellten, Befehle, auf die niemand mehr hörte. Wieder eine Explosion bei den Generatoren. Für einen Moment schoß eine weiße Stichflamme zehn Meter zum Himmel empor. Ozongeruch schwängerte die Luft, und das Summen der Generatoren war jetzt so laut, daß es selbst die Sirenen übertönte. Die Plomben in Andersons Backenzähnen drohten zu explodieren.

Er drehte den Gashahn weiter auf und fuhr wieder schneller. Wasser spritzte über die Reling ins Boot. Mit der verstümmelten Linken strich er sich das Haar aus dem Gesicht und brauste auf das Wrack des Liberty-Frachters zu, dessen Umrisse sich ganz in der Nähe abzeichneten. Mit diesem Orientierungspunkt mußte es Anderson möglich sein, allein nach Freeport zurückzufinden.

Hinter ihm schwoll das Summen der heißlaufenden Generatoren zu einem schrecklichen Crescendo an. Für einen Moment wurde es so laut und durchdringend, daß es jedes andere Geräusch übertönte, keinen klaren Gedanken mehr zuließ.

Dann brach das Summen unvermittelt ab, und in der nächsten Sekunde explodierte die Fregatte!

KA-BOOOOOOOOOOOM!

Die Detonation war so gewaltig, daß Anderson in dreihundert Metern Entfernung noch die Ohren klingelten. Binnen eines Augenblicks verwandelte sie das Schiff in einen rotglühenden Feuerball, hell wie eine explodierende Sonne. Anderson mußte die Hände vor die Augen halten, um nicht geblendet zu werden. Menschen wurden wie Strohpuppen durch die Luft geschleudert, das ganze Meer hinter ihm schien in Flammen zu stehen. Die Druckwelle schoß heran, strich heiß und sengend über sein Gesicht und ließ das Boot schaukeln. Trümmerteile und zerfetzte Leiber prasselten um das brennende Schiff herum ins Wasser.

Teilnahmslos beobachtete Anderson, wie die Flammen immer höher schlugen. Mehrmals sah er in dem Inferno brennende Gestalten umhertaumeln. Dann erhellte wieder ein Blitz den Himmel, als ein weiterer Generator mit lautem Getöse in die Luft flog. Am Bug der Fregatte zappelten Menschen im Wasser. Nur wenige Matrosen hatten es geschafft zu entkommen und schwammen eilig zu den Rettungsinseln. Erneut gab es eine Detonation, diesmal knapp unterhalb der Wasserlinie, und das Schiff begann zu sinken.

Anderson schaute unbeteiligt zu, wie das Heck des Schiffs rasch immer tiefer sank, während der Bug etwas aus dem Wasser gehoben wurde. Schließlich war das Achterdeck unter Wasser, und das brennende Wrack glitt schräg, wie auf einer Rutsche, hinab in die Tiefe.

Als nur noch ein Teil der Kommandobrücke aus dem Pazifik ragte, wandte Anderson sich um, gab dem Motor volle Kraft und nahm Kurs auf Freeport, das irgendwo am Ende des Meeres lag.

Seine Recherchen hier waren beendet.

Er wußte jetzt alles, was er wissen mußte.

Und mehr, als er je hatte wissen wollen.

9.

Als er die übrige Plane vom Boot entfernte und über Bord warf, entdeckte er mehrere Überlebenspakete, in denen sich neben Konserven, Trockennahrung, Wasser und Leuchtpistolen auch Verbandszeug und wärmende Kleidungsstücke fanden. Er streifte das vollkommen durchnäßte Hemd von den Schultern, nahm die zwar feuchte, doch sonst unversehrte Geldrolle aus der Seitentasche, warf dann das Hemd ins Wasser und säuberte anschließend die Wunde mit dem Wasser aus einem der Kanister, bevor er sie mit Mull verband. Die Kugel war glatt durchgegangen; mit ein wenig Glück würde die Wunde ohne Probleme heilen. Schließlich zog er sich umständlich eine der Hosen und ein sauberes Hemd an, was mit seinem halbsteifen Arm und der Hand alles andere als einfach war, ehe er die Rolle Geldscheine in den Taschen verstaute und seine Fahrt fortsetzte. Den Colt, mit dem er Bowen erschossen hatte, behielt er. Die Fahrt zurück nach Freeport dauerte zwei Stunden. Unterwegs machte Anderson mehrere Pausen, um seinem geschundenen Körper ein wenig Ruhe zu gönnen.

Unter der Notration befanden sich Zigaretten und mehrere Flaschen Whiskey, mit denen Anderson sich die Zeit bis zur Ankunft so angenehm wie möglich gestaltete. Als er am frühen Nachmittag endlich am Ziel war, hielt er sich mit dem Boot abseits des Hafens, um lästigen Fragen der Fischer aus dem Weg zu gehen, und landete eine Meile südlich von Freeport an einem schmalen Sandstrand, wo er das Boot einfach liegenließ und zu Fuß hoch zur Straße ging. Kurz vor den ersten Häusern näherte sich von hinten ein Taxi, das irgendwo im Hinterland von Grand Bahama gewesen sein mußte. Der Reporter hielt es an, drückte dem verdutzten Fahrer einige feuchte Dollarnoten in die Hand und ließ sich zu seinem Hotel bringen. Während der gesamten Fahrt behielt der Schwarze seinen Fahrgast im Rückspiegel skeptisch im Auge, doch Anderson beachtete ihn gar nicht. Er war mit seinen Gedanken ganz woanders und bekam von der Fahrt durch das Labyrinth der Gassen kaum etwas mit. Hinterher erinnerte er sich lediglich an die flüchtigen Eindrücke verwaister Straßen und weißer Häuserfronten, die stumm und reglos in der sengenden Sonne dalagen.

Als der Fahrer ihn schließlich vor dem Hotel aus dem Wagen ließ, sichtlich froh, ihn wieder los zu sein, schleppte der Reporter sich müde und erschöpft hinein; er war erleichtert, in der Halle nicht auf Mama Medusa zu treffen. Benommen wankte er die Treppen hoch. Es war vollkommen still im Haus. Nur irgendwo im zweiten Stock dudelte ein Radio vor sich hin.

Vor der Tür seines Zimmers blieb Anderson stehen. Er hatte den Schlüssel am Morgen oben auf dem Rahmen deponiert. Mit tauben Fingern schloß er auf, warf die Tür hinter sich zu und lehnte sich mit dem Rücken dagegen. Für eine Minute vergrub er den Kopf in den Händen und versuchte klar zu denken. Er mußte jetzt genau überlegen, was zu tun war.

Schließlich holte er den Reisekoffer, stellte ihn aufs Bett und begann die Sachen, die überall im Zimmer verstreut lagen, einfach hineinzustopfen. Zuletzt nahm er ein Paar Schuhe und zog sie an, trat dann an die Kommode und ließ aus dem Krug Wasser in die Emailleschale laufen. Das Gesicht, das ihn aus dem Spiegel anstarrte, war kreidebleich und blutig, voller Schürfwunden. Dunkle Ringe lagen unter den Augen. Seine Nase war seltsam schief; er nahm sie behutsam zwischen zwei Finger und richtete sie mit einem Ruck. Erneut schoß Blut aus den Nasenlöchern, und der Schmerz war enorm, aber er stöhnte nicht einmal; er fühlte sich innerlich tot, wie abgestorben. Er wusch sich sorgsam das Gesicht und kämmte sich die Haare. Danach sah er zwar immer noch aus, als wäre er in eine schlimme Schlägerei verwickelt worden, doch es mußte reichen.

Bevor er das Zimmer verließ, ließ er den Blick noch einmal durch den Raum schweifen, ob er nichts vergessen hatte. Dann nahm er mit der verstümmelten Linken den Koffer und stieg die Treppe hinunter.

Der Empfang war noch immer verwaist. Er legte den Schlüssel und einige Scheine auf die Theke und verließ das Gebäude, ohne daß jemand Notiz von ihm nahm.

Draußen brannte die Sonne heiß und sengend. Staub lastete wie Nebel in der Luft. Auf der Suche nach einem Taxi marschierte Anderson nach kurzem Zögern in Richtung Hafen. Er brauchte nicht lange zu laufen; nach fünf Minuten bog direkt vor ihm ein klappriger, kanariengelber Dodge aus einer Querstraße. Das Fenster war runtergelassen. Als der Fahrer Anderson erkannte, brachte er sein Gefährt mit quietschenden Reifen zum Stehen und lehnte sich halb nach draußen. Die großen weißen Zähne unter der bunten Wollmütze schimmerten wie Elfenbein.

»Na, wen haben wir denn da?« Louis grinste breit. »Wenn das nicht der Mann aus Miami ist. Na, wie haben Ihnen die Mädels von Mama Medusa gefallen? Scharfe Feger, eh?«

Anderson antwortete nicht. Schweigend öffnete er die Hecktür, schob seine Tasche auf die Rückbank und ließ sich müde in die Polster sinken.

»Zum Flughafen«, sagte er knapp.

Louis salutierte grinsend. »Zu Befehl, General!«

Er trat die Kupplung durch, knüppelte den Gang ins Getriebe und gab Gas. Das Taxi rollte ruckend an. Anderson lehnte sich zurück und sah aus dem Fenster auf das in der Sonne dösende Freeport. Alles war genau wie bei seiner Ankunft – verlassene Straßen, menschenleere Plätze, nur hin und wieder Kinder oder alte Männer, die im Schatten von Markisen und Palmen saßen und darauf warteten, daß es kühler wurde.

Alles war exakt wie gestern.

Nichts schien sich seitdem verändert zu haben.

Doch Anderson wußte es besser.

Genau das Gegenteil war der Fall; nichts war mehr so, wie es zuvor gewesen war. Die *ganze Welt* hatte sich verändert. Die Menschen waren nicht allein auf der Erde; schon lange nicht mehr. Und niemand außer ihm und einer Handvoll Eingeweihter wußte davon.

»Und?« fragte Louis, als das Taxi kurz darauf den Berg in Angriff nahm, auf dem der Flughafen wie ein Adlerhorst über der Stadt thronte. Seine Augen suchten im Rückspiegel die des Reporters. »Alles erledigt?«

Anderson schreckte aus seinen Gedanken auf. »Hm?«

»Alles erledigt?« wiederholte Louis seine Frage. »Ich

meine, Sie sind ja gestern erst angekommen. Dann müssen Ihre Geschäfte hier gut gelaufen sein, wenn Sie jetzt schon wieder abreisen.«

»Ja.« Teilnahmslos blickte Anderson hinunter auf den Hafen, auf das Meer, das sich ruhig und friedlich wie eine schimmernde Spiegelplatte bis zum Horizont erstreckte, und seufzte. »Alles erledigt ...«

Epilog

1.

Das Haus von Lieutenant Powers lag in einer ruhigen Seitenstraße am Ortsrand von Ocala, unweit der Ausläufer des Ocala-Nationalparks, der sich wie eine dichte dunkelgrüne Decke nach Osten hin ausbreitete. Als Anderson mit dem alten Studebaker, den er unmittelbar nach der Landung in Charleston günstig von einem schmierigen italienischen Gebrauchtwagenhändler gekauft hatte, in die Savannah Road lenkte, verwandelte die Dämmerung den Himmel gerade in ein loderndes Flammenmeer. Ein leichter Nordwind brachte den Geruch von See und Ferne mit sich.

Der Reporter ging vom Gas und rollte an den anheimelnden Einfamilienhäusern vorbei, die sich linker Hand am Straßenrand reihten. Eine Hand auf dem Lenkrand, die andere um den Hals der Whiskeyflasche, die er im Schoß hielt, betrachtete er die Grundstücke und ihre Gebäude.

Die Häuser waren groß und freundlich, die Gärten gepflegt und mit Hingabe gestaltet. In den Einfahrten standen solide Mittelklassewagen, Lincolns und Plymouths, denen man ansah, daß sie jeden Samstag gewaschen wurden. In einem der Gärten wässerte gerade ein Mann in Trainingskleidung mit einem Schlauch den Rasen. Es war eine heile Welt. Hier konnte man seine Kinder noch großziehen, ohne Angst haben zu müssen, sie nie wiederzusehen, wenn sie morgens in den Schulbus stiegen.

Anderson behielt die Postkästen neben der Straße im Auge. Nr. 21 war ein zweigeschossiges weißes Holzhaus, an der Seite dekorativ mit Natursteinen verkleidet. Ein Lattenzaun umgab das Anwesen; Hecken bildeten einen natürlichen Sichtschutz. In der kiesbestreuten Auffahrt parkte ein himmelblauer Chevy. Davor lag ein buntes Kinderfahrrad auf dem Grasstreifen.

Im Schrittempo fuhr er am Zaun entlang. Durch die Büsche konnte man immer wieder Teile des Gartens erkennen.

Er trank einen Schluck. Kinderlachen drang an sein Ohr, untermalt von fröhlichem Hundegebell. Dann sah er Sparkey. Er tobte ausgelassen mit zwei Kindern im Garten herum, denen man selbst von hier aus die Ähnlichkeit mit ihrem Vater ansah. Der Junge, vielleicht zehn Jahre alt, rannte lachend vor Sparkey weg, einen gelben Ball in der Hand, während seine jüngere Schwester wild mit den Armen rudernd hinterherlief.

»Ich will den Ball!« rief sie. »Gib mir den Ball, Brian!«

Der Junge dachte nicht daran. Er rannte weiter, schaute sich um – und wurde von Sparkey kurzerhand zu Boden geworfen. Lachend rollte der Junge über den Rasen; der Hund schnappte sich den kleinen Ball und schoß triumphierend davon, auf die Terrasse zu, wo eine junge Frau mit hochgestecktem blondem Haar neben einem Grill stand und Steaks wendete. Als Sparkey sie erreichte, ging sie in die Knie und streichelte ihm den Kopf. Er ließ den Ball vor ihre Füße fallen. Lächelnd hob sie ihn auf und warf ihn zurück auf den Rasen, zu den Kindern, die lachend und schreiend wieder den Kampf mit der wilden Bestie aufnahmen.

Seufzend nahm Anderson einen weiteren Schluck Whiskey und brachte den Wagen im Schatten eines ausladenden Strauchs zum Stehen, von wo aus er zwar einen guten Blick in den Garten hatte, selbst aber nicht ohne weiteres gesehen werden konnte. Eine ganze Weile schaute er zu, wie die Kinder mit Sparkey herumtollten, und trank. Dann legte er ruckartig den Rückwärtsgang ein und rollte zurück zum Postkasten an der Einfahrt.

Er nahm den Briefumschlag vom Beifahrersitz, klebte ihn zu, damit das Geld nicht rausfiel, warf ihn in den Postkasten und klappte das Fähnchen hoch. Einen Moment noch lauschte er dem fröhlichen Kinderlachen und Hundebellen aus dem Garten. Dann gab er Gas und fuhr los. Als er diesmal am Zaun vorbeikam, war die Frau nicht mehr allein. Lieutenant Powers, in Jeans und Baumwollhemd, war bei ihr. Er hielt eine Grillzange in der einen und eine Flasche Bier in der anderen Hand.

Anderson prostete ihm mit der Whiskeyflasche zu.

»Viel Glück, Lieutenant«, murmelte er.

Als hätte Powers ihn gehört, hob er mit einemmal den Kopf und sah genau in Andersons Richtung. Sie schauten sich direkt in die Augen. Anderson erstarrte. Einen Moment wußte er nicht, wie er reagieren sollte. Schließlich hob Powers grüßend die Hand. Der Reporter nickte ihm zu. Im nächsten Augenblick schoß Sparkey mit dem gelben Ball im Maul auf die Terrasse, verfolgt von den krakeelenden Kindern, und Powers war wieder abgelenkt.

Lächelnd schaltete Anderson einen Gang höher. Der Lattenzaun glitt vorbei, blieb zurück. Dann war das Holzhaus hinter den anderen Gebäuden verschwunden, und mit ihm Sparkey, den er mit Zara auf einem Truckstop gefunden hatte, wo ihn irgendein Mistkerl an der Leitplanke festgebunden hatte, in der Hoffnung, daß er überfahren würde. Was dem Reporter blieb, war die Erinnerung – und die Gewißheit, daß Sparkey ohne ihn besser dran war.

2.

Die Fahrt nach South Carolina dauerte anderthalb Tage, doch Anderson hielt unterwegs nur an, um zu tanken und sich Nachschub an Zigaretten und Alkohol zu besorgen. Als er früh am Sonntag morgen das Örtchen Pleasant Hill dreißig Meilen östlich von Chester erreichte, hatte er seit fast achtundvierzig Stunden nicht geschlafen. Doch er war nicht müde; im Gegenteil. Irgendwie nahm er die Dinge mit einemmal mit offeneren Augen wahr, wie bei einem guten Trip. Die Häuser, die Menschen, die Bäume und Büsche ... Fast schien es ihm, als würde er das alles zum ersten Mal *wirklich* sehen.

Obwohl Anderson das letztemal vor über acht Monaten hier gewesen war, hatte er keinerlei Schwierigkeiten, die Wiese ein wenig außerhalb der Stadt zu finden. Er stellte den Studebaker am Randstreifen ab, ließ den Zündschlüssel stecken und stieg aus. Das kniehohe, taufeuchte Gras schlug ihm gegen die Beine. Der Wind ließ es wogen wie einen grünen Ozean. Aus einem Baum am nahen Waldrand stob ein Schwarm Spatzen auf, schwirrte einen Augenblick über den Himmel und verschwand schließlich in der allmählich weichenden Dunkelheit. Der Wald verbarg die kleine Stadt, als wolle er die neugierigen Blicke der Menschen von diesem Stück unberührter Natur abhalten.

Anderson sog die klare, saubere Luft tief in seine Lungen. Kleine Atemwolken wehten aus seinem Mund wie

Geisterkinder. Es war kühl hier. Der Herbst näherte sich mit großen Schritten. Florida war nur noch eine Erinnerung. In der Nähe plätscherte der Fluß Little Lynches vorbei, ein schmales blaues Band vor dem Hintergrund des dunklen Waldes.

Nach einer Weile blieb Anderson stehen und sah sich um. Der Studebaker drüben an der Straße wurde immer kleiner. Der Reporter wandte sich um und marschierte weiter. Die Blätter der riesigen alten Eiche auf dem Hügel in der Mitte der Wiese verfärbten sich langsam rot und gelb. Er stieg den Hügel hinauf und blieb vor dem mächtigen Stamm der Eiche stehen. Damals hatte er darauf verzichtet, einen Steinhaufen aufzutürmen oder ein Holzkreuz in die Erde zu rammen. Die Stelle, wo Zara begraben lag, war schon wieder vollständig mit Gras bedeckt. Alles, was auf die Grabstätte hinwies, waren zwei Namen, die Anderson mit seinem Taschenmesser in die Borke geritzt hatte: ZARA & JOEY ANDERSON

Sie hatten dem Kind, das zusammen mit Zara starb, nie einen Namen gegeben, deshalb hatte er es für sich Joey genannt, weil Joey sowohl für einen Jungen als auch für ein Mädchen stehen konnte. Das Kind sollte im Herbst auf die Welt kommen.

Ende Oktober.

Vielleicht wäre es heute gewesen.

Behutsam strich er mit den Fingern über die Namen im Holz, und plötzlich brachen all die Gefühle, die er die ganzen Monate über so mühsam im Zaum gehalten hatte, aus ihm heraus. Seine Lippen bebten.

»Oh, Zara«, murmelte er. »Du fehlst mir so.«

Müde sank er am Stamm hinab, setzte sich zu Füßen der Eiche ins feuchte Gras. Von hier aus hatte man einen wunderbaren Blick über den nahen Wald und die angrenzenden Stoppelfelder. Die goldenen Strahlen der Morgensonne drangen durch die teilweise dunkel aufgetürmten Wolken. Bis auf das Rauschen des Windes in den Baumkronen und das sanfte Plätschern des Flusses war es vollkommen still.

Anderson zog den Flachmann aus der Tasche und schraubte den Deckel ab. Wind spielte mit seinem Haar; es würde bald anfangen zu regnen. Schweigend setzte er die Flasche an die Lippen und trank, doch er merkte kaum, wie sich der Alkohol den Weg hinab in seinen Magen brannte. Noch immer sah er über das Land, doch er nahm nichts mehr davon wahr.

Zara ...

Er sah sie vor sich, wie sie in Homestead in der Küche am Herd stand, in diesem weiten geblümten Sommerkleid, das lange braune Haar locker über die Schultern fallend, und ihre Augen strahlten wie Sonnen. Lächelnd schmiegte sie sich an ihn, als er hinter sie trat und die Arme um sie legte. Sparkey döste unter dem Küchentisch vor sich hin.

Anderson schloß die Augen. Die Erinnerung war so deutlich, so intensiv. Er konnte ihr Haar riechen, als er ihren Nacken küßte; konnte ihre Haut schmecken, weich und ein wenig salzig. Seine Hände glitten forsch über ihren warmen, straffen Körper. Sie drängte sich ihm begehrend entgegen.

Als er die Augen aufschlug, weinte er. Tränen rannen seine stoppeligen Wangen hinab; er hatte sich seit vier Tagen nicht mehr rasiert. Seine Brust wurde von einer unsichtbaren Stahlklammer zusammengedrückt; er konnte kaum atmen.

Langsam holte er das St.-Christophorus-Medaillon hervor und ließ es an der feinen Kette durch die Finger gleiten, bevor er es sich um den Hals legte. Das Silber lag angenehm kühl und beruhigend auf seiner Haut.

Mit dem Handrücken wischte Anderson sich über die Augen und setzte den Flachmann an die Lippen. Der Whiskey beruhigte ihn. Die Klammer um seine Brust lockerte sich ein wenig. Seufzend trank er weiter, und mit jedem Schluck fühlte er sich etwas besser. Als er das leere Fläschchen schließlich ins Gras warf, war das Zittern seiner Finger verschwunden. Mit einemmal war er ganz ruhig, ganz gelassen.

Er holte seine Zigaretten hervor und klopfte eine Kippe aus der Packung. Einen Moment später schüttelte er das Zündholz aus, schnippte es fort und blies Rauch durch die Nasenlöcher aus. Irgendwie schmeckte der Tabak anders als sonst, stärker.

Langsam erwachte der Tag. Rauchend schaute er zu, wie die Wolkendecke aufriß. Der Wind hatte den Regen vertrieben, und jetzt überzog die Morgensonne die Landschaft mit einem unwirklichen rotgoldenen Schimmer. Irgendwo über ihm im Geäst der Eiche sang ein Vogel sein fröhliches Lied.

In aller Ruhe rauchte Anderson die Zigarette zu Ende. Dann warf er die Kippe beiseite und zog den Colt unter der Jacke hervor. Kühl und schwer lag die Waffe in seiner Hand. Ohne Hast entsicherte er sie, überprüfte das Magazin und zog den Schlitten durch, um eine Kugel in den Lauf zu hebeln. Dann setzte er sich die Mündung gegen die rechte Schläfe, knapp neben der Augenbraue. Das Medaillon funkelte und blitzte. Sein Finger am Abzug zitterte nicht.

Eine Weile saß er einfach nur da und sah zu, wie der neue Tag erwachte. Als irgendwann später das Läuten der Glocken der Baptistenkirche von Pleasant Hill zu ihm herüberdrang, das die Gläubigen zum Gottesdienst rief, schloß er die Augen.

»Oh, Zara«, murmelte Anderson tonlos. »Ich liebe dich.« Dann zog er den Abzug durch.

Nachwort und Danksagung

Mit *Flight 19* liegt nunmehr der dritte und letzte Roman um den Reporter David Anderson vor, eine Figur, die mich drei Jahre meines Lebens begleitet und inzwischen viele Freunde gefunden hat, was erstaunlich ist, wenn man bedenkt, daß Anderson nicht eben das ist, was man gemeinhin als Helden bezeichnen möchte; ganz im Gegenteil. Er ist ein Feigling, ein Lügner, ein Mann mit Ecken und Kanten, der jedoch vor allem durch seine Schwächen menschlicher wirkt als John Rambo, der im Alleingang ganze Kleinstaaten in Schutt und Asche legt. Besonders diese »Menschlichkeit« hat mir an Anderson immer gefallen. Anderson hat alle Höhen und Tiefen durchgemacht, die das Schicksal einem bescheren kann. Er hat alles verloren, was er liebte, ist ein gebrochener Mann, ohne Perspektive, ohne Zukunft. Was hat er noch, wofür es sich zu leben lohnt, zumal mit dem Wissen, daß hinter den Kulissen unserer Welt Dinge vorgehen, die so unfaßbar sind, daß sie einen in den Wahnsinn treiben können? Deshalb erschien mir das Ende des vorliegenden Romans als das einzig realistische.

An dieser Stelle möchte ich die Gelegenheit nutzen, um all den Menschen meinen Dank auszudrücken, ohne die diese Trilogie nie möglich gewesen wäre: Gisbert Haefs, der die Idee hatte, es mit dem Projekt beim Ullstein Verlag zu versuchen; Susanne Van Volxem von Ullstein, die bereit war, es *mit mir* zu versuchen; Kora Perle, meiner Redakteurin, die für ihre Geduld und Großzügigkeit mehr als alle anderen einen Kniefall verdient; Cornelia Adomeit, meiner Lektorin, die mit Zurückhaltung und sicherer Hand auch diesen Roman in die richtige Form gebracht hat; Frank Festa und Michael Siefener, deren Enthusiasmus immer wieder ein Ansporn ist; Peter Thannisch, dem ich mehr verdanke, als er annehmen mag; Joachim Körber, für den dasselbe gilt; Walther »*Buffy* find' ich gut« Wiesheier vom einzig wahren deutschen Horror- und Mysterymagazin *Scream* (kostenlose Probenummer bei: Verlag Phantastische Welten, Badanger 33, 91358 Kunreuth); Christian und Erika Merke; dem Thordsen-Clan inklusive Andrea, Ingrid, Klaus, Karsten und Stephanie, die mich umbringt, wenn ich ihren Namen diesmal wieder falsch schreibe; und natürlich meiner Familie – Amir, Tina, Dariush, Kerem wie auch meiner Frau Margrit. Für alles, was Ihnen an diesem Buch gefällt, danken Sie diesen Leuten; für sämtliche eventuell vorhandenen inhaltlichen Fehler, stilistische Plattheiten und Klischees hingegen dürfen Sie Asche auf mein kahles Haupt streuen.

Andreas Kasprzak
10. November 1999

Bitte beachten Sie
die folgende Seite